DE ZAAK AURELIA

D1347684

Gravior est inimicus qui latet in pectore.

PUBLIUS SYRUS

Van Gaston van Camp verscheen in dezelfde reeks:
De zaak Flavia
De zaak Crispina
De zaak Myrtion

GASTON VAN CAMP

DE ZAAK AURELIA

Davidsfonds/Literair

Rome

SICILIË

- - - grens van het Romeinse Rijk in de eerste eeuw na Chr.

Antiochië

Sagalassos

Perge

Athene

KRETA

CYPRUS

Alexandrië

Camp, Gaston van
De zaak Aurelia

© 2005, Gaston van Camp en Uitgeverij Davidsfonds NV
Blijde-Inkomststraat 79-81, 3000 Leuven
Omslagfoto en -ontwerp: B2

D/2005/0201/10
ISBN 90-6306-514-0
NUR: 305

Wie is wie?

Homeros Grafikos: geboren Athener met Romeins burgerrecht. Runt in Rome een vertaal- en redactiebureau, in feite een detective-agentschap avant la lettre. Zijn bloedmooie vriendin Maria Corinna is een gewezen prostituee en straatdanseres van joodse afkomst.

Aurelia: de mooiste vrouw die je je voor een misdaadverhaal kunt indenken. Ze is knap, jong, blond, blauwogig... en nog verstandig ook. Niet te verwonderen dat Grafikos en met hem zowat alle huwbare en gehuwde mannen van Sagalassos smoor op haar zijn. Ze is zo puur als het Taurusgebergte waar ze een groot deel van haar jeugd doorbracht.

Zebidas: een krachtpatser van twee meter lang. Als vijftienjarige van huis weggelopen. Droomt van een carrière als gladiator. Praat alleen bij ondergaande zon, maar houdt nog liever zijn mond.

Florentina: lang geleden, tijdens een wilde zomer vol passie, maakte een vreemdeling uit Rome haar zwanger. Kort daarna verdween ze spoorloos. Leeft ze nog? En wat is er met haar kind gebeurd?

Pontius Marullus: tot het christendom bekeerde koopman. Oud, maar stinkend rijk. Hij was het die, in de greep van zijn *démon du midi*, Florentina zwanger maakte. Zal helaas het einde van dit boek niet halen.

Antaios: dokter, kruidenkenner, weduwnaar – al kom je daar pas laat in het verhaal achter. Vlotte, sympathieke man. Waarom wordt hij zo vaak weggeroepen om redenen die niets met geneeskunde te maken hebben?

Atilius Lamprias: grootgrondbezitter en lid van de stadsraad van Sagalassos. Machtsgeil, met een zeer rekbaar geweten. Nogal schofterig. Wanneer keizer Vespasianus hem het zo begeerde burgerrecht onthoudt, kiest hij ineens voor een scherpe anti-Romeinse koers. Tatias is zijn roodharige echtgenote. Wie bij de hond slaapt...

Diores: huidenkoopman en schitterend verhalenverteller. Toevallige reisgenoot van Grafikos en Maria Corinna. Toch maar uitkijken met verhalenvertellers: waar ligt bij hen de grens tussen waarheid en verzinsel?

Nero: de echte was keizer van Rome van 54 tot 68. De Nero uit dit verhaal dook pas na de dood van de echte in Klein-Azië op. Vals en toch historisch. Lees er Tacitus maar op na: *Historiën*, II, 8 en 9.

En nog vele anderen...

Sagalassos: Grieks-Romeinse ruïnestad, adembenemend mooi gelegen, 1450 tot 1700 meter hoog in het Taurusgebergte (Klein-Azië). Wordt sinds 1989 o.l.v. professor Marc Waelkens van de K.U.Leuven opgegraven. Een archeologisch juweel. Toch maar uitkijken met verhalenvertellers: het Sagalassos uit dit verhaal vertoont enige fictieve trekjes...

Je vraagt je natuurlijk af hoe en waar ik Diores heb leren kennen. Onze kennismaking verliep een stuk prozaïscher dan je waarschijnlijk denkt.

Ik ontmoette hem dankzij een van die onvoorspelbare kronkels waar het toeval eigendomsrecht op heeft. We raakten gewoon in gesprek in een havenkroeg. Diores stelde me een vraag. Ik antwoordde. Van dat onooglijke, door het toeval gestuurde ogenblik af hingen we voor een avontuurlijke reis aan elkaar vast.

Maar laat ik bij het begin beginnen.

Het begon in Ostia op een ongewoon hete voorjaarsdag.

*

De zon brandde. Er hing geen wolkje aan de hemel om haar kracht te milderen. Zelfs de wind hield zijn adem in. Je zweet droogde nauwelijks op. Daar kwam bij dat ik vergeten was mijn reishoed mee te nemen.

Maria Corinna en ik waren op het dek van een trekschuit van Rome naar Ostia gereisd. Wat je 'reizen' noemt. We zaten hoogst ongemakkelijk op een stapel bouwrommel. Schuiten voerden het puin van het Capitool, de heiligste van de zeven heuvels van Rome, naar de moerassen in de buurt van Ostia. Misschien heb je horen vertellen over de burgeroorlog die Rome jarenlang geteisterd heeft. De gevechten hebben een deel van de stad in puin achtergelaten. Het is zoals Lucanus Annaeus, een neef van Seneca en een vriend van keizer Nero, in een van zijn heldenzangen schreef: *Usque adeo miserum est civili vincere bello* – ook al kom je als winnaar uit de burgeroorlog, je krijgt gegarandeerd een pak gedonder op je nek. Zoals ik je ooit al eens verteld heb, sprong Nero nogal slordig om met zijn vrienden. Zo verplichtte hij Lucanus om na een mislukte samenzwering zelfmoord te plegen. Soms was je beter Nero's vijand dan vriend.

Zelfs het heilige centrum van Rome, de rotsheuvel waar zegevierende generaals hun triomftochten beëindigen, bleef niet gespaard van gruwel en verwoesting. Er zitten nog meer recente littekens op de huid van Rome. Hele wijken staan vol zwartgeblakerde ruïnes. Tijdens de regering van Nero had een brand een groot deel van de stad in de as gelegd. Overal werd nu druk afgebroken en puin geruimd. Tegelijk was de heropbouw volop aan de gang. Vooral in het oude centrum heerste een koortsige bouwwoede.

De ketsende hitte maakte ons loom en dorstig. Zodra we in Ostia aankwamen, liepen we de eerste de beste kroeg binnen. Het was zo'n typische havenkroeg: overvol, lawaaierig, smerig, stinkend naar etensresten. De waard en zijn dochter vlogen van links naar rechts om klanten te bedienen. Enige jaren geleden heb ik zelf in Ostia gewoond. Ik herkende de haven nauwelijks. Ze was zo mogelijk nog chaotischer en kosmopolitischer geworden. Om je een klein idee te geven: alleen al in die kroeg klonken zeker tien verschillende talen door elkaar. Rome is dan ook een smeltkroes. Handelaars, avonturiers, predikers, mislukkelingen, bandieten, gelukzoekers, gewone reizigers – ze komen eropaf als wespen op een stuk rottend fruit.

De dochter van de waard was een knap meisje. Als een bolletje kwikzilver schoot ze tussen de klanten heen en weer. Behendig ontweek ze de grijpende handen. Ze beantwoordde de gore grappen van het scheepsvolk met snedige replieken. Toen een aangeschoten Siciliaan brutaal naar haar borsten greep, bedolf ze hem onder een lawine van kleurrijke scheldwoorden. De man, overdonderd door zoveel verbaal geweld, was op slag weer nuchter. Hij werd rood tot in zijn haarwortels en stamelde als een brave schooljongen een excuus.

Ik wenkte het meisje en bestelde twee kroezen Kretenzische wijn. Even later plantte ze die voor ons neer op het gemetselde tafeltje. Ik vroeg haar of ze wist waar we twee plaatsen op een schip naar Griekenland konden kopen.

'Niet hier, en ook niet in de tempel van Jupiter,' lachte ze. 'Dat vraag je beter aan mijn vader. Die is al twee keer naar Athene gevaren. Dat is dan zes as, heer, graag meteen te betalen. Ja, ja, ogenblikje, Josephus, ik kom eraan. Denk je misschien dat ik kan vliegen?'

'Vliegen niet, maar vogelen wel,' zei Josephus en hij lachte vettig.

'Maar niet met jou,' sneerde het meisje, 'zelfs niet als je je van boven tot van onderen grondig gewassen hebt.'

Ik telde zes as op het tafeltje neer. Ik besloot eerst mijn wijn op te drinken en dan de waard om inlichtingen te vragen.

Ik had net mijn eerste slok genomen toen iemand een hand op mijn schouder legde. Ik keek om. Een magere, pezige man met een kalend hoofd en een neus waarin een vreemde knik zat, stond me aan te kijken. Er lag een brede grijns op zijn gezicht, die zijn mond zo ver opentrok dat je bijna zijn strottenhoofd kon zien. Hij had een brokkelig gebit. Zowat alle voortanden ontbraken erin. De tanden die nog op hun plaats zaten, waren zwart verkleurd, alsof hij zijn gebit door een rij sintels vervangen had. Zijn gezicht had de kleur van oud brons. Te oordelen naar zijn hoge voorhoofd en de vele rimpels in zijn gelaat, moest hij dicht bij de vijftig zijn, al was hij waarschijnlijk niet veel ouder dan veertig. Zeker geen man die veel tijd in bibliotheken doorbracht. Veeleer een doorgewinterde zeeman, alvast iemand die veel onderweg was.

Diores was in mijn leven verschenen.

'Wat betekent die hand, makker?' vroeg ik.

'Betaal me een kroes wijn en ik vertel je waar je twee plaatsen op een vrachtvoerder naar Griekenland kunt kopen,' zei hij in een Latijn met een duidelijk buitenlands accent. 'Meer nog, ik zorg ervoor dat je die plaatsen krijgt tegen een verminderde vriendenprijs.'

'Moeten jouw vrienden dan meer betalen?' vroeg Maria Corinna.

De man fronste en dacht even na. Hij verlegde zijn aandacht naar de kleine jodin. De grijns viel als een masker van zijn gezicht. Hij knikte voorzichtig.

'Ze heeft een spitse tong, je dochter,' merkte hij op. 'Is ze Griekse?'

'Geen Griekse, wel mijn vrouw,' antwoordde ik. 'Ben jij schipper? Heb je plaats voor twee passagiers?'

Hij schudde zijn hoofd. Zijn adem stonk als de pest. Ik zag dat hij voortdurend op iets kauwde. Ik kon niet zien waarop, hoewel zijn mond voortdurend half openstond. Waarschijnlijk een bolletje kruiden tegen zijn stinkende adem. Af en toe spuwde hij een straaltje bleekgroen speeksel op de aarden vloer.

'Gewoon passagier zoals jullie,' zei hij. 'Het toeval wil dat ik net een plaats gekocht heb. De schipper vertelde dat er nog plaats was voor twee passagiers. Ik hoorde je vragen naar een schip voor Griekenland. Omdat ik vond dat je zo'n knappe dochter had... Nu ik weet dat ze je vrouw is, verandert dat de zaak natuurlijk.'

'Waar vind ik die schipper?' vroeg ik.

Zijn grijns was er weer. Ik begon te vermoeden dat hij met een grijns geboren was. Zijn gezicht had in de loop van veertig jaar een grijnsplooi als normale stand aangenomen.

'Ik ken alleen de naam van zijn schip, de Poseidon. Een vrachtvaarder. Als je nog mee wilt, mag je niet treuzelen. Ik breng je bij hem.'

'Wat is je naam?'

'Diores. Ik ben onderweg naar Klein-Azië.'

'Toevallig ook ons reisdoel,' zei ik. 'Goed, je drinkt een kroes wijn op mijn kosten en dan breng je ons naar de schipper van de Poseidon.'

'Dat wijntje was een grap,' grijnsde Diores. 'Als we samen naar Klein-Azië reizen, zullen we onderweg zoveel kunnen drinken als we willen. De schipper heeft een hele voorraad wijn ingeslagen. Geen goedkoop spul waar je het zuur van in je mond krijgt of vliegende schijterij of drie dagen stekende koppijn. Gerijpte Falerner. Een wijnkenner.'

'Dan drinken we op de Poseidon een Falerner op onze kennismaking,' beloofde ik. 'Wanneer vertrekt het schip?'

'Morgen, zodra de eerste wind van de dag in het zeil blaast. Mag ik vragen wat je naar Klein-Azië brengt?'

De vraag verraste me. Maria Corinna was bij de pinken.

'Mijn moeder woont daar,' zei ze. 'Ze is zwaar ziek, misschien wel stervende. We willen haar een bezoek brengen.'

Ik humde instemmend. Zelf had ik niet zo snel een geloofwaardige leugen kunnen verzinnen.

'Waar woont je moeder?'

'In Perge,' zei Maria Corinna zonder na te denken en met een uitgestreken gezicht. 'In de brede, geplaveide straat die met een flauwe bocht naar het grote stadion loopt.'

Ik liet mijn verbazing niet merken en knikte instemmend. Later vroeg ik haar hoe ze zonder nadenken op de naam Perge gekomen was. Ze lachte vrolijk.

'Omdat ik ooit in Perge geweest ben, Homeros. Die brede straat bestaat echt. Toen moeder en ik van Palestina naar Rome kwamen, heeft het schip twee dagen in de haven gelegen. Er waren wedstrijden in het grote stadion. Moeder en ik zijn er meteen naartoe getrokken.'

'Jij? Naar de wedstrijden gaan kijken?'

'Natuurlijk niet, slimme. We hebben in de straat voor het theater gedanst. Rijke stad, rijke mensen. We hebben er een flinke stuiver verdiend.'

*

Diores ontpopte zich tot een aangename reisgenoot. Hij barstte van de verhalen. Volgens hem allemaal 'echt gebeurd, zelf meegemaakt'. Hij vertelde ze zo graag en met zoveel enthousiasme, dat ik bereid was er de helft van te geloven. Ik vermoed dat de helft nog veel meer was dan ze verdienden, maar leuk waren ze in ieder geval wel.

We voeren eerst naar Piraeus. Daar ging Diores op zoek naar een schip dat koers zette naar Klein-Azië. Hij vond een vrij groot vrachtschip dat op Rhodos voer. Hij trakteerde de kapitein op een kroes wijn en kreeg het voor elkaar dat we de overtocht tegen een schappelijke prijs konden kopen. Niet dat ik zelf voor de reiskosten moest opdraaien; die kwamen op mijn onkostennota voor Pontius Marullus. Ik wilde de rekening voor Marullus niet hoger opdrijven dan strikt nodig, ook al had hij gezegd dat geld geen rol speelde. We hadden een maximum reissom afgesproken. Die was zo hoog dat ik er de halve wereld mee kon rondtrekken. Dat is het plezierige aan rijke opdrachtgevers: ze knibbelen niet op de uitgaven.

Zelfde liedje op Rhodos. Diores zocht een schipper die koers zette naar Perge en ons drieën wilde meenemen. Hij palaverde over de prijs en kwam ons achteraf met zijn breedste grijns uitleggen hoe hij de kapitein onderuit had gepraat. Hij had hem ervan overtuigd dat mijn 'dochter' zwanger was en dat een zwangere vrouw aan boord geluk bracht. Resultaat: mijn 'zwangere dochter' mocht gratis mee!

De Horus lag in het haventje en bleek een kleine, plompe kustvaarder te zijn. Er stonden drie slordige riethutten op het achterdek. Een sloep op het middendek was letterlijk volgepropt met koopwaar en proviand. Niet alleen de sloep stak vol. Alle beschikbare ruimte aan boord werd door goederen ingenomen.

De kustvaarder leek lachwekkend nietig naast de zeereuzen in de haven. Die vervoerden marmeren bouwonderdelen, beeldhouwwerken en sarcofagen. Toevallig lag er ook een graanschip uit Alexandrië afgemeerd. Het was enige dagen vroeger door sterke winden uit koers geslagen en had op Rhodos beschutting gezocht. Ik schatte dat het van voor- tot achtersteven meer dan honderd el lang was. De bemanning was zo uitgebreid dat je er een klein leger mee kon samenstellen.

Er waren nog twee andere passagiers aan boord van de Horus. Ernstig kijkende joodse kooplui die zich in een hoekje terugtrokken, op fluistertoon met elkaar praatten en een houten koffer bewaakten alsof die vol kostbaarheden zat. Maria Corinna, nieuwsgierig als altijd, ondernam een poging om een gesprek aan te knopen. Ze sprak de heren in het Aramees aan. Vergeefs. De heren lieten duidelijk verstaan dat ze geen behoefte hadden aan een praatje, zeker niet met een vreemdeling en nog minder met een jonge vrouw.

Hoe oud en krakkemikkig onze Horus er ook uitzag, hij deed voorbeeldig wat van hem verlangd werd. Zijn boeg kliefde vrolijk door het water.

De reis langs de zuidkust van Klein-Azië verliep voorspoedig. Er stond een strakke zuidwester die het grote zeil zo deed opbollen dat de hoofdmast ervan kraakte. We voeren meestal op het grote, rechthoekige razeil. Alleen bij gunstige wind liet de schipper ook een topzeil spannen. Soms trokken de zeilen met zoveel kracht aan de touwen dat die knalden als zweepslagen. Bij aanwakkerende wind kreunden de boegplanken vervaarlijk. Op dergelijke ogenblikken vreesde ik dat de Horus het einde van de reis niet zou halen. Diores had volgens zijn verhalen de zeeën in alle richtingen doorkruist. Hij stelde me telkens gerust.

Kort na het verlaten van de haven sprongen drie dolfijnen voor de boeg op. Elke schipper was bijgelovig en geloofde rotsvast in voortekens, vertelde Diores. Al brachten zwangere vrouwen geen geluk op een schip, iedereen wist dat springende dolfijnen voor de boeg dat wél deden.

Diores zorgde voor ons als waren we zijn gasten. Hij had een van de scheepsjongens, een somber kijkende twintiger met een scheve mond en etterende ogen, overtuigd om zijn kleine kajuit op het achterdek aan Maria Corinna af te staan, als je het tenminste een 'kajuit' kon noemen. Een rieten afdak, meer was het niet. Net groot genoeg om er gedrieën onder te schuilen voor de stekende zon. De jongen had trouwens toch geen tijd om van zijn hut te genieten. Hij zat meestal op zijn eentje in het ruim water te hozen.

Ik was geen kenner. Toch zag mijn ondeskundige oog dat het schip dringend aan een breeuwbeurt toe was. Niet over piekeren. De ervaren reiziger Diores maakte zich geen zorgen. Dat stelde me min of meer gerust.

Heb jij ooit gevaren? Dan weet je dat zo'n vrachtschip gebouwd is om zoveel mogelijk vracht te vervoeren. Passagiers komen er maar als extraatje bij. Voor hen is er geen aparte ruimte. Ze moeten gewoon ergens op of tussen de vracht een min of meer comfortabele plek zoeken en zo weinig mogelijk voor de voeten van de bemanning lopen.

De uren gingen traag voorbij. Gelukkig was Diores een gezellige babbelaar. Hij had een hekel aan lange stilten. Uit zijn verhalen konden we afleiden dat hij vaak naar Cyprus, Sicilië en Egypte gevaren was. Hij wist ontzettend veel over schepen en scheepvaart. Hij leerde ons alles over het reven van de zeilen, over de schuine voormast die ver over de boeg uit steekt en waaraan het kleine vierkante voorzeil bevestigd is dat bij strakke wind het sturen vergemakkelijkt. We leerden wat woorden als voorstag, jufferblokken, talreep, geitouwen, brassen, loeven en reven betekenden. En we lachten wat af.

Over één onderwerp bleef Diores vaag: zijn privéleven. Dat was mijn zaak niet en het interesseerde me ook niet echt. Nieuwsgierige Maria Corinna hengelde er wel enige keren voorzichtig naar. Diores ontweek telkens een duidelijk antwoord. We kwamen evenmin te weten waar hij precies naartoe reisde en waarom hij naar Rome gekomen was.

'Ach, altijd onderweg voor zaken,' zei hij met een wappergebaar. 'Zaken doé je, daar praat je niet over.'

Uit onze urenlange gesprekken kwam ik alleen te weten dat hij als slaaf geboren was in een stadje aan de westkust van Klein-Azië. Zijn baas had hem enkele jaren eerder vrijgelaten. Hij werkte nog altijd in opdracht van die baas, zij het nu als een vrij man. Omdat hijzelf geen vragen stelde over het doel van onze reis – blijkbaar geloofde hij dat we naar de zieke moeder van Maria Corinna op weg waren – lieten we onze privélevens verder onbesproken.

*

De laatste dag van onze reis lieten de goden van de zee ons in de steek. De wind ging er ineens vandoor. De golven verzachtten tot rimpels en gingen ten slotte helemaal liggen. De zee werd zo glad als een bronzen spiegel. Het grootzeil was te lui om in rimpels te trekken. Het touwwerk hing slap. De hitte op het achterdek was verstikkend, zelfs in de schaduw van onze hut. Elke beweging vertaalde zich in zweetdruppels.

Het was zo heet dat de tong van Diores haar strijd tegen de verveling opgegeven had. We keken naar de kustlijn, een smalle strook bruine rotsen die trilde in de hitte. Ik zag dat er een denkrimpel tussen de ogen van Diores verschenen was.

'Je piekert ergens over,' zei ik.

Nu rimpelde hij ook zijn neus. Hij spuwde een vlok speeksel overboord.

'Als dit maar geen stilte voor de storm is,' mompelde hij somber. 'Ik ben met de kapitein gaan praten. Ik heb hem gevraagd om dichter langs de kust te gaan varen.'

Ik haalde vragend mijn schouders op.

'Dan kunnen we in de luwte schuilen zodra het heksen begint,' legde Diores uit. 'Denk je dat die stomme kloot naar me luistert? Hij beweert dat ze hem in Rhodos gewaarschuwd hebben voor piraten die langs de kust zouden varen. Piraten, bij Jupiter! Die man leeft in het verleden! Honderd jaar geleden, ja, toen zagen deze kusten zwart van de piraten. Heb jij ooit al een piraat op zee ontmoet? Ik niet. De eigenzinnige klootzak.'

Er verliep een hele tijd. De zee lag er onverschillig bij. Niet één schuimkraag, zelfs geen golfje. De Horus hing zwaar in het water, naar mijn gevoel bewegingloos. Diores tikte met zijn wijsvinger op zijn knie en schudde bezorgd zijn hoofd. Ik begreep niet wat hij bedoelde en keek hem vragend aan.

'Pijn in mijn linkerknie,' legde hij uit. 'Slecht voorteken. Ooit al een storm meegemaakt, Grafikos? Heel leuk. Iets om later aan je kleinkinderen te vertellen. Als je het tenminste kunt voortvertellen.'

Op de horizon lagen stapelwolken. Er zat zoveel vocht in de lucht dat ze achter het gordijn van heiigheid nauwelijks zichtbaar waren. In elk geval zagen ze er niet bedreigend uit. Diores kantelde zich op zijn rug. Hij begon te grijnzen. Ik wist dat er een verhaal op komst was.

'Heb ik jullie al verteld over wulpse Zoila?'

'Vertel,' reageerde Maria Corinna gretig.

'En maak er een lang verhaal van,' zei ik. 'Ik vrees dat we hier nog wel een paar dagen blijven ronddobberen. Wie is wulpse Zoila?'

'Ze was de vrouw van een scheepstimmerman uit Alexandrië,' begon Diores en zijn ogen schitterden bij de herinnering. 'Een droom van een wijfje. Knap, lief. En warmbloedig, ho,ho!'

Hij blies over zijn vingers en liet zijn ogen draaien.

'Je bedoelt eigenlijk dat je haar geneukt hebt,' grinnikte Maria Corinna.

Ze herinnerde zich de andere verhalen van Diores. In de meeste daarvan speelden knappe, jonge, levenslustige vrouwen een hoofdrol. Meestal haalde onze vriend zijn buit op het einde van het verhaal binnen.

'Bij Cybele met haar vele borsten! Natuurlijk was ik van plan om haar te neuken,' zei Diores. 'Bijna waren we zover. Ik zat al met mijn handen onder haar kleren te frutselen. Haar ogen glansden van begeerte. Net toen we aan de hoofdschotel wilden beginnen, zag ik toch wel haar echtgenoot door de straat naar huis komen. Een bonk van een kerel. Totaal onverwacht, veel vroeger dan Zoila gedacht had. Het was dus zaak om snel te reageren. Het huis had geen tuin, ik kon niet langs achteren ontsnappen en ook niet langs de voordeur.

Nu stond er in de hoek van de kamer een groot wijnvat, half ingegraven om de wijn koel te houden, zoals dat gebruikelijk is in Alexandrië. Zoila had me net verteld dat ze financieel aan de grond zaten. Het vat stond al een maand leeg, zei ze, daarom kon ze me zelfs geen beker wijn aanbieden. Terwijl ze razendsnel haar kleren weer in orde bracht, wurmde ik me in het wijnvat. Net toen ik mijn hoofd naar binnen trok, kwam de scheepstimmerman de deur in. Zoila vloog als een feeks tegen hem uit.

'Wat krijgen we nu, jij luie duivel!' schreeuwde ze. 'Jij loopt maar met je luie kont te draaien in plaats van schepen te bouwen en geld te verdienen. En ik, ik werk me krom van 's morgens tot 's avonds. Ik spin en weef en borduur en verstel om een handvol kopergeld bij elkaar te scharrelen. En wat doet meneer? Vrolijk door de stad slenteren en naar vreemde vrouwen gluren. Ik schaam me in jouw plaats. Waar heb ik zo'n nietsnut van een echtgenoot toch aan verdiend?'

Nu was de timmerman wel een brave man, maar zeker niet van de snuggersten.

'Vrouwtje, ik ben vroeger naar huis gekomen omdat ik goed nieuws heb,' zei hij. 'Dat wijnvat in de hoek dient nergens meer voor. We hebben geen geld om wijn te kopen. Het vat neemt alleen maar ruimte in, ja toch? Dus heb ik het aan een werkmakker verkocht. Hij komt het straks ophalen. We moeten het snel uitgraven en zorgen dat het klaarstaat.'

'En voor hoeveel, sufferd?'

'Vijf denarii.'

Zoila proestte het uit.

'Hoor ik je vijf onnozele denarii zeggen? Bij Zeus! Als dat niet bewijst dat ik met een kluns samenwoon. Waarom geef je het vat niet gratis weg? Luister, ik heb vandaag een koper voor datzelfde vat over de vloer gekregen. Een Romein die er misschien wel tien denarii voor wil dokken. Tien, geen vijf.'

Ik hoorde de adem van haar echtgenoot even stokken. Hij wist natuurlijk dat het vat niet meer dan zes, hooguit zeven denarii waard was.

'Welke gek wil zoveel betalen?' vroeg hij.

'Zei je gek?' gromde Zoila en ze klakte verwijtend met haar tong. 'Hou toch je kop, onnozele hals, en als je dat niet kunt, let dan beter op je woorden. Hij is in het wijnvat gekropen om het op barsten te controleren. Hij zit er nog in.'

Als ik een pak slaag wilde vermijden, werd het de hoogste tijd om in actie te schieten. Ik wurmde me uit de hals van het vat en klopte wat ingebeeld vuil van mijn tuniek. Ik negeerde de scheepstimmerman straal, alsof ik hem niet zag staan.

'Beste mevrouwtje,' zei ik, 'anders dan u beweerde is dit vat niet nieuw. Zo te zien is het al behoorlijk oud. Ik heb alles niet goed kunnen zien binnenin, wegens te donker en te veel aangekoekt vuil.'

Ik deed alsof ik de echtgenoot ineens zag staan.

'Die man daar, is dat een van uw slaven?' vroeg ik. 'Zeg hem dat hij een olielamp aansteekt. Hij moet in het vat kruipen en de vuiligheid van de wanden schrapen. Als er kleine barsten in de wand zitten, geef ik er hooguit zes of zeven denarii voor.'

De echtgenoot stroomde over van ijver. Hij stak een olielamp aan, haalde een mes te voorschijn, schoot zijn kleren uit en klauterde in het wijnvat. Verwoed begon hij de wanden schoon te krabben.

Zoila gaf me een geile knipoog. Ze liep naar het wijnvat en boog er zich diep overheen nadat ze eerst haar jurk hoog opgeschort had. Terwijl ze haar bezige echtgenoot aanwijzingen gaf – 'Harder schrobben, lieverd, harder, ja, nog harder!' – nou, ik hoef er toch zeker geen tekening bij te maken? Ik geloof dat we ongeveer gelijktijdig met ons werk klaar waren, de scheepstimmerman en ik.'

Diores schaterde het uit, liet zich op zijn rug vallen en spartelde met beide benen in de lucht.

'En dat wijnvat?' vroeg Maria Corinna.

'Ik wurmde me er opnieuw in, beklopte de wand en deed alsof ik naar barsten of scheurtjes zocht. Niets te vinden. Ik hees me weer naar boven. Na wat afpingelen betaalde ik zeven denarii. De echtgenoot heeft het hele ding achteraf keurig uitgegraven en op zijn rug naar de herberg gedragen waar ik logeerde. Dat was een heel eind, het zweet gutste als een waterval van zijn gezicht. De baas van de herberg kocht het vat meteen van me over. Voor acht denarii. Ik heb Zoila nooit meer teruggezien. Helaas.'

*

De stapelwolken op de horizon schoven in snel tempo naderbij. Ze waren zo gezwollen dat ze elk ogenblik open konden barsten. De zee kreeg rimpels in een opstekende bries. De rimpels werden golven en op de golven verschenen schuimkoppen. Met het toenemen van de wind groeide de zenuwachtigheid van de bemanning. Ze wisten – de ene uit ervaring, de andere uit verhalen die hij in havenkroegen had opgepikt – dat de zeeën ten zuiden van Klein-Azië lelijk tekeer konden gaan. Een van de joodse kooplui zag zo wit als een vijfdaags lijk. Hij hing over de reling en kotste gulpen eten in de golven. Zelfs toen hij niks meer in zijn maag kon hebben, bleef hij kokhalzend naar buiten leunen. Zijn maat zat in elkaar gedoken tegen hun kist en mummelde gebeden voor zich uit.

Toen ging alles ineens snel, adembenemend snel. De heftigheid waarmee de storm zijn krachten ontbond, overrompelde me. Het begon met een onverwachte rukwind. Die zwiepte alle bouwsels van het achterdek de zee in, ook ons rieten afdak. Alsof een reusachtige arm alles in één moeiteloos gebaar schoonveegde. De kapitein rende als een opgejaagd stuk wild van stuur- naar bakboord en van voor- naar achtersteven, almaar bevelen schreeuwend. De bemanning was bezig het hoofdzeil tegen de dwarsmast op te binden. Windstoten deden de Horus, die zo zwaar geladen was dat het water bijna de reling raakte, vervaarlijk schommelen. Ik vreesde dat het schip zou kapseizen, zoveel slagzij maakten we. Toch bracht de oude tante zich iedere keer weer kreunend in evenwicht. Deze storm was vast niet de eerste die ze overleefd had. De mannen in het want hadden het niet makkelijk om de geien aan te trekken. Ze klaarden het karwei. Terwijl de wind hen om de oren gierde en de losse touwen tegen de mast zwiepten, klauterden ze weer naar beneden.

De donderkoppen hingen nu bijna boven ons. Enorme gevaarten met donkerblauwe, bijna zwarte buiken. Even later schoven ze voor de zon. Er viel een dreigende stilte omdat de wind even de adem inhield. Een vreemde duisternis daalde over de zee. De kleur van het water verdonkerde naar dreigend grijs. Ik moest terugdenken aan de gedeeltelijke zonsverduistering die ik een kwarteeuw geleden meegemaakt had. Ook toen was het ineens beangstigend stil en schemerig geworden. Maria Corinna zag een beetje bleek rond haar neus. Toch deed ze haar best om haar angst verborgen te houden.

'Klem je ergens stevig aan vast,' zei ik. 'Niet loslaten als er straks golven over het dek spoelen. Ik wil je niet kwijt.'

Ze glimlachte flauwtjes. Ik had nog nooit meegemaakt dat de schrik mijn kleine Galilese te pakken had. Nu dus wel. Ook Diores zat in de greep van de angst. Zijn grijns was een grauw masker geworden.

'Koppige klootzak, die kapitein,' zei hij. 'We hadden allang in de luwte van de rotsen moeten liggen. Nu is het te laat.'

Alsof de wind op zijn woorden gewacht had, stak hij in volle hevigheid op. Het licht versomberde nog meer. Het werd zo schemerig als in een nacht met vollemaan. De eerste regen sloeg in dikke druppels neer. De stormwind beukte tegen het schip. Hij gierde met een sinister geluid langs de mast en rukte aan het touwwerk dat tegen de mast kletterde. De golven werden trage, logge monsters. Met een onweerstaanbare kracht kwamen ze op ons af. Ze grepen de Horus vast, tilden hem langzaam op als was hij gewichtloos en smeten hem daarna in een golfdal neer.

Het dek had aan de achterkant een verhoogde rand. Diores en ik kropen ernaartoe, grepen de rand beet en trokken ons hoofd in. Maria Corinna lag plat op haar buik. Ze klemde zich vast aan het ijzeren handvat van een luik. Ze knikte geruststellend naar me. Dapper meisje.

De stem van Diores klonk ineens boven het gebulder van de wind en het donkere grommen van de zee.

'De joden!'

Mijn blik zocht de twee joodse kooplui. Vergeefs. Ook hun koffer was verdwenen.

De wind luwde even. Ik loste een van mijn handen waarmee ik de reling krampachtig omklemde en wreef mijn kletsnatte haren uit mijn ogen. De wind dreef flarden neergutsende regen in alle richtingen. Ik zag dat de kapitein wanhopig het schip in de wind probeerde te leggen. Bij kalme zee kon een bootsjongen het roer moeiteloos met één hand bedienen. Nu had de kapitein al zijn lichaamskracht nodig. Hij schreeuwde een bevel. Ik zag het meer dan ik het hoorde. De bemanning begon koopwaar overboord te kieperen. De Horus had door spleten in de wand en door overspoelende golven zoveel water geslikt dat hij almaar dieper kwam te liggen.

Eindelijk luwde de wind. De golven bleven hoog en woelig, maar het ergste was voorbij. Maria Corinna wreef zeewater uit haar ogen. Ze deed een poging om naar me te glimlachen.

De bemanning mat de schade op. Het touwwerk werd zo goed en zo kwaad als het kon ontward. De bootsjongen kreeg twee bemanningsleden om hem te helpen bij het leeghozen van het ondergelopen ruim. Van de joden was geen spoor meer te bekennen.

Net toen ik dacht dat we de storm overleefd hadden, pakten de wolken opnieuw samen. Razendsnel. Dreigend. Een bliksemflits kliefde door de lucht. Een knetterende donderslag volgde. De regen gutste in dichte gordijnen neer, voortgezwiept en uit elkaar gerukt door de wind. De bemanning maakte de sloep op het middendek leeg. Alle koopwaar die ze van de sloep op het dek gooiden, werd meteen door overspoelende golven de zee in gesleurd. Ik zag een fortuin in de golven verdwijnen: pakketten gedroogd voedsel, kleren, vaten met wijn en olie, een lading papyrusrollen, vier olifantstanden, een voorraad huiden, een houten kist die tegen de reling kapot sloeg en die kostbaar glaswerk bleek te bevatten.

Diores zag asgrauw. Hij begon over te geven.

'Hou je vast!' schreeuwde ik hem toe.

Een gulp braaksel werd door een windvlaag opgepakt, uit elkaar gerafeld en in mijn richting gestuurd. Brokken half verteerd eten vlogen in mijn gezicht. Regen en stuifwater wasten ze meteen weer weg.

'Onkruid vergaat niet!' riep Diores bleekjes. 'Zorg jij er maar voor dat je vrouwtje...'

Een knetterende donderslag. Bijna gelijktijdig greep een reusachtige golf de Horus beet. Ze tilde hem metershoog op en hield hem een onwaarschijnlijk lange tijd in evenwicht. Even had ik de indruk dat het schip op een bergtop balanceerde. Ik hield mijn adem in. Dit kon niet goed aflopen. Drie, vier bliksems slingerden zich tussen de wolken en verlichtten een woelige zee vol groengrijze golven die zich in alle richtingen bewogen als onrustige monsterruggen. De Horus torende daar hoog bovenuit, op de rug van het grootste monster. Trots, ongenaakbaar bijna. In al haar gruwelijkheid had de situatie iets groots, iets plechtigs bijna.

Hoe lang duurde het? Misschien vijf, misschien twintig hartkloppingen. Toen dook het schip van de helling een golfdal in. Terwijl de donder kraakte, boorde de boeg zich in een wand van donker zeewater. Boven het lawaai van de donder uit hoorde ik hoe de Horus kraakte en kreunde. De boeg versplinterde. De grote mast brak. Ik gooide me over Maria Corinna, die tegen de reling in elkaar gedoken lag. Ik hoorde de schreeuw van Diores en wist wat er gebeurd was. Onze vriend had zijn greep moeten lossen. Een golf had hem de zee in gesleurd. Ik kreeg niet de tijd om te treuren om Diores. De wereld kantelde. In een chaos van krakend hout, bulderende wind, schuimend water, bliksems en donderslagen werden Maria Corinna en ik opgetild door woest geworden water, weer neergesmakt, opnieuw vastgegrepen, weer neergegooid. In blinde paniek klampten we ons aan elkaar vast, nauwelijks beseffend wat er gebeurde. Als er in de kolkende watermassa een kleine opening kwam, hapte ik verwoed naar lucht. Worstelend tegen de storm, vechtend voor ons leven, bleven we boven. Op een of andere manier speelden we het klaar om elkaar niet los te laten. In een verwarde flits dacht ik aan de kapitein en de bemanning. Wat was er met hen gebeurd?

Ik probeerde na te denken. We konden onmogelijk naar de kust zwemmen. De afstand was te groot. Ik had er trouwens geen flauw benul van waar de kust zich bevond. Veel tijd om me zorgen te maken gunde de razende zee me niet. Ik had al mijn aandacht nodig om het gevecht tegen de golven te winnen. Plotseling schreeuwde Maria Corinna iets in mijn oor.

'De mast! Daar! Pak hem beet!'

Op hooguit tien meter afstand dreef de afgeknakte mast, samen met versplinterd hout, touwwerk, de kist van de joden, brokstukken van de Horus. Ik slaagde erin om tot bij de mast te zwemmen en greep me eraan vast. Maria Corinna bereikte hem bijna gelijktijdig. Ze kon uitstekend zwemmen. Ik probeerde de kist van de joden nog te redden, maar ze dreef van ons weg en werd even later door de golven aan het gezicht onttrokken.

Hoe lang hebben we in zee gedreven, ons vastklampend aan de mast? Ik was alle besef van tijd kwijt. Het moet in elk geval uren en uren geduurd hebben. Waarschijnlijk gleed ik af en toe weg in een soort halve bewusteloosheid. De drang om te overleven was echter zo groot, dat we zelfs half bewusteloos de mast niet loslieten.

Toen begonnen de wolken uit elkaar te scheuren. Met tussenpozen verschenen er flarden van een intens blauwe hemel tussen. De wind was zijn boosheid kwijt. Hij luwde tot een strakke bries. Toch zaten er nog geregeld nijdige rukwinden tussen. In de verte, maar dichterbij dan ik verwacht had, lag een strook rotskust. Met een paar planken die we uit de zee opvisten, roeiden we ernaartoe.

Uitgeput strompelden we een hoefijzervormig zandstrandje op. Het was door hoge rotsen ingesloten. We keken elkaar enige ogenblikken aan. We leefden nog.

De lucht was opnieuw met wolken dichtgelopen. Alleen boven de bergen in het westen hing een vreemde strook rozig licht. De duisternis viel in.

Ik pakte Maria Corinna vast en drukte haar frêle lichaam zo stevig tegen me aan dat ze even kreunde. Ineens begon ze tegelijkertijd te lachen en te huilen. Ze lag een hele tijd snikkend tegen me aan. Ik streelde haar schouders en haar rug, fluisterde troostende woorden in haar haren.

Wat konden we tegen elkaar zeggen? We leefden nog. Dat besef was zo overweldigend dat er geen woorden bij nodig waren.

*

Het is de hoogste tijd dat ik je vertel wat ons van Rome naar het verre Perge bracht. In feite moesten we nog een eind verder. Ons einddoel was Sagalassos, een stad waar we geen familieleden of vrienden hadden om ons te verwelkomen, waar we zelfs niemand kenden.

Ik heb je verteld dat ik een klein redactiebureau heb in de buurt van de haven van Rome, ergens op de grens van het elfde en het twaalfde district. Toen je nieuwsgierig naar meer uitleg hengelde, heb ik met een verbale bocht een duidelijk antwoord ontweken. Je was zo vriendelijk, of zo attent, om niet verder te vragen.

Dat ik een bedrijfje heb, is niet gelogen. Toch is dat maar een deel van de waarheid. Met Maria Corinna en mijn slaaf Semenka run ik op de Aventijnse heuvel inderdaad een redactiebureau. Klanten kunnen bij ons terecht voor alles wat met teksten te maken heeft. Je kunt het op het gebied van taal en tekst zo gek niet bedenken of we redden er ons uit.

Wat dat concreet inhoudt? Bijvoorbeeld het omzetten van teksten uit of naar het Latijn, Grieks, Egyptisch, Koptisch, Aramees, Sanskriet en nog een aantal kleinere talen uit het oosten. Verkoopcontracten opstellen, wetteksten vertalen, pleidooien schrijven voor advocaten die voor de rechtbank een zaak moeten bepleiten en alles wat daartussen ligt. Zowel epistels over ingewikkelde erfeniskwesties als familieverhalen voor mensen die naar de kolonies uitgeweken zijn. In het begin schreven we ook brieven voor ongeletterden. Vaak liefdesbrieven vol stuntelig verwoorde verlangens en gevoelens, aangevuld met fraaie clichés. Van die clichés hebben we een hele voorraad beschikbaar. Sinds kort hebben een paar publieke schrijvers hun tafeltjes opgesteld aan de rand van het forum. Nu verlenen we dat soort diensten niet meer.

Dat redactiebureau is echter niet de hele waarheid. Met dat soort schrijfwerk zijn Semenka en ik van start gegaan, meer dan vijf jaar geleden. Het is nog altijd onze façade, onze buitenkant. Geleidelijk verloor het paperassenwerk aan belang. De opdrachten van advocaten en rechtsgeleerden gaven onze activiteiten als vanzelf een nieuwe wending. We moesten almaar vaker obscure zaakjes uitspitten. Min of meer louche dingen die het daglicht schuwden omdat ze zich in de rekbare schemerzone van de wettelijkheid afspeelden.

Wat je je daarbij moet voorstellen? Ik noem maar wat. Bewijzen zoeken dat een weduwe met het testament van haar echtgenoot geknoeid heeft. Iemand betrappen die het niet nauw neemt met de huwelijkstrouw. De gangen van een zakenpartner nagaan. Een verdwenen flirtzieke dochter opsporen. Bewijzen vergaren dat een brand niet vanzelf ontstaan is. Rome wordt almaar immoreler en onze opdrachten worden in gelijke mate spannender. Een van mijn stelregels: hoe spannender een onderzoek, hoe hoger mijn honorarium.

Onze beste, ik bedoel best betalende klanten komen uit de toplaag van de samenleving: de oude senatorenfamilies die de burgeroorlog zonder grote schade overleefd hebben, de nieuwe rijken die als wespen rond keizer Vespasianus gonzen, reders, bankiers, villabewoners van de Vaticaanse heuvels die tien of honderd of vijfhonderd slaven in dienst hebben. Mensen die zwemmen in het geld en die probleemloos betalen als je discreet de nachtelijke bezigheden van de vrouw van een concurrent wilt natrekken. Er zijn zelfs klanten die botweg zeggen dat geld geen rol speelt. Dan durf ik mijn honorarium weleens met een kwart of de helft verhogen.

De Romeinse zakenman Pontius Marullus was zo iemand. Rijk als Croesus, ongeneeslijk ziek en... in de knoop met zijn geweten wegens een oud probleem. Hij had een opdracht voor me waar ik gretig mijn tanden inzette.

En zo reisden Maria Corinna en ik eerst naar Perge, en verder naar Sagalassos.

*

Pontius Marullus was via mondreclame aan mijn naam en adres gekomen. Ik had hem nooit persoonlijk ontmoet. Op een dag stond een van zijn huisslaven in mijn kantoor op de helling van de Aventijn.

'Bent u Homeros Grafikos?' vroeg hij in accentloos Grieks.

'Waarmee kan ik u van dienst zijn?'

'Ik kom in opdracht van mijn meester Pontius Marullus,' zei hij. 'Hij heeft een speciale opdracht voor u, die onder andere een verre reis omvat.'

Dat klonk aanlokkelijk. Ik besloot voorlopig niet te reageren. Uit een ooghoek zag ik dat Maria Corinna, die in de keuken aan de slag was, in de deuropening kwam staan. Ik wist dat ze het gesprek met gespitste aandacht zou volgen.

'Een opdracht die veel tijd in beslag zal nemen,' ging de slaaf verder. 'Het is dringend.'

'Tijd is geen probleem,' zei ik. 'Uw meester weet natuurlijk dat ik niet voor niks presteer. Veel tijd betekent meestal veel kosten.'

'Mijn meester zegt dat geld geen rol speelt. Hij zal u goed vergoeden voor uw werk.'

Op sombere dagen droom ik er weleens van om alleen dat soort klanten over de vloer te krijgen. Ik zorgde ervoor dat mijn opborrelende enthousiasme niet al te duidelijk zichtbaar werd. Een leuke en dik betaalde opdracht zat eraan te komen, inclusief een verre reis op kosten van een rijke opdrachtgever. Dat zag ik best zitten. Ik wist dat Semenka het bedrijf een tijdlang op zijn eentje kon leiden. De reiskosten voor Maria Corinna zou ik dan wel voor mijn rekening nemen.

Had de slaaf mijn gedachten gelezen?

'U hoeft niet alleen te reizen,' zei hij. 'Mijn meester is bereid om de onkosten voor een tweede persoon te betalen.'

Ik knikte met gespeelde onverschilligheid. In de deuropening, achter de rug van de slaaf, stond mijn kleine jodin glunderend ja te knikken.

'Waar wil uw meester dat ik naartoe reis?'

'Sagalassos, een stad in Klein-Azië.'

Ik had nog nooit van Sagalassos gehoord.

'Mijn prijs hangt ook af van het gevaar dat aan de opdracht verbonden is,' zei ik.

'Dat begrijpt mijn meester. De concrete afspraken moet u met hem maken. Hij verwacht u zo snel mogelijk.'

'Waarom zo snel mogelijk?'

'Omdat hij ernstig ziek is. Hij wil deze zaak geregeld hebben voor hij naar de eeuwigheid vertrekt.'

'Welke zaak?'

De huisslaaf glimlachte fijntjes.

'Een oud verhaal. Een gewetenskwestie. De details moet u met mijn meester bespreken. Er staat buiten een draagkoets te wachten. Als u dat wilt, kunt u nu met me mee. De dragers zullen u achteraf weer naar huis brengen.'

'Waar woont uw meester?'

'Aan de andere kant van Rome, op de helling van de Esquilinus. De villa grenst aan het park van Maecenas.'

Ik had me laten vertellen dat de hellingen van de Esquilinus een kleine eeuw geleden nog een afschrikwekkende plaats waren. De overheid stelde er moordenaars en landverraders terecht. Lijken van arme donders werden er 's nachts door staatsslaven in naamloze graven gegooid. Mijn vaste kroegbaas had me verteld dat in barre winters de wolven uit de bergen afdaalden om van de lijken te vreten. De tijden waren veranderd. Nu was de heuvel in trek bij andere wolven: geldwolven. Ze lieten er protserige villa's optrekken.

'Ik ben er klaar voor,' zei ik.

Uit mijn ooghoek zag ik dat Maria Corinna op haar tenen dansend in de keuken verdween.

*

De villa van Marullus was minder pronkerig dan ik verwacht had. Ze stond in een ruime, parkachtige tuin en was omgeven door een manshoge muur met metalen pinnen erop. De gebouwen waren van op de straat niet zichtbaar. Tuin en villa waren door een zware ijzeren poort afgesloten. Zo te zien was de heer Pontius Marullus niet gesteld op pottenkijkers. De huisslaaf maakte de poort met een onhandig grote ijzeren sleutel open.

Pontius Marullus ontving me in zijn leeskamer, een groot vertrek aan de zonnezijde van het gebouw. De brede ramen stonden open, zodat licht en lucht vrij naar binnen konden stromen. Boekenkasten namen twee wanden van vloer tot plafond in.

Marullus zat in een brede zetel met hoge rug. Een wollen deken was over zijn knieën gespreid. Een boek lag geopend op de deken. *Een boek*, geen papyrusrol. Ik wist van mijn boekhandelaar dat er sinds korte tijd teksten in boekvorm beschikbaar waren. Boeken, zo beweerde hij, waren een stuk handelbaarder dan papyrusrollen. Die laatste moest je tijdens het lezen aan de ene kant af- en tegelijk aan de andere kant weer oprollen. Daar had je beide handen voor nodig. Van zo'n nieuwerwetse 'codex' kon je met één hand een bladzijde omslaan en je andere bleef beschikbaar om vliegen weg te jagen of in je neus te peuteren. Gezien het enorme aantal vliegen en neuzen in Rome voorspelde hij dan ook dat teksten in codexvorm een mooie toekomst tegemoet gingen en ooit de boekrollen zouden vervangen.

'Homeros Grafikos?' zei Marullus. 'Ik heb van vrienden veel goeds over je gehoord. Ga zitten.'

Zijn stem klonk opvallend zacht, bijna aarzelend. Hij wachtte tussen elke zin alsof hij te weinig adem had om er twee na elkaar uit te spreken. Hij was een lange man, bijna twee meter. Meer nog dan zijn lengte viel zijn magerte op. Ik vond hem akelig mager. Een geraamte dat door een bruin gevlekt vel bij elkaar werd gehouden. Zijn huid had de ziekelijk bleke kleur van een waskaars en zat vol rimpels. Zijn ogen waren groot en levendig, maar door de ouderdom tot een mistig parelgrijs verbleekt. Ik schatte hem in de buurt van de tachtig. Voor zijn respectabele leeftijd had hij nog veel haar. Het lag zilverwit en zijdeachtig dun als een krans rond zijn schedel. Ik kon me voorstellen dat hij vijftig jaar geleden een prachtige man geweest was die menig vrouwenhart sneller had doen slaan.

Ik nam plaats op een mooie stoel in donker hout met een kunstig uitgesneden leuning. Hij zag dat ik naar de leuning keek en lachte zachtjes.

'Ik zie dat je van mooie dingen houdt, Grafikos. Die stoelen maken ze in Afrika,' zei hij. 'Keizer Caligula was een goede vriend van mijn vader. Lang geleden, toen jij nog niet geboren was, heeft keizer Caligula me met een speciale opdracht naar Alexandrië gestuurd. Daar heb ik een aantal jaren van mijn leven doorgebracht. De beste jaren, denk ik soms. Dat komt natuurlijk omdat ik toen jong was en vol ambitie. Wat wil je drinken? Een Siciliaanse wijn? Eentje uit Gallië? Of verkies je wijn uit Lesbos? Mijn kelder is goed gevuld. Alleen jammer dat ik geen wijn meer mag drinken van mijn dokter. Dus drinkt die oude snoeper mijn beste wijnen zelf op. Zolang mijn wijnkelder niet leeg is, blijven de vrienden komen. Dus vul ik hem geregeld aan.'

Hij grinnikte diep in zijn keel.

'Ik hoef voorlopig niets,' zei ik. 'Onderhandelen doe ik liever met een helder hoofd.'

'Verstandig. Kun je je enige tijd voor me vrijmaken?'

'Hoe lang?'

'De duur van een reis naar Sagalassos.'

'Geen probleem.'

'Misschien is de opdracht gevaarlijker dan ze lijkt.'

'Aan mijn beroep zitten risico's vast,' zei ik. 'Mag ik weten aan welke gevaren u denkt, heer?'

'O, niets speciaals. Ik heb vorige zomer een van mijn slaven naar Sagalassos gestuurd. De man is nooit teruggekeerd. Ik weet niet wat er met hem gebeurd is. Misschien heeft hij de stad wel nooit bereikt.'

'Over welke opdracht gaat het?'

'Iemand voor me opsporen in Sagalassos. Een vrouw. Een oudere vrouw. Misschien is ze dood, misschien is ze verhuisd. Als ze nog in leven is, zal ze nu ongeveer vijftig zijn. Ik heb haar de laatste tientallen jaren niet meer gezien. Niets meer van haar gehoord. Ik weet dat ze een kind heeft, een zoon of een dochter. Als ze gestorven is, moet je haar kind opsporen.'

'Zo'n onderzoek kan tijd vragen,' zei ik.

'Neem er de nodige tijd voor. Toch moet ik op enige spoed aandringen. Mijn dokter geeft me nog een jaar te leven. Hij is een lieve man. Ik vrees dat hij een halfjaar liegt. Voor ik sterf, wil ik weten wat er met Florentina gebeurd is.'

Ik krabde in mijn haar. Ik probeerde me voor te stellen hoe Maria Corinna er over enkele tientallen jaren uit zou zien. En ik? De kans was reëel dat ik op mijn tachtigste lang niet de uitstraling van deze man zou hebben.

'De Florentina die u gekend heeft, is misschien intussen...'

Ik maakte een onbestemd handgebaar. Ik rekende erop dat hij begreep wat ik niet hardop wilde uitspreken: *de knappe, jonge vrouw die u tientallen jaren geleden gekend hebt, is intussen misschien verschrompeld tot een kwebbelende, rimpelige, hulpbehoevende grootmoeder zonder tanden.*

Misschien raadde hij mijn gedachten, want hij glimlachte.

'Vraag je je af hoe je Florentina zult herkennen? Ik zal je eerst het hele verhaal vertellen. Dan zul je ook beter begrijpen waarom ik op haast aandring. Diskoros, haal een glas water voor me. Daarna blijf je naast me zitten. Als mijn geheugen verkeerde dingen bewaard heeft of als ik iets belangrijks vergeet, moet je me onderbreken en verbeteren. Jouw geheugen is beter dan het mijne. Als ik in slaap val, moet je mijn verhaal verder zetten. Je kent het net zo goed als ik.'

Meer dan een uur lang bleef Pontius Marullus aan het woord. Slechts enkele keren moest Diskoros tussenbeide komen om een detail te corrigeren. Toen was zijn verhaal nog niet rond. Het vertellen had hem uitgeput. Hij leunde achterover in de zetel en sloot zijn ogen. Even later hoorden we aan zijn ademhaling dat hij in slaap gevallen was.

'Hij heeft een aantal uren rust per dag nodig,' legde de slaaf uit. 'Na een uurtje wordt hij vanzelf weer wakker.'

'Vertel jij het verhaal maar verder,' zei ik.

Diskoros vertelde al even gedetailleerd als zijn meester.

Ik vat hun verhaal voor je samen, met weglating van de honderden details die niets ter zake doen.

*

In het eerste jaar van zijn regering stuurde keizer Caligula de zoon van zijn vriend Marullus met een officiële opdracht naar Alexandrië.

Die zoon was Pontius Marullus. Hij had onder de vorige keizer Tiberius al openbare functies in Rome bekleed. Omwille van zijn wijsheid, zijn ervaring en zijn voorzichtige aanpak van moeilijke dossiers had Caligula hem in dienst genomen.

Marullus bleef twee jaar in Alexandrië als officiële gezant van de keizer. Toen zijn opdracht beëindigd was, besloot hij zich in Alexandrië te vestigen. Hij investeerde in de groothandel en nam een aantal rentmeesters in dienst. Die deden de boekhouding en namen de last van de dagelijkse beslommeringen op zich. Het ging hem voor de wind. Hij maakte lange reizen om contacten te leggen en om prospectiewerk te verrichten.

Marullus was een knappe man. Een aantal vrouwen uit de betere kringen maakte jacht op hem en hij had enige affaires. Omdat hij rusteloos van aard was en zich moeilijk kon binden, en ook omdat hij vele maanden buiten Italië verbleef, slaagde geen enkele vrouw er echter in om een langdurige relatie met hem op te bouwen.

Zijn reizen brachten Marullus vaak naar Klein-Azië. In Milete werd hij verliefd. Vijftien jaar leefde hij er met een vrouw samen. Na haar dood besloot hij uit Milete weg te trekken. Het was een vlucht voor zoveel mooie herinneringen die met de stad en met zijn vrouw verbonden waren. Eerst was hij van plan om naar zijn geboortestad Rome terug te keren, maar dat idee verwierp hij toen hij van vrienden en handelsrelaties vernam dat de hoofdstad rumoerige tijden meemaakte. Nero had er de macht gegrepen en het politieke klimaat werd met de dag onstabieler. Er heerste onrust. De onveiligheid nam zienderogen toe. Te pas en te onpas was er straatoproer.

Marullus besloot dan maar in Klein-Azië te blijven. Hij kocht een huis in Perge aan de zuidkust en stortte zich met nog meer overgave dan vroeger in het zakenleven. Hij was intussen een van Romes belangrijkste leveranciers van olijfolie en Griekse ceramiek geworden, de twee producten waarin hij zich was gaan specialiseren.

Marullus had intussen een leeftijd bereikt waarvan hij aannam dat ze verliefdheden en affaires met vrouwen uitsloot. Van beide had hij meer dan zijn deel gehad. Dat hij niet meer op vrouwenjacht hoefde, betekende tijdwinst en spaarde energie.

Vrienden in Perge vertelden hem over de bergstad Sagalassos in Pisidië. Die stad produceerde een uitstekende olijfolie en was een centrum van goede en goedkope ceramiek. Omdat olie en aardewerk hem beroepshalve interesseerden, reisde hij ernaartoe.

Sagalassos ligt in het Taurusgebergte. De hoge ligging en de vele naaldbossen die de stad omgeven, temperden de broeierige zomerhitte van het Aziatische binnenland. Het aangename zomerse klimaat beviel hem, net als de schitterende ligging, de bedrijvige sfeer in de stad en de vele openbare bouwprojecten die er aan de gang waren.

De eerste dagen benutte hij om een aantal zakelijke contacten te leggen. Hij voerde besprekingen met ambtenaren, kooplui en bankiers. Tijdens een van die gesprekken raakte hij bevriend met Melsonius, een geboren Galliër die zich na wat omzwervingen in Sagalassos gevestigd had. Hij was getrouwd met een meisje uit de stad en had de zaak van zijn schoonvader overgenomen, een bloeiend ceramiekatelier.

Op drie dagen tijd had Marullus zijn zakelijke besprekingen afgerond en een aantal contracten afgesloten. Hij ontdekte dat Sagalassos meer te bieden had dan olijfolie en de hoogwaardige ceramiekproducten van Melsonius: hij werd halsoverkop verliefd op Florentina. Een verliefdheid die hem als een zomeronweer overviel en die tot passie uitgroeide. Het bezoek dat hij hooguit op een week gepland had, duurde een zomer lang.

Florentina was een bevallige, levenslustige vrouw. Ze liep vaak bij Melsonius binnen omdat ze met diens vrouw bevriend was.

Probleem: ze was getrouwd met Mymas, de werfleider van een

ploeg beeldhouwers die een eind buiten de stad hun ateliers hadden. De meeste opdrachten kregen ze van het stadsbestuur. Omdat overal in Sagalassos publieke gebouwen uit de grond rezen, was er voortdurend behoefte aan grote hoeveelheden marmer en bouwonderdelen. Ploegleider Mymas was een ernstige, hard werkende man. Hij had er een gewoonte van gemaakt om 's morgens als eerste op de werf te arriveren en 's avonds als laatste naar huis te gaan, meestal kort voor het invallen van de duisternis. Hij kwam alleen thuis om het marmerstof van zijn lichaam te spoelen, een hap te eten en te slapen, wat Florentina met het gevoel opzadelde dat ze verwaarloosd werd. Ze klaagde er bij haar vriendin over dat Mymas meer aandacht had voor zijn marmeren kroonlijsten en friezen met guirlandes dan voor haar. Hun huwelijk bleef kinderloos. Mymas liet zich onder werkmakkers weleens ontvallen dat hij een nest kinderen had gewild, maar dat Florentina onvruchtbaar was.

Pontius Marullus genoot met gulzige teugen van zijn verliefdheid. Hij wentelde zich een zomer lang wellustig in passie en hartstocht. Hij was veertig en Florentina hooguit twintig, maar als ze met elkaar stoeiden, voelde hij nauwelijks een leeftijdsverschil.

Grapjas Toeval was zo vriendelijk om de geliefden een handje toe te steken. Mymas werd door de *boulé*, de stadsraad, naar Aphrodisias gestuurd om te onderhandelen over de levering van een lading marmeren bouwonderdelen. Aphrodisias was een stad in Pisidië die wijd en zijd bekend stond om haar vakkundig uitgevoerd beeldhouwwerk. De ateliers leverden voornamelijk half afgewerkte producten die pas op de bouwwerf zelf hun definitieve vorm kregen. De zending van Mymas duurde meer dan een maand.

Bij zijn terugkeer wachtte hem een koude douche. Een van zijn medewerkers had een oogje op de knappe Florentina. De man had tijdens Mymas' afwezigheid haar gangen met meer dan gewone aandacht gevolgd. Zo was hij Florentina's geheime relatie met Marullus op het spoor gekomen. Groen van afgunst vertelde hij Mymas dat zijn echtgenote de voorbije maand alles behalve in kuise onthouding had doorgebracht.

Mymas stond voor de keuze: ofwel de zaak aan de grote klok hangen en Florentina openlijk beschuldigen, ofwel het potje gedekt houden en het probleem in stilte zelf oplossen, in de hoop daarmee het gezichtsverlies te beperken. Hij koos voor de tweede oplossing. Op een avond overviel hij Marullus met een ploeg potige steenhouwers.

Twee dagen later ontwaakte de Romein op het dek van een vrachtvoerder die net de haven van Perge uitvoer, op weg naar Cyprus. In de zak van zijn tuniek vond hij een strookje papyrus. Zo onduidelijk als het handschrift was, zo duidelijk was de boodschap: *als je nog één voet in Sagalassos zet, zullen mijn honden je teelballen vreten en de wormen van je ingewanden smullen.*

Marullus informeerde zich over de politieke toestand in Rome. Keizer Caligula, van wie men vertelde dat hij zich als een waanzinnige gedroeg en met zijn drie zussen sliep, was vermoord. Alles wees erop dat er rustiger tijden aanbraken na het bloedige schrikbewind dat hij uitgeoefend had. De berichten over de nieuwe keizer Claudius waren tegenstrijdig. Men zei dat hij ziekelijk was en zich als een zonderling gedroeg. Dat hij de conventies aan zijn laars lapte. Dat hij kwijlde en stotterde. Dat hij als kind meer stokslagen dan liefde van zijn familie gekregen had. Maar men vertelde ook dat hij over grote gaven beschikte en dat hij, ondanks het feit dat hij aan zijn vijfde vrouw toe was, die bovendien een liederlijk leven leidde, een goed keizer was.

Marullus was intussen onmetelijk rijk geworden. Hij bezat opslagplaatsen in de havens van Ostia, Alexandrië en Perge. Hij wist op enige tientallen na niet hoeveel slaven hij in dienst had, noch hoeveel geld van hem bij een aantal bankiers in omloop was. Zoals hij het zelf formuleerde: al slapend werd hij almaar rijker.

Hij besloot het wat rustiger aan te gaan doen, zeker na zijn woelige zomer in Sagalassos. Hij wilde volop genieten van zijn fortuin. Veel welgestelde Romeinen trokken zich uit het actieve leven terug en brachten de rest van hun dagen door als herenboer op een landbouwbedrijf, ook al wisten ze van landbouw alleen wat Cato erover geschreven had, bijna twee en een halve eeuw geleden. Zelfs die teksten had

Marullus niet gelezen. Olijfbomen en olijven interesseerden hem niet. Alleen voor olijfolie bracht hij interesse op, als ze tenminste in kruiken opgeslagen was.

Hij keerde naar zijn geboortestad terug en liet een villa bouwen op de Quirinalis. Een aantal met zorg uitgekozen Griekse slaven beredderde er zijn huishouding. Een van die slaven was Diskoros. Hij had een degelijke opvoeding genoten, beschikte over een scherp verstand en was onvoorwaardelijk loyaal aan zijn meester. Binnen de kortste keren werd Diskoros de vertrouweling en raadgever van Marullus. Hun jarenlange samenwerking smeedde hen zo aaneen dat meester en slaaf bijna op voet van gelijkheid met elkaar omgingen.

Op een dag vertelde Diskoros over een nieuw geloof dat opgang maakte in Rome. Een zekere Jezus van Nazareth was onder de regering van Tiberius in Jeruzalem als oproerkraaier aan het kruis genageld. Nu verspreidden zijn volgelingen zich predikend door het Romeinse Rijk. De nieuwe godsdienst sloeg aan, niet op de laatste plaats bij de orthodoxe joden. Veel joden hadden immers problemen met de ingewikkelde en soms hopeloos pietepeuterige leef- en eetregels van hun geloof. Daarnaast was er het fenomeen van de besnijdenis, legde Diskoros uit. Orthodoxe joden waren verplicht hun voorhuid te laten weghalen. Wie tot de nieuwe joodse sekte wilde toetreden, hoefde die ingreep niet te ondergaan. Veel orthodoxe joden sloten zich bij de christenen aan. Ook onder slaven en arme donders verspreidde de nieuwe leer zich als strovuur. Dat succes was te verklaren, zei Diskoros. Jezus predikte namelijk de gelijkheid van alle mensen, rijk en arm, senator en bedelaar – de hemel was bereikbaar voor iedereen. Voor wie rechtschapen had geleefd, wachtte het eeuwige geluk in het hiernamaals. Geloofsgenoten werden opgeroepen om de naastenliefde te beoefenen. Ze moesten zich bekommeren om zwakken, zieken, hongerigen, weduwen, om al wie arm en verstoten was. Diskoros volgde in zijn vrije tijd lessen bij een catecheet. Hij zou weldra met water gedoopt worden en daarmee officieel lid van de sekte zijn.

Tot nu toe had Marullus zich in zijn drukke leven weinig om spirituele waarden bekommerd. Op zijn reizen had hij zoveel verschillende godsdiensten en godsbeelden leren kennen, en zoveel kortzichtig geloofsfanatisme ontmoet, dat hij geen God en zeker geen godsdienst nodig had. Tot zijn eigen verbazing raakte hij geïnteresseerd in het geloof dat Diskoros aanhing. Nu anderen zijn zaken voor hem beredderden, nu hij geen maanden meer onderweg was om kopers te bezoeken en koopwaar te inspecteren, kwam er tijd vrij om na te denken over de grote vragen van het leven: wat de zin was van het bestaan, of er nog een leven was na de dood, waarom iets goed of kwaad was. Hij boog zich over morele kwesties die vroeger nauwelijks zijn aandacht hadden verdiend. Nu hielden ze hem zelfs uit zijn slaap. Hij discussieerde uitgebreid met Diskoros over de leerstellingen van het christendom. De meesterslaaf kon niet op al zijn vragen antwoorden. Marullus nodigde daarom de catecheet bij hem thuis uit. Hij ondervroeg de man honderduit over het leven van Jezus van Nazareth, over de naastenliefde die hij gepredikt had, over zijn toch wel vernederende dood aan een kruis. De Nazarener had een aantal leerstellingen verkondigd die Marullus hoogst origineel en soms bizar vond. Dat er maar één God was, bijvoorbeeld. En dat die ene God dan nog uit drie andere goden bestond. Als dat geen hersenbreker was! Alsof één gelijk was aan drie. Daar kon hij met zijn nuchter koopmansverstand niet bij. Wat hij ook niet begreep, was dat iemand die als misdadiger aan het kruis gestorven was, een oproerkraaier zoals er wel meer door de straten van Rome zwierven, de stichter kon zijn van een succesrijke godsdienst. Nog zoiets vreemds: die Jezus was *tegelijk* God en mens geweest. Hoe kon je tegelijk water en vuur zijn? Tegelijk sterfelijke mens en onsterfelijke God? Een andere leerstelling die zijn voorhoofd van onbegrip deed fronsen, was dat je je evenmens lief moest hebben. Hij herinnerde zich een vers uit een van de kluchtige stukken van Plautus. Het was in zijn hoofd blijven hangen omdat het uitdrukte wat hij in de wereld van de groothandel vaak ondervonden had: *lupus est homo homini, non homo, quom qualis sit non novit* – tenzij je hem beter kent, is een mens voor de andere geen mens, maar een wolf.

Marullus stond toe dat een groep christenen zijn tuinhuis gebruikte voor de zondagse vieringen. Die noemden ze met een Grieks woord *eucharistie*. Uiteindelijk besloot Marullus zelf de stap te zetten. Hij volgde lessen bij de catecheet en liet zich dopen. Zijn bekering hield hij zelfs voor zijn beste vrienden verborgen. Het gerucht ging dat keizer Claudius de joden en de nieuwe joodse sekte met een scheef oog bekeek. De keizer ergerde zich blauw aan de opstootjes die zich af en toe in de buurt van de synagogen voordeden. Hij vond dat de joden te talrijk werden en verbood hun samenkomsten. Enige jaren later probeerde hij hen uit Rome te verdrijven. Ook zijn opvolger, keizer Nero, bekeek het sluipende succes van de afgescheurde joodse sekte met achterdocht. Als je een beetje voorzichtig was, schreeuwde je niet van de daken dat je jood of christen was.

In al die jaren was Marullus zijn zomerliefje uit Sagalassos niet vergeten. Een ring met een lapis lazuli in de knop herinnerde hem af en toe aan Florentina. Wel was het beeld van het meisje na zoveel jaren in zijn herinnering vervaagd. Zelfs de ring had de jaren met moeite overleefd. Hij was zo dun geworden dat hij elk ogenblik kon breken.

Op een dag, even onverwacht als een donderslag bij heldere hemel, was de herinnering aan Florentina weer springlevend geworden. Een scheepskapitein die geregeld op Klein-Azië voer, bracht hem een lange brief. De afzender was Melsonius, zijn Gallische vriend uit Sagalassos. Vooral één zin uit de brief trof hem als een vuistslag in zijn gezicht. Als het ware terloops schreef Melsonius dat Florentina ruim acht maanden nadat Marullus de stad verlaten had, een kind ter wereld had gebracht. *Zijn kind.* De Galliër was vergeten erbij te schrijven of het een zoon of een dochter was. Vergetelheid? Opzet? Enkele weken voor hij de brief ontving, had Marullus, die zich al maanden slap en futloos voelde, van zijn huisdokter vernomen dat hij een ernstige ziekte onder de leden had. De brief, en vooral die ene zin, knaagde als een worm aan zijn geweten. In gedachten herbeleefde hij die zomer vol passie. Leefde Florentina nog? Waarom was hij nooit naar Sagalassos teruggekeerd? Waarom had hij het meisje aan haar lot overgelaten?

Was hij niet als een lafaard gevlucht voor zijn verantwoordelijkheid? Hij had oprecht van Florentina gehouden en de liefde was wederzijds geweest. Toch was hij als een bange haas uit de stad weggebleven. Waarom? Omdat iemand een dreigbrief in zijn zak had gestopt. Was het niet zijn morele plicht om voor de opvoeding van het kind te zorgen? *Zijn kind.* Met een schokje realiseerde hij zich dat het kind intussen een volwassen man of vrouw geworden was. Misschien had zijn kind zelf al kinderen. Dan was hij grootvader.

Grootvader.

Eerst verwarde de gedachte hem, daarna raakte hij erdoor ontroerd.

Hij vroeg zich af hoe hij het onrecht dat hij de jonge vrouw had aangedaan in extremis nog recht kon zetten. Had hij als christen niet de plicht de naastenliefde te beoefenen? Als zijn overstap naar het nieuwe geloof een ernstige zaak was geweest – en dat was het – dan moest hij er de consequenties van dragen. De dag naderde waarop hij voor zijn goddelijke Schepper zou verschijnen. Dan zou hij verantwoording over zijn leven en zijn daden moeten afleggen. Ook over de daden die hij uit lafheid niet gesteld had.

Hij besloot een gebaar van naastenliefde te stellen. Hij zou een deel van zijn fortuin aan Florentina schenken, of aan haar kind. Zijn kind. Hun kind.

Hij ontbood onmiddellijk Aulus Dorion, zijn Romeinse bankier. Hij gaf hem de opdracht om zo snel mogelijk vijfhonderdduizend sestertiën naar een bankier in Perge en evenveel naar een bankier in Sagalassos te laten overbrengen. Hij liet een wetgeleerde komen en dicteerde een testament. Hij liet erin opnemen dat Florentina of haar kind de vijfhonderdduizend sestertiën moest krijgen.

Toen bleef er nog één stap te zetten: Florentina opsporen. Hij stuurde meteen zijn huisslaaf naar het kantoor van Homeros Grafikos.

*

Toen Diskoros klaar was met zijn verhaal, sloeg Marullus zijn ogen op. Ik vermoedde dat de oude man niet geslapen had, maar de hele tijd aandachtig naar het relaas van Diskoros had geluisterd.

'Nog vragen, Grafikos?' vroeg hij.

Natuurlijk had ik die. Ik barstte van de vragen. Hoeveel jaar geleden had Marullus zijn mooie Florentina gekend? Op zijn minst dertig jaar. Dat betekende dat ze nu een oudere vrouw was. Hoe zou ik haar herkennen? Hoe kon ik weten dat ze de echte Florentina was? Elke vrouw wilde wel een leugentje vertellen in ruil voor een fortuin.

'Hoe pik ik de echte Florentina uit tien valse?'

De alerte ogen van de oude man begonnen guitig te twinkelen. Hij sloot ze met een glimlach. Ik vermoedde dat hij in gedachten even naar het verleden terugkeerde om het beeld van zijn zomerliefje weer op te roepen.

'Misschien weet je uit ervaring dat geliefden de gekste dingen doen,' zei hij. 'Gek of romantisch, soms is de grens tussen die twee niet breder dan een baardhaar. Op een dag reisde ik naar de haven van Perge, waar ik een aantal magazijnen in eigendom had. Van een smokkelaar kocht ik er het mooiste halssieraad dat ik ooit gezien heb. Ook het duurste, trouwens. Een schitterend Egyptisch juweel. Volgens de verkoper had het ooit de lieflijke hals van Cleopatra gesierd. Geschiedschrijvers maken ons wijs dat Cleopatra een mooie vrouw was. Geloof me, dat is een fabeltje. Verleidelijk was ze wel. Ze kon mannen gek maken. Maar mooi? Vergeet het. Ze had een veel te grote neus en ook van die mistroostig hangende mondhoeken. Wel had ze de sierlijkste hals van heel Egypte. Dat heeft keizer Caligula me zelf verteld en die had het uit goede bron. Het sieraad dat ik kocht, bestond uit een ketting van kralen, afwisselend van goud en van donkerblauwe faience. Er hingen twee gouden scarabeeën aan. Onderaan bengelden vijf lotusbloemen in gekleurd glas. Op elke scarabee was een edelsteen bevestigd. De ene had de kleur van haar ogen, hemelsblauw, lapis lazuli. De andere was donkerbruin, de kleur van mijn ogen, en werd 'tijgeroog' genoemd. Daarom noemde ze me altijd Tijger. Liefde maakt niet alleen blind, Grafikos, het is nog veel erger: liefde maakt ook onvoorzichtig.'

Hij schudde zijn gebeeldhouwde kop alsof hij het zelf niet kon geloven.

'Er was namelijk een detail waar mijn verliefde hersenen geen rekening mee hielden. Florentina was getrouwd. Ze kon niet ineens triomfantelijk thuis opdagen met een Egyptische hanger die een fortuin had gekost. Dan zou haar echtgenoot natuurlijk vervelende vragen gaan stellen. Dus vroeg ik aan een goudsmid om het juweel te ontmantelen en de edelstenen in twee ringen te monteren. Voor mezelf kocht ik een zilveren ring en liet er de blauwe steen, die perfect de kleur van haar ogen had, in bevestigen. Het tijgeroog monteerde de goudsmid in een van Florentina's ringen. Ze was er gerust op dat haar man nooit zou zien dat er een nieuwe steen in gezet was. Kijk, deze heb ik sindsdien altijd gedragen.'

Hij balde zijn vuist en liet me de ring zien.

'Je zult Florentina herkennen aan haar ring, aan de bruine steen erin. En aan de kleur van haar ogen. Voor zover ik weet, verbleken je ogen wel als je ouder wordt, maar de kleur verandert niet.'

'Misschien zijn er meer vrouwen in Sagalassos die blauwe ogen hebben en een ring dragen met een donkerbruine steen erin.'

Hij schudde kordaat zijn hoofd.

'Die kans is klein. Zelfs als ze zo'n ring hebben, kennen ze het geheim van het Egyptische halssieraad niet.'

Hij schoof de ring van zijn knokige vinger.

'Neem hem mee. Alleen Florentina weet dat deze blauwe steen ooit de hals van Cleopatra gesierd heeft. Alleen Florentina noemde me Tijger.'

Hij zuchtte vermoeid. De groeven in zijn gezicht waren dieper geworden. Diskoros schudde het kussen achter zijn rug wat op.

'En nu de praktische dingen, Grafikos. Ik zal je een aantal brieven meegeven. Eentje voor de bankier in Perge, eentje met aanbevelingen voor de bankier in Sagalassos zodat je niet onverwacht zonder reisgeld valt. Ook een brief voor mijn oude vriend Melsonius, de Galliër zoals ze hem ginder noemen. Hij zal je op alle mogelijke manieren helpen. En nu is het tijd dat je een van mijn betere wijnen proeft.'

*

Zegt de naam Semenka je nog iets? Ik heb je enige keren terloops over mijn Egyptische slaaf verteld. In feite is hij meer mijn medewerker dan mijn slaaf, en meer mijn vriend dan mijn medewerker.

Semenka vertrok geen spier toen ik hem vroeg om ons kantoor 'een tijdlang' op zijn eentje te leiden. Hij is nog zuiniger op zijn woorden dan keizer Vespasianus op overheidsgeld. Ik weet dat hij er een gloeiende hekel aan heeft om het kantoor alleen open te houden. Dat brengt immers vervelende dingen mee: mensen te woord staan, vriendelijk met klanten omgaan, honderduit vragen stellen. Semenka is van het principe dat je geen drie woorden gebruikt als je het met één kunt doen.

Omdat ik mijn medewerker ken, speelde ik het spelletje tactisch. Semenka was enige tijd tevoren vader geworden van een dochtertje, Rededet. Sinds de geboorte woonde hij samen met zijn vriendin en haar andere dochter Irene. Ik kende de kamer die hij met Pompilia betrok: een klein, somber vertrek in een naar etensresten en schimmel stinkende huurkazerne. Ze had geen ramen. Het daglicht kon er slechts via de deur naar binnen. De deur gaf uit op een gang die zelf al niet baadde in het licht. Ik wist dat Semenka op zoek was naar een ruimere woning. Zonder dat hij daarvan op de hoogte was, had ik Maria Corinna eropuit gestuurd om een beter onderkomen te zoeken. Ze had er een gevonden aan de rand van de haven, niet ver van ons kantoor. Twee kamers met elk een raam, een klein balkon en een apart hokje dat ze als keuken konden inrichten. De dag voor ik hem vroeg om ons kantoor een tijdlang alleen te leiden, vertelde ik hem het nieuws van de grotere woning. Ik zei dat ik bereid was om de huur voor mijn rekening te nemen. Hij sprong geen gat in de lucht. Hij reageerde op zijn Semenka's: nauwelijks dus. Hij knikte kort, ogenschijnlijk onverschillig, alsof ik hem gezegd had dat de zon scheen. Toch wist ik dat hij intens tevreden was. Even later kreeg ik daar bevestiging van. Ik betrapte hem erop dat hij zat te neuriën over een schrijftablet met een Egyptisch koopcontract. Het was de eerste keer in meer dan vijf jaar samenwerking dat ik hem dat hoorde doen!

Drie dagen na mijn gesprek met Pontius Marullus zaten Maria Corinna en ik op een trekschuit.

Die bracht ons, samen met een stapel bouwafval, naar Ostia. Het puin was naar de moerassen onderweg, wij naar Sagalassos.

*

Ik geloof allang niet meer in de homerische goden. Ik geloof nog minder in de Romeinse. Dat zijn uiteindelijk maar aangepaste afkooksels van de Griekse. Dat neemt niet weg dat ik almaar sterker geloof dat het leven van ieder mens door een of andere wispelturige godheid gestuurd wordt. Al heb ik vaak de indruk dat het een god is die niet goed weet wat zijn plannen zijn met de mensen en de wereld. Het is de god die ik Toeval noem. Volgens mij trekt hij zich van de mensen geen barst aan. Hij laat ze immers in de gekste situaties en op de vreemdste plaatsen belanden. In stormen en op godverlaten strandjes langs de zuidkust van Klein-Azië bijvoorbeeld.

De morgen nadat we op zo'n strandje aangespoeld waren, koepelde een onwezenlijk blauwe hemel zonder één wolkje boven de zee. Er was geen zuchtje wind. Meeuwen vlogen krijsend boven ons. Ze verbaasden er zich over dat menselijke bezoekers hun afgelegen strandje gevonden hadden. In de struiken die zich in rotsspleten vastklampten, zongen vogels. Hun gefluit en gekwetter klonk onwaarschijnlijk luid in de stilte die alleen bestond uit het zachte bruisen van uitrollende golven op het zandstrand.

Ik bleef een hele tijd naar de intens blauwe hemel kijken en naar de stilte luisteren. Ik dacht aan de storm. Als vanzelf gingen mijn gedachten naar onze vriend Diores. Ik nam aan dat we voorgoed afscheid hadden genomen van de babbelzieke verhalenverteller. Zoals ik ook aannam dat de bemanning van de Horus en de joden door de zee opgeslokt waren. Achteraf zouden we vernemen dat de meeste bemanningsleden een eind zuidelijker levend waren aangespoeld. De joden waren spoorloos verdwenen, net als hun koffer.

Wat Diores betreft, vergiste ik me. We waren nog niet van hem af, bijlange niet.

Maria Corinna lag tegen me aan. Ik drukte een voorzichtige kus op haar lippen. Ze sloeg meteen haar mooie, donkere ogen op. Toen klampte ze zich als een drenkeling aan me vast en huilde opnieuw, nog heftiger dan de vorige avond, met schokkende schouders maar zonder tranen.

Al waren we heelhuids aan land geraakt, we hadden er geen flauw benul van waar we beland waren. We besloten om de rotsen te beklimmen die het strandje insloten. We moesten zo snel mogelijk op zoek naar hulp, naar mensen, naar een dorp, naar eten. Onze bagage lag ergens op de zeebodem. We rammelden van de honger. Gelukkig had ik het reisgeld en de brieven van Pontius Marullus niet bij de bagage gestopt. Ik bewaarde ze in een zakje dat ik onder mijn tuniek rond mijn middel gebonden had.

Ik vreesde het ergste voor de leesbaarheid van de brieven na hun verblijf in het zeewater. Dat waren echter zorgen voor later. Ik had voor het ogenblik noch de tijd noch de moed om ze te controleren.

De rotswand beklimmen leek een goed idee – tot ik eraan begon. De rotsen bleken onbeklimbaar. De wand was zo steil en zo glad dat hij nergens een houvast voor handen of voeten bood. Op de plekken waar hij niet onmogelijk steil was, groeiden struiken. Twee keer kon ik me een meter of vier hogerop worstelen, tot de doorgang geblokkeerd werd door struiken met vingerlange dorens. De takken waren zo dicht in elkaar verstrengeld, dat ze een muur vormden. Geen doorkomen aan.

We waren verplicht om langs het strand een eventuele doorgang te zoeken waarlangs we naar boven konden klauteren. We hadden hooguit vijfhonderd meter afgelegd toen Maria Corinna mijn arm greep. Ze wees. Een steenworp verder, vlak bij de waterlijn, lag een gestalte. We liepen ernaartoe.

Het was Diores. Ik knielde bij hem neer, legde mijn wijsvinger op zijn pols. Geen hartslag. Ik maakte de binnenkant van mijn pols vochtig en hield die bij zijn mond. Ik voelde, nauwelijks merkbaar, een luchtstroom. Diores leefde nog. Nader onderzoek wees uit dat hij een wonde aan zijn achterhoofd had. Bloed had zijn haren aan elkaar doen klitten. De wonde zat vol vliegen. Op het eerste gezicht zag het er niet levensgevaarlijk uit. Wat konden we voor hem doen? Maria Corinna's moeder was een ervaren kruidenvrouw geweest en ook zijzelf wist veel van geneeskrachtige planten af. Maar daar hadden we op dat ogenblik niets aan.

'Ergens moeten er toch mensen zijn, of een dorp,' zei de kleine jodin nadenkend. 'Ik heb een idee. Blijf jij bij Diores. Ik ga op zoek naar hulp.'

'Is het niet beter dat jij bij Diores blijft en dat ik eropuit trek?'

Ze schudde kordaat haar hoofd.

'Ik ben een vrouw. Mij zullen de kustbewoners eerder helpen dan een louche drenkeling met een vreselijke stoppelbaard. Ik ben een straatkat. Ik overleef makkelijker dan jij.'

'Maar, vogeltje, denk je niet...'

Ze luisterde niet eens. Ze omhelsde me en vertrok.

*

Ik weet niet hoe lang ik bij Diores op het strand heb zitten wachten. Ik trok mijn tuniek uit en liet daar zijn hoofd op rusten. Ik slaagde erin om wat takken af te breken en daar een schaduwplek mee te maken. Af en toe bewogen zijn lippen. Ik bracht mijn oor tot vlak bij zijn mond. Hij praatte zo stil en onduidelijk dat ik onmogelijk kon verstaan wat hij zei. IJlde hij? Eén woord keerde in zijn gefluister telkens terug, maar ik kon het niet goed verstaan – *zazis, sazias*? Was het de naam van een persoon? Van een dorp? Van een vrouw? We hadden zoveel dagen op het scheepsdek naast elkaar geleefd en toch wist ik niet eens of hij getrouwd was. Ook over zijn bestemming had hij met geen woord gerept. Diores was dan wel een spraakwaterval, in het gordijn van woorden had hij zichzelf onzichtbaar gemaakt.

Ik voelde me moe, hongerig, dorstig. Ik probeerde het verloop van de tijd af te meten aan de stand van de zon. Waarschijnlijk ben ik in slaap gesukkeld, of bewusteloos geraakt. Toen ik weer op de wereld terechtkwam, stond de zon een heel stuk lager. Van Maria Corinna nog geen spoor.

Ik schrok wakker uit een lichte sluimer. In de verte klonken stemmen. De kleine jodin kwam over het strand naar me toe gelopen, in het gezelschap van een tiental mannen die een mij onbekende taal spraken. Hun leider, een struis gebouwde vijftiger met het postuur van een gladiator, sprak vloeiend Latijn. Achteraf vertelde hij ons dat hij een opleiding als zwaardvechter gekregen had en dat hij na een dozijn gewonnen gevechten genoeg verdiend had om zich vrij te kopen. Hij wist wat een schipbreuk was. Jaren geleden was hijzelf hier in de buurt aangespoeld. Hij was hier blijven wonen. Nu was hij het dorpshoofd van een kleine nederzetting van vissers en strandjutters.

Met stokken en touwen hadden de mannen een primitieve draagberrie in elkaar geknutseld. Ze hadden ook twee kruikjes meegebracht, een met wijn, een met water. De wijn goten ze tussen de lippen van Diores, het water kletsten ze in zijn gezicht. Diores sloeg voor het eerst zijn ogen op en knipperde verbaasd. Hij probeerde overeind te komen, maar zakte meteen weer achterover. Te oordelen naar de vermoeide grijns op zijn bleke gezicht, begon onze vriend er weer bovenop te komen.

'Ben ik in de hel of in de hemel?' vroeg hij.

'Geen van beide,' zei de aanvoerder. 'De goden willen dat je in leven blijft. We zullen ze daar een handje bij helpen.'

Ik dronk gretig de rest van de wijn en het water op. Nu pas besefte ik hoe rauw mijn keel was. Ze moet er als de bast van een olijfboom uitgezien hebben. Mijn lippen waren gezwollen.

'Mijn vrouw en ik moeten zo snel mogelijk naar Sagalassos,' zei ik tegen de mannen.

'Je vrouw heeft ons alles al verteld,' knikte het dorpshoofd. 'Maar vergeet Sagalassos voorlopig. Je zou het best wat op krachten komen voor je verder reist. Van hieruit kun je te paard in twee of drie dagen Phaselis bereiken. Daar neem je een boot naar Perge.'

Ik wees met een vragend gebaar naar Diores.

'Die man zat op hetzelfde schip als wij,' zei ik. 'Mijn vrouw en ik kunnen niet wachten tot hij er weer bovenop is. Als jullie voor hem zorg willen dragen tot hij op eigen kracht verder kan, zal ik jullie er graag voor betalen.'

De ex-gladiator schudde langzaam zijn hoofd. Hij gaf me een kameraadschappelijke klap op mijn schouder.

'Welnee makker, zo werkt dat hier niet,' zei hij. 'Dit is Rome niet. Je hoeft niets te betalen. Wat kunnen wij in ons dorp met jouw geld aanvangen? Geen barst! We leven hier zo'n beetje buiten de wereld.'

'Misschien heb je wat losse munten op overschot,' grijnsde een van de andere mannen. 'Daar kan ik voor mijn dochter een hangertje van maken.'

'Met een beetje geluk spoelt een deel van de lading van jullie schip op deze stranden aan,' zei een andere. 'Dan zijn we ruimschoots vergoed voor onze moeite.'

Ik wist niet of hij het als grap bedoelde. Diores was alweer in een halve bewusteloosheid weggegleden. De dorpelingen legden hem op de draagberrie en we gingen op weg. Een kleine twee uur later bereikten we een onooglijk dorpje zonder naam. Het bestond uit een twintigtal lemen hutten met rieten daken. Het lag op een paar boogscheuten afstand van de kust, onzichtbaar van op de zee. Een kwestie van veiligheid, legde de dorpsoverste uit. Enige generaties geleden krioelden de kusten van Klein-Azië van de piratenbendes. Die plunderden niet alleen voorbijvarende vrachtschepen zonder militaire escorte, ze vielen ook dorpen aan, verkrachtten de vrouwen en verkochten de bewoners als slaven.

Maria Corinna en ik verbleven drie dagen in het gastvrije dorp. Toen namen we voor de tweede keer afscheid van Diores. Onze vriend was intussen al flink opgeknapt, al voelde hij zich nog niet sterk genoeg om zijn reis verder te zetten. Wel had hij zijn eeuwige grijns en zijn tong teruggevonden.

Hij had het duidelijk naar zijn zin. Zo had hij de vorige avond het hele dorp rond zich geschaard en in geuren en kleuren het verhaal van de wulpse Zoila en haar ingegraven wijnvat verteld. De meeste dorpelingen begrepen zijn taal niet, maar dat kon de pret niet drukken. Waar nodig vertaalde het dorpshoofd enkele zinnen. Diores, omringd door het dankbaarste publiek dat hij ooit gekend had, was in grootse doen. Ik vroeg me af wie het meest van het verhaal genoot, de aandachtige dorpelingen of de verteller zelf.

Toen we vertrokken, omhelsden we elkaar als oude vrienden. Ik had er een fortuin om durven verwedden dat we deze keer definitief afscheid namen. De kans dat we elkaar nog eens tegen het lijf zouden lopen, was wel heel klein.

Dat fortuin zou ik met klank verloren hebben. Ik hield immers geen rekening met de wispelturigheid en de bizarre zin voor humor van de god die de touwtjes van het toeval in handen heeft.

Maar dat vertel ik je later wel.

*

Er zijn dagen die zich langzaam voortslepen, van het gloren van de ochtend tot het invallen van de schemering. Dagen waarop je het doven van het daglicht met tevredenheid begroet. Kleurloze dagen waarvan de uren gevuld worden met nuttige maar weinig opwindende gebeurtenissen, zoals het vertalen van ingewikkelde verkoopcontracten of het uitpluizen van al even belangwekkende erfenisregelingen.

Er zijn gelukkig ook dagen die iets minder saai verlopen. Dan moet je bijvoorbeeld de man of de vrouw opsporen die een volle nachtpot door het raam van een tweede verdieping heeft gegooid, precies op het hoofd van een voorbijlopende senator. Het wordt nog een stuk leuker als die nachtpot niet toevallig op dat hoofd terecht is gekomen, maar perfect is gemikt.

En dan zijn er de piekdagen, dagen gevuld met boeiende gebeurtenissen of ontmoetingen. Dan dooft de duisternis het licht van de dag veel te snel.

Zo'n dag was het toen ik Aurelia ontmoette. Die dag staat in mijn herinnering gebeeldhouwd, in positieve zin omdat ik toen een van de mooiste en liefste vrouwen leerde kennen die ik ooit ontmoet heb, en in negatieve zin omdat het de eerste van een rij dagen was die van mijn snoepreis naar Sagalassos een avontuur, om niet te zeggen een nachtmerrie maakte.

Maria Corinna en ik liepen over de oude Via Sebaste, de karavaanweg die van de kust eerst naar Antiochië en vervolgens dieper Anatolië in voert. De weg slingert zich doorheen brede, vruchtbare valleien, tussen de machtige, beboste bergruggen van het Taurusgebergte. Hij was tijdens de regering van Augustus aangelegd met de bedoeling de steden van Klein-Azië beter bereikbaar te maken voor de legers en de ideeën van Rome, de nieuwe heerser over de streek. Natuurlijk profiteerden ook de reizigers en de handelaars ervan.

Waar een zijweg zich naar Sagalassos afsplitste en de bergen inkroop, hurkten enkele armelijke hutten bij elkaar. Een ervan diende als winkeltje. Je kon er wat eten kopen en ook ezels huren voor de klim naar boven. We zaten krap bij kas. Ik had een hele tijd in Perge naar de bankier gezocht voor wie Marullus een brief meegegeven had en hem uiteindelijk gevonden. Het bleek een oud, beverig mannetje te zijn, dat ons met diepliggende, waterige oogjes aankeek. Hij gaf de indruk dat hij geen woord van mijn verhaal over de schipbreuk geloofde. Het duurde een uur om de achterdochtige man duidelijk te maken dat het voddige stukje papyrus, dat door het zeewater grotendeels onleesbaar gemaakt was, wel degelijk een brief van de hand van Marullus was. De schrale vrek haalde, zichtbaar tegen zijn zin, een vroegere brief van Marullus uit een kast te voorschijn. Met zijn neus bijna tegen het document gedrukt, vergeleek hij beide zegelafdrukken. Hij ging uiteindelijk overstag en gaf knorrig toe dat de zegels identiek waren. Met een zuinig mondje en na ondertekening van de nodige ontvangstbewijzen in hoekig Grieks schoof hij me een hoeveelheid geld toe, in elk geval voldoende om naar Sagalassos te reizen en het daar enige tijd uit te zingen. Pontius Marullus had me verteld dat hij vijfhonderdduizend sestertiën in de geldkoffer van die bankier gestort had. Dat de man zo'n kopschuwe, achterdochtige vrek was, had hij er niet bij gezegd.

Uit voorzichtigheid besloot ik geen geld te spenderen aan het huren van twee ezels. Ik overtuigde Maria Corinna ervan dat onze stijve knoken aan een wandeling toe waren. We hadden uren en uren op een schommelende paardenrug gezeten. Het zou een welgekomen afwisseling zijn, zei ik, om de resterende kilometers te voet af te leggen.

Wat ook meespeelde, was dat de verhuurder van de ezels een louche indruk maakte. Hij vroeg een schaamteloos hoge prijs voor zijn rijdieren. Voor een paar hompen brood en twee gedroogde vissen moest ik het dubbele dokken van wat we er onderweg in een herberg voor betaald hadden. Erger nog, toen we onze veldflessen vulden aan een leeuwenbek die water spuwde, eiste de afzetter daar geld voor. Dat was buiten Maria Corinna gerekend: die barstte in een scheldtirade uit, half in haar Aramese moedertaal, half in het Latijn. Hij kromp als een slak in elkaar.

Voor we aan de tocht naar Sagalassos begonnen, griste Maria Corinna nog gauw een handvol gedroogde abrikozen uit het kraampje van de geldwolf mee. Toen hij begon te protesteren, keek ze hem met haar grote karbonkelogen zo dreigend aan dat hij zijn protest inslikte. Als Maria Corinna boos kijkt, kiest zelfs een zomeronweer een andere koers.

Een uur later besefte ik dat ik me lelijk op de klim verkeken had. De tocht naar de bergstad was een stuk lastiger en veel langer dan ik verwacht had. We volgden een hobbelig rotspad, goed berijdbaar voor karren maar zo kronkelend dat je er haast zeeziek van werd. De hitte van de late middag zoog het laatste restje vocht uit onze poriën. Er stond een zachte bries, maar die was zo lauw dat hij ons zweet nauwelijks droogde. Nog voor we halverwege waren – naar ruwe schatting, want de dennenbossen ontnamen ons vaak het zicht op de bergen zodat we de stad niet zagen liggen – zat er geen druppel water meer in onze veldflessen. De vermoeidheid beet in onze kuiten. Tenminste in mijn kuiten. De kleine jodin bleef als een veulen naar boven huppelen, alsof de vermoeidheid geen vat op haar kreeg. Ik had dan ook vijfentwintig kilo lichaamsgewicht méér naar boven te dragen.

We hadden naar schatting nog zo'n dik uur te gaan – en met 'gaan' bedoel ik klauteren, hijgen, zweten, afzien – toen ik dringend aan een rustpauze toe was. Mijn borst zwoegde als een slecht scharnierende blaasbalg. Mijn adem schuurde pijnlijk door mijn zanderige keel. Bij elke stap voelde ik de blaren aan beide voeten. Als rustplek koos ik een rotsblok uit dat warmte uitstraalde hoewel het in de schaduw van een pijnboom lag. Ik maakte mijn sandalen los, onderzocht mijn blaren, trok een grimas en liet me vervolgens languit achterover vallen. Kreunend van tevredenheid sloot ik mijn ogen. Het eerstvolgende uur zou ik voor geen fortuin overeind komen. Dat vertelde ik Maria Corinna, zonder mijn ogen te openen.

'Laten we goed afspreken, vogeltje,' zei ik. 'Zelfs als de keizer van Klein-Azië voorbijkomt en blijft staan, laat je me liggen, akkoord?'

'Heeft Klein-Azië een keizer?'

'Kan me niet bommen. Ik wil niet gestoord worden.'

'En ik wil drinken, ik sterf van de dorst,' klaagde Maria Corinna. 'Ik heb in de verte vlekken sneeuw op de bergen gezien. Daar moet smeltwater naar beneden komen. Ik ga op zoek.'

Ik kon de energie niet opbrengen om te antwoorden dat ik het een schitterend idee vond.

*

Een halfuur later stond iemand zachtjes aan mijn schouders te schudden. Ik opende met tegenzin mijn ogen, knipperend tegen het brutale licht. Maria Corinna. Ik onderdrukte met moeite een geeuw.

'Is de keizer van...' zei ik.

Toen wipte ik overeind, als door een insect gestoken. Het was niet de keizer van Klein-Azië die naar me stond te kijken. Ik keek in de heldere ogen van Aurelia.

'Dit is Aurelia,' zei Maria Corinna. 'Ze woont in Sagalassos. En je kunt nooit raden wat hier inzit.'

Ze stak de veldfles triomfantelijk omhoog. Zonder mijn ogen van Aurelia af te slaan, pakte ik de veldfles aan. Er klotste water in de kruik! Bij Zeus! Heerlijk fris water! Smeltwater! Ik voelde de koelte ervan door de dunne wand. Ik zette de fles aan mijn lippen en dronk onbetamelijk gulzig. Terwijl ik het water als een weldaad door mijn lijf voelde stromen, bleef mijn blik op Aurelia rusten. Zelfs al had ik het gewild, ik kon mijn ogen niet van haar losrukken. De twee jonge vrouwen stonden met geamuseerde interesse naar me te kijken. Toen ik klaar was met drinken, grijnsde ik, een beetje schaapachtig.

'Nooit eerder een drinkende man gezien?' vroeg ik en het klonk afschuwelijk stompzinnig, het wás ook stompzinnig. 'Dat is verdomd lekker water, vogeltje.'

'Er zijn veel bronnen in de bergen,' zei Aurelia.

Ik bekeek het meisje wat aandachtiger. Ze was niet gewoon mooi, ze was bloedmooi. Haar prille schoonheid benaderde de perfectie. Alsof dat niet volstond om mijn keel opnieuw droog te maken, had ze het soort ogen waar ik niet tegen kan. Ogen die aan heldere bergmeren doen denken omdat ze er de kleur en de diepte van hebben, en de verborgen mysteries. Ogen die onschuld uitstralen, maar een onschuld waarvan je weet dat ze misleidend en bedrieglijk is omdat je er een wereld van verborgen verlangens achter vermoedt. Het waren ogen die een man als ik onrustig maken omdat ze zo zuiver zijn en tegelijk zo vol troebele mogelijkheden dat je er je houvast bij verliest. Ogen die al je zekerheden doen wapperen als een zeil in een losbollige bries.

Aurelia bleef naar me kijken, nogal geamuseerd als ik haar mimiek tenminste goed interpreteerde. Haar blik had tegelijk de nieuwsgierigheid en de ongevaarlijke onbeschaamdheid van de jeugd. Hoe oud was ze? Achttien? Tweeëntwintig? Ik zag enige nauwelijks zichtbare lachrimpeltjes rond haar ooghoeken. Waarschijnlijk was ze niet zo jong als ze eruitzag. Vijfentwintig misschien, maar zeker niet ouder. Als ze glimlachte, kreeg ze twee grappige kuiltjes in haar wangen. Pas later ontdekte ik dat die kuiltjes er ook waren als ze niet lachte. Zoals ik later ook zou zien dat haar sierlijke, volle lippen van nature aan de hoeken opkrulden. Daardoor gaven ze permanent de indruk dat ze net aan een beloftevolle glimlach begonnen. De opkrullende mondhoeken verleenden haar gezicht, dat de gelijkmatig gebronsde kleur had van een bleekhuidige persoon die veel in openlucht leeft, iets meisjesachtigs, iets ontwapenends.

Ze had dikke, korenblonde haren die tot op haar schouders neergolfden. Het tegenlicht deed ze als goud oplichten. Haar tanden waren klein en regelmatig. Ze glansden als verse sneeuw. De twee voortanden waren veel groter dan de andere en er zat een opvallende spleet tussen. Ze vertederde me, die spleet, omdat ze haar volmaakte schoonheid enigszins verzachtte. Die spleet bracht haar schoonheid dichterbij, meer binnen handbereik. Ongeveer zoals een schoonheidsvlekje een volmaakt gezicht niet minder mooi maakt, alleen minder onmenselijk.

'We zijn op weg naar boven,' zei ik, nadat ik mijn verbazing had weggeslikt. 'Naar de stad. Ik bedoel, we moeten in Sagalassos zijn.'

Vreselijk stuntelig klonk dat. Erger nog, het klonk ronduit lullig. Ik vervloekte mezelf. Om de lulligheid van mijn houding nog te accentueren, wees ik vaag naar boven, waar ik de stad vermoedde. Doe dat niet, dacht ik, en ik deed het toch, met een beate grijns.

Nu vind ik van mezelf dat ik niet helemaal zonder zelfkennis ben. Ik weet dat ik, als ik in betoverende vrouwenogen kijk, een stamelende jongeman word die de domste dingen wel en de intelligentste dingen niét zegt, of te laat zegt, of met de verkeerde intonatie zegt. Dit was een van die momenten. Ik besefte het wel, maar ik kon het niet verhelpen. Gelukkig steeg het bloed niet naar mijn kop. Dan had ik er helemaal belachelijk bij gestaan.

Ik zag een spottend lachje over het gezicht van Maria Corinna glijden. Een lachje dat ik maar al te goed had leren kennen. Ze dacht natuurlijk precies hetzelfde als ik. Het vervelende is dat zij mij veel beter kent dan ik haar.

'Terwijl jij sliep, hebben Aurelia en ik met elkaar gepraat,' zei Maria Corinna. 'Ik heb haar ongeveer alles al verteld. Ze weet dat we niet naar Babylon onderweg zijn.'

Aurelia schoot in de lach. Ik slikte, rukte mijn blik van haar los, nam nog een slok om mezelf een houding te geven en realiseerde me dat ik opnieuw naar Aurelia stond te staren.

Op het gezicht van Maria Corinna lag nog altijd een spottende uit-drukking. Was ze jaloers omdat ik met zoveel aandacht naar het vreemde meisje keek? Ik verwierp die gedachte. Maria Corinna en jaloezie, dat ging niet samen. Zolang ik haar kende, had ik nog niet één signaal van jaloezie opgevangen. Alsof dergelijke gevoelens haar onbekend waren, of haar niet raakten. Met al haar levenservaring was de kleine jodin in staat om als een straatkat in elke situatie te overle-ven. Tegelijk was haar gevoelsleven zo eenduidig en rechtlijnig als dat van een kind, en even puur.

'Volgens Aurelia komt Nero misschien met een leger naar Saga-lassos,' zei ze.

Ik viel uit de lucht. Had ik dat goed gehoord?

'Wié?'

'Nero,' zei Maria Corinna. 'Dat is toch de keizer van Rome?'

'Wás,' verbeterde ik haar.

'Hij heeft een leger verzameld,' zei Aurelia. 'Misschien kwartiert hij zijn soldaten in Sagalassos in.'

Ik liet de lucht pruttelend tussen mijn lippen ontsnappen. In feite was ik blij dat we nu tenminste een gespreksonderwerp hadden.

'Ik neem aan dat dit als grap bedoeld is?' polste ik. 'Nero is al jaren dood. Vespasianus is de keizer van Rome. En voor hem waren dat Vitellius en Otho.'

Aurelia schudde met een kort gebaar haar haren naar achteren. Haar hemelsblauwe ogen verdonkerden even. Haar lange wimpers trilden. Ze schudde langzaam neen.

'Ik weet best dat Vespasianus de keizer is,' zei ze. 'We leven hier niet in de bossen van Gallië. Maar volgens mijn vader leeft Nero nog. Een dode man kan geen afgezanten naar Sagalassos sturen.'

Haar stem klonk zacht, bijna aarzelend. Ze hield de hele tijd haar heldere, troeblerende ogen op mij gericht. Mijn verstand zei dat ik van haar weg moest kijken. Mijn lichaam zei het tegengestelde. Ik luisterde naar mijn lichaam en bleef in haar ogen wegzinken.

'Hoe voert een dode man een leger aan?' vroeg ik. 'Zweeft hij als een geest boven zijn soldaten? Wordt hij als gebalsemd lijk op een ossenkar meegevoerd? Of draagt een pretoriaan zijn knoken in een leren zak op zijn rug mee?'

Ik vond mezelf best grappig.

'Als hij niet dood is,' zei Aurelia, 'kan hij zich toch bewegen zoals iedereen?'

Ik schudde in gespeelde wanhoop mijn hoofd, zuchtte overdreven luid. Dit werd een dovemansgesprek. Jammer toch dat zo'n aantrekkelijk meisje zoveel onzin uitkraamde. Doodjammer dat ze er intelligenter uitzag dan ze was.

'Luister, heel Rome weet dat Nero zijn aders doorgesneden heeft,' zei ik op de lijzige toon die een schoolmeester tegen een hardleerse leerling aanslaat. 'Iedereen weet dat hij dat niet zelf gedaan heeft. Daar was hij te week voor, en te laf. Een slaaf deed het voor hem. Romeinse keizers snijden zelf geen vlees. Ze hebben me verteld dat keizers aan tafel hun vlees door slaven laten voorsnijden. Ik bedoel, in hun eigen vlees snijden...'

Ik sloeg wartaal uit en wapperde mijn woorden weg.

'Nero is in elk geval als een offerrund doodgebloed,' besloot ik ferm. 'En dat is jaren geleden al gebeurd.'

Ik vond de kuiltjes in haar wangen ronduit vertederend. Nu pas viel het me op dat ze haar ene voet op een vreemde manier voor de andere gezet had.

'Als Romein gaat u ervan uit dat men in Rome de waarheid zegt,' zei Aurelia. 'Hier vertellen ze de geschiedenis anders. Niet alleen in Sagalassos, ook in andere steden van Klein-Azië.'

'Dan verdraaien jullie de feiten,' reageerde ik fel, veel feller dan ik het bedoelde. 'Toevallig was ik in Rome toen de keizers hun stoelendans hielden. Ken je die geschiedenis? Nee? Goed, luister dan even. Het begon toen Nero verplicht werd om zelfmoord te plegen. Zijn opvolger was Galba. Die werd al na korte tijd door soldaten van Otho neergesabeld. Otho, een jeugdvriend van Nero, werd de nieuwe keizer. Hij ging in het protserige Gouden Huis wonen dat Nero gebouwd had, maar ook zijn liedje duurde niet lang. Otho pleegde zelfmoord. Dat was de enige manier om aan de woedende soldaten van Vitellius te ontkomen. Goed. Vitellius volgde Otho op. In dat bloedige jaar vielen de keizers als bladeren in het najaar. De soldaten van Vespasianus zaten Vitellius op de hielen. Ik bespaar je de details van zijn dood.'

'Doe niet zo flauw, Homeros,' zei Maria Corinna scherp. 'We zijn geen kinderen meer.'

'Goed, jullie vragen erom. Vitellius had zich met zijn hond in een portiershuisje verstopt en de deur gebarricadeerd. Toen de soldaten van Vespasianus de doodsbange keizer vonden, beukten ze de deur in en legden een strop om zijn hals. Ze zetten hem op een ossenkar en voerden hem in triomf door de hoofdstraten van Rome, terwijl de voorbijgangers hem bespotten en bespuwden. Een soldaat had een leuk idee. Hij hield een lanspunt vlak onder de kin van Vitellius, zodat de stakkerd de hele tijd rechtop moest staan op de wiebelende kar en zijn hals stijf achterover moest houden. Iedere keer als zijn hoofd van vermoeidheid zakte of de wielen van de kar over een steen hobbelden, drong de lanspunt in zijn keel. Na de triomftocht folterden ze de arme kerel langzaam dood. Ze sloegen een vleeshaak in zijn schouder en sleepten zijn lijk naar de Tiber. Daar lieten ze het wegdrijven.'

Aurelia had onbewogen geluisterd.

'Waarom vertel je dit verhaal?' vroeg ze.

'Om te bewijzen dat Nero dood is,' antwoordde ik.

'Verhalen zijn verhalen, geen bewijzen,' beweerde Aurelia, nog altijd met een voorzichtig stemmetje. 'Mijn vader vertelt datzelfde verhaal anders.'

'Ik ben benieuwd,' zei ik gretig. 'Ik luister.'

'Nero zou zijn aders niet echt geopend hebben. Ooggetuigen beweren dat de keizer, of zijn slaaf in jouw versie, een kip doodde. Iedereen zag bloed vloeien. Niet het bloed van de keizer. Kippenbloed.'

'Leuk gevonden,' mompelde ik zuur.

'Mijn vader beweert dat Nero een uitstekend acteur was,' ging Aurelia verder. 'Hij liet zich voor dood neervallen en werd door vrienden naar buiten gedragen. Daarna heeft hij zich enkele jaren buiten Rome schuilgehouden. Nu wil hij opnieuw de macht grijpen.'

Ik gromde iets in mijn keel. Geloofde dat meisje echt in de fabels van haar vader? Ik schudde vol onbegrip mijn hoofd. Toch begon er enige twijfel in mijn geest te sluipen. Het was inderdaad best mogelijk dat Nero in de Aziatische delen van het rijk anders beoordeeld werd dan in Rome. Daar had hij zich onmogelijk gemaakt en de stad had hem uitgespuwd. In Klein-Azië waren ze wellicht minder, of zelfs helemaal niet, op de hoogte van zijn wanbestuur en zijn uitspattingen.

'De man die zegt dat hij Nero is, speelt goed op de citer en hij declameert lange fragmenten uit Homeros,' zei Aurelia. 'Volgens mijn vader is de gelijkenis met de vroegere keizer opvallend.'

'Je vader is verdomd goed op de hoogte,' gromde ik, mijn schamperheid nauwelijks intomend. 'Hoe weet hij dat Nero, of tenminste de kerel die zich voor hem uitgeeft, afgezanten naar deze stad stuurt? Hoe kan hij weten dat die bedrieger op Nero lijkt, op de echte, als hij die echte nooit gezien heeft?'

Nu zat ze klem. Toch glimlachte Aurelia, alsof ze wist dat ze zou scoren.

'Omdat vader keizer Nero persoonlijk gekend heeft,' zei ze.

'Welke? De dode of de valse?'

Ze schudde lichtelijk verwijtend haar hoofd omdat ik zo koppig aan Nero's dood bleef vasthouden.

'De echte. Twintig jaar geleden heeft vader in Ephese met keizer Nero samengewerkt. De keizer nam er deel aan muziekwedstrijden. Hij speelde met veel gevoel op de citer. Hij heeft de wedstrijd toen gewonnen. Vader was jurylid.'

Ik proestte het uit, veel te sarcastisch om geloofwaardig te klinken. In principe probeer ik mijn werk zo onopvallend mogelijk te doen, maar in mijn verbale reacties wil ik weleens te hard van stapel lopen. Dat Nero de wedstrijd gewonnen had, was natuurlijk een lachertje. Hij won elke wedstrijd waaraan hij deelnam. Iedereen, deze naïeve en wereldvreemde schoonheid uit de bergen uitgezonderd, wist dat Nero schaamteloos scheidsrechters omkocht en hen, als omkopen niet lukte, met de dood bedreigde. Ik had geen zin om met dit mooie meisje in een discussie verstrikt te raken, toch niet over de eerlijkheid van scheidsrechters.

'Dat was twintig jaar geleden,' zei ik. 'Toen kon je Nero nog een mens noemen. Toen stond hij nog onder de invloed van zijn leraar Seneca. Later is hij in een politiek monster veranderd. En volgens je vader is hij nu naar Sagalassos onderweg? Ongelooflijk.'

'Hij staat op het punt om met zijn leger op de kust te landen,' beweerde Aurelia. 'Hij heeft twee geheime gezanten naar Sagalassos gestuurd om met de stadsraad te onderhandelen.'

Ik fronste lichtelijk geïrriteerd mijn voorhoofd. Als ik eerlijk was, moest ik toegeven dat het verhaal van Aurelia akelig serieus begon te klinken. Een valse Nero die een machtsgreep voorbereidde. Ik raakte nu echt geïnteresseerd.

'Hoe weet je dat allemaal, Aurelia? Dat van die geheime gezanten?'

'Omdat ze bij ons thuis gelogeerd hebben. Vader maakt deel uit van de stadsraad. Ik vang thuis flarden van gesprekken op, ook al interesseert politiek me niet, zeker niet nu tweedracht de stad verscheurt.'

Ze haalde haar magere schouders op.

'Tweedracht? Wat bedoel je?'

'Twee politieke strekkingen verdelen de stad. De ene groep wil Nero feestelijk ontvangen en zijn leger tijdelijk inkwartieren. Vader is daar voorstander van. De andere groep beweert, zoals jij, dat de man een bedrieger is en dat we achteraf vreselijke represailles van Rome over ons heen zullen krijgen.'

'Hoe komt de nieuwe Nero aan soldaten?'

'Volgens mijn vader vangt hij deserteurs op die uit de legioenen aan de oostgrens van het rijk wegvluchten. Dat zijn er nogal wat. Ook de soldaten die met verlof uit het oosten terugkeren, houdt hij tegen. Hij belooft hun geld, gronden, allerlei erefuncties.'

'Een leger op de been houden, kost handenvol geld. Waar haalt die man zoveel geld vandaan?'

'Zijn soldaten dwingen handelaars om hem geldelijk te steunen. Als ze dat weigeren, plunderen ze hun zaak, bewapenen hun slaven en lijven ze in. Vader beweert dat almaar meer steden in Klein-Azië de kant van Nero kiezen. Zodra zijn leger sterk genoeg is, zal hij naar Rome oprukken.'

'Wie is je vader?' vroeg ik.

'Atilius Lamprias, heer. Maar nu moet ik dringend weg.'

Ze wendde zich tot Maria Corinna.

'Er is maar één herberg die fatsoenlijke kamers voor reizigers heeft,' zei ze. 'Ze ligt aan de rand van de stad, op de weg die bij het odeon naar de bergen aftakt. We noemen ze Dansend Water.'

Ze glimlachte naar Maria Corinna, schonk me een snelle, taxerende blik, alsof ze niet goed wist wat ze van me moest denken. Ze draaide zich om en liep weg. Ik keek haar na tot ze tussen de rotsen uit het gezicht verdwenen was. Toen knipperde ik met mijn ogen, alsof ik niet kon geloven wat ik gezien had. Ik had het echter maar al te duidelijk gezien: Aurelia had een horrelvoet, al ondervond ze daar bij het lopen blijkbaar geen hinder van.

Maria Corinna kuchte nadrukkelijk om mijn betovering te doorbreken. Ik voelde me als een betrapte schooljongen.

'Ze is echt verdwenen, Homeros. Van nu af kun je weer normaal doen.'

Ik bedacht een nijdig antwoord, maar ze begon klaterend te lachen nog voor ik half uitgesproken was.

*

De herberg Dansend Water, die op de verdieping vier kleine kamers voor reizigers had, ontleende haar naam aan een watervalletje vlakbij dat in drie niveaus van een rotswand naar beneden sprong en daarbij een vrolijk klaterend geluid maakte.

De waard heette Xenodoros. Hij was een stevige brok vlees van meer dan honderd kilo. Toch zag hij er niet papperig uit. Hij bewoog soepel en had een goed geproportioneerd, bijna atletisch postuur. Zijn handdruk was krachtig, op het pijnlijke af, zijn hand een enorme vleesklem waarin de mijne helemaal verdween. Ik schatte dat mijn bovenarmen ten minste drie keer in die van hem konden. Hij had een hoekig en nurks gezicht. Zijn oogopslag was snel en achterdochtig. Bij de eerste aanblik maakte hij dan ook een eerder onvriendelijke indruk. Die indruk was echter misleidend. De hele tijd dat ik in zijn herberg logeerde, heb ik nauwelijks één nors woord van hem gehoord. Niet dat hij een spraakwaterval was. Als kroegbaas had hij geleerd naar anderen te luisteren.

Zijn vrouw, die in gewicht en gespierdheid niet voor hem onderdeed, beredderde de keuken. Ze heette Sessia. Ze had een blozend gezicht. Zandkleurig haar piepte vanonder een hoofddoek te voorschijn. Haar bovenarmen waren net zo dik als die van Xenodoros. Haar gezicht en armen stonden vol sproeten. Haar lach, die diep uit haar buik naar boven borrelde, schetterde voortdurend vanuit de keuken door de hele zaak.

We schoten meteen goed met haar op. Vooral met Maria Corinna klikte het. De twee vrouwen brachten samen nogal wat tijd in de keuken door. Wie ze bezig zag, kon een glimlach niet onderdrukken: de ene een flink stuk boven de honderd kilo, de andere met moeite de helft daarvan.

Nadat we ons in het kamertje geïnstalleerd hadden, stommelde ik het houten trapje naar de kroeg af. Ik ging op een bank tegen de muur zitten, bestelde een kroes wijn en vertelde Xenodoros dat iemand me onderweg een gek verhaal had verteld. Keizer Nero, die al jaren dood was, zou onderweg zijn naar Sagalassos.

'Dat is toch onzin,' ging ik verder. 'Dat gelooft toch geen zinnig mens?'

Xenodoros liet zijn warrige wenkbrauwen over zijn grijze ogen zakken.

'Ik geloof er in elk geval wel in,' zei hij. 'Nero is altijd een knap acteur geweest. Hij was beter als acteur dan als staatsman. Ze ruziën hier al wekenlang over niets anders meer dan over Nero.'

'En zijn zelfmoord dan?'

'Een fabeltje uit de hoofdstad. Ze hebben Nero in Rome het leven onmogelijk gemaakt. Dus heeft hij zich door zijn vrijgelatene Epaphroditus de aders laten doorsnijden. Maar niet echt natuurlijk. Hij heeft zich enige jaren gedeisd gehouden. Slim, heel slim van 'm. Nu wil hij opnieuw de macht grijpen.'

'En jullie gaan hem daarbij helpen?'

'Natuurlijk. Lamprias beweert dat alle steden die Nero nu hun steun geven later geen duit belasting aan Rome zullen hoeven af te dragen als hij opnieuw keizer wordt. Er is trouwens meer. Nero zou als dank voor onze steun een stenen theater laten bouwen, helemaal op zijn kosten. Het huidige theater is te klein. De zitplaatsen zijn ongemakkelijk. De hele boel is aan vernieuwing toe. Volgens Lamprias betaalt Nero niet voor een opknapbeurt, maar voor een heel nieuw theater.'

Ik bedacht dat ik hooguit een uur in Sagalassos was en de naam van Aurelia's vader al meerdere keren had horen noemen.

'Die Lamprias, wat is dat voor iemand?' vroeg ik.

'Man, jij komt zeker uit de bossen van Gallië dat je Atilius Lamprias niet kent! Hij is een van de machtigste mannen in de stadsraad. Als je hier zaken komt doen, kun je hem maar beter te vriend houden.'

Hij grinnikte en gaf me een knipoog van verstandhouding, al begreep ik niet wat hij bedoelde.

'Anders trouwens ook,' voegde hij eraan toe.

Ik trakteerde Xenodoros op een wijntje. Hij schoof een houten bank bij en kwam bij me zitten.

'Misschien kun je me helpen,' zei ik. 'Ik kom helemaal uit Rome om een zekere Florentina op te zoeken. Zo'n dertig jaar geleden kreeg ze een kind. Ken je haar?'

Hij stak zijn machtige armen in de lucht en schudde zijn kolossale hoofd.

'Ruim een kwarteeuw geleden? Ho man, ik heb wel wat beters te doen dan alle namen van zwangere vrouwen te onthouden.'

'Ken je dan een zekere Melsonius? Galliër van geboorte.'

'Natuurlijk ken ik die. Iedereen noemde hem de Galliër.'

'Noemde?'

'Twee maanden geleden hebben we hem begraven. Als je tijd opgebruikt is, komt de dood je halen. Dan mag je zoon nog tien keer dokter zijn en de beste kruidenpillen van Klein-Azië in elkaar draaien.'

'Is zijn zoon dokter?'

Hij zoog de lucht fluitend tussen zijn lippen.

'Antaios. Knappe kop. Heeft in Athene medicijnen gestudeerd. Zijn slaven hebben een kruidenwinkel op de bovenste agora. Kijk, dat is zijn werk. En zo goed als pijnloos.'

De waard sperde zijn mond wagenwijd open. Hij tikte met zijn dikke wijsvinger tegen een van zijn tanden. Er zat een gouden kroon op. Nu was het mijn beurt om bewonderend te fluiten. Het was me bekend dat de dokters in Rome kronen konden zetten. Dat ze hier, in deze godverlaten bergstad, dezelfde techniek beheersten, verbaasde me.

'Kun je me iets meer over dokter Antaios vertellen?'

'Niet veel. Hij is beroemd voor zijn pillen en kruidendrankjes. Mensen maken dagreizen om zijn medicijnen te komen kopen. Ze zeggen dat hij bekend is tot in Antiochië. Ben je helemaal uit Rome gekomen voor de dokter?'

Ik ontweek een duidelijk antwoord en vroeg waar dokter Antaios woonde. Toen gaf ik het gesprek een andere wending.

'Ik hoor vertellen dat er politieke spanningen in de stad zijn,' zei ik. 'Heeft Atilius Lamprias daar iets mee te maken?'

Xenodoros plantte zijn ellebogen op de tafel. Hij knikte somber en liet zijn onderlip zakken.

'Nu Nero komt, koken de vetpotjes over. Het oude refrein. Twee stinkend rijke families die elkaar het licht in de ogen niet gunnen. Aan de ene kant de clan van Atilius Lamprias. Hij bezit zoveel wijngaarden, graanvelden en eikenbossen in de omgeving dat hij een godganse dag op eigen grond kan rondlopen. Aan de andere kant de clan van Titus Flavius Neon. Zo mogelijk nog rijker en met ongeveer evenveel grond in bezit. Flavius Neon woont in een villa in het dal. Het paleis van de keizer in Rome kan niet chiquer zijn.'

'En dokter Antaios?'

'Hij is de woordvoerder van de Flavius Neon-clan. Als je niet voor de dokter komt, kom je dan misschien voor de optocht van morgen?'

'Optocht?'

'Man, weet je dan niet dat morgen de auspiciën geraadpleegd worden? Niet dat ik in die hocus-pocus geloof, maar je weet nooit waar het goed voor is om naar de wil van de goden te informeren.'

'Waarom een optocht?'

'Machtsvertoon van de familie Lamprias. Rijk volk is vreemd volk. Beide clans hebben zoveel geld dat ze oorlogen kunnen uitvechten alleen al om het prestige. Morgen sluit ik mijn kroeg tijdens de stoet. Er zal veel volk op de been zijn.'

Hij boog zich naar me toe.

'En mooi volk! Alle jonge meisjes van de stad en de omliggende dorpen stappen mee. Zoveel schoons krijg je zelden bij elkaar te zien. Een goeie raad: hou je knappe dochter tijdens de optocht in de gaten. Heethoofdige kerels die hun handen niet thuis kunnen houden, je weet wel.'

'Ze is mijn vrouw.'

'O,' reageerde hij en fronste gegeneerd zijn voorhoofd. Hij schudde zijn geweldige kop en bekeek me aandachtig. Dan liet hij een vettig gegrinnik horen. Het klonk als het hinniken van een paard.

'We drinken nog een wijntje op kosten van het huis,' zei hij. 'Met zo'n jong ding zul je dat nodig hebben. Vertel eens, mannen onder elkaar, hoe leg je het aan boord om zo'n juweel in je bed te krijgen?'

*

Ik besloot een wandeling te maken om de stad te verkennen.

Sagalassos beschikt over twee marktpleinen. Een hoger gelegen agora met onder meer de vergaderzaal voor de stadsraad, en wat lager een plein met de Apollotempel en een triomfboog ter ere van Trajanus. Men was er volop bezig met het bouwen van een zuilengalerij naar het oosten en het westen. Vooral de laagste agora was enige tijd geleden zwaar getroffen door een aardschok. De schade was nog niet overal hersteld.

Om de drukte in de hoofdstraten te vermijden, koos ik op goed geluk een smalle steeg die licht steeg in de richting van de pottenbakkerswijk. Ik passeerde ruïnes van oude stadswallen en wachttorens. Alexander de Grote had de stad vierhonderd jaar geleden na een lastige belegering ingenomen. Macedonische veteranen uit zijn leger hadden zich massaal in Sagalassos en de vruchtbare valleien errond gevestigd. Omdat de bewoners zich bedreigd voelden door Galaten en andere volkeren uit Anatolië, hadden ze zich met stadswallen en torens beschermd. Pas een eeuw geleden was de stad bij het Romeinse Rijk ingelijfd. Sindsdien groeide ze als kool. Haar rijkdom nam navenant toe. Tijdens de regeerperiodes van Claudius en Nero waren overal overheidsgebouwen uit de grond gerezen, het ene nog luxueuzer dan het andere. Daar waren grote hoeveelheden marmer voor nodig. Omdat de aanvoer van marmer een kostelijke en gevaarlijke aangelegenheid was, had de stad sinds kort eigen marmergroeven. Het beheer ervan werd verpacht. Voor de twee rijkste families, die van Flavius Neon en die van Atilius Lamprias, was het een erezaak om die pacht binnen te rijven. De strijd werd op het scherp van de snede gevoerd. Xenodoros had me verteld dat de clan van Lamprias net de concessie binnengehaald had. Omdat Flavius Neon vermoedde dat Lamprias het spel niet eerlijk had gespeeld, had Neon een klacht bij de proconsul ingediend. Die had de kanselarij van de keizer ingeschakeld. Op zijn beurt had keizer Vespasianus een beroep gedaan op de *statio marmorum*, het speciale departement dat verantwoordelijk was voor de marmermijnen. Daarop had het departement de marmerprocurator van Klein-Azië naar Sagalassos gestuurd.

Ik werd uit mijn gepeins opgeschrikt door rennende voetstappen. In de hoofdstraat nam een man een brede bocht en kwam zo in volle snelheid de zijsteeg in gespurt, mijn richting uit. Twee kerels zaten hem achterna. Ik vroeg me af wat er gebeurde, zette enkele passen opzij tot ik tegen de muur stond en wachtte af. Een straatgevecht, dat kon leuk worden.

De eerste man, die al rennend zijn sandalen kwijt was gespeeld, had koperrode haren. Hij perste alles uit zijn lijf om zijn kleine voorsprong te behouden. Hij was tamelijk corpulent. Zijn hoekige loopstijl was niet die van een getraind hardloper. Zijn achtervolgers haalden hem zienderogen in. Het geluid van de rennende voeten op de rotsige straatbodem en hun gehijg waren de enige geluiden in de steeg.

Het leek een amusant straattafereeltje, tot ik me, met een schok die me naar adem deed happen, realiseerde dat de eerste man letterlijk voor zijn leven liep. Zijn achtervolgers hadden een voorwerp in de hand waarin het zonlicht af en toe flitsend weerkaatste – een mes. Ze hadden donkere mutsen op hun hoofd die ze diep over hun voorhoofd getrokken hadden.

De eerste man was me zo dicht genaderd dat ik de doodsangst op zijn gezicht kon zien. In paniek wendde hij zijn hoofd naar links en naar rechts. Zocht hij naar een betere vluchtweg in een smalle zijsteeg? Keek hij uit naar een schuilplaats?

Ineens kreeg hij mij in de gaten. Hij minderde even vaart, alsof hij aarzelde tussen een zijsteeg en mijn gezelschap. Hij besloot mijn richting uit te komen, waarschijnlijk omdat hij erop rekende dat mijn aanwezigheid zijn achtervolgers zou afschrikken.

Die kleine aarzeling werd hem fataal. De mannen met het mes haalden hem snel in. Een van hen greep hem langs achteren vast. Ze vielen samen op de grond. Er volgde een sparteling van armen en benen. Ik kon niet precies zien wat er gebeurde, zo snel verliep het gevecht.

Het resultaat zag ik even later wel. De achtervolger kwam overeind. Hij schopte twee, drie keer zo hard als hij kon tegen het roerloze lichaam op de grond en zei iets tegen zijn makker. Die aarzelde even en knielde toen neer. Met één krachtige haal sneed hij de keel van het slachtoffer door.

De andere kerel kreeg me ineens in de gaten. Hij maakte zijn kompaan op mijn aanwezigheid attent. Ze keken tegelijk mijn richting uit en wisselden enige woorden. Toen lichtten ze de hielen. Zonder nog om te kijken, verdwenen ze al rennend in een zijstraat.

De hele vertoning had zich op een steenworp van mij afgespeeld. Ze kon niet langer dan dertig hartkloppingen geduurd hebben. Het was zo onwerkelijk dat ik roerloos stond toe te kijken, als bevroren.

Minder dan honderd meter verderop was een drukke straat waar tientallen mensen voorbijliepen, en hier werd op klaarlichte dag een man vermoord.

Ik porde mezelf tot actie aan en spurtte naar het slachtoffer. De man lag met zijn gezicht naar de grond in een plas bloed die almaar groter werd. Het bloed zocht zijn weg in de voegen tussen de grote, platte stenen waarmee de steeg geplaveid was. Ik pakte hem bij de schouders en kantelde hem voorzichtig om. Zijn ogen stonden glazig en leeg. De stakkerd had een flink aantal messteken in zijn buik en borst. Een paar keer was het mes tussen zijn ribben door recht naar zijn hart gegaan. Er vloeide nog altijd een beetje bloed uit de keelwonde, die obsceen openstond.

Een van de aanvallers had zijn mes achtergelaten. Ik bukte me om het op te rapen, maar bedacht me net op tijd. Ik raakte het mes niet aan. Ik boog me over de vermoorde man, vloekte binnensmonds en schudde mijn hoofd. Voorzichtig sloot ik de ogen van de overledene.

Ik proefde bitterheid in mijn mond. Door te slikken kon ik de braakneiging met moeite bedwingen. Ik voelde me miserabel.

Welkom in Sagalassos.

Ik huiverde en vroeg me af wat ik moest doen. Op dat ogenblik kriepte vlakbij een deur. Twee vrouwen van rond de veertig – onmiskenbaar zussen, als het al geen tweeling was – kwamen uit een huis. De ene was lichamelijk gehandicapt; ze bewoog zich met trekkende schouders en sleepte haar been. De andere had een scheve mond en een zenuwtrek: ze schudde voortdurend met haar hoofd. Allebei hadden ze grote, uitpuilende ogen en blauwige oogzakken die er als hoofdletters U onder hingen. Op twee meter afstand bleven ze staan. Ze sloegen gelijktijdig hun handen voor hun gezicht en begonnen tegen elkaar te jammeren in een taal waar ik geen snars van begreep. Eén woord kwam daarin duidelijk terug: *Lykinos*. De naam van het slachtoffer? Ze keken afwisselend van de dode man naar mij. De hinkende vrouw, duidelijk de baas van het tweetal, fluisterde iets in het oor van haar zus. In feite hoefde ze niet te fluisteren, ik begreep toch geen jota van wat ze zei. De andere schrok zo, dat haar mond openviel. Ze keek naar mij. Haar ogen begonnen nog verder uit te puilen. Er kwam een uitdrukking van bewondering en angst op haar gezicht. Na een nijdige por van haar zus zette ze het op een lopen. Even verder duwde ze een deur open en ging een huis binnen.

Ik wendde me in het Grieks tot de vrouw die bij me gebleven was. Ze zette met een kreetje van afschuw een pas achteruit, alsof ik haar aanviel. De situatie werd almaar gênanter. Op alle vragen die ik haar stelde, schudde ze haar hoofd. Ze sprak geen enkele van de vijf talen die ik op haar uitprobeerde. Of weigerde ze me te verstaan?

'Flavius Neon,' zei ze ineens. 'Flavius Neon.'

Die naam kende ik. Hij was de leider van de clan die de kant van Rome koos. De moord was waarschijnlijk een onderdeel van de strijd tussen de twee clans, misschien een afrekening.

Een oudere man kwam naderbij. Hij duwde zich voort op een stok. Ook hij had uitpuilende ogen boven huidplooien die de helft van zijn wangen bedekten. Onmiskenbaar de vader van de zussen. Waarschijnlijk had zijn dochter hem uit zijn middagslaap gehaald. Zijn buik stulpte vervaarlijk over zijn riem. Gelukkig sprak hij Grieks.

'Moge Jupiter deze rampzalige stad genadig zijn, dit is de *procurator marmorum*,' zei hij, zorgelijk zijn kalende hoofd schuddend. 'Hij is de gast van Titus Flavius Neon. Ik bedoel, hij wás... Is hij...?'

'Dood,' knikte ik. 'De keel doorgesneden.'

'Waarom hebt u dat gedaan?'

'Ho, ho! Ik heb niks gedaan,' protesteerde ik, mijn stem verheffend. 'Ik ben pas toegekomen. Ik wandelde door deze straat en was toevallig getuige van de moord.'

Ik vertelde hem kort wat ik had zien gebeuren. Terwijl ik mijn verhaal deed en zorgvuldig mijn woorden koos om zo overtuigend mogelijk over te komen, luisterde ik naar mezelf. Met elke zin klonk mijn relaas van de feiten ongeloofwaardiger. Ik dacht: *als ik hem was, ik zou er geen barst van geloven.*

Toen ik uitgepraat was, trok de oude man zijn neus in rimpels. Hij schudde zijn hoofd. Het was duidelijk dat hij me niet vertrouwde. Hij geloofde geen snars van mijn verhaal. Kon ik hem ongelijk geven?

Zijn dochters hadden me aangetroffen bij een man die pas de keel was doorgesneden en die nog bloedde uit een aantal steekwonden.

'Is dat jouw mes?' vroeg hij.

'Bij Zeus, nee. Ik heb dat mes nooit eerder gezien. Luister eens, mijn beste vriend, ik heb je toch verteld...'

'Ik ben jouw beste vriend niet,' zei hij. 'Zeer zeker ben ik dat niet.'

'Ik heb je toch verteld dat het puur toeval was dat ik in deze straat...'

'Ik ken jouw versie van de feiten, vreemdeling. Ik vrees dat je lelijk in de knoei zit. Deze man is niet de eerste de beste. Hij is de *procurator marmorum*. De magistraat die instaat voor de goede orde, de *agoranomos*, krijgt een beroerte als hij verneemt dat de afgevaardigde van de keizer vermoord is. Waar logeer je?'

'In de herberg van Xenodoros.'

'Ben je hier op zakenreis? Heb je zakenpartners in Sagalassos? Vrienden?'

In feite had hij daar geen zaken mee, maar ik kon me de luxe niet veroorloven om dat hardop te zeggen. Ik stond in de hoek waar de klappen vielen. Machtige vrienden hebben is soms niet onbelangrijk. Het werd de hoogste tijd om mijn troeven uit te spelen, althans de enige troef waarover ik beschikte.

'Dokter Antaios is een vriend van me,' zei ik. 'Vandaag of morgen ga ik bij hem langs. Ik moet hem een belangrijke boodschap uit Rome overbrengen. Ik zal vandaag nog verslag uitbrengen bij de *agoranomos*.'

Intussen had ook de kreupele zus zich verwijderd. Het werd snel duidelijk waarom: ze was haar vriendinnen op de hoogte gaan brengen. Weldra stond een tiental vrouwen rond het lijk.

'Geef me alvast je naam,' beval de oude man.

'Homeros Grafikos. Ik kom uit Rome. Ik woon op de Aventijn, vlak bij de havenwijk.'

'Uit Rome, wel, wel.'

Hij sprak de naam van de stad uit alsof het een vies woord was en schudde afkeurend zijn hoofd. Het werd me almaar duidelijker dat Rome helemaal aan de andere kant van de wereld lag, in elk geval heel ver hiervandaan. Iemand die zich voor Nero uitgaf en beweerde dat hij keizer Vespasianus de moerassen in zou jagen, maakte hier inderdaad een kans om een leger achter zich te scharen.

'Rome,' zei de man. 'Ja, ja. Het Babylon van het Westen. De meest verdorven stad van het rijk. De Stad Die Alles Altijd Beter Weet. Ze vertellen dat in de paleizen van Rome pasgeboren kinderen opgegeten worden. Is dat waar?'

*

Later op de dag zocht ik de *agoranomos* op. Hij was een geblokte veertiger met een breed, plat gezicht en een dunne neus. Zijn wenkbrauwen vormden een perfecte omgekeerde V boven zijn alerte ogen.

Hij was, godzijdank, geen bloedzuiger. Als gekozen ambtenaar was hij verantwoordelijk voor pleinen en openbare ruimtes. Hij wenste de zaak in elk geval niet te dramatiseren en beschuldigde me niet van de moord. Een zware steen rolde van mijn hart. Wel ondervroeg hij me honderduit. Daar had ik geen problemen mee. Hoe meer hij vroeg en wist, des te beter ik eruit zou komen.

Ik vertelde alles zo gedetailleerd mogelijk, van onze ontmoeting met Aurelia op de berghelling tot de moord in de zijstraat. Ik zei naar waarheid dat ik de twee moordenaars niet goed gezien had omdat het allemaal zo snel gegaan was en omdat ze een muts diep over hun voorhoofd getrokken hadden.

Toen ik mijn verhaal gedaan had, bleek hij bereid tot een praatje. Hij vertelde dat hij zijn juridische opleiding in Rome en Athene gekregen had. De stadsraad had hem gekozen om in te staan voor de openbare orde. Toen ik hem uitleg vroeg over de clanoorlog die Sagalassos verscheurde, haalde hij zijn schouders op.

'Dat is een heel oude vete,' zei hij. 'Een haat die van generatie tot generatie met de paplepel ingegeven wordt, van vader op zoon. En als de laatste zoon vermoord is, neemt een familielid het moorden over.'

Hij legde uit dat de spanningen de laatste weken extra hoog opliepen omdat de procurator in de stad was, als gast van de clan van Flavius Neon. Om de gespannen sfeer nog meer te verzieken, was er een valse

Nero op de zuidkust gesignaleerd die soldaten ronselde en haat en opstand stookte tegen keizer Vespasianus. De clan van Flavius Neon, die al ten tijde van keizer Nero goede contacten onderhield met Rome, had de kant van Vespasianus gekozen, de clan van Lamprias steunde de nieuwe Nero.

'Tien dagen geleden werd iemand van de familie Lamprias zwaar toegetakeld,' ging hij verder. 'De man is nog altijd bedlegerig. Hij zal waarschijnlijk kreupel blijven. En weet je waarom ze hem kreupel sloegen? Je gelooft me niet als ik het vertel.'

De brave man zag er verbitterd uit. Hij trok zijn voorhoofd in zorgelijke rimpels, waardoor de benen van de V uit elkaar weken. Ik had met hem te doen.

'Volgens een oude traditie kiest de stadsraad de priesters voor het heiligdom van Jupiter altijd uit de Lamprias-clan. Het is een van de meest prestigieuze priesterfuncties, een van de belangrijkste ook. Want het zijn de Jupiterpriesters die de auspiciën raadplegen. In deze stad gebeurt niets belangrijks zonder dat de voorspellers hun heilige kippen consulteren. Die verzorgen ze in de buurt van hun tempel. Maar wat gebeurde er? Een kleinzoon van raadslid Neon hield een jonge vos als huisdier. Hij wedde met zijn vrienden dat hij zijn vos in het hok van de heilige kippen durfde loslaten. Je raadt de afloop. Een bloedbad. Alle heilige kippen dood, de vos ervandoor. Binnen de kortste keren kwamen de priesters te weten wie de vos bij de kippen had gezet. De vader van de jongen werd zwaar aangepakt. Zoals gewoonlijk had niemand iets gezien of gehoord. Het antwoord kwam acht dagen later – en toen had je de poppen aan het dansen. Ieder om de beurt, volgens de erecode.'

'En vandaag was het de beurt aan de clan van Lamprias om wraak te nemen?' vroeg ik.

'Precies. Dus hebben ze een gast van de familie Neon vermoord, de afgezant van de keizer. Nu is de clan van Neon weer aan zet.'

'Dat is toch je reinste waanzin!'

Hij hief zijn handen ten hemel en liet ze machteloos weer neervallen.

'Wat doe je eraan?' zuchtte hij. 'Iedereen klemt de tanden op elkaar. En wie zijn mond voorbijpraat...'

Hij maakte met zijn vlakke hand een snijgebaar over zijn keel. Hij zag mijn bezorgde gezicht en grinnikte.

'Aan vreemdelingen raken ze niet. Gastvrijheid is hier nog altijd een plicht. Wat brengt je eigenlijk naar onze stad, zo ver van Rome?'

Ik vertelde hem over mijn opdracht en vroeg of hij Florentina gekend had. Zijn wimpers trilden. De letter V ging weer liggen. Hij beet nadenkend op zijn onderlip.

'Dertig jaar geleden, dat was ten tijde van keizer Tiberius. Ik was toen een jongeman. Nee, Florentina heb ik nooit gekend. Toch herinner ik me dat mijn vader vaak vertelde over homerische drinkgelagen met een handvol vrienden. Er was een vreemdeling bij die ze de Romein noemden. Dat moet inderdaad zo'n vijfentwintig jaar geleden geweest zijn.'

'Leeft uw vader nog?'

'Hij is vijftien jaar geleden gestorven.'

'Leeft er nog iemand van die vriendengroep?'

Hij dacht na en glimlachte toen.

'Ik weet zeker dat Agroppinos erbij was. Hij is nu een stuk boven de zestig maar nog altijd fit van lichaam en geest. Voor zover ik weet is zijn geheugen prima in orde. Hij moet zich de Romein nog herinneren. En dus ook Florentina.'

'Ik ga hem opzoeken, het is een poging waard,' zei ik.

'Dan wens ik je veel succes. Mag ik je vragen om de stad voorlopig niet te verlaten? Het onderzoek naar de moord zal enige tijd duren. Rome zal natuurlijk een uitgebreid verslag willen.'

*

De volgende dag brachten Maria Corinna en ik een bezoek aan dokter Antaios. Hij was inderdaad een knappe man. Licht golvend, goudbruin haar dat tot op zijn schouders neerhing. Rijzige gestalte, breed geschouderd. Grijsblauwe ogen in een bleek gezicht. Hij had een aangename stem en zijn beide handen praatten voortdurend mee. Ik schatte hem halfweg de dertig.

Zijn ruime villa lag enigszins afgezonderd op een zacht glooiende helling ten westen van de stad. De muren waren met wit marmer bekleed. Van op een afstand leek het gebouw een stralend wit juweel dat tegen de berghelling te pronken lag.

De doktersvilla was niet groot in vergelijking met de luxueuze landhuizen in de dalen rond de stad. Ze getuigde van een verfijnde smaak. Ze beschikte over een badinrichting met een ondergrondse verwarmingsinstallatie en een goed voorziene bibliotheek. Meerdere vertrekken waren versierd met muurschilderingen die taferelen uit het leven van Asklepios, de Griekse god van de geneeskunde, voorstelden. Drie kamers aan de zuidkant vormden de praktijk van Antaios: een wachtkamer, een spreekkamer en een kleiner vertrek waar hij in geval van nood kleine operaties kon uitvoeren. Later zou ik vernemen dat hij een jaar als geneesheer in een gladiatorenschool gewerkt had. Daar had hij geleerd om wonden te verzorgen en pijnstillende middelen te gebruiken.

De dokter was een liefhebber van Egyptisch antiek. Overal in de villa stonden beeldjes van gehurkte schrijvers met een papyrusrol op hun knieën, sfinxen, albasten canopenvazen, een hele verzameling zalfkruikjes en toiletdozen in felgekleurde faience. Ik vroeg me af of de dokter getrouwd was. Zijn vrouw gaf in elk geval niet thuis. De huisslaven waren attent en gleden geruisloos door de vertrekken. De dokter zelf maakte er een erezaak van om een goed gastheer te zijn.

Hij ontving ons in de tuin. Die werd voor één vierde overschaduwd door een oude, breed uitgegroeide notenboom die het zonlicht filterde. Een groot terras in natuursteen sloot aan op een rechthoekige vijver waarin goudvissen zwommen.

Aanvankelijk benaderde Antaios ons met een koele, afwachtende voorzichtigheid. Pas toen hij ervan overtuigd was dat we door een vriend van zijn vader gestuurd waren, liet hij zijn vormelijkheid varen. Van dan af werd hij de hartelijkheid in persoon. Hij behandelde ons alsof we oude vrienden waren die onverwacht op bezoek kwamen. Hij ontpopte zich als een aangename prater.

Ik had hem de brief gegeven die Marullus voor zijn vader geschreven had. Hoewel het zeewater hele zinnen uitgewist had, kon Antaios hem in grote lijnen ontcijferen. In elk geval had hij de boodschap begrepen. Dat de brief ook een financiële verrassing bevatte – een som van tweehonderdduizend sestertiën die bij een bankier in Perge lag te wachten – interesseerde hem nauwelijks. Hij beweerde dat hij totaal geen behoefte had aan zoveel geld. Hij had zijn welstand opgebouwd door ervoor te werken. Dat wilde hij zo houden. Lachend citeerde hij een vers van Terentius: 'De grootste winst strijk je vaak op door het geld gepast te minachten.'

De *agoranomos* had hem op de hoogte gebracht van de moord waarvan ik getuige was geweest. Het politioneel onderzoek moest uiteraard zijn gewone gang gaan, zei de dokter, wat niet betekende dat ik me grote zorgen hoefde te maken. Hij kende de *agoranomos* en had het volste vertrouwen in zijn eerlijkheid en vakkundigheid. Over de achterliggende motieven van de moord en over de haat tussen de twee rivaliserende families liet hij zich niet uit.

Ik denk graag van mezelf dat ik een specialist ben in het lezen van lichaamstaal. Het trekken van een lip, het bewegen van een ooglid, een hand die even verkrampt, een tong die aarzelend over een lip glijdt – het zijn signalen die soms meer over iemands gedachten of gevoelens verklappen dan een lange uitleg. Woorden zijn uitermate geschikt om er leugens achter te verbergen. Lichaamstaal niet. Die is zo direct dat ze meestal de waarheid spreekt.

Het lichaam van Antaios sprak geen woorden, zelfs geen zinnen, het sprak hele boekrollen ineens. Tenminste, over één onderwerp: Maria Corinna. Naarmate het gesprek vorderde, nam zijn aandacht voor mijn kleine Galilese alleen maar toe. Nu is Maria Corinna een knappe vrouw die indruk maakt op elke man. Ze ziet eruit als een jong meisje, nog volop in onschuld gehuld. Tegelijk heeft ze een blik waarin de wijsheid van de volwassen vrouw zit. En bij Zeus, ik kan getuigen dat ze een volwassen vrouw is die over meer mensenkennis beschikt dan veel rijpere dames.

De blikken die dokter Antaios in haar richting wierp, waren – vrees ik – nog een stuk gretiger dan de blikken die ik gisteren op Aurelia had laten rusten.

Ik vermoed dat je nu begint te grinniken. Misschien lach je me vierkant uit. Misschien denk je dat ik groen zag van jaloezie omdat Antaios zoveel aandacht aan mijn vrouw besteedde. Fout. Ik was helemaal niet jaloers. Ik ben eraan gewend dat mannen een meer dan gewone interesse voor Maria Corinna aan de dag leggen. Ik voelde zelfs een zekere trots. Ik genoot van de aandacht die de dokter aan mijn kleine jodin besteedde. Zoals ik ervan genoten had dat kroegbaas Xenodoros de vraag stelde hoe ik een dergelijk juweel in mijn bed gekregen had. Alsof iets van de schoonheid, de puurheid, de jeugd van Maria Corinna op mij afstraalde. Alsof het op een of andere manier mijn verdienste was dat Maria Corinna zo aantrekkelijk was. Nee, ik was niet jaloers. Toen niet. Toen nog niet. Maar nu loop ik op mijn verhaal vooruit.

Antaios vertelde ons het levensverhaal van zijn vader bij een verzorgd etentje dat hij door zijn huisslaven in de tuin van zijn villa liet opdienen, onder het beeldhouwwerk van de notenboom. Het eten was uitstekend; ik had niet anders verwacht. Eerst eieren in as bereid, groene en zwarte olijven en gedroogde abrikozen. Dan vlees van een jonge beer met een keuze van groenten en een saus waarin mij onbekende oosterse kruiden zaten. Daarna mosselen en oesters en gedroogde visjes. Toen dat allemaal afgeruimd was, droegen de slaven nog een hele voorraad hapjes aan. Antaios schonk er uitstekende wijnen bij die hij uit Rhodos en Cyprus liet komen.

Na de emoties en de vermoeienissen van de reis vond ik dat ik mezelf mocht verwennen. Vaag besefte ik dat ik te snel en te veel van de wijn dronk, maar dat besef vervaagde met elke beker.

Ik vroeg Antaios of zijn vader hem over Pontius Marullus verteld had. Ja, natuurlijk, vaak en veel, zei hij. Naarmate zijn vader ouder werd, waren die verhalen kleuriger en straffer geworden. Twee maanden geleden was Melsonius rustig in zijn slaap overleden.

'Zegt de naam Florentina je iets?' vroeg ik. 'Heeft je vader ooit over een knappe, jonge vrouw gesproken die Florentina heette?'

Maria Corinna toonde hem de dun geworden ring van Marullus met de steen in lapis lazuli, die ze aan haar middenvinger droeg. Antaios pakte haar pols en bekeek de ring. Hij dacht na, schudde zijn rossige hoofd. Het duurde lang eer hij de hand van Maria Corinna weer losliet.

'Je vader had een pottenbakkersatelier?' vroeg ik.

'Ja, dat had hij van zijn schoonvader geërfd. De laatste tien jaar sukkelde hij met zijn gezondheid. De ademhaling haperde. Een wandeling naar het atelier was een zware inspanning voor hem. Mijn oudere broer nam het bedrijf over.'

'Hoe komt een Galliër in Sagalassos terecht?' vroeg ik.

Antaios vertelde dat zijn vader als jongeman in het zog van de Romeinse legers naar Rome en Athene gekomen was. Na wat omzwervingen was hij in Sagalassos beland. Hij vond werk in een pottenbakkersatelier en leerde er de knepen van het vak. Hij werd verliefd op de dochter van de eigenaar en trouwde met haar.

De grote ateliers van Sagalassos produceerden overwegend ruw afgewerkte amforen, votiefbeeldjes, buizen voor waterleidingen, dakpannen, alle mogelijke bouwonderdelen. Ook sarcofagen in aardewerk, al lieten de rijken almaar vaker half afgewerkte marmeren sarcofagen uit Aphrodisias komen. De producten van Sagalassos waren degelijk, maar ze blonken niet uit in verfijnde afwerking. Omdat ze in massale hoeveelheden geproduceerd werden, waren ze goedkoop. Geen enkel bedrijf in de ruime regio kon met hun prijzen concurreren. Dankzij de ceramiekateliers werd Sagalassos almaar rijker en groter.

Na de dood van zijn schoonvader besloot Melsonius het bedrijf een andere richting te geven. Hij kocht een ploeg Griekse slaven en specialiseerde zich voortaan in het betere werk: verfijnde vazen in rood aardewerk met artistiek hoogstaande beschilderingen in zwart en wit. Producten die bestemd waren voor een kapitaalkrachtig publiek. Kopieën van antiek Grieks aardewerk waren in trek; ze vonden gretig aftrek in de steden langs de westkust. Ervaren antiekhandelaren beweerden dat ze een kylix, een hydria of een kantharus die door het atelier van Melsonius met taferelen beschilderd was, niet konden onderscheiden van een originele Oud-Griekse drinkbeker.

'Schreeuw het in Rome niet van de daken, Grafikos,' lachte Antaios, 'maar ik hoor vertellen dat antiquairs in Perge en Milete drinkbekers uit de werkplaatsen van mijn broer een tijdlang in de grond of onder een mesthoop stoppen. Zo verouderen ze snel, krijgen ze patina. Daarna brengen ze het vijfdubbele van hun prijs op, zogezegd als aardewerk uit de tijd van Perikles of Alexander de Grote. Sluwe antiekhandelaars uit Milete geven bij de bestelling op welke beroemde schildersnaam op de drinkbeker moet staan. Sotades, Exekias, Eurytios, kies maar uit!'

'Vervalsing op aanvraag!'

'Zelfs vervalste vervalsingen. Sinds vorig jaar verzint mijn broer nieuwe schildersnamen. Voor een krater of hydria met een Iliastafereel, waar ergens in een verloren hoek de naam van de beroemde schilder Persikrates op staat, half vervaagd door de tand des tijds, dok je een klein fortuin in Milete. Mijn broer vertelt er trots bij dat Persikrates een vriend en tijdgenoot van Perikles was, en de geheime minnaar van Perikles' vrouw Aspasia.'

Hij lachte smakelijk.

'Je moet weten dat Persikrates nooit bestaan heeft, laat staan dat hij aardewerk beschilderde.'

Nu schaterde hij het uit.

'Hoe hebben je vader en Pontius Marullus elkaar leren kennen?'

'Toeval. De Romein was op zoek naar beschilderde Griekse ceramiek. In Rome bestond daar een markt voor. Mijn vader en de Romein bereikten snel een akkoord en tekenden een contract. Daar bleef het niet bij. Binnen de kortste keren zagen ze in dat ze zielsverwanten waren. Ze werden drinkebroers – en vrienden.'

Maar de naam Florentina – nee, die had zijn vader nooit genoemd. De twee mannen hadden een vrolijke zomer beleefd. Dat bleek uit de verhalen die Melsonius er later over vertelde. Ook uit de belevenissen die hij meer suggereerde dan vertelde, want over hun amoureuze avonturen bleef hij opvallend discreet.

Ineens liet Maria Corinna de naam Aurelia in het gesprek vallen.

Het gezicht van Antaios klaarde op, alsof alleen al de naam van het meisje hem in een gelukkige stemming bracht. Zijn ogen glommen. De avond was al ver gevorderd en mijn kop was niet helder genoeg meer om lichaamstaal te ontcijferen. Toch ontging het signaal me niet: meneer de dokter was niet ongevoelig voor de schoonheid van Aurelia. Was hij verliefd op het knappe berggeitje? Hadden ze stiekem een verhouding?

'Waar hebben jullie Aurelia ontmoet?' vroeg hij. 'Ze brengt meer tijd in de bergen door dan in de stad.'

Ik vertelde hem van onze ontmoeting op het bergpad.

'Aurelia is een speciaal geval,' zei Antaios. 'Ze kent alle wegeltjes, rotspaden, grotten en bronnen tot hoog in de bergen. Ze vindt er haar weg beter dan in de straten van Sagalassos.'

'Wat doet zo'n jong, knap meisje in de bergen?' wilde Maria Corinna weten. 'Ze was wel mooi gekleed.'

'En ze sprak verzorgd Latijn,' voegde ik daaraan toe.

De dokter knikte glimlachend.

'Aurelia heeft een uitstekende opvoeding gehad,' legde hij uit. 'Ze verzamelt geneeskrachtige kruiden voor me. Zeldzame paddestoelen, mossen, wortels van struiken die alleen hoog in de bergen of op moeilijk bereikbare plaatsen groeien, mineralen die in de hogere delen van de bergen aan de oppervlakte komen. Daar betaal ik haar voor, al heeft ze dat geld niet echt nodig. Haar vader is Atilius Lamprias en die is zo rijk als de zee diep is.'

'Is ze niet getrouwd?' vroeg Maria Corinna.

Antaios haalde grinnikend zijn schouders op.

'Ze is ongrijpbaar, een stuk wild dat aan de jagers is ontsnapt. Zowat alle jongens van het dorp zijn verliefd op haar. Ook een heleboel getrouwde mannen, maar dan stiekem. Naar verluidt heeft ze al wel tien huwelijksaanzoeken afgewezen, ook van zonen uit rijke families. Ik heb haar gevraagd waarom. Ze zegt dat haar vrijheid belangrijker is dan een echtgenoot.'

Hij wilde mijn beker bijvullen. Ik weerde hem af, ik had al meer dan genoeg gedronken.

'Heb jij je kans al gewaagd?' polste Maria Corinna.

'Bij Aurelia? Nee,' zei hij, ineens ernstig. 'Misschien omdat ik hetzelfde over vrijheid denk als zij.'

Ik vroeg me af of hij een adept van de knapenliefde was. Dat moest ik bij gelegenheid aan Xenodoros vragen, of beter nog aan zijn vrouw Sessia.

Hij schonk de kristallen beker van Maria Corinna opnieuw vol. Het was een koppige wijn. Omdat we zonet zoute vis gegeten hadden, waren onze kelen droog. De drank vloeide vlot naar binnen. Er was iets zweverigs over me gekomen, een wollig gevoel van tevredenheid. We hadden tenslotte een avontuurlijke reis achter de rug, hadden een storm en een schipbreuk overleefd, en als kers op de taart was ik getuige geweest van een moord. Ook Maria Corinna had flink wat wijn verzet. Dat was niet haar gewone doen. Thuis dronk ze bij het eten zelden meer dan een roemer. Ze had blosjes op haar wangen. Haar grote, donkere ogen schitterden nog meer dan anders. De wijn had haar tong losgemaakt; ze nam ijverig deel aan het gesprek.

Toen gebeurde wat ik gevreesd had. Ik zag haar bleek wegtrekken. Ze kwam onzeker overeind en stond enige ogenblikken lang te zwijmelen. Toen rende ze weg om achter een struik te gaan overgeven. Na een tijdje keerde ze met een beteuterd gezicht naar de tafel terug, een beetje onzeker en bleek weggetrokken.

'Misschien heb ik... ik denk dat ik...'

Haar ogen draaiden weg. Ze zakte langzaam door haar knieën. Antaios reageerde sneller dan ik. Hij kon haar nog net opvangen voor ze op de grond zou belanden. Hij legde haar voorzichtig neer, streek het haar uit haar gezicht weg, legde zijn vlakke hand op haar voorhoofd.

'Niks aan de hand,' zei hij. 'Morgen zal ze waarschijnlijk klagen over een kater en wat hoofdpijn. Als je de oude Aristoteles mag geloven, is een hoofdkrans van klimopranken de beste remedie tegen een kater. Ik vertrouw meer op kruiden dan op klimopkransen. Ik zal haar straks een kruidenaftreksel laten drinken, daar kikkert ze wel van op.'

Hij pakte haar op en droeg haar naar binnen. Heel even voelde ik toch een steek van jaloezie toen hij met mijn vrouw in zijn armen in de slaapkamer verdween. Ik troostte me met een vers van Ovidius, de dichter die de mooiste Latijnse teksten geschreven heeft over de pijnen en de vreugden van de liefde. In zijn *Ars amatoria* schreef hij: *Est quoque cunctarum novitas carissima rerum.* Inderdaad, alles wat nieuw is, is charmant.

Net voor ik insliep op de strozak die in de herberg van Xenodoros als bed dienst deed – het had me nogal wat moeite gekost om een zwijmelende, halfdronken en half slapende Maria Corinna van de witte villa naar de kroeg te brengen en haar de wankele houten trap op te krijgen – herhaalde ik het vers van Ovidius. Ik was te dronken om er lang over te piekeren.

Ik viel bijna meteen in een loodzware slaap.

*

Ik moet je eerst nog iets meer over mijn kleine jodin vertellen.

Voor ze me leerde kennen, probeerde Maria Corinna samen met haar moeder en haar stiefvader te overleven aan de rand van de Romeinse samenleving. Haar moeder was een kruidenvrouw uit Galilea, haar stiefvader een agressieve, drankzuchtige bruut. Voor ze als straatdanseres naar Rome kwam, had ze enige jaren in een havenkroeg gewerkt. Ik weet niet hoe die zaken bij jullie in Klein-Azië liggen, maar de meisjes in de havenkroegen van Palestina verdienen meestal meer als hoer dan als dienster. Nadat haar stiefvader in een dronken bui haar moeder dood had geslagen, was Maria Corinna bij mij aangeland. Ze was bij me blijven wonen, met die simpele vanzelfsprekendheid waarmee ze wel vaker lastige problemen oploste. Sindsdien bereddert Maria Corinna niet alleen ons kleine huishouden, ze steekt af en toe ook een handje toe in ons bedrijf. Ik doe haar onrecht aan: in feite is ze een onmisbare schakel geworden. Ze is intelligent, rad van tong, ze kent geen gevaar en ze beschikt over een ontwapenende rechtlijnigheid waarmee ze vaak meer resultaat boekt dan met het vaak achterbakse gedoe waartoe ons beroep zo vaak aanleiding geeft. En ze is een heerlijk avontuur in bed. Sinds ik ontsnapt ben uit de gruwel van mijn eerste huwelijk, heb ik weleens met andere vrouwen opgetrokken. Meestal waren dat geen jonge grietjes. Ik heb een voorkeur voor ietwat rijpere vrouwen. Vrouwen die weten hoe ze een man moeten aanpakken. Vrouwen ook die aanvoelen wanneer ze een man moeten loslaten. Kortom, vrouwen die een laagje patina op hun ziel hebben. Het stoort me helemaal niet als ook hun gezicht dat patina heeft. Dat boeit me, ontroert me. Ongeveer zoals de spleet tussen Aurelia's voortanden me ontroerde.

Ik werd op een overrompelende wijze verliefd op Maria Corinna. Het bizarre nu is dat ze het tegenbeeld is van de vrouwen waar ik meestal op val. Ze was jong, heel jong. Ze was bloedeerlijk. Ze wist niet wat veinzen of simuleren of bedriegen was – precies die dingen waar ik in mijn beroep bijna dagelijks mee te maken krijg. Naarmate ik haar beter leerde kennen, besefte ik dat ze nauwelijks morele regels respecteerde: er zat geen spatje patina op haar ziel. Daar mag je zeker niet uit afleiden dat ze immoreel is. Ze is op een verfrissende wijze amoreel. Dat verklaart waarom het jaloeziemonster geen vat op haar krijgt. Toen ik op weg naar Sagalassos met een gulzige, bijna geilverliefde blik naar Aurelia keek en ze daar een spottende opmerking over maakte, had dat niets met jaloezie te maken. Mijn gretige blik op Aurelia amuseerde haar, meer niet.

Waarom ik je dit vertel? Omdat ik de dag na het etentje in de witte villa overrompeld werd door een aanval van jaloezie. Sinds ik Maria Corinna ken, word ik daar af en toe door geplaagd. Gelukkig duurt zo'n aanval nooit lang. Meestal vleit het me als mannen met duidelijke interesse naar haar kijken. Het stoort me helemaal niet als de geilheid van hun gezicht druipt. Meer nog, het pleziert me als ik zo'n man ervan verdenk dat hij haar met zijn ogen uitkleedt.

Ik weet dat je Maria Corinna sympathiek vindt. Daar ben ik blij om. Zoals ik weet wat je nu denkt: dat mijn jaloezie onterecht en onredelijk is. Dat weet ik zelf ook. Vertel me dus niet dat ik me onvolwassen gedraag of dat ik me belachelijk maak. Ik haat de jaloezieworm, maar ik sta er machteloos tegenover.

Wat de zaak voor mij nog pijnlijker maakt, is dat Maria Corinna mijn jaloezie niet begrijpt, ze waarschijnlijk niet eens kán begrijpen. Omdat ze er op een benijdenswaardige manier boven staat: ze houdt van me en dus hoort jaloezie in haar denk- en leefwereld niet thuis. Ontwapenend rechtlijnig.

De dag na het etentje waren Maria Corinna, de dokter en ik naar de godsdienstige optocht gaan kijken. Die trok door de stad naar de tempel van Apollo. Hoe kleurrijk en levendig die processie ook was, ik kon mezelf er niet toe brengen om ervan te genieten. Ik deed een serieuze inspanning om geen aandacht aan mijn jaloezie te schenken en mijn zintuigen op de processie te richten. Hoe meer ik me concentreerde, des te rottiger voelde ik me. Wie de beet van de jaloezie nooit gevoeld heeft, zal dat moeilijk kunnen begrijpen. Het is alsof je door zeurende tandpijn geplaagd wordt en je jezelf overtuigt dat de pijn weggaat als je maar aan iets anders denkt. Maar zo werkt dat niet. Hoe hard je ook je best doet, de pijn blijft en houdt je bewustzijn in een houdgreep gevangen.

Waarom ik zo jaloers was? Om het doodsimpele feit dat het almaar beter klikte tussen Maria Corinna en de sympathieke, welbespraakte, knappe dokter. Naarmate ze gezelliger met elkaar omgingen, groeide het chagrijn in mijn binnenste. En alsof de last die de jaloezie op mijn schouders legde nog niet zwaar genoeg was, moest ik ook nog een kei van een kater meeslepen. Mijn mond was een woestijn. Ik had een pijnlijke keel en knagende hoofdpijn. Het zonlicht deed mijn ogen tranen. Maria Corinna ondervond geen zichtbare hinder van de voorbije wijnavond, waarschijnlijk dankzij het toverdrankje dat ze van haar vriend de dokter gekregen had. En toch was ze veel zieker geweest dan ik. Haar fitheid kon mijn gevoel van miserie en alleenheid enkel maar erger maken.

Ik vond het dan ook hoogst begrijpelijk van mezelf dat ik me groen ergerde aan hun commentaren en grapjes. Grapjes waar zij om schaterden van plezier, maar die mij zelfs geen glimlach konden ontlokken. Ze vonden elkaars gezelschap zo boeiend, dat ze bijna vergaten dat ook een zekere Homeros Grafikos bij het gezelschap hoorde. Al moet ik eerlijk toegeven dat ze me geregeld in het gesprek probeerden te betrekken. Ik had echter geen zin om me te mengen in hun o zo grappige conversaties, en dat hadden ze snel door. Het kwam erop neer dat ik gevangen zat in een web van jaloezie. Uit bittere ervaring wist ik dat al mijn pogingen om eruit los te komen tot mislukken waren gedoemd. Hoe hardnekkiger ik me zou verzetten, des te nijdiger zou de jaloezie toebijten. Kortom, ik voelde me rot. Een gebarsten kruik waar niemand naar omkeek.

En de kleurrijke processie? Die trok intussen voorbij en ze kon me totaal niet interesseren.

Atilius Lamprias was erin geslaagd om heel Sagalassos op de been te brengen. De ene helft stond blijkbaar aan zijn kant en stapte mee in de stoet. De andere helft distantieerde zich, maar kwam uit nieuwsgierigheid toch kijken. Ik bedacht met enige bitterheid dat de stoeten van Klein-Azië in feite niet grondig van die van Rome verschilden. Ook Romeinse notabelen gebruikten openbare vermakelijkheden als stoeten, feesten, banketten en wedstrijden als aanleiding om hun rijkdom, hun macht en hun invloed breeduit tentoon te spreiden. Bedoeling was dat de niet-zo-rijken, de arme donders, de toevallige bezoekers, de eregasten zich zouden vergapen aan zoveel macht en oogverblindende luxe. Sagalassos als klein Rome. Uit haar Griekse wortels groeide almaar duidelijker een Romeinse stad.

Maar ik was van goede wil. Dus deed ik een nieuwe poging om mijn aandacht op de stoet te richten. Vooraan stapte een groep priesters. Ze droegen de heilige voorwerpen uit de tempel van Apollo. Omdat Antaios net aan een nogal aangebrande grap begonnen was – terloops gezegd, Maria Corinna had meer oor voor zijn grap dan oog voor de processie, ze schaterde al op voorhand – had ik geen zin om aan de dokter te vragen wat die heilige voorwerpen precies waren. Achter de priesters liepen jongemannen met brandende fakkels. Dan volgde een groep kariatiden, bekranst met bloemen en getooid in lange, witte gewaden. Ze droegen gevlochten korven op hun hoofd met daarin graan en gedroogde vruchten. Daarna kwamen mannen met wierookbranders en bamboestokken waaraan banieren wapperden. Daarachter weer een groep vrouwen en meisjes, prachtig uitgedost. Ze voerden sierlijke dansen uit met ritmische begeleiding van trommen, sistrums en castagnetten. Veel indruk maakten de paraderende ruiters in hun beste uitrusting. Zij oogstten de meeste toejuichingen. Atilius Lamprias had iedere medestander die over een paard beschikte laten opdraven, zelfs ruiters uit de omliggende dorpen had hij opgetrommeld.

Toen de honden arriveerden, hijgend aan hun leidsels trekkend zodat de begeleiders de dieren met moeite konden bijhouden, besloot ik ervandoor te gaan. Ik mompelde vaag dat het me niet meer interesseerde en dat ik aan een wandeling toe was. Antaios riep me lachend achterna dat het mooiste van de optocht nog moest komen, de stoet van de maagden. Ik overtrof mezelf en toverde een vriendelijke grijns op mijn gezicht.

'Geen interesse meer voor jonge grieten,' zei ik. 'Ik zie jullie straks wel.'

'Waar ga je naartoe?' vroeg Maria Corinna, toch een verbaasde frons tussen haar ogen.

Ik haalde mijn schouders op. Ik had er geen flauw idee van waar ik naartoe wilde. Wat ik wilde, was alleen zijn. Beter nog: niet meer in het gezelschap van dit koerende koppel zijn. Maar ik kon toch niet met een pruilerige lip uitleggen dat ik op mijn teentjes getrapt was omdat ze me verwaarloosden? Dat ik het mistroostig stemmende gevoel had dat ze mijn aanwezigheid vergeten waren?

Misschien werd alles een stuk rooskleuriger na een paar kroezen wijn. Een lichte dronkenschap zou misschien de scherpste kanten van mijn jaloezie afvijlen. Ze zou me een zweverig gevoel geven, zodat de wereld een beetje lichter werd, lichter van kleur en lichter om te dragen. En dus maakte ik me uit de voeten.

Ik liep van het stadscentrum weg en kwam bij de herberg Dansend Water. Gesloten. Ik was gladweg vergeten dat Xenodoros en Sessia voor het Nerokamp supporterden.

Ik liet me tegen de gevel neerzakken, kruiste mijn armen op mijn knieën, liet er mijn hoofd op rusten en voelde me doodongelukkig.

Als ik niet oppaste, zou ik naar Rome beginnen te verlangen.

*

'Florentina? Man, je doet me schrikken met je vraag.'

De oude man die op zijn achterwerk tegen de lemen wand van zijn hut zat en genoot van de namiddagzon, had een diepe, warme stem. Hij was kaal, op wat plukjes zilveren krullen boven zijn oren na. Zijn schedel had een onregelmatige vorm, alsof hij een aantal deuken opgelopen had. Hij stond vol ouderdomsvlekken. Ik schatte hem vijfenzestig. Toch zag ik dat hij over een krachtig gebit beschikte en zijn bewegingen hadden de vinnigheid van die van een dertiger. Naast hem stond een knoestige stok met een kunstig uitgesneden handvat.

'Of ik me Florentina nog herinner? Man, zo duidelijk alsof niet jij maar zij hier voor me stond. Je klinkt te jong om haar gekend te hebben. Ik ken je stem niet. Wie heeft je naar mij gestuurd?'

Dat vertelde ik hem bondig. Ik zei er niet bij dat ik de pest in had omdat Maria Corinna niet met me mee was gekomen. Ze ging liever met Antaios de stad in. Hij had beloofd haar het marmeren *bouleuterion* te laten zien, waar hij met de stadsraad vergaderde. En het *macellum*, de markt voor verse groenten. En de bronzen beelden op tien meter hoge erezuilen op de bovenste agora. Ik had een felle steek gevoeld, maar me groot gehouden.

Flirt er maar lustig met mijn vrouwtje op los, knappe kruidendokter. Je mooie liedje blijft niet duren. Zodra ik Florentina opgespoord heb, ga ik er met de kleine Galilese weer vandoor. Dan is je lied uitgezongen.

'Schitterend idee, vogeltje,' zei ik dus zonder verpinken. 'Met zo'n knappe gids de stad bezoeken, da's een buitenkans die je niet mag laten schieten.'

'Morgen maak ik met jou dezelfde wandeling,' beloofde Maria Corinna poeslief. 'Je bent toch niet jaloers omdat ik met Antaios...'

'Natuurlijk niet,' lachte ik.

Agroppinos onderbrak mijn gedachten.

'Je accent verklapt dat je niet uit deze streek komt. Laat me raden. Griekenland. Attika. Wat heb jij met Florentina te maken, vriend? Is ze familie van je?'

'Ik ben in Athene geboren en woon nu in Rome,' zei ik. 'Marullus heeft me ingehuurd. Hij wil weten wat er van zijn jeugdliefje geworden is.'

'Marullus de Romein? Lieve help! Dat is lang geleden. Wat waren we die zomer jong en hitsig. De namen die je noemt, maken zoveel slapende herinneringen wakker.'

Agroppinos klapte in zijn handen. Een jonge Noord-Afrikaan kwam uit de hut.

'Breng een kruik wijn en twee bekers, Farno.'

Ineens besefte ik dat Agroppinos blind was. Even later bracht de jonge slaaf de wijn. Hij schonk de bekers vol. We dronken.

'Wijn uit Kreta,' zei de oude man. 'Die dronken we een kwarteeuw geleden ook al. De Romein was een wijnkenner, een fijnproever. En een snoeper. Ook wat vrouwen betreft. Ik mocht 'm wel. Wat wil je precies weten?'

'Alles,' antwoordde ik. 'Zoveel mogelijk. Eigenlijk ben ik naar Florentina op zoek. Vreemd dat niemand in deze stad zich de vrouw nog herinnert. Behalve u dan.'

Nu lachte de oude man daverend. Ik vroeg me af wat ik verkeerd had gezegd.

'Je zult snel merken dat deze stad uitmunt in het vergeten van dingen uit het verleden. Je stem bevalt me. Ik ben blij met je bezoek. Ik zal vertellen wat ik nog weet. Als je beker leeg is, schenk je zelf bij. En als ik je verveel, zeg je het maar. Is dat een goede afspraak?'

'Goede afspraak.'

Hij sloot zijn ogen en zakte nog wat verder tegen de muur weg. Naarmate zijn vertelling vorderde, groeide de glans van tevredenheid op zijn verkreukelde gezicht. Hij genoot net zo van zijn herinneringen als ik van zijn verhaal.

*

'Florentina was de vrouw van Mymas. Ze was jong, vinnig, knap, bijdehand.

Mymas was de opzichter van de marmermijn. Die ligt hier een boogscheut verder in de flank van de berg. De mijn was toen nog in privébezit. Ze is pas later stadseigendom geworden. Mymas was een vrijgelatene. Verstandige kerel. Harde werker. Een man met ambitie. Hij bracht het op korte tijd van simpele steenhouwer tot ploegbaas. Toen de mijn stadseigendom werd, kreeg Mymas de job die hem toekwam: de boulé benoemde hem tot algemeen opzichter van alle officiële bouwwerken. Een belangrijke functie die hem veel aanzien verschafte en ook een redelijk inkomen.

Ik denk dat Florentina vijftien, misschien zestien was toen ze met Mymas ging samenwonen. Ze was niet alleen bloedmooi, maar ook levenslustig. Het soort meisje waar een man natte dromen van krijgt. In de jaarlijkse processie naar de tempel van Apollo voerde ze altijd de maagdengroep aan. Een eer die alle meisjes van de stad begeerden. Toen ze met Mymas trouwde, bereikte ze het hoogste waar je als meisje van kunt dromen. Ze had een knappe man die veel geld verdiende en almaar meer aanzien verwierf in de stad.

Florentina had een sterk karakter. Dat werd al na korte tijd door jaloerse tongen uitgelegd als eigenzinnigheid, door anderen als pretentie, door nog anderen als lichtzinnigheid. Mymas was eerder een ernstig type. Hij nam zijn verantwoordelijkheden zo serieus dat hij zijn vrouw verwaarloosde.

Ik bedoel: de levenslustige Florentina kwam niet aan haar trekken. Haar eenzaamheid vergrootte nog toen bleek dat Mymas geen kind kon verwekken. Je weet hoe dat gaat in een afgelegen bergstadje. Roddels verspreiden zich sneller dan een verkoudheid. Binnen de kortste keren wist iedereen dat een van de begeerlijkste vrouwen van de stad zich in haar villa verveelde. Florentina maakte borduurwerkjes, ze leerde fragmenten van Homeros uit het hoofd, ze speelde wat op de citer. En tussendoor voelde ze zich diep ongelukkig omdat ze eenzaam was en kinderloos bleef.

Tot zover klinkt het als een banaal verhaal. Het soort verhaal dat je in Rome in elke straat tien keer kunt horen.

Op een voorjaarsdag veranderde alles. Er kwam een ruiter uit het dal naar boven. Een Romein. Dat was jouw vriend Marullus. Een sympathieke, sociale man in de bloei van zijn leven. Hij zei dat hij op prospectiereis was, nam zijn intrek in de herberg en beweerde dat hij hooguit een dag of vijf, zes zou blijven. Iedereen zag dat hij er warmpjes inzat. Hij was duur gekleed en trakteerde gul in de herberg. Op een dag leerde hij Melsonius kennen, de Galliër zoals wij hem noemden. Het klikte meteen tussen die twee. Ze werden vrienden. Na enige dagen trok de Romein bij hem in. De vijf of zes dagen werden een hele zomer. En wat voor een zomer!

Ik was in die tijd dik bevriend met de Galliër. We hadden een vaste vriendenkliek. Binnen de kortste keren maakte ook Marullus daar deel van uit. De Romein, zo noemden we hem. Iemand van ons kliekje heeft hem met de eenzame Florentina in contact gebracht, ik vermoed de Galliër. In feite was dat een smerige streek van hem. Iedereen wist dat hij een rechtszaak lopen had tegen Mymas. Hij verkneukelde er zich danig in dat de Romein het bed indook met de vrouw van zijn tegenstrever.

De twee verliefden ontmoetten elkaar dagelijks in de witte villa van de Galliër. In het geheim natuurlijk. Het toeval stak een handje toe. De stad stuurde Mymas op zakenreis. Als ik het me goed herinner naar Aphrodisias, een paar dagreizen het binnenland in. Zo had het koppeltje een maand lang de handen vrij. En of ze ervan profiteerden! Ik weet bij Zeus niet wie het meest verliefd was, de Romein op Florentina of zij op hem. Ze neukten bij de beesten af. De Romein was een dorpsstier, mán, hij neukte haar soms twee keer per dag, dat zweer ik je. En Florentina werd nog mooier, nog aantrekkelijker dan ze al was. Ze had een hele achterstand in te halen. Zo te zien dééd ze dat ook.

Het mooie liedje duurde tot Mymas uit Aphrodisias terugkeerde. Toen barstte de storm los. Vraag me niet wat er precies gebeurd is. Ik wist het toen niet en ik weet het nog altijd niet. Achteraf werd gefluisterd dat een van de werknemers van Mymas geklikt had. Zou best kunnen. Drie dagen na de terugkeer van Mymas verdween de Romein spoorloos. Een tijdlang circuleerden de meest bizarre geruchten. Dat hij gevlucht was uit schrik voor de wraak van Mymas. Dat Mymas zijn lijk in een diepe grot gegooid had. Dat de Romein in een grot hoog in de bergen ondergedoken leefde en daar op Florentina wachtte. De klassieke kletspraatjes. Niemand wist er het fijne van. Ook zijn beste vriend de Galliër niet. Die beweerde dat de Romein totaal onverwacht vertrokken was, zonder boe of bah te zeggen, zonder afscheid te nemen. Hij had zelfs zijn reisspullen achtergelaten.

We hebben niks meer van de Romein gehoord. De roddels doofden bij gebrek aan brandstof. Mooie Florentina kwam de eerste weken de deur van haar villa niet meer uit. Treurde ze? Had ze wroeging over haar slippertje? Had ze voldoende voorraad opgedaan, zodat ze een tijdlang voort kon?

Twee maanden na de verdwijning van de Romein schoot de vlam weer in het roddelcircuit. Er was informatie uit de villa naar buiten gesijpeld. Huispersoneel dat zijn mond voorbij praatte. Iedereen spitste de oren.

Florentina was zwanger!

Toen Mymas dat vernam, zo werd gefluisterd, ging hij als een dolle stier tekeer. Zijn getier galmde tegen de wanden van de villa. Hij bedreigde Florentina met de dood. Later, toen zijn woede enigszins bekoeld was, dreigde hij ermee om het kind van de Romein meteen na de geboorte te wurgen.

Een week later nieuwe sensatie: Florentina was foetsie. Op een nacht had ze wat spullen in een doek gebonden en was ze met de noorderzon vertrokken. Mymas schreeuwde van de daken dat hij geen flauw idee had waarom ze verdwenen was. Florentina bleef spoorloos en de roddels ronkten. De jonge vrouw wist dat Mymas haar kind zou doden en daarom was ze ervandoor gegaan. Nee, nee, ze was gewoon haar zomerliefje achterna getrokken. Weer anderen beweerden dat Mymas haar lijk ergens in een ondergelopen marmermijn had doen verdwijnen.

Mymas ondervroeg haar huisslavinnen, met wie ze vertrouwelijk omging. Die wisten nergens van. Ook voor hen was haar verdwijning een verrassing.

Er verliep een jaar. De zaak raakte min of meer in de vergeethoek. Alleen een enkeling vroeg zich nog af wat er met de jonge moeder en haar kind gebeurd was. Florentina raakte helemaal vergeten toen Mymas jammerlijk aan zijn einde kwam.'

Agroppinos zweeg. In de stilte hoorde ik kraaien krassen. Een haan kraaide.

'Hoe is Mymas gestorven?'

'Een kar met marmerblokken kantelde van de weg. Mymas kwam onder een blok marmer terecht. Zo plat als een vijg.'

De oude man tastte naar zijn beker en dronk.

'En verder?' vroeg ik, mijn gretigheid nauwelijks intomend.

'Verder gaat mijn verhaal niet.'

'Bedoel je dat niemand nog iets van Florentina gehoord heeft?'

'Niemand is iedereen.'

'Had ze dan geen familieleden in Sagalassos? Een broer, een zus?'

'Niet in Sagalassos.'

'Buiten Sagalassos dan?'

'Ze had een oudere zus die destijds in Antiochië woonde. Tatias.'

'Leeft die zus nog? Kan ik haar spreken?'

De oude man wachtte een hele tijd voor hij antwoordde. Hij opende zijn bleke ogen en schudde zijn hoofd. Er zweefde een geheimzinnig lachje rond zijn mondhoeken.

'Laten we eerst een duidelijke afspraak maken, mijn vriend. Ik heb met Florentina geen uitstaans meer, en nog minder met het vervolg van haar geschiedenis. Alles wat met die vrouw te maken heeft, zit in een kruik. De familie Lamprias heeft een stevige stop op die kruik geperst. Ik zou niet graag in de sandalen staan van de persoon die de stop eruit wurmt.'

'Volgens jou leeft Florentina nog?' vroeg ik.

'Een man moet weten wat hij mag vertellen en vooral wat niet,' zei hij, 'zeker in een stad die zwijgt als het graf. Je weet nu wat er met Florentina gebeurd is in de zomer van haar romance met de Romein. Daar vroeg je naar en dat volstaat. De rest...'

Hij wapperde met zijn handen alsof hij een zwerm avondmuggen uit elkaar dreef. Hij tastte naar de wijnkruik, schonk zijn beker vol en dronk met langzame, genietende slokjes.

'Precies voor die rest ben ik van Rome naar hier gereisd,' zei ik.

'Hoe verneem ik die rest?'

'Die moeten anderen je vertellen, mijn vriend.'

'Maar ik...'

Hij schudde kordaat zijn oude hoofd en glimlachte wijs.

'Je mag al blij zijn dat ik je een aanwijzing gegeven heb.'

'Je bedoelt de naam Tatias?'

'Ze is een gevaarlijke vrouw. Als je haar benadert, loop dan op je tenen. Wik je woorden op de weegschaal van een goudsmid. En vertel me nu hoe het met de Romein gesteld is. Ik bewaar mooie herinneringen aan hem. Zit hij nog altijd achter de vrouwen aan?'

Ik bracht nog een gezellige middag bij de oude man door, al werd er met geen woord meer over Florentina of Tatias gerept.

Toen ik naar de witte villa van Antaios omhoogklom – Agroppinos woonde aan de rand van het woongebied ten noordoosten van de lage agora – had ik veel om over na te denken.

Ik was nog altijd in gedachten verzonken toen ik de villa van de dokter naderde. Ik hoorde stemmen bij de vijver in de tuin en hield mijn pas in. Gezellig gebabbel, de heldere stem van Maria Corinna, haar vrolijke lach die over de helling huppelde. Ik herkende de andere stem. Antaios, wie anders. Ik voelde een steek in mijn borst.

Stel je niet aan, Homeros Grafikos, doe niet zo onnozel, gedraag je als een man.

Ik bleef staan, luisterde, kon het gesprek niet volgen. Ik liep enige stappen verder en duwde de takken van een struik opzij zodat ik in de tuin kon kijken.

De kleine Galilese zat op de rand van de vijver, haar blote benen in het water. Antaios zat naast haar, zo dicht dat ze elkaar wel moesten raken, of toch bijna. Hij had een druiventros in zijn ene hand en plukte er met duim en wijsvinger druiven van los. Die hield hij een halve meter boven het hoofd van Maria Corinna, liet ze vallen en zij hapte ernaar.

Ik slikte. Mijn keel was droog. Een spelletje dat verliefden over de hele wereld spelen. Met een bittere smaak in mijn mond bedacht ik dat Maria Corinna en ik ooit datzelfde spelletje gespeeld hadden.

Ze bedriegt me met een tros druiven. Onzin, ze bedriegt je helemaal niet. Toch wel, dit is meer dan een onschuldig spelletje. Maar nee, je jaloezie doet je spoken zien. Niks van, dit is niet onschuldig, zo begint het, maar het eindigt in bed.

Ik bleef een paar tellen lang besluiteloos staan. De knagende pijn was er nog altijd. Ik keerde me om en sloeg de richting van herberg Dansend Water in.

Ik herinner me nauwelijks hoe de middag verder verliep. Ik weet dat we een indringend gesprek hadden, Xenodoros en ik. Onder andere over de toneelwerken van Euripides. Er zouden een aantal stukken van hem opgevoerd worden in het theater. Ik herinner me vaag dat ik langzaam dronken werd en dat ons gesprek handelde over de dood en het leven na de dood, maar toen liep het al tegen de avond. In een flard herinner ik me dat ik wankelend de trap naar mijn kamer opstommelde. Ik moet als een blok op het matras in slaap gevallen zijn.

Ik werd met bonkende hoofdpijn wakker. Maria Corinna stond aan mijn schouders te schudden.

'Waar bleef je gisteren toch, Homeros? We hebben een hele tijd op je gewacht en toen hebben we de halve stad afgezocht.'

We, dacht ik bitter. *'We' betekende vroeger: jij en ik samen. Nu betekent het: de dokter en ik samen, zonder jou.*

'Ik voel me ziek,' lalde ik.

Ik dacht: *ik lijd aan de ziekte die afgunst heet.*

'Je sliep als een os,' mopperde ze. 'En je stinkt naar wijn.'

'Beetje te veel gedronken.'

'Antaios verwacht ons vanmiddag,' zei ze. 'En vanavond bouwt hij een feestje. Hij heeft een paar vrienden uitgenodigd. Ook een groep muzikanten. Het zal plezierig worden. Ik heb beloofd dat ik een handje zou toesteken in de keuken.'

Ik schudde mijn hoofd, wat pijnscheuten door mijn nek joeg.

'Je zult het vandaag zonder mij moeten redden, vogeltje,' piepte ik met mijn meest meelijwekkende stem. 'Ik voel me echt niet in staat om te feesten. Wil jij me uitvoerig bij Antaios excuseren?'

'Als je ziek bent, blijf ik natuurlijk bij jou.'

Ik kwam overeind, kreunde even.

'Niks daarvan, jij gaat,' zei ik kordaat, al kostte het me moeite. 'Ik ben niet echt ziek. Ik heb een kater van hier tot ginder. Geloof me, vogeltje, ik ben niet in staat en zeker niet in de stemming om andere mensen te ontmoeten. Ik zou het plezier van de anderen grondig verpesten. "Ken jezelf," zei Sokrates al. Wat feesten betreft, ken ik mezelf. Zeker weten.'

'Maar, Homeros...'

'Niks te maren. Je kunt Antaios toch niet in de steek laten? Laat me rustig mijn roes uitslapen. Morgen doe ik weer mee in het stuk. Ik hoop dat je een leuke dag hebt.'

En veel plezier met je verliefde dokter. Ik red het wel alleen.

Ik kreunde van de pijn. Maar het was geen fysieke pijn die ik voelde. Het was zelfmedelijden. Ik wist niet welke van de twee ik erger vond.

*

Ik liep naar de gelagzaal. Sessia zette me een glas geitenmelk en een homp bruin brood voor. Ik had helemaal geen trek. Omdat Sessia aandrong, werkte ik alles met lange tanden naar binnen. Ik kikkerde er helemaal van op.

Ik besloot mijn zoektocht naar Florentina bij haar zus te beginnen. Agroppinos had me verteld dat Tatias en haar echtgenoot Atilius Lamprias in een pronkerige villa ten oosten van de bovenstad woonden, op een helling tussen de bovenste agora en het theater. In het voortuintje stond een levensgroot, dramatisch marmeren beeld. Een naakte, sterk gespierde Galliër, de krachtige benen gespreid, een halflange mantel losjes over zijn schouder gedrapeerd, de ene arm gesteund op een boomstronk, de andere, met een dolk in de hand, dreigend naar een onzichtbare vijand geheven. Het was een kopie van een beroemd bronzen beeld van Praxiteles. Het origineel had Nero van Athene naar Rome laten brengen. Het stond nog altijd in de tuin van zijn Gouden Huis. Die tuin was na zijn dood voor het publiek opengesteld.

De villa van Tatias was omgeven door een mooi aangelegde tuin. Twee tuinmannen waren in de weer om de bloemen en planten te verzorgen en de bomen in vorm te snoeien, een gewoonte die uit Rome was overgewaaid. In het bovendeel van de tuin was een sierlijk nymphaeum tegen een rotswand aan gebouwd. Een fontein klaterde in een marmeren waterbekken en vormde een stroompje dat door de tuin naar beneden murmelde. Overal stonden marmeren beelden. Ik bemerkte een grote kooi met vogels die ik nooit eerder gezien had. Af en toe lieten ze een kraaiachtig geluid horen.

Een donkerhuidige jonge slaaf met kroeshaar, die me aan Semenka deed denken – hoe zou mijn secondant het intussen in Rome maken? – bracht me door de tuin naar de vrouw des huizes. Meerdere deuren van de villa stonden open. Ik kon er, nieuwsgierig als ik ben, niet voorbij zonder af en toe naar binnen te gluren. In alle kamers zag ik bronzen en vooral marmeren beelden, de meeste van Griekse herkomst. Er waren ook beelden uit de binnenlanden van Azië bij, met vreemde vormen die ik nooit eerder gezien had. Moddervette moedergodinnen, goddelijke wezens met vier armen, bizarre figuren met de kop van een stier of een olifant.

Uit een openstaande deur klonk een schorre stem.

'Perikles! Perikles! Sokrates!'

'De papegaai van mevrouw,' zei de slaaf. 'Ze leert hem Griekse woorden.'

Ik vroeg me af wat voor vrouw Tatias was. De verhalen over haar zus Florentina waren eensluidend: ze was een aantrekkelijke vrouw geweest. Waarschijnlijk daarom, en ook omdat Tatias de vrouw was van een van Sagalassos' machtigste mannen, verwachtte ik een knappe vrouw van middelbare leeftijd, behangen met juwelen en verzorgd gekleed. Een matrone zoals je die in Rome weleens uit een draagkoets ziet stappen.

De werkelijkheid strookte niet met mijn verwachtingen. Mijn eerste indruk van Tatias was dat ik een komische actrice uit het straattheater voor me had. Ze droeg een fortuin aan juwelen aan haar schrale hals en haar dunne vingers. Het licht viel glanzend op haar kleren, waarvan ik vermoedde dat er veel zijde in verwerkt was. In tegenstelling tot de kledij van de andere vrouwen van Sagalassos, was haar tunica donkerblauw van kleur, met een sierrand van goudgele zijde. Ze droeg er een brede, gevlochten ceintuur in die haast alle kleuren van de regenboog had. Ik vroeg me af hoe oud ze was. Ik ben geen held in het schatten van vrouwenleeftijden. Deze keer was het extra moeilijk. Volgens mijn eerste indruk moest ze de vijftig een heel eind voorbij zijn. Toen ik wat aandachtiger toekeek, viel het me op dat ze er eerder afgeleefd dan oud uitzag. Misschien was ze maar ergens in de veertig.

Ze was tenger gebouwd, beter gezegd: zo mager als een afgekloven visgraat. Haar huid was dun, bijna doorzichtig. Het verbaasde me dat haar skelet er niet doorheen schemerde – voor zover ze een skelet had. In elk geval had haar beendergestel de broosheid van een uitgehongerde mus. Haar gezicht paste perfect bij haar lichaam: het was klein en benig, met een dun velletje bespannen, of veeleer behangen. Het trok in minieme rimpeltjes samen, als dat van een ingedroogde appel na de winter. Ze had koperrood haar, spaarzaam ingeplant en dun van structuur zodat je haar schedel er doorheen kon zien. Haar lippen waren dun en bloedeloos. Haar mond tekende een nauwelijks zichtbare streep onder haar lichtjes gekromde neus.

'Gegroet, jongeman,' zei ze meteen toen ze me zag. 'Je wilt natuurlijk mijn echtgenoot spreken. Hij kan u niet ontvangen en laat zich excuseren. Tot zijn spijt, zegt hij. Ik geloof allang niet meer wat hij zegt. Je zult het met mij moeten afhandelen, of je dat leuk vindt of niet.'

Zelfs wanneer ze praatte, werd haar mond nauwelijks zichtbaar. Ze sprak haast zonder haar lippen te bewegen. Toch was haar stem goed verstaanbaar.

'Graag, mevrouw,' zei ik. 'Het zal me een genoegen zijn om het gesprek met u...'

'Je bent een vleier, jongeman,' onderbrak ze me. 'Veel tijd heb ik niet. Hoe ouder je wordt, des te zuiniger je met je tijd moet omspringen. Maak het dus kort.'

Ze zat in een brede houten stoel waar er drie van haar omvang in pasten. Ze hield haar rimpelige handen in haar schoot. Er stond nog een tweede stoel. Die bood ze me niet aan, dus bleef ik rechtop staan. Ik vroeg me af hoe ik het gesprek het best kon aanvatten. Agroppinos had me gewaarschuwd: deze vrouw was geen katje om zonder handschoenen aan te pakken.

'Ineens je tong verloren?' vroeg ze. 'Zou je me niet vertellen wat je hier komt doen?'

'Het is niet mijn bedoeling, mevrouw,' zei ik snel, 'om u lastig te...'

'Ach, jongen toch. Laat die flauwekul achterwege. Zeg wat er op je lever ligt. Daarna kun je ophoepelen. Begin maar met te vertellen wie je bent.'

Ik slikte, zoog mijn longen vol lucht en deed mijn verhaal, voor de zoveelste keer. Ze luisterde, zo te zien weinig geïnteresseerd. Ik was al tevreden dat ze me liet uitspreken. Toen ik de naam Florentina voor de eerste keer liet vallen, lette ik scherp op haar reactie. Geen spier van haar gezicht vertrok, zelfs haar wimpers trilden niet. Dit frêle dametje had een ijzersterk karakter.

Toen ik rond was met mijn verhaal, trok ze haar neus in rimpels. Ze blies verwijtend.

'Kom je helemaal uit Rome om me een sprookje te vertellen, jongeman?'

Ze lachte kakelend. De vogels in de kooi gaven meteen krassend antwoord. De juwelen aan haar polsen rinkelden.

'Ik vertel geen sprookje, mevrouw,' zei ik. 'En dat weet u ook. Ik ben naar Sagalassos gekomen om uit te zoeken wat er met Florentina gebeurd is. Ik vermoed dat u dat weet. Daarom ben ik hier.'

Ze schudde haar hoofd, een nijdig gebaar. Zou ze haar dunne mond voorbijpraten als ik haar kwaad kreeg?

'Hoe zou ik dat weten? Florentina – ik ken dat mens niet eens. Wie heeft je naar mij gestuurd?'

'Agroppinos, de blinde man. Hij heeft uw naam genoemd. Hij beweert dat Florentina uw zus...'

Met een gebiedend gebaar van haar knokige hand legde ze me het zwijgen op. Haar donkere ogen fonkelden.

'Agroppinos. Die man is oud en gek. Hij raaskalt. Ik zal je een goede raad geven en daarna verdwijn je uit onze stad. Je huurt een paard in de buurt van het *bouleuterion* en je rijdt spoorslags naar Perge. Daar stap je op het eerste schip dat naar – van waar kom je? – o ja, de grote hoer Rome. Is dat duidelijk?'

'Ik weet dat Florentina uw zus is,' zei ik, haar goede raad straal negerend. 'Ik wil weten of ze nog leeft.'

Ze keek me boosaardig aan. Ze had felle insectenogen onder dikke, rosgrijze wenkbrauwen. Ze deed me aan een spin denken die op een prooi loert.

'Luister, jongeman, zet Florentina uit je kop. Vertel je opdrachtgever dat ze door het verleden verzwolgen is, in rook opgegaan, in een bergrivier verdronken, door wilde dieren opgevreten, door de pest geveld. Verzin maar iets leuks. Hoe doder, hoe beter.'

Ze grinnikte vreugdeloos.

'In elk geval is ze dood. Duidelijk? Dit gesprek is afgelopen. Je vindt de poort zelf wel? Dan hoef ik het huispersoneel niet lastig te vallen om je uit te laten.'

'Nog één vraag, mevrouw.'

Ze bekeek me met ogen die vuur spuwden. Een dame die het niet gewend was om te worden tegengesproken.

Dit manwijf is gevaarlijk, ze is een heks, ineens schiet ze op je toe, ze plant haar tanden in je keel, zuigt al je bloed op en gooit je leeggezogen lijk in een bergrivier.

'Heb ik je al gezegd dat ik een hekel heb aan arrogante types?' vroeg ze.

Ik bleef haar met mijn beminnelijkste glimlach aankijken.

'Florentina was zwanger toen ze uit Sagalassos wegvluchtte,' zei ik. 'Weet u wat er met haar kind gebeurd is?'

Nu schudde ze zo heftig haar hoofd dat een van haar gouden oorringen, die met een klem aan haar oorlel vastzat, losraakte. Het juweel viel in haar schoot. Ze gromde een of andere vloek en begon met haar magere spinnenvingers de oorhanger opnieuw vast te maken.

Toen zag ik de ring aan haar wijsvinger, een van de vele. Er zat een bruine steen in. De steen die ze tijgeroog noemen.

Had ze mijn blik onderschept? In elk geval liet ze de gouden oorhanger voor wat hij was. Zo snel als ze kon, legde ze haar beide handen in haar schoot en bedekte de ring met het tijgeroog. Het gebaar was net iets te vlug en iets te nadrukkelijk om niet op te vallen. Haar ogen bliksemden nu ronduit kwaadaardig. 'Luister, jongeman. Als je niet meteen verdwijnt, laat ik de honden op je los. Verdwijn. Verdwijn!'

Die laatste woorden had ze krijsend uitgebracht. De kraaien fladderden geschrokken op in hun kooi.

Nu zijn er twee dingen waarvoor ik zonder nadenken op de vlucht ga: grauwende honden en krijsende vrouwen. Maar als ik de waarheid ruik, overvleugelt waarheidsliefde zelfs mijn angst voor krijsende vrouwen. Dan kan ik met een koppige volharding blijven doorgaan. Dan neemt een soort rechtlijnige eigenzinnigheid, die je met wat goede wil ook moed kunt noemen, of overmoed, bezit van me. Dit was zo'n moment. In de paniekreactie van Tatias snoof ik een geur van waarheid. Ik twijfelde er niet meer aan dat ze loog dat ze barstte. Ze wist meer over Florentina's kind. Agroppinos was een wijs man die meer wist dan hij kwijt wilde. Hij had me op het spoor van deze vrouw gezet omdat hij vermoedde dat ik eropaf zou gaan. Ik nam aan dat Agroppinos geen reden had om me te belazeren.

Er was meer dan het woord van de blinde man. Er was de ring met het tijgeroog. Dit was de ring waarover Marullus gesproken had. Waarom probeerde Tatias hem voor me verborgen te houden? Ik kon maar één reden bedenken: omdat ze verduiveld goed wist dat Marullus die ring aan Florentina gegeven had. Hoe sterker ze ontkende dat ze Florentina kende, des te meer raakte ik ervan overtuigd dat ze meer over haar zus wist, en over die hete zomer een kwarteeuw geleden, en over het kind van Florentina.

Mijn zelfvertrouwen schoot bij elke ademtocht de hoogte in. Ik stuurde haar een charmante glimlach toe, ook al kostte me dat een serieuze inspanning. Mijn hart bonkte hoog in mijn keel.

'Ik zal dit huis pas verlaten, mevrouw,' zei ik zo rustig als ik kon, 'zodra u me verteld hebt hoe die ring met het tijgeroog in uw bezit gekomen is. De ring die u voor me probeert te verbergen. De ring die toebehoord heeft aan uw zus.'

Ze vloog me niet naar de keel. Ze krijste niet. Ze riep haar honden niet. Ze keek alleen met ogen die vuur spuwden. Ze kneep haar lippen zo stevig samen dat ze bijna onzichtbaar werden. Ik had beet. Een spoor. Ik nam me voor om me als een bloedhond in dat spoor vast te bijten.

'Over welke ring heb je het?' vroeg ze.

Haar stem verraadde haar. Er zat een trilling van onzekerheid in, of van angst. Misschien was haar karakter minder sterk dan ze voorwendde.

'U acteert zwak, mevrouw,' zei ik. 'U weet beter dan ik van wie die ring is – of was.'

'Jongeman, je irriteert me,' siste ze. 'Als je niet als de bliksem...'

Ik stelde met voldoening vast dat haar stem bijna een octaaf gedaald was en een heel stuk minder zelfverzekerd klonk. Ik heb een speciaal zintuig ontwikkeld om zoiets te registreren. Ik voelde me sterk, dus aarzelde ik niet om haar te onderbreken.

'Ik ben een beetje een bloedhond, mevrouw. Als ik bloed ruik, ga ik door tot het einde. Als ik eenmaal beet heb, laat ik niet los. Vertel me dus hoe die ring met het tijgeroog aan uw vinger gekomen is.'

Tatias hield de hand met de ring nog altijd onder haar andere hand verborgen. Ze zag er ineens veel minder gevaarlijk uit. Ze was kleiner geworden, weerlozer. Opeens was ze een broos vrouwtje dat haar wapen tijdens het gevecht kwijtgeraakt was en zich niet meer kon verdedigen. Ze legde een knokige wijsvinger op de streep van haar mond.

'Alsjeblieft, jongeman, roep niet zo luid,' pleitte ze, en nu was elke zweem van agressiviteit uit haar stem verdwenen. Ze fluisterde bijna:

'Ik kan niet op je vraag antwoorden. Niet hier. De muren hebben oren.'

Ik knikte, trotseerde haar borende blik. Ik probeerde mijn tevredenheid te verbergen en klemde mijn tanden op elkaar. Ik had de vis aan de haak! Nu de lijn voorzichtig binnenhalen. Ze hield een tijdlang haar ogen dicht, alsof ze nadacht. Toen ze weer naar me keek, had ze een deel van haar strijdbaarheid herwonnen.

'Florentina was inderdaad mijn zus,' zei ze. 'Ik weet precies wat je over dat arme kind weten wilt. Dat kan ik je in dit huis niet vertellen. Ik heb een voorstel. Ken je de begraafplaats langs de weg die in noordwestelijke richting naar het grote meer leidt?'

'Die vind ik wel.'

'De graven liggen rechts van de weg, tegen de bergflank. Aan de linkerkant daalt de helling steil naar het dal af. Pal tegenover de graven is er een oude trap in de helling, deels uitgehouwen in de rotsen. Daal die trap af, in de richting van de steengroeve die je in de verte ziet liggen. Wees voorzichtig, de trap wordt niet meer gebruikt. Hij is gevaarlijk steil. Dan loop je de bergweide in, schuin naar rechts, ongeveer driehonderd stappen. Daar zul je in de verte een terreinverheffing zien, een kale rots die boven de omgeving uit steekt. Ze doet aan het schild van een schildpad denken. Bij die rots begint een rotspad. Het klimt een heel eind de bergen in. Waar dat pad langs een steile rotswand loopt, zul je drie grotten zien. Wacht in de middelste ervan, de diepste van de drie, de grootste ook.'

Ze keek me vragend aan.

'Wat is de bedoeling?' vroeg ik.

'Ik zal mijn best doen om zelf naar de grot te komen. Misschien kan dat niet. Mijn echtgenoot mag hier niks van vernemen. Als ik verhinderd ben, stuur ik mijn huisslavin. Je mag haar volledig vertrouwen. Ze zal je alles vertellen wat je over Florentina weten wilt.'

Ze strekte een benige, akelig lange vinger in mijn richting.

'En geen woord tegen derden over onze afspraak, is dat duidelijk? Als je je mond voorbijpraat, dan...'

Nu lachte ze hardop. Voor het eerst zag ik haar tanden. Ze had een stevig gebit. Grote, lelijke, bruin verkleurde tanden. Ik knikte kort en draaide me zonder groet om.

Haar scherpe, doordringende lach, gevolgd door het akelige gekras van de vogels, achtervolgde me tot aan de tuinpoort.

*

Voetje voor voetje, me vastgrijpend aan de helling, daalde ik de trap tegenover de begraafplaats af. Haar uitleg klopte: hij was slecht onderhouden en gevaarlijk steil. Goed dat ze me gewaarschuwd had.

Ik kwam vanzelf bij de schildpadvormige rots en vond het rotspaadje dat in luie kronkels tegen de helling naar boven slingerde. Het duurde bijna een halfuur voor ik de rotswand bereikte. Er zaten inderdaad drie donkere openingen in de wand. De drie grotten. Ik bekeek de omgeving. Tatias had wel een mooie plek uitgekozen voor ons rendez-vous. Het uitzicht over het Taurusgebergte was adembenemend mooi. Ontelbare blauwgroene bergtoppen volgden elkaar op, tot ze heel in de verte met de heiigheid van de lucht versmolten. De stad was van hieruit niet te zien. Vlinders dwarrelden over de bergweide. De stilte was indrukwekkend. Zo was ook de eenzaamheid.

Ik moest ineens aan Aurelia denken. In deze omgeving bracht ze dus bij voorkeur haar tijd door. Ik benijdde haar toen ik aan de gek makende drukte, de stank en het oorverdovende lawaai van de Romeinse straten dacht.

Ik installeerde me in de ingang van de middelste grot. In mijn enthousiasme om het spoor naar Florentina dat ik gevonden had, was ik regelrecht hier naartoe gekomen. Het zou nog een hele tijd duren eer de roodharige heks haar opwachting maakte. Ik had ruim de tijd om na te denken.

Het was natuurlijk veel te voortvarend van me geweest om me meteen naar hier te haasten, bijna in ijltempo. Waarom had ik eerst Maria Corinna niet op de hoogte gebracht? Ik had de kleine jodin, voor ze naar de witte villa en haar sympathieke dokter vertrok, wel verteld dat ik Tatias een bezoek zou brengen. Maar stel dat er hier iets met me gebeurde, zo ver van de stad, in een godverlaten grot in het gebergte. Niemand wist dat ik hier was, tenzij Tatias. Was er één enkele reden waarom ik dat rosse wijf zou vertrouwen? Niet één. Ik had wel honderd redenen om haar niét te vertrouwen. En toch was ik naar de afgesproken plek komen ijlen, als een puber naar zijn eerste afspraakje. Nu kon ik niet meer terug.

Ik wachtte. De tijd verstreek tergend langzaam. Mijn gedachten wiekten alle richtingen uit en kwamen altijd weer bij Maria Corinna terecht. Ze was in de herberg gebleven. Ze zou een handje toesteken in de keuken. Ze had een goed contact met de vrouw van de kroegbaas. Daarna zou ze naar de witte villa vertrekken.

Maria Corinna en Antaios, wat was er precies gaande tussen die twee? Ze schoten goed met elkaar op. Goed, best, waarom ook niet. Geen probleem. Ze aten samen druiven op de rand van een vijver. En dan? Moest ik me eigenlijk niet schamen over mijn bekrompenheid als ik daar achterdochtig bij werd? De medaille had ook een keerzijde. Maria Corinna was knap en vinnig, ze reageerde spontaan, ze gaf mannen de indruk dat ze bereikbaar was. Bereikbaar, beschikbaar. Antaios was een gezonde jongeman in de bloei van zijn leven. Hij kon toch niet onverschillig blijven voor haar charmes? Kon ik Maria Corinna op de man af vragen of de dokter haar versierde? Of hij verder ging dan versieren? Waar hij met zijn handen bleef?

Wat bedoel je, Homeros? Waar stuur je op aan? Geilt het idee dat een andere man achter je vrouw aan zit je op? In hoeverre is je zogezegde jaloezie niks anders dan sluw ingeklede geilheid?

Ik verplichtte mezelf om aan andere dingen te denken. Aurelia dan maar. Ik riep het beeld van de blonde schoonheid in mijn geest op. Hoe het zonlicht haar helderblauwe ogen nog lichter, nog zonniger maakte dan ze al waren. En hoe om haar prachtig gevormde, volle lippen een eeuwige glimlach vol verlokking en beloften zweefde. Antaios had verteld dat ze kruiden voor hem verzamelde. Ik kon me niet inbeelden dat hij ongevoelig was voor de verblindende schoonheid van het meisje. Waren die kruiden een uitvlucht, een voorwendsel? Dienden ze om de bezoeken van Aurelia aan de witte villa voor de buitenwereld plausibel te maken? Eigenlijk hoopte ik dat. Als Antaios het stiekem met Aurelia deed, was zijn geflirt met Maria Corinna ongevaarlijk. Een rookgordijn. Dan was zijn hijgerige gedoe met mijn kleine jodin...

Ik brak mijn gedachtegang af. Een vrouw kwam over het bergpad mijn richting uit gelopen. Het was niet de roodharige heks, maar een lange, magere vrouw in een kleurloze mantel. Ze had een grijze doek zo over haar hoofd gedrapeerd, dat haar gezicht onzichtbaar bleef. Een toevallige passante? De huisslavin van Tatias? Ik bleef in de grotopening zitten.

Toen de vrouw me naderde, vertraagde ze. Ze bleef op drie stappen afstand staan. Nu pas zag ik dat haar gezicht de diepbruine kleur van rijpe kastanjes had. Ik vermoedde dat ze Ethiopische was.

'Mijn meesteres stuurt me,' zei ze in een aarzelend Latijn. 'Ze kon zelf onmogelijk komen.'

Ik knikte. Mij om het even. Als ik maar de juiste informatie kreeg. Ik kwam overeind.

'Niemand mag ons samen zien,' waarschuwde de vrouw. 'Laten we in de grot gaan.'

Dat voorstel beviel me niet. Ik schudde mijn hoofd. Ik zag geen enkele reden om in een vochtige, schemerige grot weg te kruipen.

'Er komt hier geen mens voorbij,' stelde ik haar gerust. 'Ik heb hier op zijn minst een uur zitten wachten en ik heb niemand zien passeren.'

'Ik ben de huisslavin van mevrouw Tatias,' zei de vrouw. 'Ik moet de bevelen van mijn meesteres opvolgen. Mevrouw wil dat ik met u praat in de middelste van de grotten.'

Ik gromde. Het was een logica waar ik weinig tegenin kon brengen. Een slavin voerde de bevelen van haar meesteres uit. Als ikzelf een feeks als Tatias als meesteres had, zou ik precies doen wat ze me opdroeg.

Ik knikte, zij het met tegenzin. We liepen enige meters de grot in. Het was er schemerig en vochtig. De kilte deed me even rillen. Mijn voeten zakten weg in de sponsachtige bodem. Er hing een geur van humus, uitwerpselen van dieren, slijk – de geur van een lang niet geluchte vochtige kelder. Uit het plafond, zo'n meter of vier boven ons, waren hoekige rotsbrokken losgekomen. Ze lagen verspreid over de bodem. De slavin deed teken dat ik op een van die stenen moest gaan zitten. Zelf nam ze ook plaats, met haar gezicht naar de ingang gekeerd zodat het licht erop viel. Ze schoof haar hoofddoek naar achteren. Haar gezicht was minder donker dan ik gedacht had. Ze had hoge jukbeenderen en amandelvormige ogen.

'U bent van Rome helemaal naar hier gekomen om Florentina op te sporen,' begon ze. 'U wilt weten wat er met Florentina gebeurd is.'

'Ik wil weten of Florentina nog leeft. En wat er met haar kind gebeurd is.'

Ze aarzelde, keek langs me heen naar de ingang van de grot, alsof ze er zeker van wilde zijn dat niemand ons gesprek afluisterde.

'De problemen begonnen toen Florentina door een vreemdeling zwanger was gemaakt,' begon de Ethiopische. 'Een Romein die in Sagalassos kwam onderhandelen over de verkoop van beschilderde drinkbekers. Op een dag was die spoorloos verdwenen.'

Dat verhaal kende ik al.

'Korte tijd later ging ook Florentina ervandoor,' zei ik.

'Ze vluchtte naar Perge,' verduidelijkte de vrouw. 'Daar is ze bevallen. Volgens mijn meesteres heeft ze de bevalling niet overleefd.'

'Wat is er met haar kind gebeurd?'

'Dat is een lang verhaal, heer. Volgens mijn meesteres...'

Toen zag ik een vage schaduw op de wand bewegen. Tegelijk besefte ik dat ik erin getuind was. Ze had me in de val gelokt. Ik vervloekte mijn lichtgelovigheid. Ineens begreep ik waarom de vrouw me in de grot meegenomen had, waarom ze met haar gezicht naar de ingang was gaan zitten, waarom ze haar verhaal rekte. Ze wist dat er iemand op komst was. Iemand die nu achter mijn rug de grot binnenkwam.

Ik sprong overeind, draaide me bliksemsnel om en trok in een reflex mijn hoofd in.

De houten knuppel raakte me op de schouder. De pijn vlijmde door mijn lichaam, een witte vlam die me verdoofde. Ik zat als een rat in de val. In het felle tegenlicht kon ik de man met de knuppel niet goed zien, alleen een zwarte gestalte. Hij hief de knuppel opnieuw. Ik ving de slag op met mijn linkerarm. Tegelijk schopte ik zo hard als ik kon naar zijn onderlichaam. Raak. Hij brulde van de pijn. Ik zag hem – of beter: zijn silhouet – in elkaar krimpen. De Ethiopische was naar de uitgang van de grot gelopen. Ze ging ervandoor. Ze had de haar opgedragen taak volbracht.

De man stond nog altijd gebogen, ingehouden kreunend, zijn ene hand op zijn geslachtsdelen, de knuppel in zijn andere hand.

De pijn kronkelde als een oplaaiend vuur door mijn lijf. Ik duizelde, kon niet meer helder nadenken. Toen hief de man de knuppel opnieuw. Hij kwam op me af. Ik probeerde mijn linkerarm op te heffen om de slag af te weren. Mijn spieren gehoorzaamden niet meer. Ik liet me op de grond vallen.

De man stond hoog en dreigend boven me, de knuppel geheven.

Een zuigend zwart gat slokte me op.

*

Ik was niet dood. In de verte hoorde ik een stem. Woorden die in elkaar overvloeiden. Woorden die betekenisloos ruisten, zoals het geluid van de wind die over een rietveld strijkt. Ik was te moe om naar de inhoud van de woorden te zoeken.

De stem kwam dichterbij. Ineens was ze vlak bij mijn oor. Ik kon afzonderlijke woorden onderscheiden, al hadden ze nog altijd geen betekenis. Daarna verwijderde de stem zich. Tot ze helemaal verdwenen was.

Stilte. Duisternis. Nacht.

Hoe lang bleef het stil? Was ik in slaap gevallen? Ik besefte dat er vragen waren, maar ik kon de moeite niet doen om over de antwoorden na te denken. Ik hoorde opnieuw een stem in de verte, als het zacht golvende gemurmel van een bergriviertje. De stem kwam dichterbij. Woorden drongen mijn hoofd binnen, vroegen om aandacht. Nog altijd begreep ik hun boodschap niet. Ik voelde me leeg en duizelig. Mijn lichaam was gewichtloos. Ik zweefde op een wolk die langzaam heen en weer bewoog. De stem verzwakte en verdween. Stilte. Nacht.

Vaag het besef van een zachte pijn die in mijn achterhoofd bonkte. Ik had zin om te slapen en tegelijk verzette ik me tegen die sufheid. Er moest iets met me gebeurd zijn. Wat? Waar was ik? De stem was er weer. Bij een stem hoorde een lichaam. Iemand sprak tegen me. De stem bevond zich vlak bij mijn oor. Ik besloot een inspanning te doen en mijn ogen te openen om naar het lichaam van de stem te kijken. Maar ik kon de kracht niet opbrengen om mijn oogleden van elkaar te halen. Loodzwaar wogen ze. Ik voelde me te zweverig om wat dan ook te ondernemen. De stem was verdwenen. Duisternis. Was het nacht? Wat was er gebeurd?

Het was alsof mijn lichaam langzaam naar me terugkeerde. Of was ik het die naar mijn lichaam terugkeerde? Moeilijke vraag. Te moeilijk om erover na te denken. Mijn ene arm begon pijn te doen. Een zeurende pijn die van ver kwam, net als de stem. Ik verlegde mijn arm. De beweging veroorzaakte een vlammende pijn. Ik kreunde zachtjes, hapte met korte, oppervlakkige schokjes naar adem. Opeens realiseerde ik me dat ik op de grond lag. Waar was ik? Vanwaar die bonkende pijn in mijn hoofd? In mijn schouders? Als ik mijn ogen opendeed, ging de nacht misschien weg. Straks, nu niet.

Mijn keel. Dorst. Ik had dorst. Mijn keel gloeide. Ik wilde met mijn lippen het woord 'dorst' vormen. Mijn lippen gingen open en dicht. Er kwam geen klank uit mijn mond. Waarom gehoorzaamde mijn lichaam niet meer? Er stuwde een golf van misselijkheid in me omhoog. Moest ik braken? Hadden ze me dronken gevoerd?

De stem.

Er was iemand bij me. Een hand. Ik realiseerde me dat er een zachte, strelende hand op mijn voorhoofd lag. De stem was nu heel dicht bij mijn oor. Een stem even zoet als honing op je tong.

'Rustig, rustig. Nu ben je veilig. Er zal je niks meer gebeuren. Het is voorbij.'

De stem van een vrouw. Maria Corinna?

Ik kon opnieuw denken. Ik moest mijn ogen opendoen en kijken. Nu niet, straks, nu was ik te moe. De vragen kwamen aangestormd. Waarom had ik pijn? Waar was ik? Wie was die vrouw? Wat was voorbij?

Sagalassos. Ik was met Maria Corinna naar Sagalassos gereisd om Florentina op te sporen. Pontius Marullus. De namen doemden in mijn bewustzijn op als fakkels in de nacht. Ik moest me aan die namen vastklampen. Dan zou alles helder worden in mijn hoofd.

Ik opende mijn ogen. Het licht was fel. Intens wit. Het deed pijn. Het brandde alsof ik in de zon keek. De stem. Vingers die mijn lippen aanraakten. Voorzichtige, vochtige vingers. Ik liet mijn tong over mijn droge lippen glijden.

'Wil je iets drinken?'

Ik knikte. Tenminste, dat was mijn bedoeling. Zodra ik mijn hoofd bewoog, schoot een steekvlam van pijn door mijn nek. Ik sloot kreunend mijn ogen.

'Doe je lippen van elkaar, dan laat ik je drinken. En vergeet niet te slikken, anders stik je.'

Er vloeide water in mijn mond. Heerlijk fris water. Ik slikte en opende opnieuw mijn ogen. Eerst een smalle kijkspleet, zodat het licht me niet zou verblinden.

Een gezicht omkranst door blonde haren. Een meisje dat naar me glimlachte. Haar gezicht vervaagde alsof er een mist tussen haar en mij schoof. Ik spande me in om het gezicht opnieuw te zien. Het beeld werd helder. Ze had blond haar en blauwe ogen. Een flard herinnering. Aurelia. Het meisje op de berghelling. Het meisje dat kruiden plukte voor de dokter. Het meisje met de horrelvoet.

Ik wilde overeind komen. Mijn lichaam werkte tegen. Overal zat pijn. Ik liet me opnieuw vallen, voelde me uitgeput.

'Rustig maar. Het is beter dat je niet beweegt. Nu ben je veilig.'

'Waar ben ik?'

'In een van de grotten die wij de Drie Ogen noemen. Je moet rustig blijven liggen. Intussen ga ik hulp halen. Ik loop naar de stad en kom daarna met dokter Antaios terug. Wil je eerst nog iets drinken?'

Aurelia goot iets tussen mijn lippen. Heerlijk fris water. Ik voelde het door mijn slokdarm stromen. Herinneringen. De Drie Ogen. Tatias, de vrouw met het mussenskelet.

'Wat is er gebeurd?'

'Daar praten we later over. Ik ga nu hulp halen in de stad. Dat is een heel eind hier vandaan. Ik zal een tijdlang wegblijven. Zul je zo lang rustig...'

De stem vervaagde, werd een zacht, uitstervend gemurmel. Als wind over een rijp graanveld. Ik voelde me langzaam wegglijden in een draaiende duisternis.

*

Ik sloeg mijn ogen op. Keek rond. Ik herkende de tuin. De tuin van dokter Antaios. Ik stelde vast dat ik languit in een rieten zetel lag, in de schaduw van een reusachtige notenboom, aan de rand van een rechthoekige vijver waarin goudvissen zwommen. Drie bezorgde gezichten keken gespannen naar me. Ik herkende ze en glimlachte. Maria Corinna, dokter Antaios, Aurelia. Toen pas was ik ervan overtuigd dat ik niet dood zou gaan.

*

Drie dagen bracht ik als patiënt in de witte villa van Antaios door. Mijn hoofd was ijl en voelde leeg aan. Er was voortdurend een zacht knagende pijn die me verhinderde om helder na te denken. Het was alsof er een metalen band rond mijn hersenen knelde.

Van de eerste dag herinner ik me weinig. Ik sliep veel. Maria Corinna liet me enige keren een lichte bouillon drinken, ook kruidenaftreksels die de dokter voor me klaarmaakte. Na een uur of twee kwamen Antaios of Maria Corinna me telkens wakker maken. Iedere keer stelden ze me een of andere onnozele vraag. Hoe heet de keizer van Rome? Op welke heuvel van Rome woon je? Hoe heet de stad waar je nu verblijft? Als ik niet meteen antwoordde, drongen ze aan, alsof mijn antwoord hoogst belangrijk was. Toen ik voldoende helder van geest was om me aan dat voortdurende wekken te ergeren, vroeg ik waarom ze me niet lieten slapen. Ik voelde me nog altijd loom en had de neiging om daar aan toe te geven. Maria Corinna riep er de dokter bij.

'Je weet dat je een flinke dreun op je hoofd gehad hebt,' zei Antaios. 'Gelukkig zitten hersenen goed beschermd onder de schedel. Die kan tegen een stevige stoot. Je mag slapen en rusten zoveel en zo lang als je wilt, daar knap je van op. Wat je in géén geval mag doen, is wegglijden in bewusteloosheid. Daarom controleren we regelmatig of je op onze vragen reageert. Zolang je antwoorden min of meer zinnig klinken, is alles in orde. Na elk antwoord laten we je rustig weer insluimeren.'

'Heb ik een dreun op mijn hoofd gehad? Ben ik ergens tegenaan gelopen?'

Ik tastte mijn geheugen af. Vaag, als in een dichte mist, herinnerde ik me iets met grotten die de Drie Ogen heetten. Er was ook een gesprek met Aurelia in een van die grotten. Ze had me lekker koel water laten drinken.

'Ik lag op de grond in een grot,' stamelde ik. 'Hoe kwam ik daar terecht?'

'Pijnig daar je hersenen voorlopig niet over,' suste de dokter. 'Je lijdt aan geheugenverlies. Als je herstel normaal verloopt, zal je geheugen langzaam terug in de oude plooi vallen. De herinneringen zullen terugkomen, met stukken en brokken die almaar groter zullen worden. Tot alles weer compleet is.'

'Ik herinner me een man in de grot,' zei ik. 'Die heeft me een klap gegeven. Waarom? Wie was die man?'

'Stel geen vragen, Homeros. Eerst moet je rusten. Later praten we de hele zaak uit.'

'Wanneer is dat, later?'

'Morgen, overmorgen, we zien wel.'

'En die knagende pijn?'

'Die zal minderen in de mate dat je geheugen terugkomt.'

*

De morgen van de derde dag was de pijn verdwenen. Mijn geheugen was grotendeels teruggekeerd, al ontbraken er nog stukken. Wat de klap op mijn schedel betrof, tastte ik nog altijd in het duister. Soms flitste een donkere man door mijn hoofd, maar ik kon zijn beeld niet vasthouden. Antaios zei dat ik er beter niet over piekerde. Het moest zijn tijd hebben.

Wat ik me intussen wel herinnerde, was het gesprek met Tatias. Ik kon het woord voor woord reconstrueren, zelfs onbenullige details kwamen weer naar boven. Ik had met Tatias een afspraak gemaakt in een grot. Haar Ethiopische huisslavin was in haar plaats komen opdagen. Het volgende wat in mijn geheugen opdook, was een man achter mijn rug. De man die de grot binnen was gekomen en mij neergeslagen had. Daarna waren er de stem en het gezicht van Aurelia. Tussen de vage gedaante van de man en de stem van Aurelia gaapte een donker gat.

We zaten met ons drieën in de tuin, onder de notenboom, aan de rand van de vijver. Een huisslaaf zette gekoelde wijn en kleine versnaperingen op de gemetselde tafel.

'Mijn hoofd is weer helder,' zei ik. 'Ik ben aan een woordje uitleg toe. Kan iemand me eindelijk vertellen wat er in de grot gebeurd is?'

'Er is iemand die dat perfect kan,' antwoordde Antaios met een geheimzinnige lach die kraaienpootjes rond zijn ogen tekende. 'Een getuige uit de eerste hand, bijna een ooggetuige. De engel die je leven gered heeft. Ze kan elk ogenblik hier zijn.'

'Aurelia?'

In een reflex haalde ik mijn vingers door mijn haar. Maria Corinna gniffelde.

'Zal ik een kam voor je halen, Homeros? En een spiegel? Zal ik je besprenkelen met rozenwater?'

Er glansden spotlichtjes in haar diepe, donkere ogen.

*

De hele middag bracht ik met Aurelia aan de rand van de vijver door. Maria Corinna en Antaios hadden ons alleen gelaten. Ze zaten aan de andere kant van de villa. Af en toe hoorde ik de klaterende lach van de kleine jodin over de rotsige helling huppelen. Antaios was een grappige causeur, veel grappiger dan ik. Kon ik het Maria Corinna kwalijk nemen dat ze graag in zijn gezelschap vertoefde? De voorbije dagen was ik niet het aangenaamste gezelschap voor haar geweest.

We knabbelden zoete koekjes, zoute ansjovisjes en allerlei andere hapjes die de keukenslaaf ongevraagd op de vijverrand zette. En we praatten honderduit. Dat wil zeggen, vooral Aurelia praatte. Ik luisterde. En intussen genoot ik van haar aanwezigheid. Toch verhinderde mijn verliefdheid niet dat mijn aandacht op haar verhaal toegespitst bleef. En mijn aandacht groeide naarmate dat verhaal vorderde. Het was dan ook een verhaal!

Aurelia was niet de dochter van Tatias, maar haar pleegdochter. Haar moeder, de jongere zus van Tatias, was in het kraambed gestorven. Meteen na haar geboorte was Aurelia opgenomen in het gezin van Atilius Lamprias en Tatias, haar oom en tante. Die hadden toen een zoon van bijna één jaar.

Aurelia beschouwde haar pleegouders als haar echte ouders, zoals ze haar neef Zebidas als haar echte broer beschouwde. Er werd in het gezin nooit over haar moeder gesproken. Dat onderwerp was taboe.

Aurelia kreeg dezelfde verzorgde opvoeding als haar neef-broer. Een ingehuurde grammaticus leerde haar Latijn en verfijnde haar Grieks. Ze leerde sitar spelen. Ze kon hele fragmenten van de Ilias uit het hoofd declameren. Ze was goed in borduren. Ze wist hoe je van druiven wijn perste, van koeienmelk kaas maakte en van schapenwol draden spon. Ze kreeg de keurige opvoeding van een meisje uit een welstellend gezin in een Griekse stad. Sagalassos, dat ongeveer honderd jaar geleden ingelijfd was bij het Romeinse Rijk, was in hart en ziel hellenistisch gebleven. Zo waren de meeste openbare gebouwen opgetrokken in de sobere Dorische stijl, de meest Griekse van alle bouwstijlen. De voertaal was er nog altijd Grieks.

Pleegvader Atilius Lamprias was een machtsgeil man. Een van zijn grote streefdoelen was het zo begeerde Romeinse burgerrecht te verwerven. Dat was een eer die nog maar weinig familiehoofden te beurt was gevallen. Daarom bakte hij zoete broodjes met de ambtenaren die de keizerlijke kanselarij af en toe naar Sagalassos stuurde. Twee keer was hij, met een officiële opdracht van de stadsraad, naar Rome gereisd. Hij had zich in de hoofdstad uitgesloofd om de keizerlijke ambtenaren te overtuigen van zijn pro-Romeinse gevoelens. Twee keer was hij er bekaaid afgekomen: het Romeinse burgerrecht werd hem niet toegekend.

Lamprias was een slecht verliezer. Uit frustratie om zijn mislukking besloot hij om voortaan een anti-Romeinse koers te varen. Hij probeerde de stadsraad tegen Rome op te zetten. Omdat hij rijk en machtig was, volgde zowel een deel van de stadsraad als een deel van de bevolking zijn visie. Het was niet meer dan politieke logica dat hij zonder aarzelen de kant van de nieuwe Nero koos.

Aurelia groeide op tot een mooi meisje. Haar jeugd verliep niet probleemloos. Naarmate ze ouder werd, vertroebelde de relatie met haar vader. Ze was een intelligent en trots kind, op het eigenzinnige af. Ze aanvaardde moeilijk gezag. Ze was niet bereid om elk bevel van Atilius Lamprias voetstoots uit te voeren. Atilius had echter een autoritair karakter. Hij was eraan gewend dat zijn kliek volgelingen hem blindelings gehoorzaamde. Eén vingerknip en zijn meelopers bogen als knipmessen. Aurelia kwam almaar vaker in verzet tegen zijn bemoeizucht.

De relatie van Atilius met zijn zoon Zebidas was al niet veel beter. Hun conflict was nog een stuk bitsiger dan dat met Aurelia. Volgens Atilius lag de oorzaak van hun geruzie bij Zebidas. Die verwaarloosde zijn studie en verkwanselde daarmee zijn toekomst. Zebidas was een eenkennige jongen. Hij was krachtig gebouwd en ongewoon lang voor zijn leeftijd. In stilte droomde hij van een carrière als gladiator. Hij vond dat een gladiator geen behoefte had aan geleerdheid.

Het was gebruikelijk dat de oudste zoon van een raadslid zijn vader naar godsdienstige of burgerlijke plechtigheden vergezelde. Op die manier bereidde een vader de politieke carrière van zijn zoon voor. Zebidas had geen greintje interesse in politiek. Hij weigerde met zijn vader mee te gaan. Anders dan Aurelia kwam hij vaak openlijk in opstand tegen het autoritaire optreden van Atilius.

Tatias, tegelijk moeder en echtgenote, zat tussen hamer en aambeeld. In het begin koos ze meestal de kant van haar kinderen. Ze bemiddelde zoveel mogelijk en probeerde de woordenwisselingen binnen de perken te houden. Ze kon niet verhinderen dat de sfeer in het gezin zienderogen verzuurde. Er ging geen dag meer voorbij zonder geroep, discussies, verwijten over en weer. Anders dan de kinderen, die rustig argumenteerden, kon Atilius zijn temperament niet bedwingen. Hij vloog meteen uit. Dan kleurde hij rood en schoot zijn stem de hoogte in. Met het verstrijken van de tijd koos Tatias almaar vaker de kant van haar echtgenoot. De situatie in de chique villa met de Gallische krijger in de voortuin werd stilaan onleefbaar.

Toen Zebidas vijftien werd, barstte de kruik. Hij maakte gebruik van een optreden van een groep Egyptische straatartiesten om uit Sagalassos weg te vluchten. Volgens nooit bevestigde geruchten had hij zich bij hen aangesloten. Men zei dat hij naar Egypte getrokken was.

Op haar zestiende was Aurelia een van de mooiste meisjes van Sagalassos, ondanks haar horrelvoet. Atilius besloot haar uit te huwelijken aan een politiek medestander, een veertiger die pas weduwnaar geworden was. Aurelia kende de man nauwelijks. Ze weigerde vierkant. Dat leidde tot bitsige woordenwisselingen. Ze hield voet bij stuk, trotseerde koppig de dreigementen van Atilius. Van die dag af was de kloof tussen vader en dochter definitief. Aurelia had weinig vriendinnen in de stad. Alleen bij de jaarlijkse optocht naar de tempel van Apollo liep ze voorop in de stoet van de maagden, een oude gewoonte die ze ter wille van haar moeder voortzette. In de stad zelf liet ze zich nog zelden zien. Ze vergezelde haar moeder niet naar de markt of het theater. Ze hield zich niet bezig met het borduren van pantoffels of het schrijven van brieven over de meest onbenullige onderwerpen, zoals Tatias en haar vriendinnen. Ze interesseerde zich niet voor de Indische papegaai die Tatias gekocht had en die ze Griekse woorden probeerde aan te leren. Wel maakte ze almaar langere tochten in de bergen. Ze hield van de natuur, genoot van de eenzaamheid. Ze kon uren op een rotsblok zitten en naar de weidse landschappen kijken die Sagalassos omringden, wegdromend in een fantasiewereld. Ze zwierf urenlang langs verborgen paadjes die alleen zij kende. In de zomer gebeurde het vaak dat ze twee, drie dagen niet naar huis kwam. Dan overnachtte ze in lege herdershutten of in afgelegen grotten die ze hoog in de bergen ontdekt had. Dokter Antaios, die wist dat het meisje hele dagen in het hooggebergte rondzwierf, vroeg haar om geneeskrachtige kruiden, mineralen en zeldzame paddestoelen voor hem te verzamelen.

Aurelia's schoonheid ontsnapte niet aan de aandacht van trouwlustige mannen. Kordaat wees ze alle huwelijkskandidaten af. Ze vervreemdde van de stad, ze vervreemdde van haar moeder, ze voelde zich niet meer op haar gemak in het gezelschap van anderen. Ze was een kind van de bergen geworden. Omdat ze de dochter van een invloedrijk raadslid was, werd haar zonderlinge gedrag stilzwijgend aanvaard.

Toen Grafikos de rotstrap tegenover de begraafplaats afdaalde om naar de grot te lopen, zat Aurelia in de schaduw van een hoger gelegen rots. Ze vroeg zich af waar de Romein naartoe liep. Ze kende de rotstrap: een oude, bijna vergeten weg die nog maar zelden werd gebruikt. Een vreemdeling als Grafikos kon onmogelijk het bestaan ervan kennen. Iemand moest hem de weg gewezen hebben. Wie? Waarom? Het intrigeerde haar. Ze zag hoe Grafikos in de richting van de Drie Ogen liep en volgde hem. Hij ging de middelste grot binnen en bleef daar wachten. Had hij een afspraak? Een rendez-vous met een meisje uit de stad? Met een hoertje dat hij onder de arcaden van de bovenste agora opgepikt had?

Een hele tijd later kwam een vrouw met grote stappen over de weg naar de Drie Ogen aangelopen. Het was niet het jonge grietje dat ze verwacht had, maar de oude Ethiopische huisslavin van haar moeder. Aurelia wist niet wat ze daarvan moest denken. Ze kon geen enkel verband bedenken tussen een Romein die pas in de stad aangekomen was en de oude huisslavin van haar moeder. Het werd nog onbegrij-

pelijker toen ze even later ook een van hun huisslaven zich in looppas naar de grot zag begeven. En waarom was hij gewapend met een
stevige knuppel? Er zat een onfris geurtje aan wat hier te gebeuren
stond. Aurelia had nadenkend haar voorhoofd gefronst.

Plotseling, in een flits, had ze een onderliggend verband gezien. Een
huiveringwekkende mogelijkheid die haar eerst enige ogenblikken ver-
lamde, zo geschrokken was ze. Ze dacht ingespannen na. Wat herinnerde ze zich nog van de gebeurtenissen van bijna een jaar geleden?

Ongewild had ze vorige zomer flarden van gesprekken tussen Tatias
en Atilius opgevangen. Haar ouders wisten dat Aurelia geen interesse
had voor wat er in Sagalassos gebeurde en zeker niet voor het politieke
leven in de stad. Ze deden niet de moeite om op hun woorden te letten.
Een van die gesprekken dook nu pijnlijk helder in haar herinnering op.
Het ging over een vreemdeling die in de herberg van Xenodoros logeerde, een Romein. De man had zich voor inlichtingen tot de *agoranomos*
gewend. Die had hem naar haar vader doorgestuurd. Vier dagen na
zijn bezoek aan hun villa hadden spelende kinderen het lijk van de
Romein gevonden in de middelste grot van de Drie Ogen. De moordenaar had de man de schedel ingeslagen, daarna zijn keel doorgesneden en hem vervolgens beroofd. Zelfs zijn tuniek en zijn afgelopen
sandalen had de moordenaar meegenomen.

De *agoranomos* had de zaak door zijn helpers, de *diogmitai*, laten
onderzoeken. De moord zou gepleegd zijn kort na het bezoek dat de
Romein aan Atilius Lamprias gebracht had. Atilius was waarschijnlijk
de laatste persoon die de Romein levend gezien had, op de moordenaar na. De *agoranomos* was met haar vader komen praten. Omdat
Aurelia de grot waar het lijk gevonden was goed kende, had ze het
gesprek gevolgd. Ze herinnerde zich dat beide mannen overeengeko-
men waren om zo weinig mogelijk ruchtbaarheid aan de zaak te
geven. Blijkbaar was het een vulgaire roofmoord geweest. Het was het
beste voor iedereen dat opschudding in de stad vermeden werd, te
meer omdat enige dagen later een groot feest ter ere van Apollo
gehouden werd. Zo was het onderzoek een stille dood gestorven.

Aurelia was de moord zo goed als vergeten. Nu ze de slaaf met een polsdikke knuppel naar de Drie Ogen zag lopen, kon ze onmogelijk naast de frappante overeenkomsten kijken. Was ook Grafikos geen Romein? Was ook hij niet bij hen thuis geweest om inlichtingen te vragen? Was ook hij niet naar de Drie Ogen gelokt? Door wie? Waarom droeg de slaaf een knuppel?

Aurelia begon meteen met grote sprongen van haar uitkijkpost naar de grot af te dalen. Haar klompvoet hinderde haar niet, ze was aan haar handicap gewend. Ze kende de Drie Ogen. Ze wist dat de middelste grot een heel eind in de rotsen doorliep en na tien meter versmalde. Daar vertakte ze in twee zijgangen waarvan de plafonds vol vleermuizen hingen. Ze had beide gangen meer dan eens verkend. De gang rechts liep na twintig meter dood. De gang links ging bijna loodrecht omhoog, als een schoorsteen, en mondde in de openlucht uit langs een smalle spleet die door laag struikgewas aan het gezicht onttrokken werd. Aurelia wist dat ze via de spleet en de schuins lopende schoorsteen in de grot kon komen.

Ze liet zich door de schacht naar de hoofdgrot afzakken, schreeuwend en tierend alsof een horde duivels achter haar aan zat. Ze gooide stenen naar beneden om zoveel mogelijk lawaai te maken.

Haar tactiek had succes. De huisslaaf, die dacht dat schreeuwende mannen uit het duister van de grot op hem af kwamen gestormd, ging er als de weerlicht vandoor, zonder zijn werk af te maken.

'En zo kwam ik bij jou terecht,' besloot Aurelia haar verhaal. 'Je was net niet dood. Ik ben bij je blijven wachten tot je je ogen opsloeg en vroeg waar je was. De rest van het verhaal ken je.'

*

Ik had zelden met zoveel aandacht naar een verhaal geluisterd. Ik herinnerde me echter de woorden van Aurelia: *verhalen zijn verhalen, geen bewijzen.* Ik twijfelde er geen ogenblik aan dat ze de waarheid sprak. Maar ze had haar informatie uit een bron die ik in hoge mate wantrouwde: Tatias. Aurelia kon niet anders dan haar pleegmoeder napraten. Ik besefte dat haar levensverhaal me niet de zekerheid gaf dat ze inderdaad de dochter van Florentina was. Het was een mogelijkheid, meer niet. De versie die Tatias verspreidde, was niet noodzakelijk de waarheid. De kans was reëel dat Tatias een mistgordijn optrok. Om wat te verbergen? De familie Lamprias, en op de eerste plaats Tatias zelf, had klaarblijkelijk redenen om Florentina dood te zwijgen. Waarom strooiden ze rond dat haar zus dood was? Wist Tatias dat ze nog leefde? Beweerde ze daarom zo nadrukkelijk dat ze dood was?

Ondanks mijn twijfels had ik de indruk dat ik goed bezig was met mijn opdracht. Al hield de waarheid zich voorlopig nog schuil, ik had het prettige gevoel dat ik er dichterbij kwam. Ik liet mijn gedachten de vrije loop.

Stel dat de versie van Tatias klopte en Florentina inderdaad in het kraambed gestorven was. Dan kon ik naar de bankier in Perge gaan en hem vertellen dat hij een half miljoen sestertiën aan Aurelia mocht uitbetalen. Opdracht volbracht. Maar misschien klopte de versie van Tatias niet. Ik mocht pas naar de bankier trekken als ik voor honderd procent zeker was. Dat was ik niet.

Ik dacht terug aan het gesprek met Agroppinos, de blinde man. Het was duidelijk dat hij niet de achterkant van zijn tong had laten zien. Ik had achteraf sterk de indruk dat hij veel meer wist dan hij losgelaten had. Hij stond niet aan de kant van de Lamprias-clan. Waarom zweeg hij dan? Had hij uit vrees voor represailles zijn informatie voorzichtig gedoseerd? Hij had me niet meer dan een vingerwijzing gegeven. Een visje uitgegooid. In de hoop dat ik de roofvis zou vangen en het karwei zou afmaken? Ik moest hem zo snel mogelijk opnieuw opzoeken en hem op de man af vragen of Florentina nog leefde.

Ik besloot om Aurelia voorlopig nog niets te verklappen over Pontius Marullus. Als zij inderdaad Florentina's dochter was, kon ik haar later nog altijd breeduit vertellen over de passionele zomer waarin ze verwekt was. En over een hoop sestertiën die de minnaar van haar moeder, haar echte vader, bij een bankier in Perge gedeponeerd had.

Ik vroeg me ook af wat dokter Antaios zich nog herinnerde van de roofmoord in de Drie Ogen. De zogezegde roofmoord. Voor mij was het duidelijk dat het slachtoffer de slaaf was die Marullus vorig jaar naar Sagalassos gestuurd had en die nooit teruggekomen was. Als raadslid moest Antaios over de moord gehoord hebben.

Ik sprak hem er zo snel mogelijk over aan.

Ja, er was in de stadsraad over de roofmoord gepraat, zei hij. Niet dat er veel poeha over gemaakt was. De moord was een heel eind buiten de stadsmuren gepleegd. Iedereen was in die tijd druk bezig geweest met de voorbereidingen van het Apollofeest, dus had niemand er veel aandacht aan geschonken. Zeker de overheid niet. Alles wees erop dat er geen politieke motieven in het spel waren. Een jammerlijke roofmoord op een toevallige passant. Dat soort dingen gebeurden in elke stad. Zand erover.

Ik vroeg me af bij wie ik voor meer details over de moord terechtkon. Op de eerste plaats bij de *agoranomos*. Veiligheid was een van zijn bevoegdheden. Hij had de moord onderzocht, zij het veeleer pro forma. De man had me vorige keer welwillend te woord gestaan. Ik besloot hem meteen op te zoeken.

Op weg naar zijn kantoor passeerde ik langs de twee agora's. Groepjes mannen stonden er heftig te discussiëren. Het ging er luidruchtig, bijna agressief aan toe tussen de voor- en tegenstanders van de inkwartiering van Nero's leger. Al deed Sagalassos nog zo z'n best om een klein Rome te zijn, politiek bleef de stad in hart en nieren Grieks. In Rome liet de senaat zich muilkorven en monddood maken; de politieke macht was er in feite in handen van één man, de keizer. In een Griekse stad was het politieke reilen en zeilen een *res publica*, een zaak die de hele bevolking aanging en die deels op straat werd uitgepraat, met veel woorden en armgezwaai, en zo nodig met de vuist.

Tot mijn verbazing bleek de *agoranomos* deze keer weinig opgezet met mijn bezoek en nog minder met de vragen die ik stelde. Hij zag er afgepeigerd uit.

'Luister eens, vriend, dat moordonderzoek is officieel afgehandeld,' zei hij met een vermoeide zucht. 'Het heeft echt geen zin om oude koeien uit de sloot te halen. Denk je dat ik niks anders om handen heb? Trouwens, wat heb jij met die zaak te maken? Hou je handen er toch af.'

Hij maakte een gespannen indruk. Ik kon begrip opbrengen voor zijn vermoeidheid. De man had het de laatste dagen niet onder de markt. Sagalassos stond onder hoogspanning. Telkens wanneer die spanning zich ontlaadde in straatrellen – of erger – moest hij in actie komen. Intussen had het gerucht de stad bereikt dat Nero in Perge aan land was gegaan en dat hij de bedoeling had om met zijn leger naar Sagalassos op te rukken.

'Mijn beste man,' zei de ambtenaar – en hij deed geen moeite om de wrevel in zijn stem te milderen – 'ik begrijp je ziekelijke interesse voor oude lijken niet. Mijn mannen hebben de moord onderzocht. Het slachtoffer had geen koperen duit meer op zak, zelfs zijn schoeisel was verdwenen. Met andere woorden: roofmoord. Wolven hadden een stuk uit het lijk gevreten. Wat wil je nog meer weten? De dader? Geen spoor van te bekennen. Waarschijnlijk de bergen in gevlucht. Niets wijst erop dat de moordenaar uit Sagalassos kwam.'

Ik had daar een andere mening over. Ik dacht aan de wijze raad van mijn vader – die over alles en iedereen een mening had en die nooit voor zich kon houden – dat zwijgen goud is en hield mijn mening voor mezelf. Toch waagde ik nog een poging.

'Vreemd dat het lijk in een afgelegen grot gevonden is, ver van de stad. Wat doet een vreemdeling daar?'

'Ik heb me die vraag nooit gesteld. Niemand kende het slachtoffer. Neem me niet kwalijk, maar ik heb momenteel geen tijd om me bezig te houden met afgesloten zaken. Geen tijd. Geen zin. En geen fut.'

Er kwam een straatrakker aangespurt, buiten adem. Hijgend vertelde hij dat er op de bovenste agora een vechtpartij uitgebroken was. Hij kwam nauwelijks uit zijn woorden.

'Daar gaan we weer,' zei de *agoranomos* zuur. 'Smeek de goden dat er geen messen bovengehaald worden.'

Hij grijnsde vermoeid en haalde zijn schouders op – een gebaar dat vooral onmacht uitdrukte – en haastte zich naar de agora.

Ik stond alweer met lege handen. Veel vragen, weinig antwoorden. Wat aanvankelijk een snoepreisje had geleken – op kosten van een rijke Romein naar Sagalassos reizen om daar iemand gelukkig te maken met een onverwacht geschenk van vijfhonderdduizend sestertiën – kreeg de allures van een lijdensweg. Het snoepreisje was nog maar pas begonnen en het was al gekruid met een voorjaarsstorm, een schipbreuk, een stad die kreunde onder politieke spanningen, een moord op klaarlichte dag hooguit vijftig stappen van me vandaan, een onopgeloste roofmoord op mijn voorganger die volgens mij helemaal geen roofmoord was, een aanslag op mijn leven die alleen dankzij het snelle ingrijpen van Aurelia niet op een moord uitgelopen was, een hersenschudding. En, niet te vergeten, het spannende gevoel dat een spichtige roodharige vrouw op een tweede kans loerde om een potige slaaf met een knuppel achter me aan te sturen. Ik kende intussen het scenario: de slaaf zou eerst mijn schedel inslaan, me dan de keel doorsnijden en vervolgens de moord als roofmoord inkleden, waarbij ik kleren en schoeisel kwijt zou raken. Daarna was het de beurt aan hongerige wolven om lappen vlees uit mijn lijf te scheuren. Ander scenario, al even leuk: de rode heks die me eigenhandig de keel doorsneed. Daar achtte ik haar toe in staat.

Ik zat ineens met het frustrerende gevoel dat mijn opdracht bokte als een koppige ezel. Als Florentina nog leefde, en dat was best mogelijk, zat ik rotsvast. Ik had absoluut geen idee waar ik haar moest gaan zoeken.

Maar Sagalassos was een ontzettend leuke stad. En zo heerlijk avontuurlijk!

*

Ik keerde terug naar de herberg, trakteerde Xenodoros op een kroes goedkope wijn en dronk er zelf ook een. Ik hengelde naar nieuws over de affaire Nero. Zijn ogen lichtten op.

'Man, die Nero wordt het beste wat onze stad kan overkomen. Een goudmijn. Hij beschikt al over een leger van honderden soldaten.

Binnen de kortste keren zullen dat er duizend zijn. Wat ik je brom, *duizenden*. Stel dat die allemaal in Sagalassos gelegerd worden. Man, ik hoor de sestertiën al rinkelen.'

'Jongen toch, je droomt weer hardop,' lachte Sessia, die in de deuropening van de keuken kwam staan en haar handen aan haar schort afveegde. 'Soldaten zuipen veel, maar betalen weinig. Een kroeg vol dronken soldaten, liever niet.'

Xenodoros rolde met zijn ogen.

'Vrouwlief, soldaten zijn mannen,' bromde hij. 'Mannen moeten eten en drinken. Dat kunnen ze nergens zo goed en zo goedkoop als hier, bij ons.'

'Poeh! Jouw vriendje Nero heeft geen geld om zijn soldaten te betalen,' zei Sessia. 'Dus hebben die soldaten geen geld om ons te betalen. Hou je voeten toch op de grond!'

'Zo goed je eten is, zo slecht is je politieke doorzicht,' reageerde Xenodoros, toch een beetje zuur. 'Nero heeft afgezanten naar de grote steden van Pisidië gestuurd. Waarom? Om steun te vragen. En die krijgt hij. Die man heeft iets, zeggen ze. Overtuigingskracht. Uitstraling.'

'Uitstraling? Aan me hoela. Een bedrieger met uitstraling!'

'Ik zal je wat vertellen, vrouw,' zei Xenodoros. 'Rome beeft op z'n grondvesten. Als je goed luistert, hoor je de knokige knieën van Vespasianus tegen elkaar klepperen van schrik.'

Sessia haalde haar schouders op. Ze verdween weer in haar keuken. Ik hoorde dat ze luidruchtiger dan anders met haar potten en pannen omsprong.

'Er zijn vechtpartijen in de straten,' zei ik. 'Voor- en tegenstanders van Nero gaan met elkaar op de vuist. Niet iedereen vindt dat Nero's komst een goede zaak voor de stad is.'

'Ach man, zal ik je vertellen wat er achter al die heisa steekt? De rijke families. Of die Nero nu echt of vals is, dat maakt geen bal uit. Het kan niemand wat schelen of hij een charlatan is dan wel een gevluchte keizer. Macht, daar gaat het om. Invloed. Geld. Allemaal pure ijdelheid. Deze stad bestaat uit twee groepen en die zijn als water en vuur. Iedereen is verplicht om een keuze te maken. Water of vuur.'

'Jij kiest voor Nero, Sessia is ertegen.'

'Ik kies helemaal niet voor Nero. Ik kies de kant van Lamprias. Omdat ik een kroeg heb die moet draaien. Soldaten zijn goede klanten. De meesten betalen keurig, wat Sessia ook brabbelt. Als Nero zijn leger hier inkwartiert, stromen de soldaten mijn kroeg binnen, ja toch? Alles is politiek. En politiek is macht. En macht is geld. Snap je wat ik bedoel? Ik doe aan politiek, man, op mijn niveau.'

Sessia kwam weer in de deuropening staan, haar handen in haar zij geplant, haar voorhoofd in rimpels.

'Ik snap nog altijd niet hoe jij van kamp kunt veranderen zodra de wind een beetje draait,' zuchtte ze. 'Al vergeten welke loer de familie Lamprias mijn ouders gedraaid heeft? Jongen, dat vergeet ik nooit van m'n leven. Dat staat als een litteken in mijn ziel gebrand.'

'Ach, ach, wat voorbij is, is voorbij, vrouwlief. Een mens moet kunnen vergeten. Wie dat niet kan, wordt gek. Blijf toch niet met die zaak in je kop zitten. Wil je weten waarom ik van kamp veranderd ben?'

Xenodoros zette zijn wijsvinger tegen zijn neus en snoof.

'Omdat ik ruik uit welke richting de macht komt. Nu komt de macht uit Perge. Nero. Ik zit niet in de *boulé*, maar ik dénk politiek.'

'Als die klootzak van een Nero hier één voet binnen zet, stop ik hem in mijn stoofpot,' dreigde Sessia. 'Er zal niet veel vlees meer aan zijn knoken zitten. Hij is al jaren dood. 't Zal een slappe bouillon worden.'

Ik begon te grinniken. Toen ik het gezicht van Xenodoros zag, hield ik me snel in.

*

Om het maar meteen rechtuit te zeggen: ik heb een aantal kwaliteiten, maar lichamelijke moed hoort daar niet bij. Niet dat ik daar zwaar aan til. Je kunt niet alles hebben in het leven. Als ik me goed in mijn vel voel en mezelf in mijn geest bekijk, vind ik dat de natuur, of het toeval, of welke god ook die instaat voor de kwaliteiten die een mens meekrijgt bij zijn geboorte, me niet slecht bedeeld heeft. Ik leer vlot talen, ik hoef niet lang naar mijn woorden te zoeken, ik kan goed luisteren – vooral naar vrouwen, ik kan lichaamstaal lezen als een tekst, ik heb er geen probleem mee om mensen naar de mond te praten zodat ze manipuleerbaar worden – een sterke troef in mijn beroep. Daarbij ook nog lichamelijke moed verlangen, zou wellicht te veel gevraagd zijn.

Toch zijn er – weliswaar zeldzame – ogenblikken dat ik mezelf overtref en moedige dingen onderneem.

Met mijn rug tegen de muur van onze huurkamer, mijn knieën opgetrokken en mijn kin op mijn knieën gesteund, overdacht ik de situatie. Ik kwam tot het besluit dat ik dringend aan een oprisping van moed toe was.

Wat haalde het uit dat ik in Sagalassos bleef rondhangen in de hoop dat ik Florentina op een straathoek tegen het lijf zou lopen, en intussen braaf wachtte tot mijn kleine jodin zich in de armen van de dokter stortte? Mijn onderzoek zou pas opschieten als ik een initiatief nam. De hoogste tijd dus om de boel te versnellen, om enig risico in te bouwen. Alles was beter dan met mijn rug tegen de muur te blijven zitten wachten op... Ja, waarop wachtte ik eigenlijk?

Wat ik eerst en vooral met zekerheid moest weten, was of Florentina nog leefde. Zo ja, dan moest ik haar zo snel mogelijk vinden. Dan konden Maria Corinna en ik naar Perge afreizen, een plaats zoeken op een schip met bestemming Ostia en de knappe kruidendokter achter ons laten.

Probleem was dat ik weinig aanknopingspunten had. De enige die me verder kon helpen, was Tatias. Ik was er, na het levensverhaal van Aurelia, nog sterker van overtuigd dat de heer en mevrouw Lamprias de opdrachtgevers waren van de moord op mijn voorganger. Hoogst waarschijnlijk was het de rode heks geweest die de man met de knuppel de opdracht had gegeven om mij uit te schakelen. Er kroop een rilling van afschuw langs mijn ruggengraat bij de gedachte dat spelende kinderen mijn lijk in de grot hadden kunnen vinden. Schedel gekloven, keel doorgesneden, zakken leeggeroofd, sandalen afgerukt, omringd door hongerige wolven die gretige happen uit mijn achterwerk namen.

Tatias en Atilius Lamprias dus. Er zat niets anders op dan door de zure appel te bijten. Ik slikte, balde mijn vuisten en schraapte al mijn moed bij elkaar. Dit keer zou ik me niet door Tatias laten afschepen. Ik wilde de machtige Atilius Lamprias zelf ontmoeten. Hem met een aantal vragen confronteren, hoe vervelend hij dat ook vond. Ik putte enige moed uit een zin die ik me van Vergilius herinnerde: *audentes fortuna juvat* – het geluk staat aan de kant van de durvers. Vergilius was toch een wijs man?

Ik liep langs de noordrand van de bovenste agora naar de villa van de familie Lamprias en kwam voorbij het *heroon*, het stralende marmeren dodenmonument ter ere van Alexander de Grote. Het was vijftien meter hoog en domineerde het plein. Op de vierkante sokkel troonde een sierlijke kapel. Vooral de witmarmeren friezen met bijna levensgrote, sierlijk dansende en musicerende meisjes vond ik schitterend. Ook de fries van ranken en bladeren die de bovenzijde van de kapelmuren versierde, was van een uitzonderlijk hoge kwaliteit. Telkens als ik hier passeerde, bleef ik even bewonderend staan kijken. Mijn hart bonkte hoog en snel in mijn keel, al prevelde ik het vers van Vergilius nog tien keer. Het bonkte natuurlijk ook van de inspanning. Ik was nog niet helemaal fit, het was heet en de weg steeg fel.

Om me innerlijk op de confrontatie voor te bereiden, probeerde ik al enige indringende vragen te formuleren. Maar mijn gedachten waren oncontroleerbaar, ze dwaalden af als ijzervijlsel dat de magneet opzoekt. Die magneet was Maria Corinna. Om mezelf in bescherming te nemen, was het beter dat ik niet zoveel over onze relatie piekerde. Maar ijzervijlsel geeft niets om zelfbescherming. En dus formuleerde ik geen pertinente vragen, maar dacht ik aan Maria Corinna, meer bepaald aan het feit dat onze relatie lelijk scheef begon te lopen. Het hout was nog nooit zo groen geweest. Niet dat mijn kleine jodin op een ergerlijk verliefde manier met de dokter omging. Eigenlijk deed ze niet eens gewoon verliefd. Wat ze achter mijn rug uitspookte, daar had ik het raden naar. Ik schaamde me meteen voor die gedachte. Bij

Zeus en zijn kijfzieke Hera, ik stelde me hopeloos aan. Zo zette ik de poort open voor alle mogelijke vormen van chagrijn. Als ik heel eerlijk met mezelf was, moest ik toegeven dat ik Maria Corinna niets kon verwijten. Gezien haar turbulente verleden was het onredelijk te verwachten dat haar en mijn morele normen en waardeschalen gelijk zouden lopen. Zo mocht ik redelijkerwijs niet verwachten – of verhopen, eigenlijk – dat Maria Corinna veel belang hechtte aan lichamelijke trouw. Ik vermoedde dat ze, moreel gesproken, nauwelijks verschil zag tussen een leuk etentje met Antaios – of wie dan ook – en een even leuke vrijpartij. Er schoot me ineens een vraag te binnen die een cynisch lachje op mijn lippen toverde: wist Maria Corinna wel dat er een begrip als 'lichamelijke trouw' bestond? Waarom maakte ik het mezelf dan zo moeilijk?

Zie toch in dat het probleem niet bij de kleine Galilese ligt, maar bij jou, Homeros Grafikos. Bij jouw Griekse opvoeding, bij jouw kleinzielige aanvallen van jaloezie. Je verdraagt zelfs de gedachte niet dat een andere man je knappe speelgoedje aanraakt. Schaam je diep voor je bezitterigheid!

Het was de stem van mijn verstand. En mijn verstand had, zoals meestal, groot gelijk en dus had ik me diep moeten schamen. Ik schaamde me niet. Hoe hardnekkig ik ook mijn best deed om verdraagzaam en niet jaloers te zijn, het hielp geen barst. De jaloezie nam me op sleeptouw en ik volgde omdat ik niet anders kon.

Ik bereikte de villa met de besnorde Gallische krijger in de voortuin. Ik had niet één vraag klaar. Mijn knieën knikten. Toch beet ik door. Ik was aan een oprisping van moed toe.

Ik slikte, greep de klopper en liet hem op de deur bonken.

*

Tatias was niet verguld met mijn onaangekondigde bezoek. Zo te zien was ze behoorlijk geschrokken of geïrriteerd. Dat liet ze zonder veel gêne merken. Misschien had ze verwacht dat ik na de mislukte aanslag spoorslags naar Rome zou terugkeren. Daar had ze zich dan lelijk in vergist.

Ze trok haar schrale lippen samen. Haar wimpers trilden en haar knokkels werden lijkwit. Van mijn vorige bezoek had ik onthouden dat ze een doorgewinterde komediante was, een vrouw die een situatie naar haar hand kon zetten. Dat mijn bezoek haar humeur kelderde, joeg een golf van voldoening door mijn lichaam.

Zoals ik verwacht had, duurde haar verwarring hooguit vijf hartkloppingen lang. Ze herpakte zich bijna meteen en stuurde me een minzame glimlach toe. Tenminste, een glimlach die minzaam bedoeld was. Ik vermoedde dat ze me liever levend gevild had. Met een paar subtiele vingerbewegingen maakte ze de Ethiopische slaaf, die de voordeur voor me opengemaakt had en die bij het gordijn was blijven wachten, duidelijk dat hij de kamer moest verlaten.

'Als het nodig is, Timo, geef ik wel een seintje.'

Timo en ik begrepen allebei wat ze eigenlijk bedoelde: ik geef je een seintje zodra het tijd is om deze lastpost aan de deur te zetten.

We waren alleen in de kamer. Ze liep meteen over van vriendelijkheid, begon me net niet te knuffelen. Niemand zou geloven dat zo'n lieve, attente dame een slaaf met een knuppel en een mes achter me aan had gestuurd.

Ik besloot voorlopig haar spel mee te spelen in de overtuiging dat je een moordlustig vrouwmens het best met haar eigen wapens kunt bekampen. Dus produceerde ook ik mijn beminnelijkste glimlach. Wie ons naar elkaar zag kijken, moest wel besluiten dat er tussen ons iets moois bloeide.

'Afschuwelijk wat er met je gebeurd is, Homeros,' zei ze terwijl ze op me toe kwam gelopen. Ze legde haar hand op mijn onderarm, wat ik, nog altijd breed glimlachend, toestond. 'Ik mag je toch Homeros noemen? Een leuke naam, ik vind Grieks zoveel mooier dan dat harde Latijn. Mijn slavin Appolonia heeft verteld wat er in de Drie Ogen gebeurd is. Een afschuwelijk verhaal. Ze was er kapot van, de arme ziel. Ze heeft ook zo'n gevoelig karakter. Appolonia is meer dan mijn slavin, ze is bijna een vriendin. We hebben geen geheimen voor elkaar.'

'Appolonia en ik hadden een boeiend gesprek in de grot,' veinsde ik, nog altijd inschikkelijk glimlachend.

Mevrouwtje loog tegen de sterren op? Dat kon ik ook. Ik besloot er nog een schepje bovenop te doen.

'Ze heeft me een heleboel interessante informatie gegeven. Zo te horen erg vertrouwelijke informatie.'

De glimlach op haar gezicht verstrakte heel even. Ze wist dat ik loog, zoals ze wist dat we elkaars leugens doorhadden.

'Ik heb vernomen dat dokter Antaios je schitterend verzorgd heeft,' zei ze. 'Hij is de beste dokter van de streek. Jammer dat zijn politieke inzichten niet altijd van veel wijsheid getuigen. Dat zal je ongetwijfeld opgevallen zijn.'

Dat was me helemaal niet opgevallen. Maar ik had geen zin in een politieke discussie. We waren onze tijd aan het verprutsen. Ik besloot ter zake te komen. Met loos gebabbel zou ik nooit achter de waarheid komen.

'Het is dankzij uw dochter...' begon ik.

Vergeefse moeite. Ze ratelde verder alsof ze me niet gehoord had.

'Gelukkig heeft Aurelia je tijdig gevonden. Is ze geen schatje, mijn dochter? Ze zag dat een rover je wilde overvallen en greep in. Je vraagt je af waar zo'n meisje zoveel moed vandaan haalt. Als moeder ben ik natuurlijk ontzettend trots op haar. Ze nam enorme risico's om jouw leven te redden, ja toch? Wat wil je drinken, Homeros? Er is net een lading wijn van Chios aangekomen.'

'Geen wijn. Doktersbevel,' loog ik. 'Eigenlijk ben ik gekomen om uw echtgenoot te spreken. Het is tamelijk dringend.'

Ze schudde haar rode haren. Haar oogleden gingen vertraagd op en neer. De spijt stond iets te nadrukkelijk op haar gezicht geschreven om overtuigend te zijn.

'Jammer, doodjammer,' zei ze. 'Ik weet dat Atilius een gesprek met jou op prijs zou stellen, maar hij heeft het ontzettend druk. Hebben ze je verteld dat de Jupiterpriesters de auspiciën geraadpleegd hebben?'

'Ik geloof niet in...' begon ik.

Ze toonde geen greintje interesse voor wat ik wel of niet geloofde, ze raasde voort.

'Het antwoord was gunstig. Natuurlijk zou de stadsraad ook zonder het advies van de heilige vogels keizer Nero als gast uitgenodigd hebben.'

'U bedoelt de man die zich uitgeeft voor Nero.'

Ze luisterde nog altijd niet.

'Atilius is nu volop bezig om legertenten te zoeken. Hij moet ook de ravitaillering regelen. Heb je geen honger, Homeros? Ik laat wat kleine versnaperingen brengen.'

'Als ik honger heb, is dat naar de waarheid,' zei ik.

Haar gezicht verstrakte één ademtocht lang. Verspreidde het woord 'waarheid' een vieze stank in dit huis? Haar oogleden bewogen in versneld tempo op en neer. Haar blik werd alerter.

'Wat bedoel je daarmee, Homeros?'

De glimlach was er alweer. Deze vrouw was een schitterende carrière als actrice misgelopen. Toch zag ik dat ze haar vuisten zo hard samenkneep dat haar knokkels opnieuw wit werden.

'De waarheid, die willen we toch allemaal kennen?' zei ze. 'Jammer dat Appolonia moest wegvluchten voor ze mijn boodschap kon overbrengen. De arme ziel is zo gevoelig dat ze...'

Ze zweeg abrupt.

Een man was uit een nevenvertrek binnengekomen. Met zijn elleboog haakte hij het gordijn opzij. Onze blikken kruisten elkaar. Ik herkende hem, hij herkende mij.

'Diores!'

'Grafikos! Jij hier!'

Diores! De man uit de havenkroeg in Ostia. De man die we na de schipbreuk op de zuidkust hadden achtergelaten. De man van de honderd verhalen.

Na een korte aarzeling liepen we op elkaar toe. We drukten elkaar de hand alsof we oude vrienden waren. We gaven elkaar schouderklopjes en grijnsden van verbazing. Grapjas Toeval had het weer eens bruin gebakken.

'Kennen jullie elkaar?' vroeg Tatias, zo te zien al even verrast als wijzelf.

'We hebben samen een schipbreuk overleefd,' zei ik.

'Wat een ongelooflijk toeval,' knikte Diores. 'Heb ik je op het schip verteld dat ik huidenkoopman ben? Daarom ben ik in Sagalassos. De bossen in de omgeving zitten nog vol groot wild. Waar is dat knappe joodse vrouwtje van je?'

Hij wachtte mijn antwoord niet af en ratelde verder.

'Atilius Lamprias en Tatias zijn goede vrienden van me. Atilius is een van mijn beste leveranciers. Voor schapen- en geitenhuiden hoef ik niet naar Sagalassos te komen, die kan ik overal aankopen. Maar in de bossen rond deze stad krioelt het van de pelsdieren. Jij kent Rome beter dan ik. Je weet dus dat de bekakte matrones geen ordinaire konijnenpels rond hun hals willen. Ze willen op zijn minst een stola van berenbont. Ze willen altijd meer, altijd beter, altijd exclusiever.'

Ik humde instemmend. Het was me niet onbekend dat ongeveer alle rijkdommen en kunstschatten van het rijk naar Rome stroomden. Het leek me logisch dat daar ook huiden van vossen, wolven, beren en andere pelsdieren bij hoorden.

'Ben je na de schipbreuk nog lang in het kustdorp gebleven?' vroeg ik.

'Vier, nee, vijf dagen. Toen ben ik doorgereisd. Je weet dat onkruid niet vergaat. Jammer dat we niet verder kunnen praten. Ik moet hoogdringend naar Perge, anders vaart het schip zonder mij naar Alexandrië af. Doe je mijn beste groeten aan je lieve vrouw?'

Hij wendde zich tot Tatias, die nog altijd niet van haar verbazing bekomen was. Ze had ons gesprek met grote ogen gevolgd, haar hoofd met rukjes van de ene naar de andere wendend.

'Vrouwe, mag ik u nogmaals danken voor de gulle ontvangst? Dit is een van de meest gastvrije huizen die ik ken. Zeg tegen Atilius dat alle contracten in dubbel gewaarmerkt zijn. De betaling regelen we zoals altijd via uw bankier. Ik wens u een goede gezondheid. Mogen de goden u en uw echtgenoot tegen alle onheil beschermen.'

Hij maakte een galante buiging, nam de hand van Tatias in de zijne en beroerde haar vingers even met zijn lippen. Daarna wendde hij zich tot mij. Hij schudde me hartelijk de hand en legde in een kameraadschappelijk gebaar zijn arm om mijn schouders.

'Met de hulp van de goden kruisen onze wegen elkaar een derde keer, Grafikos,' zei hij joviaal. 'Hoe lang blijf je nog in deze stad?'

Ik dacht aan Maria Corinna. Hoe langer we hier bleven, des te groter de kans dat Antaios met mijn joods juweeltje aan de haal ging.

'Hooguit nog een paar dagen,' antwoordde ik.

'Dan wens ik je een goede terugreis naar Rome.'

Tatias kuchte even om onze aandacht te trekken.

'Het spijt me dat ik dit boeiende gesprek moet afbreken,' zei ze. 'Ik word verwacht bij mijn vriendin Lucina. Ze heeft een tijdlang zangles gevolgd, al heeft ze een stem als een piepende ezelskar. Nu wil ze haar vriendinnen op een klein recital vergasten – helaas. De slaaf zal jullie naar buiten begeleiden.'

*

Het was een hele wandeling door de noordelijke wijken van de stad, van de villa met de besnorde Galliër naar de witte villa van Antaios. Ik kwam voorbij de kroeg van Xenodoros. Omdat het gesprek – in feite het mislukte gesprek, want de rode heks was er alweer in geslaagd om mijn vragen te ontwijken – me in een sombere stemming gebracht had, liep ik er niet naar binnen. Ik vervloekte mezelf omdat Tatias me weer te slim af geweest was.

Toen ik de witte villa bereikte, was Antaios niet thuis. Zoals ik min of meer verwacht maar vooral gevreesd had, was ook Maria Corinna er niet. Ik gromde half hardop een verwensing en werd nog knorriger. Die twee zouden wel samen ergens naartoe zijn, gezellig onder hun tweetjes. Ze deden maar.

Ik knoopte een gesprek aan met de slaaf die voor het onderhoud van de tuin instond. Ik wist dat hij een losse tong had. Met een onhandig maar effectief smoesje bracht ik het gesprek op Antaios en de kleine Galilese. Hij bevestigde mijn sombere vermoeden: meester Antaios en mijn vrouw waren samen vertrokken. Hoewel ik het niet fair van mezelf vond, hengelde ik verder.

Nee, de slaaf kon niet precies vertellen waar ze naartoe waren, ook niet wanneer ze weer thuis zouden komen. Wel had hij opgevangen dat ze eerst een bezoek zouden brengen aan de villa van Flavius Neon. Met zijn drieën zouden ze verder reizen.

Flavius Neon.

Net als Lamprias was het een naam die altijd weer in de gesprekken over politiek opdook. Hij was niet alleen een van de rijkste inwoners van Sagalassos en eigenaar van uitgestrekte olijfgaarden in het dal en op de lagere hellingen, hij was vooral een politiek zwaargewicht. Dat ze met hun drieën zouden reizen, klonk me eerlijk gezegd als muziek in de oren: dat maakte de kans een stuk kleiner dat Maria Corinna en Antaios – dat ze wat?

Ik schokte met mijn schouders, alsof ik daarmee de jaloezie van me af kon schudden.

Intussen begon mijn kijk op de politieke gezindheid van de dokter stilaan duidelijker vormen aan te nemen. Als woordvoerder van de Flavius Neon-clan koos hij de kant van Rome. De beslissing van de stadsraad om Nero uit te nodigen, zou hij dus als een politieke stommiteit afwijzen. Dat kon ik als Romeins staatsburger alleen maar toejuichen. Was hij, samen met Neon of in diens opdracht, bezig om de anti-Nerokrachten te bundelen? Waarom betrok hij daar Maria Corinna bij? Bij Zeus, je had andermans vrouw toch niet nodig om politieke beslissingen te nemen? Je ging toch niet bij je vrienden pronken met de vrouw van je vriend?

In afwachting van hun thuiskomst installeerde ik me aan de rand van de vijver, in de schaduw van de notenboom. Ik liet me een kroes gekoelde huiswijn brengen en was net van plan om de dingen op een rijtje te zetten, toen een van de huisslaven me een schrijfplankje kwam geven.

'Gebracht door een slaaf die niet wilde zeggen wie zijn meester was,' zei hij.

'Voor mij?'

'Voor de heer Homeros Grafikos uit Rome.'

Vol onbegrip fronste ik mijn voorhoofd. Wie kon weten dat ik in de villa van Antaios verbleef?

Diores? Die was in vliegende vaart naar Perge onderweg om zijn boot te halen.

Tatias? Natuurlijk, de rode heks! Ik klapte het plankje snel open. Het bevatte een korte boodschap, geschreven in een sierlijk handschrift, en in het Grieks.

Van Junius Atilius Lamprias aan Homeros Grafikos.

Gegroet.

We moeten elkaar spreken. Kom naar de kleine agora, aan de zuidkant, nabij de erepoort. Ik zal u herkennen en aanspreken. Kom nu meteen. Het is dringend.

Ik kon het niet nalaten om even tevreden te knorren. Raak! Mijn tactiek had dan toch gewerkt: de aanval als de beste verdediging. Tatias was helemaal niet naar het muziekrecital van haar zingende vriendin gegaan. Ze had zich met wapperende rokken naar haar echtgenoot gerept en had ons gesprek keurig overgebriefd. En nu voelde een van de machtigste mannen van Sagalassos dat hem iets boven het hoofd hing. Wat hij me vroeg, was precies waar ikzelf op aanstuurde, maar wat Tatias met een smoesje verhinderd had. Dat hij de agora had gekozen als plaats van afspraak en niet een afgelegen oord zoals de Drie Ogen, was een hele geruststelling. Op een van de drukst belopen openbare plaatsen in het centrum van de stad was de kans klein dat een slaaf met een knuppel me de schedel in zou slaan.

Ik haastte me niet naar de afspraak. Ik dronk met opzet mijn wijn met langzame slokjes. Het deed me een pervers genoegen dat een machtig en machtsgeil politicus op me stond te wachten. Dat genoegen is nog intenser als je zelf, zoals ik, al vaak op machtige personen hebt staan wachten.

*

De draagkoets van de heer Julius Atilius Lamprias stond in de schaduw van de erepoort. De koets was een knap stuk vakwerk. Ze was opgesmukt met sierlijsten in verguld brons en ze had kunstig gebogen draagbomen. Vier dragers, struise bonken, zaten met hun rug tegen de poort te keuvelen.

Ik slenterde op mijn dooie gemak naderbij. De heer Lamprias zat in de koets te wachten. Hij stapte uit en kwam met grote schreden naar me toe. Hij zag eruit zoals ik denk dat de doorsnee Romeinse notabelen eruitzien. Iets te goed in het vet, nog net niet papperig. Toch al een aantal onderkinnen. Zijn gezicht vlezig en rood. Keurig geschoren. Geurend naar de parfums waar de barbier kwistig mee omspringt. Stevige neus die een paars tintje begon te krijgen. Snelle, intelligente oogopslag.

'Homeros Grafikos,' zei hij, zonder me een hand te geven, 'ik verneem dat u mijn vrouw een bezoek hebt gebracht. Al voor de tweede keer, als ik het goed heb.'

Hij praatte alsof elk woord apart door een slavin met een stofdoek onder handen was genomen. Zijn stem klonk donker en warm. Als ik niet zo'n hekel aan de man had gehad, zou ik zijn stem zelfs innemend genoemd hebben. Iemand van wie gezag en belangrijkheid afstraalden. Een man die minzaam overkwam tot je tegen zijn schenen schopte of zijn belangen in gevaar bracht. Dan werd hij een aartsgevaarlijke en gewetenloze tegenstrever, al zag je aan zijn houding niets veranderen. In feite het type man voor wie ik in Rome graag opdrachten uitvoer omdat hij nooit op de prijs beknibbelt en de onkostennota's correct betaalt. Maar tegelijk het type man dat ik op straat met een brede boog ontwijk.

Omdat de situatie veilig was, voelde ik me rustig. Ik nam me voor om mijn gevaarlijkste wapen in te zetten en te zien hoe hij erop reageerde. Dat wapen was mijn grote bek. Voorlopig nam ik geen initiatief. Het was aan hem om over de brug te komen. Hij had om dit gesprek gevraagd.

'Mag ik u vragen welke wind u van Rome naar Sagalassos brengt, beste vriend?'

'Vragen staat vrij,' zei ik. 'Zoals het mij vrijstaat om uw vraag niet te beantwoorden. Gelooft u echt dat ik uw beste vriend ben? Nu al?'

Die 'nu al' vond ik heel ad rem. Hij reageerde met een trillen van zijn wimpers. Toch bleef hij minzaam glimlachen. Grootvader die zich verkneukelt in de brutale bek van zijn kleinzoon. Ik zag dat de rimpeltjes rond zijn ooghoeken zich duidelijker aftekenden.

'Volgens mijn vrouw bent u op zoek naar een dame,' ging hij verder. 'Het probleem is dat die dame al tientallen jaren dood is. Toch een bizarre bezigheid voor een Romein. Ik vermoed dat u niet alleen naar een dode vrouw zoekt. Ik vermoed dat Florentina niet meer dan een aanleiding is. Of noem ik haar beter een uitvlucht?'

'Ik ben niet op de hoogte van uw vermoedens.'

Hij bekeek me aandachtig. Kille, harde ogen. Ik vroeg me af hoe hij ruzie maakte met Tatias. Verscheurden ze elkaar met woorden? Het verbaasde me niet dat zijn zoon er als vijftienjarige vandoor was gegaan, en dat Aurelia de schoonheid van de bergen verkoos boven de verstikkende kilte in het huis van haar pleegouders.

'Als ik u een goede raad mag geven, mijn beste Grafikos...'

Plotseling kon ik mijn hekel aan zijn toontje niet meer bedwingen. Ik hief mijn handen met gespreide vingers, in een gebaar van afweer.

'Naar de hel met uw goede raad,' blafte ik zo grof mogelijk. 'Ik ben hier met een geheime opdracht van mijn vriend Domitianus, de zoon van keizer Vespasianus.'

Tot mijn ontgoocheling maakte mijn leugen weinig of geen indruk op hem. Lamprias bracht zijn onderkinnen naar voren. Hij liet een sceptisch lachje rond zijn lippen krullen. Om het initiatief niet te verliezen, moest ik meer kracht zetten.

'Mocht er in deze stad iets onaangenaams met me gebeuren,' zei ik, op een toontje alsof het me allemaal weinig interesseerde, 'dan vrees ik dat de keizer strenge represailles zal eisen. Dat zal geen plezierige dag voor Sagalassos zijn.'

Ik lette op zijn reactie. Ook deze grootspraak ketste van hem af. Had hij me door? Hij grinnikte droogjes.

'Zei je keizer Vespasianus? Ach, die man is een oude stronk. Iedereen weet dat hij een versleten soldaat is.'

'Hij is de keizer,' bracht ik fel in. 'Uw en mijn keizer.'

De ironie van de situatie drong ineens tot me door. Als republikein in hart en nieren stond ik hier de keizer te verdedigen. Gelukkig hoorde mijn secondant Semenka dit gesprek niet, hij zou zijn oren nauwelijks geloven.

'Inderdaad, keizer, maar hoe lang nog?' vroeg Lamprias. 'In Griekenland en Klein-Azië mort het volk. Wat doet Vespasianus met onze belastingen? Garnizoenen naar Klein-Azië sturen, dure gladiatorenspelen inrichten, in Rome tempels bouwen.'

Bij dat laatste knikte ik.

'Rome is een schitterende stad,' zei ik. 'Vespasianus laat in de tuinen van Nero een reusachtig amfitheater bouwen, helemaal in steen.'

'Ik ben in Rome geweest,' merkte hij gemelijk op. 'Een door en door verdorven stad. Maar mooi, dat geef ik toe. Zodra Nero opnieuw keizer is, zal alles anders worden. Omdat Vespasianus een soldaat is en Nero een kunstenaar. Nero zal een frisse wind door het rijk doen waaien. De kunsten zullen bloeien. De handel zal zich uitbreiden. En Sagalassos zal daarbij een voorkeursbehandeling krijgen. Wij worden de hoofdstad van Pisidië.'

'U vergeet één belangrijk detail,' onderbrak ik hem.

Hij keek me boos aan.

'Nero is dood,' zei ik. 'De dag van zijn zelfmoord was ik in Rome. De hele stad juichte om zijn heengaan. Overal barstten spontaan straatfeesten los.'

Nu liet Atilius Lamprias een afstandelijk gegrinnik horen.

'O, dát verhaal. Ja, dat heb ik ook horen vertellen. Er doen nog meer verhalen over Nero de ronde. Het gekste hoorde ik onlangs in Pergamum. Een godsdienstige sekte verkondigt daar dat Nero op het einde van de tijden als de Messias terug zal komen. Zo gaat dat met hoge bomen, die vangen veel wind.'

Het werd een dovemansgesprek. Ik gooide het over een andere boeg.

'Eind van vorige zomer is er in de Drie Ogen een reiziger vermoord. Een Romein.'

'Inderdaad. Omdat ik de man als laatste levend had gezien, heb ik hem een mooie begrafenis bezorgd. Ik heb alle kosten op mij genomen. Het was een roofmoord. De *agoranomos* heeft de zaak gedeponeerd. Waarom hebt u met mijn vrouw over die moord gesproken? Was dat nodig?'

'Het was nodig voor mijn onderzoek.'

'Mijn vrouw was er behoorlijk van onder de indruk. Wat hebt u met die moord te maken? Kende u het slachtoffer?'

'Niet persoonlijk.'

'Dan vraag ik u dringend om uw neus niet meer in de zaken van onze stad te steken. Beschouw dit niet als een bedreiging. Dit is ernstiger dan een bedreiging.'

Ik kromde mijn tenen. Nu werd het serieus. Nu moest ik doorbijten.

'Waarom hebt u die man vorige zomer laten vermoorden? Waarom verbergt u de waarheid over Florentina? Waarom probeert u te verhinderen dat ik een spoor naar haar kind vind?'

'Ik wens uw vuige insinuaties niet meer te aanhoren,' zei hij koel. 'Als u nog langer in de stad blijft, kunt u lelijk in de problemen komen. Ik druk me verkeerd uit. Dan brengt u uzelf in zware moeilijkheden. Ik groet u.'

Hij begon van me weg te lopen. Na vier stappen bedacht hij zich en keerde zich om.

'Ik verbied u contact te hebben met mijn vrouw. Als u dat verbod niet respecteert, krijgt u problemen met de *agoranomos*. Onze stad heeft een heel leuke gevangenis.'

Met een ruk draaide hij zich weer om. Even verder zaten de vier dragers tegen de erepoort die Tiberius een halve eeuw geleden had laten bouwen. Ze kwamen overeind en hielpen Lamprias in de koets stappen. Ik volgde de dragers met mijn ogen tot ze langs het gebouw van de stadsraad liepen en daar naar het *heroon* afsloegen.

*

Ik had er nog altijd geen flauw idee van waar Antaios en Maria Corinna naartoe waren. Op de keper beschouwd waren dat mijn zaken niet. Als die twee zo goed met elkaar opschoten, mij best, ze deden maar. Als stoïcijn moest ik voldoende nuchterheid opbrengen om de situatie in volle zielenrust aan te kunnen. Wat ervan kwam, dat kwam ervan. Maar alle stoïcijnse denken kon niet verhinderen dat het neep. Zodra ik er de kans toe kreeg, zou ik Antaios – terloops – een versregel uit een erotische tekst van Ovidius onder de neus wrijven: *De velden van de buurman geven altijd betere vruchten, het vee van de buurman draagt altijd een grotere uier.* Beetje denkstof voor de knappe kruidendokter.

In een rotstemming liep ik naar de herberg. Onderweg pijnigde ik mijn hersenen over het verdere verloop van mijn zoektocht naar Florentina. Hoe kon ik haar vinden in een stad die het verleden bedolf onder lagen zwijgzaamheid? Ik stond nog altijd nergens. Ik wist nog steeds niet of ze nog leefde.

Sluwe vos Lamprias had zijn bedreiging als goede raad verpakt. Ik besefte dat ik zijn woorden maar beter ernstig kon nemen. De idee dat mijn achterwerk als mals hapje voor hongerige wolven zou dienen, zinde me niet. Toch dacht geen haar op mijn hoofd eraan om mijn zoektocht naar Florentina te staken. Gewoon een kwestie van elementaire beroepsfierheid, plus wat koppigheid. Marullus had me een opdracht gegeven en, bij Zeus, ik zou die opdracht uitvoeren!

De zon brandde en er prikte zweet in mijn ooghoeken. Enige kroezen wijn zouden me goed doen. Wijn verdooft de pijn en bezorgt je een goed gevoel. Dat was precies waar ik naar snakte. Misschien was Xenodoros in een loslippige bui. Een gezellige babbel overgoten met wat wijn zou mijn zinnen verzetten.

*

Sessia bracht me een beker wijn. Zag ze aan mijn gezicht dat ik aan een babbel toe was? Ze kwam in ieder geval ongevraagd tegenover me zitten, plantte haar ellebogen op de tafel en dempte haar stem, al was dat niet nodig, want ik was de enige klant.

'Xenodoros is naar de bankier,' fluisterde ze bijna. 'Hij blijft een tijd weg. Ik wil je onder vier ogen spreken. Volgens Xenodoros ben je helemaal uit Rome gekomen om Florentina op te sporen.'

Ik slikte mijn verbazing weg. Iedereen die ik om uitleg vroeg, deed alle mogelijke moeite om over Florentina te zwijgen en Sessia begon er zelf over.

'Of haar kind,' zei ik. 'Ze was zwanger toen ze hier wegvluchtte.'

'Florentina is niet bij de bevalling gestorven zoals Tatias graag beweert,' vertrouwde Sessia me toe. 'Ze was zwaar ziek. Ze spuwde bloed. Pas enige weken na de geboorte is ze overleden.'

'Hoe weet je dat?'

'Omdat ik toen nog in Antiochië woonde, bij mijn ouders. Mijn vader was opkoper van graan. Hij bezocht de boeren in de streek, kocht hun graan op en verkocht het door aan een groothandelaar. Die groothandelaar was Atilius.'

'Atilius Lamprias?'

Ze knikte, wat een golfbeweging in haar onderkinnen teweegbracht.

'Van de winst kocht vader een lap grond op een helling buiten de stad. Toen kwamen er twee rampjaren na elkaar. Alles begon verkeerd te lopen. De oogsten mislukten en de handel slabakte. Atilius spande een rechtszaak tegen mijn vader in. Hij beweerde dat mijn vader contractbreuk had gepleegd. Onzin. Vader was de eerlijkheid zelve. Hij kon geen onrecht verdragen. Atilius was rijk. Hij had machtige politieke vrienden. Vader werd veroordeeld. Hij stierf in de gevangenis. Pas veel later kwam aan het licht dat Atilius de rechters omgekocht had. Hij haalde wel zijn slag thuis. Hij pikte onze grond in. In het jaar dat vader stierf, ben ik met Xenodoros naar Sagalassos komen wonen. Enkele jaren later verkocht Lamprias al zijn gronden in Antiochië en liet hij de villa bouwen waar hij nu woont.'

'Waarom is hij uit Antiochië weggegaan?'

'Omdat hij er zich onmogelijk gemaakt had. Door zijn gewetenloze optreden had hij er veel vijanden. En er werd nogal over Tatias geroddeld.'

'Waarom?'

'Ze zou Atilius bedrogen hebben waar hij bijstond. Ze had twee miskramen, volgens sommigen twee abortussen. In elk geval ging het gerucht dat ze onvruchtbaar was.'

'Ze had toch een zoontje, Zebidas?'

'Een zoon en een pleegdochter. Niet slecht voor een onvruchtbare vrouw,' grinnikte ze.

'En Florentina?'

'Zij was de jongere zus van Tatias. Ik heb haar niet persoonlijk gekend. Ze moet een mooie, levenslustige vrouw geweest zijn. Ze raakte zwanger van een vreemdeling en vluchtte naar Perge. Toen de tijd van de bevalling gekomen was, ging Tatias in Perge op zoek naar haar zus. Ze nam haar mee naar Antiochië en verzorgde haar. Florentina was toen al ongeneeslijk ziek. De bevalling verliep moeilijk. Ze stierf twee of drie weken later. Na haar dood deed Tatias alles om de indruk te wekken dat Aurelia en Zebidas haar eigen kinderen waren.'

'Zebidas was toch haar zoon?'

'Dat dacht iedereen. Hij was de zoon van Florentina.'

'En Aurelia?'

'Florentina kreeg een tweeling. Aurelia en Zebidas zijn broer en zus. Toen de kinderen vijf of zes jaar waren, verhuisde Tatias van Antiochië naar Sagalassos. Atilius had altijd al een zoon gewild. Nu zag hij de kans om met een zoon uit te pakken. En dus voerde het koppel een geraffineerd stukje toneel op. Ze lieten iedereen geloven dat Zebidas haar bloedeigen zoon was en Aurelia hun pleegdochter, het kind van Florentina. Zebidas was een stevig kind, Aurelia was eerder tenger, zo kon ze voor een jaar jonger doorgaan. Weinig mensen in Sagalassos kennen dit verhaal en wie het kent, houdt zijn mond.'

'Waar is Zebidas nu?'

Voor Sessia kon antwoorden, rinkelde het belletje boven de deur. Een oude man kwam de herberg binnen. In zijn ene hand had hij een stok waarmee hij de grond voor zijn voeten aftastte, zijn andere hand lag in die van een Afrikaanse jongen.

'Agroppinos!' riep ik, blij verrast. 'Ik was van plan om naar je toe te komen. Laten we een wijntje drinken.'

'Ik ben net bij Antaios geweest,' zei de blinde. 'Zijn huisslaven wisten niet waar je was, Romein. Gelukkig wist ik dat je bij Xenodoros een kamer huurt en dat je wel een wijntje lust.'

Ik pakte zijn hand en schudde ze hartelijk. Ik schoof een taboeretje bij. De jonge Afrikaan ging tegen de gevel in de zon zitten. Sessia bracht twee kroezen wijn. Ze trok zich, met een knipoog van verstandhouding, in haar keuken terug zodat we rustig konden praten. Ik vermoedde dat ze het gesprek ook in de keuken nog kon volgen.

'Schiet je onderzoek naar Florentina op, Romein?'

'Niet echt. Iedereen vindt zwijgen beter dan praten,' zei ik. 'Gelukkig zijn er uitzonderingen, zoals de kroegbazin.'

'Heb je al met Tatias gesproken?'

'Zonder resultaat. Ze glipte weg omdat ze zogezegd dringend naar een zangrecital moest. Ik heb net een gesprek met haar echtgenoot gehad. Hij drong daar zelf op aan.'

'Wel, wel! Lamprias die zijn nek uitsteekt. Interessante evolutie. Hoe was het gesprek?'

'Hij gaf me de raad om Sagalassos te verlaten, anders zou ik problemen krijgen. Toch een bezorgd man.'

Agroppinos schoot in de lach.

'Wil je weten waarom ik naar je op zoek ben, Romein? Omdat mijn verhaal vorige keer niet helemaal af was. Ik heb je niet alles verteld. Ik kende je niet, ik had twijfels over je beweegredenen. Intussen heb ik met dokter Antaios gepraat. Ik weet nu dat je bedoelingen eerlijk zijn. Ik zal je een geheim verklappen. Op één voorwaarde: de Lamprias-clan mag nooit vernemen dat je het uit mijn mond vernomen hebt. Kwestie van mijn gemoedsrust te bewaren. En mijn leven niet in gevaar te brengen. Beloofd?'

'Ik zwijg als het graf,' beloofde ik plechtig.

Hij boog zich naar me toe.

'Zegt de naam Zebidas je iets?'

'Ik heb mijn huiswerk gemaakt. Zebidas is als vijftienjarige knaap van huis weggelopen. De hele stad gelooft dat hij de zoon van Tatias en Atilius is. Dankzij Sessia weet ik nu dat hij hun pleegzoon is.'

De blinde schudde even zijn hoofd, alsof hij verrast was.

'Wel, wel, wel. Je hebt inderdaad niet met je duimen zitten draaien. Weet je ook waarom Zebidas van huis weggelopen is?'

'Nee, maar dat ga jij me nu vertellen,' antwoordde ik.

'Atilius wilde dat zijn zoon hem als politicus en raadslid zou opvolgen. Je doet met jonge mensen niet altijd wat je wilt, en dat is goed zo. Tot diepe ontgoocheling van Atilius was de jongen wel sterk, maar niet verstandig. Hij praatte slordig, mompelde vaak in zichzelf, spijbelde meer dan dat hij de lessen volgde. De kloof tussen vader en zoon werd helemaal onoverbrugbaar toen Zebidas verkondigde dat hij gladiator wilde worden. Voor Atilius stortte zijn wereld in. Zijn zoon *gladiator*! Een schande voor de familie. Atilius hoorde zijn vijanden al gniffelen bij zo'n afgang.'

Ik knikte. De meeste gladiatoren waren slaven. Ze stierven in de arena, of ze bezweken achteraf aan de opgelopen verwondingen, of ze raakten kreupel voor ze dertig waren. Je moest halfgek zijn, of een zonderling, of ten einde raad om als vrij man je leven te wagen in een arena met als enige bedoeling een juichende menigte een middagje bloederig plezier te verschaffen.

'Zebidas was beresterk,' ging Agroppinos verder. 'Als twaalfjarige was hij al steviger gebouwd dan zijn vader. Op zijn veertiende was hij een reus. Breed in de schouders, sterk als een trekos, snel met de vuisten. Hij was lichtgeraakt en opvliegend. Een vechtersbaas die zich niet populair maakte.'

'Aurelia vertelde me dat er thuis voortdurend conflicten met zijn vader waren. Op een dag is hij er vanonder gemuisd.'

'Het zat een beetje ingewikkelder in elkaar. In Sagalassos is niks wat het lijkt. Ik zal je vertellen wat ik weet. Op een dag kwam Sanoesert in de stad optreden. Sanoesert is een Egyptenaar die met een groep straatartiesten van dorp naar dorp trekt. Een bende bonte vogels. Acrobaten, worstelaars, een vrouw met een baard, potsenmakers, een dansende beer, iemand die messen inslikt, dat soort kermisvolk. Er was die avond veel volk op de been. Ik heb het optreden bijgewoond. Toen zat er nog een beetje licht in mijn ogen. Tijdens de voorstelling gebeurde wat iedereen al lang vreesde. In de buurt van het theater raakte Zebidas in zijn zoveelste knokpartij betrokken. Daar zou geen haan naar gekraaid hebben, als er geen dode gevallen was. Niet de eerste de beste dode, trouwens. Het slachtoffer was een neef van Flavius Neon, een ambitieuze jongeman die een mooie politieke toekomst voor zich had. Ken je de familie Neon?'

Ik knikte en besefte te laat dat Agroppinos blind was.

'De Neons zijn een van de belangrijkste families van de stad,' ging de oude man verder. 'Wat er die avond onder de muren van het theater gebeurd is, kan ik je niet vertellen. Dat weten alleen de betrokkenen. En die houden hun bek. Wel deden allerlei gissingen de ronde. Roddels, uit de lucht gegrepen verhalen.'

'Zoals?'

'Zebidas zou met een smoes naar het theater gelokt zijn. Daar werd hij opgewacht door een kliek jongeren die ooit van hem op hun donder hadden gekregen. Tijdens het gevecht doodde Zebidas onbedoeld een lid van de Neon-clan. Een geval van wettige zelfverdediging dus. Dat is de versie die Atilius Lamprias uitbazuint. Volgens anderen was het een ordinair straatgevecht tussen de twee clans, het zoveelste. Zebidas onderschatte zijn krachten en sloeg zijn tegenstrever dood. Moord dus. De versie die de familie Neon rondstrooit.'

'Is de zaak niet onderzocht?'

'Niks in deze stad is rechtlijnig, Romein. Er waren twee complicaties. De morgen na de vechtpartij was Zebidas foetsie. Men fluisterde dat hij zich bij de groep van Sanoesert aangesloten had. Als hij van zijn vader niet als gladiator in een arena mocht optreden, dan maar als worstelaar op een dorpsplein.'

'En de tweede complicatie?'

'Een tweede lijk. Het werd twee of drie dagen later in een rotskloof hoog boven het theater gevonden. Maar het slachtoffer was daar niet omgebracht. De moordenaar had het lijk ernaartoe gesleept. Er was een duidelijk bloedspoor.'

'Wie was het slachtoffer?'

'Ik laat het je raden, Romein.'

'Iemand van de Lamprias-clan.'

'Precies. Een neef van Tatias. De weegschaal was weer in evenwicht.'

'Is de moordenaar opgepakt?'

'Het onderzoek liep dood.'

'Waar is Zebidas nu?'

'Spoorloos. Er zijn alleen vage geruchten. Ik had je graag geholpen.'

'Ik heb tenminste een naam,' zuchtte ik. 'Sanoesert. Bestaat die groep nog?'

De oude man haalde zijn schouders op.

'De Lamprias-clan zwijgt in alle talen over Zebidas,' zei ik. 'Waarom?'

Agroppinos glimlachte.

'Waarom toeteren jij en ik onze mislukkingen niet uit op de agora, Romein? Waar je niet over praat, bestaat in deze stad niet. Maar nu komt een vreemdeling, een Romein dan nog, een knuppel in het hoenderhok gooien. Oude moorden oprakelen. Stof wegblazen dat vergeten verhalen bedekt. Ik vrees dat je niet de beste vriend van de Lamprias-clan bent.'

Ik liet mijn adem pruttelend tussen mijn lippen ontsnappen. De oude man had gelijk. Hij legde zijn magere, knokige hand op de mijne en boog zich over het tafeltje naar me toe.

'Er is in Sagalassos voor jou niet veel meer te rapen,' beweerde hij. 'Florentina is dood. Haar kinderen leven. Aurelia heb je gevonden. Als je Zebidas wilt vinden, moet je de zee over.'

'Bedoel je naar Alexandrië?'

'Ik ben er nooit geweest,' zei de blinde. 'Ze zeggen dat het een schitterende stad is. Het is de thuishaven van Sanoesert.'

Ik had in Alexandrië gewoond en gewerkt, maar ik was er bijna tien jaar niet meer geweest.

Ik voelde me zo tevreden over beide gesprekken dat ik een knipoog stuurde naar Sessia, die in de deuropening van de keuken stond te kijken. Ze begon te blozen en blies een kushandje terug.

*

De dag was zo goed als voorbij. De schemering daalde neer en het openbare leven in Sagalassos viel stil.

Maria Corinna was nog altijd niet in de herberg komen opdagen. Niet dat ik me erg ongerust maakte, maar ik vond dat het de hoogste tijd werd voor een wandeling naar de villa van de dokter en een laatste beker wijn onder de notenboom. Jaloezie, achterdocht en nog een aantal andere giftige monsters knabbelden zachtjes aan mijn gemoedsrust. Dat veroorzaakte een irritante pijn, iets als beginnende kiespijn die niet wil doorbreken. Als ik in de herberg bleef, zou mijn onrust toenemen. Ik zou liggen piekeren en vechten tegen de pijn in mijn binnenste. Die pijn zou pas verdwijnen wanneer de kleine jodin de trap naar ons kamertje op kwam. Als dat niet gebeurde, zou ik een groot stuk van de nacht in de duisternis liggen staren en me afvragen of de kloeke besluiten die ik genomen had wel voldoende doordacht waren.

Na mijn gesprek met Agroppinos had ik de situatie lang en diep overdacht. Na een vierde beker wijn was ik zo ver gevorderd, dat ik zes besluiten genomen had. Ik was vast van plan om consequent naar die besluiten te handelen. Daarom zette ik ze nog eens op een rijtje, voor alle duidelijkheid.

Eén: ik zou zo snel mogelijk naar de kust afdalen en van Perge naar Alexandrië reizen. Daar zou ik op zoek gaan naar de artiestengroep van Sanoesert. Als Zebidas de groep inmiddels verlaten had, kon Sanoesert me allicht in de goede richting wijzen.

Twee: ik zou alleen naar Zebidas op zoek gaan, zonder Maria Corinna. Een tijdelijke scheiding zou klaarheid brengen in onze relatie.

Drie: ik zou haar een brief schrijven waarin ik mijn plannen duidelijk uittekende. Ik zou het ook hebben over de keuzes die een mens in zijn leven moet maken. Mijn keuze was duidelijk: ik hield van haar. Als zij ervoor koos om iets met de dokter te beginnen, mij best, ik zou haar niks in de weg leggen. (Vond ik ontzettend grootmoedig van me. Als na mijn terugkeer uit Alexandrië bleek dat onze relatie de reis niet overleefd had, dan was dat maar zo. Ik bad de godin Hera, die ruime ervaring had met ontrouw van de partner, dat ze die ramp in haar goddelijke wijsheid zou verhinderen.)

Vier: ik zou Xenodoros als tussenpersoon inschakelen en hem vragen om mijn brief aan Maria Corinna te bezorgen, maar pas nadat ik de stad verlaten had. Ik zou hem vragen of hij zo vriendelijk wilde zijn om haar de brief voor te lezen.

Vijf: ik zou een afspraak maken met de bankier bij wie Pontius Marullus een deel van zijn geld in bewaring had gegeven, om hem op te dragen alle onkosten van Maria Corinna voor zijn rekening te nemen, althans tot mijn terugkeer. Tenzij de kruidendokter zo genereus was om ervoor op te draaien... (Nee, ik weigerde dat denkspoor te volgen. Het ging trouwens niet om mijn geld; Marullus betaalde alles. Mijn grootmoedigheid kostte me niets, alleen hartzeer.)

En zes: ik zou na gedane zaken in Egypte onverwijld naar Sagalassos terugkeren en Aurelia op de hoogte brengen, zodat ze de helft van het geld van Marullus kon ophalen bij de bankier. Ik zou afscheid nemen van de dokter, en misschien van Maria Corinna. Ik zou zo snel mogelijk naar Rome terugreizen en mijn leven verder zetten.

De oude Horatius zei het al: *de enige manier om gelukkig te zijn en gelukkig te blijven, bestaat erin dat niets je overhoop kan halen.* Wijs man, die Horatius.

Ik stapte dus met krachtige tred en met de zelfzekerheid die het stoïcijnse denken je schenkt naar de villa van Antaios voor een laatste beker wijn. Ik was ervan overtuigd dat ik dankzij mijn zes kloeke besluiten de situatie opnieuw onder controle had.

Ik besefte ineens dat ik een beetje zwijmelde. De wijn had mijn innerlijke pijn verzacht en me zelfs een tikkeltje overmoedig gemaakt, maar had me ook mijn zekere tred gekost.

Naarmate ik de villa naderde, daalde er een mist over de zopas opgeklaarde situatie neer. Had ik mijn zes kloeke besluiten wel ernstig genoeg overwogen? Was ik niet overhaast te werk gegaan? Mijn stappen vertraagden. Zou ik naar de kroeg terugkeren? Zeker niet. Dat zou pas laf zijn. Kinderachtig. Ik gruwde bij de gedachte aan een slapeloze nacht zonder Maria Corinna. Ik stapte verder, zij het in een nog trager tempo.

Anders dan in Rome lagen de straten van Sagalassos er na het invallen van de duisternis verlaten bij. Anders dan in Rome waren de straatstenen onregelmatig en vervelend hobbelig.

Toen ik bij de witte villa aankwam, was de zon helemaal achter de bergen verdwenen. De schemering viel nu snel in. Ik was er lang niet meer zo zeker van dat mijn zes kloeke besluiten wel de juiste waren. Maar dit was niet het ogenblik om ze aan een nieuw onderzoek te onderwerpen.

Ik keek over de heuphoge tuinmuur. Niemand onder de notenboom. De tuin lag er verlaten bij in het goudkleurige avondlicht dat vol dansende muggen hing. Vreemd. Was het tweetal nog altijd niet thuis?

Ik wipte over het muurtje, bleef er met mijn voet achter haken en moest als een gek molenwieken om niet op mijn bek te gaan. Misschien was een laatste beker in de tuin toch niet zo'n schitterend idee. Ik liep langs de vijver naar de villa. Toen ik een open raam passeerde, hoorde ik een ritmisch gekreun dat ik maar al te goed herkende. Ook een hijgende ademhaling, duidelijk het soort ademhaling dat kruidendokters voortbrachten als ze...

Als door een wesp gestoken bleef ik staan.

Misschien geloof je me niet, maar mijn wereld stortte op dat ogenblik niet in. Ik had de mogelijkheid dat Maria Corinna met Antaios vrijde nooit uitgesloten. Nu dat zo bleek te zijn, stelde ik het feit vast. En ik aanvaardde met een verbazend incasseringsvermogen wat ik vaststelde. Ik werd dus niet woest. Ik begon niet te tieren. Ik stortte me niet in tranen ter aarde. Ik stelde vast dat er gebeurde wat altijd tot de mogelijkheden had behoord. Met verbazing realiseerde ik me dat ik een consequenter stoïcijn was dan ik altijd gedacht had. Betekende dat dat ik dan toch minder van de kleine Galilese hield dan ik mezelf altijd had voorgehouden?

Op de terugweg naar de herberg kwamen er troostende gedachten bij me op. Maria Corinna wist niet eens wat trouw betekende. Ik had haar ook nooit gevraagd om me trouw te zijn. Waarom dan boos op haar zijn? Ik kon er alleen droevig van worden.

En dat werd ik. Ik werd droever bij elke stap, tot ik door golven van onnoemelijke droefheid overspoeld werd.

Langzaam liep ik in de toenemende duisternis langs een van de vele begraafplaatsen, volgde de oude stadsmuur terug naar de herberg. De droefheid had me broodnuchter gemaakt. Ik bonsde Xenodoros wak-·ker. Hij was net naar bed gegaan en trok een gezicht als een donder-wolk. Sessia begreep mijn nood aan gezelschap en overhaalde hem om nog een laatste beker met me te drinken. Ik stuurde Sessia achter de rug van Xenodoros een dankbaar kushandje toe. Ze liet als ant-woord haar tong sensueel over haar lippen glijden.

Zodra Xenodoros zijn slechte humeur overwonnen had, bleek hij grootmoedig bereid om naar me te luisteren. Ik vrees dat ik hem op het hele verhaal van Aurelia en Florentina getrakteerd heb, al zijn mijn herinneringen aan het gesprek wazig en verward.

Ik wist de volgende morgen om de verdommenis niet meer hoe ons gesprek geëindigd was, noch hoeveel wijn we gedronken hadden. Ik wist wel dat Xenodoros me het trapje naar onze kamer niét op geholpen had, want ik werd in de gelagzaal wakker en keek in het blozende gezicht van Sessia. Ze had net een handvol ijskoud water in mijn gezicht geplensd en vroeg vol leedvermaak hoe ik me voelde.

Ik zei naar waarheid: 'Rot!'

Ik had stekende hoofdpijn en kreeg met moeite een woord door mijn rauwe keel. Achteraf hoopte ik dat ze mijn antwoord niet ver-staan had. Tenslotte was zij de enige vrouw in Sagalassos die mij enige liefdevolle aandacht schonk. Op één vrouw na.

Die vrouw was Aurelia.

*

In een van onze gesprekken heb je me ooit verteld dat je Alexandrië boven Athene en Athene boven Rome verkoos, maar dat je in geen van de drie ooit geweest was. Ik herinner me onze discussie nog levendig.

Jij verdedigde je keuze met vuur. Ik hield vol dat Rome, sinds keizer Augustus de verbrokkelende bakstenen muren met marmer bedekt had, de mooiste stad van het rijk was, om niet te zeggen van de wereld.

Ik begrijp best waarom je de Egyptische boven de Italiaanse stad verkoos. Jouw opvoeding is in merg en been Grieks. Je moedertaal is Grieks, je culturele achtergrond is Grieks, je leest Griekse schrijvers, je woont Griekse toneelstukken bij. En Alexandrië is, ondanks de romanisering die er almaar duidelijker haar stempel op drukt, misschien wel de meest Griekse stad buiten Italië. Griekser dan mijn geboortestad Athene, die veel van haar glans verloren heeft. Alexandrië is zo vergriekst dat er in Rome over wordt gepraat alsof het een Griekse stad is aan de rand van Egypte, net niet in Egypte zelf.

Toegegeven, Alexandrië is een boeiende smeltkroes. En verwarrend groot. Je hoort er nog meer talen spreken dan in Rome, als dat al mogelijk is. Ik heb er een aantal jaren gestudeerd, daarna een tijdlang in de handel gezeten. Mijn trouwe medewerker Semenka, over wie ik je weleens iets verteld heb, is een geboren Alexandrijn. Ik heb hem in de haven leren kennen.

Ik weet niet meer of ik je het verhaal over onze kennismaking ooit verteld heb. Dat ging zo.

*

Op een dag liep ik over de smalle, hellende loopplank naar het dek van een vrachtschip om een lading wijn te controleren. Ik moest tellen hoeveel amforen er in het ruim opgeslagen waren. Waarschijnlijk keek ik meer naar het wasplankje met de cijfers dan naar de loopplank, want halverwege gleed mijn steunvoet weg op een glibberige plek. Ik tuimelde in het water, een val van een meter of vijf. Dat zou geen groot probleem opgeleverd hebben, alleen een natte duik, als ik tijdens mijn tuimeling niet met mijn hoofd tegen de scheepswand was gebonkt. Ik herinner me zelfs niet dat ik in het water terechtkwam.

Semenka zag het gebeuren. Hij maakte deel uit van een groep slaven die Kretenzische boomstammen uit het ruim naar boven droegen. Toen Semenka zich realiseerde dat ik me niet zwemmend in veiligheid bracht, aarzelde hij niet. Hij dook het water in. Semenka kan zwemmen als een waterrat. Hij sleurde me in een sloep en redde zo mijn leven.

Van zijn ploegbaas kreeg hij een waarderend schouderklopje en de aanmaning om verder geen tijd te verspillen. Dus zette hij zijn schouder onder een stapel planken, werkte verder en vergat het hele voorval.

Ik vergat mijn redder niet. Vier dagen later stond ik, met een gezwollen en veelkleurig oog, een pijnlijke schouder en een indrukwekkende bult op mijn voorhoofd, in het schamele havenkantoortje van Balaneus, Semenka's eigenaar. Het was een wankel bouwwerk van balken en planken onder een dak van samengebonden papyrusstengels.

Balaneus had een laag, wijkend voorhoofd, een lange en onnatuurlijk platte neus, veel te grote, zwart verkleurde tanden en een grijze gelaatskleur. Semenka zou me later vertellen dat ze hem Schapenkop noemden, als hij tenminste buiten gehoorsafstand was. De onderhandeling over de prijs verliep moeizaam. Balaneus was onverzettelijk. Hij weigerde ook maar één denarius van zijn vraagprijs af te doen. Drieduizend vijfhonderd sestertiën, dat was de som die Semenka moest opbrengen. Een gepeperde prijs, zelfs voor een krachtige jongeman. Dat zei ik hem. Balaneus zong uitvoerig de lof van de jonge Egyptenaar: hij had een uitstekende opvoeding gekregen, kon vijf talen spreken en schrijven, zijn karakter was zo zacht als vloeibare honing én hij was de beste straatvechter van Alexandrië. Ik wees hem er fijntjes op dat de laatste twee kwaliteiten met elkaar botsten, maar dat ontkende Balaneus in alle toonaarden. Pas toen ik Semenka beter leerde kennen, begreep ik dat Balaneus gelijk had. Tijdens onze palaver over de prijs vond ik Balaneus stug en onsympathiek. Later zou ik van Semenka vernemen dat hij een goede baas voor zijn slaven was. Hij behandelde ze uitstekend, liet ze veel vrijheid en stopte ze geregeld wat geld toe.

Ik betaalde de gevraagde prijs. Sindsdien zijn Semenka en ik niet alleen medewerkers, maar ook vrienden.

*

Je vraagt je natuurlijk af waarom ik niet één zin aan de heenreis besteed. Dat heeft een reden. Ze verliep probleemloos. Ik had me in de haven van Perge ingescheept op een van die ontzaglijk grote graanschepen die tijdens de zomermaanden op Alexandrië varen. Meer een drijvend dorp dan een schip. Ik heb het aantal passagiers niet geteld, maar het moeten er ruim tweehonderd geweest zijn. De zee was de hele duur van de reis spiegelglad. Omdat we geen tegenwind hadden, maakten we de overtocht in precies zeven dagen. Geen record, zei de schipper, maar hij wilde meteen tekenen om Alexandrië iedere keer op zeven dagen te bereiken.

Alexandrië heeft twee havens, van elkaar gescheiden door een dam die *heptastadion* wordt genoemd. Hij verbindt de stad met het eilandje Pharos. Ten oosten ervan ligt de Grote Haven, ten westen de Oude Haven.

Omdat ik een goed geheugen heb voor details, herkende ik Balaneus meteen toen ik in de haven van Alexandrië naar hem op zoek trok. Zijn gezicht was in bijna tien jaar tijd amper veranderd. Wel was hij tien kilo bijgekomen, bijna een kilo per jaar. Zijn zaken floreerden, dat was duidelijk. Het krakkemikkige havengebouwtje waar ik over de prijs van Semenka had gepalaverd, was vervangen door een protserig kantoor aan de zuidkant van de Grote Haven. Je had er een schitterend uitzicht op het eiland Pharos. En dus ook op de beroemde vuurtoren van graniet die al zo'n vierhonderd jaar boven haven en stad uit torent.

Ik blijf de Pharos, met zijn meer dan honderd meter hoogte, een van de indrukwekkendste gebouwen vinden die ik ooit heb gezien. Indrukwekkend en hoog en massief, dat wel, maar dat zijn geen synoniemen voor mooi. Volgens mijn op Griekse leest geschoeide schoonheidsgevoel is de vuurtoren weinig sierlijk, slecht geproportioneerd, fantasieloos, bijna plomp. Hij rust op een massieve onderbouw, een vierkant platform. De achthoekige toren, die je via een spiraalvormige trap kunt bereiken, is bekroond met het eigenlijke lichthuis, een cilindervormige opbouw waarin de vuren branden die, dankzij vernuftig geconstrueerde, reusachtige spiegels, bij helder weer tot vijftig kilometer ver op zee te zien zijn, volgens sommigen nog verder. Er liggen voor de haven, net onder de zeespiegel, nogal wat rotsen en zandbanken. Zonder de Pharos zouden er nog meer schepen aan de grond lopen. Vroeger bekroonde een enorm beeld van Zeus Soter de toren. Dat beeld heb ik nooit gezien. Het is tijdens een storm afgebroken en in zee gestort.

Om de toren te bouwen, hebben ze uit de ruime omgeving allerlei bouwmaterialen aangesleept. Ik heb horen vertellen dat ze er honderden jaren oude tempels voor gesloopt hebben. In de muren zijn inderdaad steenblokken met halfverheven beeldhouwwerk ingemetseld, ook met teksten in het oude hiërogliefenschrift, soms met namen van beroemde farao's die ooit over het land van Vader Nijl regeerden.

Een stuk fraaier dan de Pharos zelf vind ik de omgeving: de sierlijke zuilenrijen, de talloze obelisken, de tientallen sfinxen. Veel van die tonnenzware sfinxen en obelisken zijn afkomstig uit de heilige stad Heliopolis. Die mystieke stad van priesters, magiërs en sterrenwichelaars is door de opvolgers van Alexander de Grote schaamteloos geplunderd en als goedkope steengroeve gebruikt.

De twaalf meter hoge beelden van farao Ptolemaius en zijn vrouw bij de toreningang wil ik zelfs gracieus noemen. Zwijgend verwelkomen ze elk schip en elke bezoeker die Alexandrië binnenvaart.

*

Maar ik had het over Schapenkop, de heer Balaneus.

Tot mijn verbazing herkende hij me na zoveel jaren nog. Hij kon mijn naam meteen noemen en wilde weten hoe Semenka het stelde.

'Welke goede wind voert je naar Alexandrië terug, heer Grafikos? Opnieuw op zoek naar een slaaf met een talenknobbel?'

150

Hij trok zijn bovenlip op en toonde zijn zwarte gebit.

'Deze keer zoek ik een kermisvechter,' lachte ik. 'Hij heet Zebidas en is afkomstig uit Klein-Azië. Misschien heeft hij intussen zijn naam veranderd. Hij is blond, struis gebouwd, beresterk, niet al te loslippig. Een ervaren worstelaar.'

'Ja, ja, zo loopt er maar eentje in de stad rond. Mijn beste man, het krioelt in Alexandrië van de struis uitgevallen blonde mannen die een onverstaanbaar taaltje brabbelen. Alleen als jouw kerel in de haven werkt, kan ik hem voor je laten opsnorren. Anders... vergeet het. Dan zoek je nog beter een verloren zandkorrel in de woestijn.'

'Hij maakt deel uit van een groep worstelaars en potsenmakers.'

Nu klaarde het gezicht van Schapenkop op.

'Bedoel je de groep van Sanoesert?'

'Precies! Ken je die groep?'

'Natuurlijk ken ik die! Wie in Alexandrië kent die niet? Het beste optreden dat ik sinds jaren gezien heb. Ik heb me krom gelachen met de dwergen. En de slangenvrouw, kerel, ik droom 's nachts nog altijd van haar en dan word ik met een stijve wakker. Wat dat wijfje met haar lijf uitspookt, niet te geloven! Die kun je oplooien en in de binnenzak van je tuniek steken. In haar lijf zitten geen beenderen, dat kan niet, zeker weten. En als er toch beenderen in zitten, wel, dan zijn die kneedbaar als klei uit de Nijloever. En een lijf, tjonge, een lijf om... Ik bedoel, ze was geweldig.'

Hij tekende een suggestieve silhouet in de lucht, liet zijn ogen draaien en floot bewonderend.

'Waar treden ze op?' vroeg ik.

'Overal. In Alexandrië, in de dorpen van de Nijldelta tot aan de piramiden, soms nog verder. Als jouw mannetje deel uitmaakt van die groep, moet ik hem kunnen vinden. Luister, ik stuur een van mijn mensen op onderzoek. Kom morgen terug. Dan kan ik je haarfijn vertellen waar en wanneer de groep van Sanoesert optreedt.'

*

151

Ik vergiste me twee keer van marktplein. Daarom arriveerde ik net te laat om het optreden van de dwergen mee te maken. Dat ze succes oogstten, kon ik al van ver horen aan het geschater en het applaus van de toeschouwers. Net toen ik me bij de kring aansloot, verdwenen de dwergen achter een doek dat tussen twee huifkarren was gespannen. In die karren kleedden de artiesten zich om en bewaarden ze hun attributen.

Toen verscheen een clowneske ballenacrobaat. De man had zijn gezicht geblanket en zijn neus bloedrood gekleurd. Hij droeg een vormeloze witte pij die van voren met dik scheepstouw dichtgeknoopt was. Zijn sandalen waren ongeveer een halve meter lang. Als hij zich verplaatste, struikelde hij over zijn voeten, wat niet belette dat hij al struikelend iedere keer alle ballen opving voor ze de grond raakten. Wat de man met zijn dikke en dunne houten ballen uitspookte, was verbluffend. Soms hield hij er vijf of zes tegelijk in de lucht en zijn armen bewogen daarbij zo snel dat je ze met je blik niet kon volgen. Daarna haalde hij gevaarlijke toeren uit met brandende fakkels. Als finale liep hij op zijn handen de kring rond terwijl hij een komfoortje vol brandende pek op zijn voeten balanceerde. Als zijn toer mislukte, kreeg hij die brandende smurrie over zich heen. Maar hij mislukte niet.

De volgende artiest was de slangenvrouw. De vrouw die Balaneus erotische dromen en erecties bezorgde. Ze was meer een kind dan een vrouw; ik schatte haar hooguit dertien. Van de borsten die Schapenkop zo suggestief in de lucht getekend had, was nauwelijks iets te zien. Ze was verbazend soepel en liet zich door haar helper in alle mogelijke en vooral onmogelijk bochten plooien, vouwen, samenrollen. De hele tijd bleef ze glimlachen en kushandjes naar het publiek werpen. Om haar optreden af te sluiten, werd ze als een vel papyrus samengeplooid en in een kistje gewurmd dat nauwelijks groot genoeg was om twee kookpotten te bevatten. Nadien liep ze langs de rijen toeschouwers om geldstukken en giften in natura in een gevlochten mandje op te vangen.

Toen duwden twee breedgeschouderde worstelaars het doek opzij en kwamen op het publiek toe. Twee brokken pure kracht. Beide man-

152

nen waren naakt op een lendendoekje na. Hun gespierde lijven glommen van de olie. De ene was een oudere, kale man met een nors gezicht vol purperen littekens en een scheve mond. De andere was een jonge, blonde reus – Zebidas, ik had 'm te pakken!

Ze stelden zich aan het publiek voor, raakten het niet eens over wie de sterkste van de twee was en begonnen elkaar uit te dagen. Binnen de kortste keren zat het er bovenarms op. Woestijnzand dwarrelde omhoog, de worstelaars kreunden en hijgden, ze stootten geluiden uit die een balkende ezel niet kon verbeteren.

Ik had snel door dat hun optreden meer uit opwaaiend stof dan uit een echte worstelwedstrijd bestond. Als je wat scherper toekeek, kon je zien dat ze elkaar spaarden. Het gekreun en gehijg was ingestudeerd, het klonk een stuk dramatischer dan nodig was. De wedstrijd eindigde toen beiden, zogezegd aan het einde van hun krachten, op hun rug in het zand lagen uit te hijgen. Plotseling sprongen ze overeind en wezen naar een man die uit de huifkar gekomen was.

Hij was klein, mager en scherp, met een dunne, uitgeloogde huid waardoor je, naar ik vermoedde, in tegenlicht zijn beendergestel kon zien schemeren. Hij had felle, snelle ogen. Ik schatte hem tussen de vijfenzestig en de vijfenzeventig. Hij droeg twee geitenhuiden vol wijn en zette die in de kring neer. Dit kon alleen de baas van het gezelschap zijn, Sanoesert.

Hij klapte in zijn handen om stilte en vroeg of de toeschouwers zin hadden in een uitdaging. Wie vijf as inzette, mocht het opnemen tegen Zebidas, die hij 'de Griek' noemde. Wie de Griek met beide schouders tegen de grond kon duwen, kreeg als prijs het tiendubbele van zijn inzet plus een geitenhuid vol uitstekende Griekse wijn. Het gevecht zou eindigen zodra een van de vechters met zijn beide schouders de grond raakte of zijn hand opstak als teken dat hij de strijd staakte.

'Een buitenkans, beste mensen!' riep Sanoesert. 'Zijn er dan geen jonge kerels die het durven opnemen tegen een uitgeputte worstelaar? Dat was in mijn tijd anders. Toen waren er nog durvers! Ik verhoog mijn prijs. De winnaar krijgt zestig as! Niks te verliezen en veel

153

te winnen. Als ik twintig was, of veertig, beste mensen, ik zou niet aarzelen. Wie durft?'

Een afwachtende stilte. Geen kandidaat. Nu begon Sanoesert uitdagend te lachen.

'Zijn jullie dan allemaal mietjes?' schreeuwde hij. 'Goed, dan sta ik bij hoge uitzondering toe dat twee tegenstanders tegelijk tegen de Griek vechten!'

Een man in het publiek wrong zich naar voren. Hij zag er niet uitzonderlijk atletisch uit, maar hij had een uitdagend gezicht. Hij schoot zijn tuniek uit, spuwde in zijn handen en schudde zijn schouders los.

'Ik laat me niet beledigen. Wie wil een handje toesteken? Twee tegen één, dat moet kunnen! En ik heb zin in die wijn.'

Een tweede kandidaat wurmde zich door de aandikkende rijen toeschouwers naar voren. Een jonge, gedrongen kerel met korte, stevige benen en uitzonderlijk lange armen. Het publiek applaudisseerde enthousiast. Beide mannen betaalden hun vijf as inzet.

Sanoesert smeerde Zebidas opnieuw met olie in. De twee uitdagers overlegden intussen over de tactiek die ze zouden volgen. Sanoesert klapte in zijn handen en het gevecht begon. De tweede vrijwilliger was sterk en lenig. Zijn soepele, zelfbewuste manier van bewegen bewees dat hij een getraind atleet was. Zebidas moest alert zijn om niet door zijn grijpende armen gevangen te worden. De eerste uitdager bracht er niets van terecht. Hij huppelde rond de twee anderen zonder aan het gevecht deel te nemen. Het publiek koos de kant van de vrijwilligers en moedigde hen met luide kreten aan. Er klonk luid applaus toen de uitdager erin slaagde om Zebidas op zijn knieën te krijgen. Maar Zebidas greep hem bij zijn been en haalde hem onderuit. De man reageerde snel. Met een acrobatische draai van zijn lichaam kwam hij op zijn ene schouder terecht.

Ik begon me af te vragen of Sanoesert niet wat overmoedig was geweest. Was Zebidas wel sterk genoeg om het tegen twee man tegelijk te redden? Hij mocht van geluk spreken dat de eerste vrijwilliger er voor spek en bonen bijliep en zijn makker in feite meer hinderde dan hielp.

Tot ik ineens begreep dat ik erin was getuind. De eerste vrijwilliger had natuurlijk als stroman tussen het publiek gestaan. Dat verklaarde waarom hij het Zebidas niet lastig maakte.

Naarmate het gevecht vorderde, kreeg ik de indruk dat Zebidas niet voluit ging. Hij rekte de kamp om de toeschouwers, die luidruchtig meeleefden, een spannend spektakel te gunnen. Vier kansen om zijn tegenstrever te vloeren, liet hij ongebruikt. Pas de vijfde benutte hij. Met een snel, onverwacht gebaar haakte hij zijn been achter de knie van zijn opponent en gebruikte zijn gewicht om hem op de grond te duwen. Met een snelheid die ik niet in dat zware lichaam vermoed had, sprong hij op de man, nog voor die overeind was kunnen komen. Hij legde zijn handen op diens schouders en duwde ze tegen de grond. Einde van het gevecht.

Het publiek had een leuke voorstelling gezien en was tevreden. Het slangenmeisje ging de kring rond om giften in ontvangst te nemen. Het volgende nummer was een man met een dansende beer. Ik wachtte er niet op en liep naar Zebidas. Hij was op weg naar de huifkarren.

'Gegroet, Zebidas. Kunnen we even praten?'

Hij keek over zijn gespierde schouders achterom, een verbaasde frons op zijn voorhoofd. Hij bekeek me aandachtig en zijn blik versomberde.

'Wat wil je van me?'

Hij praatte snauwerig en articuleerde slordig.

'Ik heb belangrijk nieuws voor je,' zei ik. 'Kunnen we ergens rustig praten? Ik stel voor dat we samen iets drinken, op mijn kosten.'

Als het nodig of nuttig is, kan ik een heel aangenaam gezicht opzetten en mijn stem vriendelijk laten klinken. Ik vond hem even sympathiek als een oorwurm in een appel, maar toch glimlachte ik zo tegemoetkomend als ik kon. Mijn sympathie voor hem nam nog meer af toen hij naar me toe kwam en me bij mijn schouders beetpakte. Vingers als schroeven. Dat waren morgen twee blauwe plekken.

'Laat me met rust,' mompelde hij binnensmonds. 'Hoepel op.'

Hij loste zijn greep, draaide zich om en verdween achter het doek. Hij had me nauwelijks aangekeken.

Ik was een paar ogenblikken de kluts kwijt. Ik had van alles verwacht, behalve als een schurftige hond te worden weggejaagd. De ontgoocheling zat zo diep dat ik de drang voelde om me meteen om te draaien, naar de haven te lopen en naar Sagalassos terug te keren. Deze sympathieke jongen met de fluwelen vingergreep had blijkbaar geen zin om een kwart miljoen sestertiën in ontvangst te nemen. Mij best. Zijn zaak. Ik had gedaan wat ik moest doen.

Mijn beroepseer bleek net iets groter dan mijn gekrenkte trots. Eigenlijk had ik niet mijn uiterste best gedaan. En dus pijnigde ik mijn hersenen met de vraag hoe het verder moest.

'Jij daar! Wat doe je hier?'

Ik draaide me om en stond oog in oog met Sanoesert. Hij droeg in elke hand een wijnzak. De blik die hij me toewierp, deed niet vermoeden dat hij prijs stelde op mijn vriendschap.

'Ik praatte even met Zebidas,' zei ik. 'Mag dat niet?'

'Zebidas? Heet hij Zebidas? Ben je door de stadsprefect gestuurd?'

Ik vroeg me af met welk antwoord ik het beste zou scoren. Niet dat ik naar zijn vriendschap hengelde, maar ik had een lange reis gemaakt en het werd tijd dat ik resultaat boekte. Omdat hij het woord 'stadsprefect' met weinig warmte had uitgesproken, besloot ik eerlijk te zijn.

'Ik heb niks met de overheid te maken,' verzekerde ik hem. 'Ik kom uit Rome. Ik wil alleen een gesprek met Zebidas.'

Sanoesert zette de wijnzakken op de grond, duwde een akelig knokige wijsvinger tegen mijn borstbeen en liet zijn stem dalen.

'Zei je willen? Je hebt hier niks te willen, Romein. Ik wel. Ik ben hier de baas. Ik wil dat je opdondert, nu meteen. Je krijgt twaalf tellen. Als je binnen twaalf tellen niet uit mijn ogen bent, roep ik er...'

'Goed, ik ga al.'

Hij zag eruit alsof hij zijn dreiging zou uitvoeren. Ik had geen zin om me door een van zijn potige worstelaars te laten afvoeren. Twee blauwe plekken volstonden. Toch ging ik er nog niet vandoor. Soms ben ik een slechte verliezer. Soms worstelt zich een nijdig karaktertrekje in me naar boven, vooral wanneer iemand zich arrogant opstelt of me op de tenen trapt. Zoals nu. Dan krijg ik iets van een bloedhond – het was die uitspraak waarmee ik Tatias ooit bedreigd had. Ik had ineens trek in een kleine verbale weerwraak.

'Om het rechtuit te zeggen, heer Sanoesert,' begon ik, 'volgens mij doe je in deze kwestie niet helemaal...'

'...zeven, acht, negen...' telde Sanoesert rustig op zijn vingers af, zonder zijn stem te verheffen, trager dan ik het zelf gedaan zou hebben.

Er zijn momenten dat ik helder besef wat goed voor me is. Bij 'tien' keerde ik me dus om. Ik beperkte mijn wraak tot een onverschillig schouderophalen. En omdat ik een slechte verliezer ben, liep ik heel langzaam weg, bijna slenterend, en floot ik er een vrolijk deuntje bij.

*

Dat ik Alexandrië kende, althans de straten rond het museum en de havenbuurt, was een voordeel. De stad breidde zich als een olievlek op het water uit. Alleen het oude centrum stond zo vol gebouwd dat daar weinig veranderde. Zo te zien was er in de haven helemaal niets veranderd. Er heerste nog altijd de koortsige drukte van vroeger. Dezelfde bonte wemeling van scheepsvolk, reizigers, avonturiers, handelaars, slaven, bedelaars. Dezelfde kakofonie van schreeuwende arbeiders en groenteverkopers, helers van gestolen goederen die hun koopwaar luidkeels aanprezen, predikers in jassen van kamelenhaar, met lange baarden en op blote voeten, die op een lege wijnton luidkeels de meest bizarre godsdienstige theorieën verkondigden, een slangenbezweerder die met gekruiste benen op een rietmat vol kronkelende reptielen zat. Net zo'n heksenketel als de haven van Ostia, maar nog een heel stuk drukker, rumoeriger, kleur- en geurrijker.

Als iemand me kon en wilde helpen, dan was het de vroegere eigenaar van Semenka. Ik zocht Schapenkop op en vertelde hem waarom ik Zebidas dringend wilde spreken: bij een bankier in Perge lag er een klein fortuin op hem te wachten, en dat wist hij niet. Ik vertelde dat ik Zebidas' baas, die misschien zijn eigenaar was, opgezocht en aangesproken had, maar dat ik daarbij op het nippertje aan een rammeling ontsnapt was.

'Wat wil je precies, Romein?' vroeg Schapenkop.

'Een gesprek met Zebidas. Van man tot man, zonder dat Sanoesert meeluistert.'

Schapenkop schonk een zelfgebrouwen bier dat zuur smaakte, maar voortreffelijk de dorst leste.

'Bedoel je dat je wilt weten waar hij woont?'

'Ik zou het niet beter kunnen zeggen.'

'Dat krijg ik wel voor elkaar,' zei hij. 'Geef me een dag. Afspraak in mijn kantoor, morgen rond deze tijd. Betaal je de kosten terug die ik moet maken?'

'Tot de laatste duit.'

'Dan vind ik hem voor je.'

*

Schapenkop hield woord. Hij verwelkomde me de volgende dag met een tevreden grijns. Hij rommelde eerst enige contracten bij elkaar en zette er een achthoekige koperen inktpot op, zodat de strakke bries die van over zee kwam aanwaaien ze niet kon wegblazen. Even later zag ik dat de inktpot een vuurtoren voorstelde. Hij gebaarde dat ik op een driepotig taboeretje plaats moest nemen.

'Je hebt goed nieuws voor me,' zei ik.

'Hangt ervan af wat je goed nieuws noemt, Romein. Ik heb goed en slecht nieuws. Een van mijn mensen heeft ontdekt waar de Griek woont. Dat is het goede nieuws. De plek waar hij woont, dat is het slechte nieuws. Ken je de stad een beetje?'

'Ik heb hier vroeger gewerkt.'

'Ken je de delta van Vadertje Nijl?'

Ik schudde mijn hoofd. Ik had nooit één stap buiten de stadsmuren gezet. Ik kon me zelfs niet herinneren dat ik ooit de wijk van het museum en het havengebied verlaten had. Alexandrië was niet één stad, het was een lappendeken van wijken en dorpen. Je had er een wijk met bijna alleen Grieken, een wijk die uitsluitend door joden werd bewoond, wijken waar overwegend donkere mensen uit het diepe zuiden huisden, uit Sudan, Ethiopië, de grote woestijnen. Langs de vele vertakkingen van de Nijl had je dan nog eens grote en kleine dorpen en gehuchten, die allemaal een eigen naam droegen. De bewoners van elk dorp waren op de een of andere manier met elkaar verwant. Zo'n dorp was een gesloten gemeenschap waar je als buitenstaander niets te zoeken had. Een vreemdeling werd er als een indringer beschouwd én behandeld. Daarom werden de bewoners van de moeilijk toegankelijke riet- en papyrusvelden in de delta door de Alexandrijnen zoveel mogelijk gemeden. Ze vonden de moerasbewoners een onbetrouwbaar volkje waar je maar beter geen contact mee zocht. De wirwar van water, eilandjes, rietbossen en slijkvelden was een ideale onderduikplaats voor wie iets mispeuterd had en zich een tijdlang onzichtbaar wenste te maken.

'Jouw Griek woont in een van de moerasdorpen,' ging Schapenkop verder. 'Het is meer een gehucht dan een dorp. Het heet... wacht even, ik heb de naam opgeschreven. Harytouchis.'

'Nooit van gehoord,' zei ik.

Schapenkop grinnikte door zijn neus.

'Wie wel? Het gehucht is hooguit enige rollen papyrus groot. De grootte is echter het probleem niet. Het probleem is het volkje dat er woont. Hebben jullie in Rome ooit gehoord over de opstand van Chinoutes, wat wij hier noemen: de oorlog van de ossenhoeders?'

Ik haalde mijn schouders op. Rome was zo vol van zichzelf dat er voor opstanden buiten Italië geen interesse was, laat staan voor ossenhoeders in een Egyptisch dorp.

'Pretentieuze Romeinen,' schamperde Schapenkop. 'Ze denken dat Rome de wereld is. Dat bedoel ik niet persoonlijk, vriend. Luister, drie jaar geleden heeft de overheid de belastingen verdubbeld. Een aantal moerasdorpen pikten die verhoging niet. Ze vormden een coalitie. Ossenhoeders, rietsnijders, mandenvlechters, borstelmakers, vissers, gespuis op de vlucht voor een of andere overheid. Toen de *comogrammatus*, dat is de man die de administratie vertegenwoordigt, en de Romeinse centurion de belasting ter plekke kwamen innen, zoals gewoonlijk, kwamen de dorpelingen in verzet. De aanstoker was een priester uit Perzië, een vuuraanbidder, een volgeling van Zoroaster. *Comogrammatus* en centurion halsoverkop op de vlucht. Paniek in de kanselarij. De centurion stuurde soldaten naar de opstandige dorpen. Ze namen de kopstukken gevangen, ook de vuurpriester, en gooiden ze allemaal de gevangenis in. De vrouwen van de opgesloten ossenhoeders uit het dorp Chinoutes vroegen een audiëntie aan bij de centurion. Ze beweerden dat ze hun gouden sieraden bij elkaar gelegd hadden. Met dat goud konden ze hun achterstallige belastingen betalen. De centurion stond de audiëntie toe. De vrouwen hadden zich zwaar opgemaakt. Ze hadden hun beste kleren aangetrokken, wijd vallende mantels in dikke stof, ondanks de hitte. Ze waren pas in het kantoor van de centurion of ze gooiden hun mantels af en trokken hun wapens, die ze daaronder verborgen hadden. De vrouwen bleken de ossenhoeders van Chinoutes te zijn. Ze keelden de centurion en zijn medewerkers, staken zijn kantoren in de fik, trokken de straat op en predikten het verzet tegen wat ze de Romeinse uitbuiters noemden. Vier dagen stond de stad op haar kop. De opstandelingen kregen veel sympathie van morrende Alexandrijnen die de verhoogde belasting niet zagen zitten. De provinciegouverneur werd gealarmeerd. Hij zette het leger in. De ossenhoeders van Chinoutes konden niet op tegen de goed getrainde Romeinse soldaten. Ze werden verslagen. De nieuwe centurion liet de huizen en hutten van alle opstandige dorpen platbranden. Oproerkraaiers die de gevechten overleefd hadden, werden terechtgesteld. Een van de opstandige dorpen was Harytouchis.'

'Zijn de dorpen dan opnieuw bewoond?' vroeg ik.

'Sommige. Een aantal artiesten uit de groep van Sanoesert is in Harytouchis gaan wonen. Ook jouw Griek.'

'Hoe kom ik er?'

'Je huurt eerst een boot naar Abynoeris. Dat is een vrij groot dorp in de moerassen. Daar stap je over op een vlot dat je naar Harytouchis brengt.'

'Waarom een vlot?'

'Alleen met kleine vlotten vind je je weg in dat labyrint. Niet elke visser zal bereid zijn om je naar de moerasdorpen te varen. Het is er gevaarlijk.'

Daar gaan we weer, dacht ik.

'In de Griekse wijk noemen ze de jodenwijk gevaarlijk,' zuchtte ik. 'In de jodenwijk vertellen ze dat de moerassen gevaarlijk zijn. In de moerasdorpen zeggen ze dat in de dorpen stroomopwaarts dieven en rovers wonen.'

Schapenkop lachte.

'Toch maar oppassen, vriend. De meeste dorpen zijn bewoond door ossenhoeders en vissers die met stelpnetten vissen. Ze houden niet van pottenkijkers.'

Ik liet me door een buikige houten boot naar Abynoeris zeilen. Dat bleek een welvarend dorp hoog op de oever van de rivier, buiten het bereik van de jaarlijkse overstromingen. Aan de vlottende steiger lagen een tiental andere boten, de meeste gemaakt van bundels bij elkaar gebonden papyrus. De sierlijk gebogen voor- en achterstevens werden door huiden bij elkaar gehouden. Deze boten hadden een groot roer zonder helmstok, dat met leren riemen rechtstreeks aan de achtersteven gebonden was. Er lagen ook een vijftal kleine papyrusvlotten die gepeddeld werden.

Ik vroeg aan een man in een groezelige tuniek of iemand me tegen een redelijke prijs naar Harytouchis kon brengen. Hij knikte in de richting van een oudere man die drie meter verder tegen een lemen muurtje zat te dommelen.

'Nikochon. Vraag het aan hem. Hij is de enige die de weg ernaartoe kent.'

'Is het dan zo ver?'

'Niet ver, wel lastig om te vinden. Je verdwaalt hier nog sneller dan in de stegen van Alexandrië.'

Ik liep naar de slapende man. Net toen ik op zijn schouder wilde tikken, sloeg hij zijn ogen op. Vreemde, lichtblauwe ogen.

'Je wilt naar Harytouchis?' vroeg hij. 'Tot aan de Geul. Verder waag ik me niet. Daar begint een paadje naar het dorp.'

Toen hij overeind kwam, merkte ik dat zijn ene schouder in een bochel opbultte. Hij had de grootste handen die ik ooit gezien had. Er lag een vriendelijke monkel om zijn mondhoeken.

'Die Geul, wat is dat voor iets?' vroeg ik.

'Een geul. Daar wacht ik tot je terugkeert. Of wandel je over het water naar hier terug?'

Ik had nog niet over terugkeren nagedacht. Ik liet mijn hand nadenkend over mijn kin glijden. Dat maakte een rasperig geluid. Ik had een stevige stoppelbaard. Stel dat ik Zebidas niet vond. Stel dat ik Sanoesert in dat dorp tegen het lijf liep. Stel dat de dorpelingen inderdaad niet op pottenkijkers gesteld waren, en dat ze me – dat ze wát? Nikochon zag dat ik aarzelde.

'Ander voorstel,' zei hij. 'Ik kom je voor het vallen van de avond ophalen. Een uur voor de zon ondergaat. Afspraak bij de Geul. Goed?'

Ik knikte en vroeg hoeveel ik hem moest. Ik betaalde meteen voor de heen- en de terugreis, pakte mijn sandalen in mijn hand en stapte op het vlot. Dat zag er allesbehalve nieuw uit. Het zakte onder mijn gewicht diep in het water weg. Nikochon had mijn argwanende blik onderschept.

'Die vlotten gaan maar een paar maanden mee,' legde hij uit. 'Dan worden ze rot of ze zuigen zoveel water dat ze zinken. We redden het wel. Ik lever de krokodillen geen maaltijd af!'

'Zitten hier krokodillen?'

'Meer dan je lief is. En nijlpaarden, die zijn nog gevaarlijker. Maar het grootste gevaar zit in de lucht.'

'Muggen?'

'Niet de muggen. De slechte lucht. *Mal aria*. De helft van de moerasbewoners heeft malaria. Ik vraag me af wat je er gaat zoeken, tenzij miserie.'

Ik bedacht gauw een leugentje.

'Er woont een oude vriend van me in Harytouchis. Een jeugdvriend. Ik wil hem op zijn nest verrassen.'

Hij humde, bekeek me met gefronste wenkbrauwen en zweeg, duidelijk niet overtuigd. Met een lange vaarboom duwde hij het vlot langs een wirwar van papyrusbossen. Watervogels vlogen met luid vleugelgeklepper op. Een enkele keer zag ik iets wat op een drijvende boomstam leek net boven het water uitsteken. Als we naderden, zwom het langzaam weg. Nikochon sloeg ten minste een dozijn keer een zijarm in. We passeerden eilandjes, rietbossen, drooggevallen zandplaten, slijkkreken, een paar kleine huttendorpen. Ik zag riet-snijders bezig; ze liepen gebukt onder enorme bundels papyrussten-gels die ze naar een vlot droegen. De lucht was drukkend, vochtig, heet. Mijn zweet droogde niet op, het droop van mijn gezicht. We pas-seerden eilandjes van witte en blauwe lotusplanten en voeren onder een acacia die helemaal schuin over het water hing. We schoven rake-lings langs modderkuilen waar een stank van rottigheid uit opwelde.

Na een dik halfuur bereikten we de eerste open plek. Nikochon wees. Honderd meter verder lagen twee eilanden, of stukken land die er als eilanden uitzagen. Het was vaak onmogelijk om uit te maken waar de scheidingslijn liep tussen land, eiland, water. De Nijl vertak-te zich eindeloos en vormde talloze dode zijarmen en eilanden. Tus-sen de twee eilanden voor ons liep een smalle doorgang. Dit moest de Geul zijn. Nikochon manoeuvreerde er zijn vlot naartoe. Hij duwde het met de vaarboom tegen de oever.

'Daar begint de weg naar het dorp,' wees hij. 'Succes met je jeugd-vriend, makker. Een uur voor de zon ondergaat, wacht ik hier op je. Ik hoop dat je er dan ook bent.'

Ik knikte met veel meer overtuiging dan er in mij aanwezig was. Hij hoefde niet te weten dat de helft van mijn zweet geen gevolg van de hitte was, maar te maken had met gebrek aan wat ik probeerde uit te stralen: zelfvertrouwen.

*

Harytouchis. Een handvol schamele hutten van met leem bestreken papyrusstengels, slordig gerangschikt rond iets wat met veel goede wil en fantasie voor een dorpsplein kon doorgaan. Er scharrelde wat pluimvee rond. Voor een van de hutten zat een mager, ziekelijk kind met steentjes te spelen. Het keek niet eens naar me op. Tegen een gevel hingen wel tien kooitjes met vogels. Op een vlek zand lag een kat te slapen in de zon.

'We zijn er,' zei Patoera. 'Als je me nu vijf as geeft, bewijs ik dat ik kan toveren.'

Ik haalde vijf as uit mijn tuniek, bukte me en legde de muntstukken in zijn verbazend grote hand. Hij grijnsde tevreden. Zo klein hij van gestalte was, zo groot waren zijn handen. Ook zijn hoofd was buitenmaats. In dat hoofd zat een enorme mond, een gapend gat dat zich bij elke grijns van zijn ene tot aan zijn andere oor uitstrekte. De mond was gevuld met een krachtig roofdierengebit waarin niet één tand ontbrak.

Patoera was een dwerg, ongeveer half zo groot als ik. Zijn gezicht was zo rimpelig en zijn stem kraakte zo, dat hij best een flink stuk ouder kon zijn dan ikzelf, al is het moeilijk om de leeftijd van dwergen te schatten.

'Wacht hier, en goed kijken,' beval hij.

Hij liep met zijn grappige dribbelpasjes het dorpsplein over naar de hutten. Ik zag dat hij een muntstuk naar het kind wierp.

Ik had Patoera ontmoet op het zandpaadje dat van de Geul naar het gehucht leidde. Hij had het vlot zien naderen en had me staan opwachten. We hadden kennisgemaakt. Ik had hem verteld dat ik op zoek was naar een worstelaar die ze 'de Griek' noemden en dat ik hem goed nieuws bracht. Mijn tenen kromden van de spanning. Als dit eerste contact mislukte, kon ik het hier wel schudden. Maar Patoera was vriendelijk en geïnteresseerd. Hij gaf zelfs de indruk dat hij mijn bezoek aangenaam vond. Gezellig babbelend, als oude vrienden, waren we over een dijk langs een kronkelig zandwegeltje naar het dorp gelopen, tussen een bijna verstikkende begroeiing.

Ik zag Patoera in een van de hutten verdwijnen. Tot mijn stomme verbazing kwam hij drie hartkloppingen later vanachter een andere hut te voorschijn, zeker tien meter verderop. Hij grijnsde triomfantelijk en zwaaide even naar me. Hij maakte een koprol en verdween weer achter de hut. Bij Zeus en zijn kijfzieke Hera, hoe had hij dat zo bliksemsnel voor elkaar gekregen? Zijn korte beentjes hadden op de zandweg mijn stappen, die ik extra vertraagd en ingekort had, nauwelijks kunnen bijhouden. Ik kreeg geen tijd om van mijn verbazing te bekomen. Hij was nauwelijks achter de ene hut verdwenen of daar verscheen zijn lachende snoet in de deuropening van een andere. Ik slikte van verrassing. Dat was inderdaad toverkunst! Het kon toch niet dat de dwerg zich met de snelheid van een gedachte van de ene naar de andere hut verplaatste! Ik besefte dat mijn mond opengevallen was.

Patoera herhaalde zijn kunstje nog enige keren. Het ene ogenblik verdween hij achter een muur en minder dan een ademstoot later dook hij op een andere plek weer op, meters verderop. Toen kwam hij naar me toe en stak zijn hand uit.

'Aangenaam!' zei hij. 'Mijn naam is Petisis.'

'Ik dacht dat je Patoera heette.'

Hij schoot in de lach.

'Ik ben de tweelingbroer van Patoera. We halen dat flauwe grapje wel 's vaker uit.'

Nu kwam ook Patoera te voorschijn, triomfantelijk lachend. De dwergen leken inderdaad als twee druppels water op elkaar. Niet alleen hun gezichten, ook hun lichamen en hun manier van bewegen. Zelfs hun stemmen klonken perfect hetzelfde. Alleen miste Petisis een voortand. Op die ene tand na waren ze verwisselbaar.

'Ik ben op zoek naar de Griek,' legde ik uit. 'Ze vertelden in Abynoeris dat hij in dit dorp woont.'

'De Sterke Eenzame Man,' knikte Patoera. 'We doen samen een nummer. Petisis en ik maken precies dezelfde gebaren maar dan in spiegelbeeld, elk aan een kant van een leeg kader. Wie het niet weet, verwed er zijn kop om dat er een spiegel in de lijst zit. Tot we vlak bij de spiegel komen en zogezegd ontdekken dat het kader leeg is. Dan beginnen we te kibbelen, nog altijd in spiegelbeeld. Tot de Griek er zich in mengt. We keren ons tegen hem, vallen hem aan. Hij tilt ons bij onze nek tot schouderhoogte op, één in elke hand, en zo hangen we daar hulpeloos met onze benen in de lucht te spartelen. Altijd een succes, de mensen gieren het uit. De Griek geniet ontzettend van dat applaus, altijd opnieuw.'

'Hij is een eenzaat die het liefst alleen is,' beweerde Petisis. 'Buiten ons heeft hij geen vrienden.'

'Waar kan ik hem vinden?'

'Als we geen optreden hebben, zit hij meestal bij de Vette Gronden. Daar kan hij een hele dag doorbrengen, helemaal op zijn eentje.'

'De Vette Gronden?' vroeg ik.

'Een inham met vettige kleigrond. Daar speelt hij uren na elkaar voor gladiator.'

Ik fronste mijn voorhoofd. Gladiator? Het was zijn jongensdroom geweest om een beroemd gladiator te worden. Had hij die droom nog niet opgegeven? Oefende hij in zijn dooie eentje, op de oever van de Nijl?

'Ik moet hem dringend spreken,' zei ik. 'Hoe kom ik bij de Vette Gronden?'

De dwergen wezen me een overwoekerd paadje dat van het dorpsplein de wildernis in liep. Wie het paadje niet kende, kon onmogelijk het begin ervan vinden.

'Enige steenworpen verder kom je bij de Nijl,' zei Patoera. 'Je kunt hem niet missen.'

'Maar of je welkom bent bij zijn optreden...' merkte Petisis op en hij schudde twijfelend zijn hoofd.

Zelfkennis is een nuttige karaktereigenschap. Al was het maar omdat ze verhindert dat je domme of ondoordachte dingen doet, of dat je te veel risico neemt, of dat je mensen benadert die je het best mijdt. Dat hele systeem van zelfbescherming faalt echter als koppigheid de overhand neemt.

Terwijl ik over het smalle kronkelpaadje naar de Vette Gronden liep en de bladeren van de papyrus voortdurend in mijn gezicht zweepten, vochten zelfkennis en koppigheid hun onderlinge strijd uit. Ik wist wie het zou halen. Ik had niet de hele tocht van Rome naar Sagalassos gemaakt, schipbreuk inbegrepen, ik was niet van Perge naar Alexandrië en dan door de moerassen van de Nijldelta tot in

Harytouchis gereisd om op honderd meter van mijn doel rechtsomkeer te maken. Dus stapte ik dapper door, al kneep ik 'm. En dus stonden mijn tenen gekromd in mijn sandalen en bonsde mijn hart als een smidshamer in mijn borst. Ergens in mijn achterhoofd zat de zekerheid dat Zebidas met één beweging van zijn stalen armen mijn nek kon breken.

Hij zat op de oever van de rivier en gooide bolletjes klei in het water. Ik kuchte om mijn aanwezigheid te melden. Van dan af ging alles heel snel.

Ik zag dat hij me meteen herkende. Nog voor ik hem het doel van mijn bezoek kon uitleggen, zelfs nog voor ik mijn vriendelijke begroeting afgewerkt had, was hij overeind gekomen. Met enkele grote passen stond hij voor me. Voor ik wist wat er gebeurde, had hij me met een sombere grauw op de grond gegooid. Zijn logge gewicht drukte me tegen de oever. Zijn grof gebouwde gezicht bevond zich vlak boven me. Met al mijn mensenkennis wist ik niet wat dat gezicht uitdrukte. Woede, achterdocht, wanhoop? Ik zag dat hij een brede spleet tussen zijn voortanden had. In een flits schoot het beeld van Aurelia door mijn hoofd. Zijn neusvleugels trilden.

'Laat me met rust,' bromde hij in het Grieks. 'Ga weg. Wég!'

Zijn stem klonk gespannen en hees. Zijn adem stonk naar vis. Uit zijn kleren walmde een slijk- en zweetgeur. Ik voelde dat hij zijn zware hand op mijn keel legde. Als hij even kneep, was het allemaal voorbij. Ik slikte en dat deed pijn omdat zijn hand in de weg zat. Ze was glibberig, die hand, maar ze kneep niet. Ik kon nog ademhalen. We hadden oogcontact. Zijn ogen hadden de kleur van die van Aurelia. Een intens blauw, met turkooizen vlekjes erin.

Toen wist ik dat ik in leven zou blijven. Zebidas was een krachtpatser, een zonderling, een eenzaat, een potje dat snel overkookte. Maar geen moordenaar. Ineens zei ik het, zonder erbij na te denken. De woorden gulpten uit mijn keel alsof ze zichzelf vormden, buiten mijn wil om.

'Ik kom uit Sagalassos. Ik heb met Aurelia gepraat. Ik ben bij Tatias geweest.'

Hij reageerde niet. Alsof hij mijn boodschap niet begreep. Ik herhaalde de woorden in het Latijn. Hij loste zijn greep op mijn keel enigszins, maar liet me niet los. Ineens, in een heldere flits, schoot het door mijn hoofd: waarschijnlijk denkt hij dat ik in opdracht van Atilius Lamprias kom.

'Ik weet wie je bent,' zei ik. 'Zebidas. Ik ben niet door je vader gestuurd. Je vader weet niet dat ik hier ben.'

Ik besefte meteen dat ik een fout gemaakt had door over zijn vader te beginnen. De greep op mijn keel verstrakte weer. Ik hapte naar adem. Zijn wimpers trilden.

Toen hoorde ik de stemmen van de dwergen, nog voor ik hen zag. Ze pakten Zebidas bij zijn armen en rukten hem van me los. Hoewel hij tien keer sterker was dan zij samen, liet hij zich van me afhalen.

'Handen thuis, Griek!' keef Patoera streng, alsof hij een schooljongen bestraffend toesprak. 'Je weet toch hoe sterk je bent. Bij Osiris, je zou hem nog vermoorden!'

Ik grijnsde dankbaar naar de dwergen.

'Ze moeten me met rust laten,' mompelde Zebidas.

*

Een uur voor zonsondergang. Ik was stipt op tijd op de afgesproken plek bij de Geul. Schipper Nikochon begroette me met een zucht van opluchting.

'Blij dat je er bent, makker,' bromde hij. 'En dat je nog leeft. Je neemt wel risico's. Voor zover ik weet, ben je de enige vreemdeling die zich voorbij dit punt waagt.'

'Ik heb de menseneters overleefd,' zei ik met een uitgestreken gezicht en ik blies op mijn vingertoppen. 'Voorlopig toch. Ik sta pas vanavond op hun menu. Gestoofde Romein met een sausje van papyrusmerg.'

Nikochon vond het niet grappig en haalde afkeurend zijn neus op. De schrik voor de monsters uit de Nijlmoerassen zat er diep in.

'Spring aan boord,' snauwde hij. 'Voor ze zich bedenken.'

'Ik blijf in Harytouchis overnachten,' zei ik. 'Bedankt dat je me gebracht hebt. Tot ziens.'

Zijn gezicht was geld waard. Hij geloofde me pas toen ik met gezwinde tred over het dijkwegeltje naar het dorp terugliep. Ik vroeg me af welk verhaal hij bij zijn vrienden in Abynoeris zou rondstrooien.

De dwergen hadden voor het avondeten gezorgd. We zaten met ons vieren op een gevlochten rietmat voor hun hut. In de papyrusbossen die ons omringden, ritselde een zwoele avondbries. Een kleine, onzichtbare vogel zat te frazelen. Af en toe klonk het sonore gegons van een voorbijvliegende kever. Het was een bijna volmaakte avond – alleen ontbrak er één persoon. Ik besefte dat ik niet te vaak en niet te intens aan Maria Corinna mocht denken. Hoe minder ik haar in mijn gedachten toeliet, des te makkelijker kon ik mijn heimwee de baas blijven. Gelukkig bleken Patoera en Petisis gezellige flapuiten met veel zin voor humor. Zebidas nam niet deel aan het gesprek. De dwergen legden me uit hoe het kwam dat Zebidas elk straatgevecht won. De eerste toeschouwer die zich kandidaat stelde om het tegen hem op te nemen, was door Sanoesert omgekocht. De truc had nog maar één keer gehaperd. Toen had Zebidas de omgekochte toeschouwer aangepakt en hardhandig tegen de grond gewerkt.

De twee dwergen rolden over het zand. Ze hielden hun buik vast van het lachen. Zelfs Zebidas grinnikte bij de herinnering.

Eerst aten we een dikke pap op basis van gerst, daarna eend, die ze op een houtskoolvuurtje aan het spit geroosterd hadden, in een dikke saus op basis van papyrusstengels en tot slot een handvol gedroogde noten. Patoera had een grote kruik bier uit hun hut gehaald. In het zoete brouwsel, gemaakt van geweekt gerstebrood, proefde ik honing, gember en mirte. Omdat ik, zoals de meeste Romeinen, geen bierdrinker ben, werd ik niet wild van de smaak. Het bier dat in sommige Romeinse kroegen geschonken wordt, heeft de smaak van rioolwater en kost dan ook nauwelijks meer dan een glas water. Maar de hitte van de voorbije dag hing nog op het pleintje te treuzelen en mijn keel was zo droog dat ik er met plezier van dronk.

Sinds onze stormachtige ontmoeting had Zebidas nog niet veel woorden met me gewisseld; ik kon ze op de vingers van één hand tellen. Wel had hij aandachtig geluisterd, met een ernstige denkrimpel tussen zijn wenkbrauwen, toen ik hem na het eten vertelde over Marullus en zijn bekering tot een nieuwe godsdienst, en over het geld dat bij een bankier in Perge voor hem ter beschikking lag. De dramatische pointe van mijn verhaal – dat Atilius Lamprias en Tatias zijn biologische ouders niet waren en dat Aurelia zijn zus was – incasseerde hij zonder te verpinken. Hij stelde geen enkele vraag. Ik vermoedde dat hij de informatie, die toch als een lawine over hem heen gekomen moet zijn, nog moest verwerken. Zo snel als zijn lichamelijke reacties waren, zo traag verliep blijkbaar zijn innerlijke leven. Waarschijnlijk had hij tijd nodig om tot een besluit te komen: mijn uitleg voor waarheid aanvaarden of niet? Dat was in feite de vraag waar alles om draaide. Als hij mijn verhaal over Pontius Marullus als leugen afwees, hoefde hij niets aan zijn leven te veranderen. Dan bleef alles bij het oude. Dan kon hij rustig als worstelaar in de groep van Sanoesert blijven en zijn gladiatorendroom koesteren op de slijkoever van de Nijl. Alles wees erop dat hij best tevreden was met dat soort leven, hoe eenzaam het ook was. Eenzaamheid was geen probleem voor deze eenkennige man. Af en toe wat spektakel verkopen op een marktplein, genieten van het applaus en de rest van de tijd in een afgelegen Nijldorp doorbrengen. Mijn verhaal aanvaarden had serieuze consequenties. Een nieuw leven beginnen. Breken met de vriendengroep van Sanoesert. Afscheid nemen van de twee dwergen. Alexandrië verlaten. En vooral op een totaal andere manier gaan denken, in een totaal andere wereld functioneren. Kon hij dat aan? Wilde hij dat? Wat betekenden de enkele honderdduizenden sestertiën van Marullus, die van hem een rijk man maakten? Voor het eerst in zijn leven zou hij over eigen financiële middelen beschikken. Had hij daar wel behoefte aan? Zoals hij nu leefde, speelde geld nauwelijks een rol. Volgens de dwergen was Sanoesert een gierige vrek die zijn artiesten net niet liet verhongeren. Zebidas leefde uit zijn hand. Maar hij zou niet eeuwig jong en sterk blijven. Ooit kwam de dag dat zijn spektakelwaarde zou dalen en Sanoesert hem niet meer als worstelaar zou

kunnen gebruiken. Wat dan? Had Zebidas over zijn toekomst nagedacht?

Intussen was de zon dicht bij de horizon gekomen, al konden we
dat niet zien. Ergens huilde een hond. Een kever probeerde een mest-
bol die groter was dan hijzelf over mijn sandaal te duwen. Petisis haalde een olielamp. Aan de andere kant van het dorpsplein flakkerden
vuurtjes. Vrouwen waren druk doende met koken. De zwoele woes-
tijnwind voerde etensgeuren tot bij ons. Wat zou Maria Corinna van
een avond als deze genoten hebben! Wat deed ze op dit ogenblik in
het verre Sagalassos? Ik verdreef de gedachte aan de kleine Galilese
zo kordaat mogelijk. Morgen keerde ik naar Alexandrië terug. Nog
een handvol dagen, dan zou ik weten of ze – nee, ik wilde niet verder
denken dan deze avond.

De dwergen stelden me honderduit vragen over Rome. Ze wilden
uit Alexandrië weg, maar wisten niet hoe ze dat aan boord moesten
leggen. Ze vroegen zich af of ze in Rome een kans maakten als straat-
attractie. Ik dacht van wel en zei hun dat. Dwergen waren er in trek.
Op slavenmarkten haalden ze hoge prijzen. De rijkelui in de Palatijnse
paleizen namen graag dwergen in dienst. Ze werden ingezet als huispersoneel. Ze vrolijkten als attractie feestmalen op. Ze dienden als
grappig gezelschap voor vrouwen die zich rot verveelden.

'Rome is de Grote Hoer,' zuchtte Patoera. 'Soms heb ik wulpse dromen van haar.'

Hij spreidde zijn armen en liet zijn ogen in verrukking rollen.
Zebidas, die de hele tijd met een ernstig gezicht voor zich uit had zitten staren, wilde de kroes met bier aan zijn lippen zetten, maar hield
zich ineens in. De naam Rome deed hem opkijken. Er lag een vraag
op zijn lippen, maar hij sprak ze niet uit.

'Zijn jullie met een contract aan Sanoesert gebonden?' vroeg ik.

'Hij wil niet met contracten werken,' antwoordde Patoera. 'De dag
dat je niet meer voldoet, schopt hij je uit de groep.'

'Al eens gezien in wat voor een villa hij woont?' vroeg Petisis. 'Die
man verdient fortuinen. Wij hebben hem stinkend rijk helpen maken,
en zelf zijn we zo arm als een luis op een kaalkop.'

'Wij zijn niet zijn enige bron van inkomsten,' voegde Patoera daar aan toe. 'Hij heeft een groep slaven in eigendom. Die maken sieraden in goud, zilver, turkoois, lapis lazuli, bergkristal. Ze kopiëren ook juwelen uit geplunderde graven van farao's. Hij stuurt die sieraden met de graanschepen mee naar Rome. Daar worden ze voor veel geld als Egyptische antiquiteiten verkocht.'

'Rome. Rome.'

De stem van Zebidas klonk zo onverwacht dat we alledrie ons hoofd naar hem draaiden. Een beetje geschrokken door zoveel aandacht krabde hij in zijn haar. Hij grijnsde onwennig, schudde zijn hoofd en zweeg.

'Rome zie ik wel zitten,' zei Patoera. 'Het mag ook Athene zijn, of Ephese. Er zijn zoveel prachtige steden in het rijk. Met ons drieën zullen we als straatartiesten niet verhongeren. Wat jij, Griek? Doe je mee?'

We keken vragend naar Zebidas. Hij richtte zijn aandacht op zijn rieten sandalen en zweeg. Patoera ging naast hem zitten en gaf hem een vriendelijke por tegen zijn schouder.

'Komaan, Griek, doe mee,' drong hij aan. 'We verzinnen een paar nieuwe acts. Al het geld dat we ophalen, is voor ons. We verdelen het eerlijk onder ons drieën.'

'Weet niet,' mompelde Zebidas, nog altijd naar zijn sandalen kijkend. 'Rome. Rome.'

'Slaap er een nachtje over,' raadde ik hem aan. 'Ik heb een voorstel. Mijn opdracht zit erop. Ik ga in Alexandrië op zoek naar een schip voor Klein-Azië. In Sagalassos haal ik Maria Corinna, mijn vriendin, op en dan keer ik naar Rome terug. Als jullie met ons mee willen, laat het me dan morgen weten.'

Het uitspreken van de naam Maria Corinna deed een vlammende pijn door mijn lijf trekken. Een oude wonde die ineens weer openging. Ik had geprobeerd om tijdens deze Egyptereis zo weinig mogelijk aan haar te denken. Een kwestie van zelfbescherming. Grotendeels was ik daarin geslaagd, maar deze laatste avond bij de dwergen dreven mijn gedachten altijd weer naar Sagalassos.

Ik kon niet in slaap raken. Ik lag op de rieten mat te woelen, geplaagd door herinneringen en heimwee. Met angst en onzekerheid zag ik de confrontatie met Maria Corinna tegemoet. Nog meer vreesde ik de confrontatie met de jongere, knappere, vlottere, meer welbespraakte, niet onbemiddelde en – ik moest het toegegeven – eigenlijk best sympathieke dokter Antaios. Ik wist heel goed waar het probleem lag: bij Homeros Grafikos. Omdat hij lichamelijke trouw, heel on-Romeins, als een *conditio sine qua non* voor 'de ware liefde' beschouwde. Omdat hij de gedachte dat zijn liefje in de armen lag van een man die jonger, knapper, vlotter en wat al niet meer was, ondraaglijk vond.

Het troostte me dat ook de dwergen niet sliepen. Ik hoorde ze in een andere hoek van de hut lange tijd druk tegen elkaar fluisteren. Zebidas sliep wel. Zijn rustige ademhaling deed me denken aan golfjes die op een strand uitrollen.

Uiteindelijk was de slaap zo vriendelijk om zich ook over mij te ontfermen.

*

De volgende morgen was Zebidas spoorloos. Hij had de hut bij het krieken van de dag in alle stilte verlaten. Ik vond het vreemd. De dwergen niet, ze waren zijn zonderlinge gewoontes gewend.

'Het gebeurt wel vaker dat hij 's morgens heel vroeg gladiatortje gaat spelen,' zei Patoera. 'Zijn amfitheatertje in de Vette Gronden is de plek waar hij volmaakt gelukkig kan zijn.'

'Zijn wat?' vroeg ik.

'Zebidas boetseert lemen figuurtjes van gladiatoren. Die laat hij in zijn amfitheatertje op leven en dood tegen elkaar vechten. De verliezers gooit hij in de Nijl. Soms geeft hij voorstellingen voor de kinderen van het dorp. Alleen voor de kinderen.'

Hij schoot in de lach.

'Ons rekent hij ook bij de kinderen!'

'Tijdens die voorstellingen wordt hij een heel ander mens,' zei Petisis. 'Dan reageert hij spontaan als een kind. Als een favoriete gladiator de overwinning behaalt, danst en juicht hij als een zesjarige.'

De dwergen hadden mijn voorstel van de vorige avond besproken. Ze deelden me hun besluit mee: ze zouden tot in Perge meevaren. Tijdens de winter en het voorjaar zouden ze hun geluk beproeven in de steden langs de westkust van Klein-Azië. Later konden ze dan naar Rome oversteken. We vroegen ons af welke van de twee mogelijkheden Zebidas gekozen had: bij Sanoesert blijven of het geld van Marullus ophalen bij de bankier.

We liepen met z'n drieën naar de Vette Gronden. Daar was geen Zebidas te bekennen. Vreemd. De tweeling begreep er niets van. Ik had nu meer tijd dan de vorige keer om de speeltuin van Zebidas te bekijken. Uit rivierklei geboetseerde gladiatoren stonden keurig in rijen tegen een afsluiting van rietstengels. De beelden waren zo knap gedetailleerd, dat je de vechters duidelijk kon herkennen. De *retiarius*, naakt op een lendendoek na, met zijn net en drietand. De *murmillo* met zijn langwerpige schild en zijn steekzwaard. De *equites* in hun kleurige tunica's, wachtend naast hun paarden – die veel van muilezels weg hadden. Het amfitheater had Zebidas knap in elkaar geknutseld met stukjes hout, riet, papyrusstengels en touwen. Die spierbundel kon meer dan alleen vechten!

'Gisteren had ik de indruk dat hij met jullie mee naar Rome wilde,' zei ik.

'Zich verstoppen is zijn manier om nee te zeggen,' legde Petisis uit. 'Hij kan niet weigeren. Liever weglopen dan ons te ontgoochelen.'

En dus stonden we enige tijd later met ons drieën in het rozenvingerige morgenlicht te wachten op een boot die ons van de Geul naar Abynoeris zou brengen. Even later konden we mee met enkele vissers. Ze passeerden met twee houten schuiten en vier ranke, wendbare papyrusboten die de vissen naar het grote, rechthoekige sleepnet moesten drijven. Omdat de vissers de dwergen kenden, hoefden we niet te betalen.

In de haven van Alexandrië trakteerde ik de tweeling op een kroes Griekse wijn. Daarna trok ik op zoek naar een schip dat op Perge voer. Honderden slaven droegen zakken graan van de opslagplaatsen naar de schepen. Met een glimlach bedacht ik dat ik een handvol jaren geleden zelf over een loopbrug van een dergelijk schip had gelopen, op een glibberige plek was uitgegleden en enkel dankzij het snelle ingrijpen van Semenka aan de verdrinkingsdood was ontsnapt. Sindsdien hadden Semenka en ik daar met geen woord meer over gerept. Ik schudde de herinneringen van me af. Semenka... Hoe zou hij zich uit de slag trekken nu ons kleine redactiebureau helemaal op hem draaide? Semenka die een geanimeerd gesprek met een klant voerde – de gedachte was zo bizar dat ze me een binnenpretje bezorgde.

Ik deed navraag in de kroegen. De eerste twee schippers die ik aansprak, kozen voor wat ze de noordelijke route noemden. Dat was de rechtstreekse overtocht, ook de meest bevaren, via Kreta en Italië. De derde zei dat hij langs de havens van Syrië en dan via Cyprus naar het westen ging. Dat beloofde een eindeloze reis te worden: waarschijnlijk deed het schip elke haven op de vaarroute aan. Ik wilde zo snel mogelijk naar Sagalassos. Nu mijn opdracht er grotendeels opzat, wilde ik Maria Corinna zien en dan naar huis – alleen of met mijn kleine jodin.

Mijn vierde poging was raak. Het schip heette de Dioskuren of de Tweeling. De schipper keek geërgerd toen ik het spontaan uitschaterde. Toen ik hem vertelde dat mijn twee maten niet alleen dwergen waren maar ook tweelingen, zag hij het grappige van de situatie in en lachte hij mee. We konden mee tot Cyprus, zei hij. Van daaruit was het een koud kunstje om over te steken naar Perge. Zijn prijs viel mee. Ik kreeg, na wat aandringen, nog een kleine korting omdat ik voor drie personen ineens boekte. Ik betaalde hem meteen. Morgen, bij het opkomen van de zon, zouden we het anker lichten.

'Niet aanwezig, schip weg en geld kwijt,' waarschuwde de schipper.

Ik huurde voor ons drieën een kamer in een havenkroeg. Tot mijn verbazing voelden de dwergen zich niet op hun gemak in de stad. Ze waren eraan gewend om met hun groep voor een rumoerig straatpubliek op te treden. Nu ze er alleen voorstonden, voelden ze zich onzeker. Gelukkig waren ze leergierig. Ze brandden van verlangen om de wereld te ontdekken. En ze raakten hun zin voor humor niet kwijt. Ik zou snel ondervinden dat ze ideale reisgezellen waren.

De volgende morgen stonden we op de kade nog voor de zon de hemel in het oosten deed blozen. Patoera en Petisis hadden elk wat schamele bezittingen in een linnen zak gestopt. Al wat te zwaar was om te dragen, zoals potten en pannen, olie voor de lampjes en allerlei huisgerei, hadden ze in de hut achtergelaten voor Zebidas. Omdat Sanoesert ze een hongerloon betaalde, hadden ze niet veel kunnen sparen. Begrijpelijk dat ze hem zonder veel heimwee in de steek lieten en een eigen carrière wilden starten.

Ze verstonden de kunst om niet te lang bij het verleden stil te staan, en om niet te ver vooruit te kijken in de toekomst. Ze vonden alleen de dag van vandaag belangrijk. Onderweg naar Perge zouden ze een paar grappige nummers verzinnen, zei Patoera, en daarmee voldoende geld verdienen om niet te verhongeren. Later, als ze zo rijk waren als Sanoesert en zo beroemd als Vergilius, zouden ze naar Alexandrië terugkeren. Ze zouden er een groep straatartiesten samenstellen die de groep van Sanoesert van de straat zou spelen! Daarbij gierden ze van het lachen, deden een koprol of gooiden hun lichamen ondersteboven en maakten rondjes op hun handen.

De Dioskuren kon de vergelijking met de reusachtige graanschepen niet doorstaan. Met zijn hooguit dertig meter lengte hoorde het schip tot de middenklasse. De voor- en achtersteven krulden sierlijk. Beelden van de tweelingen versierden de boeg. Het schip voerde één rechthoekig razeil en had twee stuurriemen met lange helmstokken die door één stuurman bediend konden worden. Omdat alle beschikbare ruimte volgestouwd was, lag het diep in het water. De schipper had niet meer dan een dertigtal passagiers aan boord genomen, afkomstig uit zowat alle delen van de wereld: Ethiopiërs, Mauritaniërs, Syriërs, Indiërs, Grieken, Macedoniërs, joden. Ze hoorden tot alle mogelijke standen en beroepsklassen. Slaven, reizigers, soldaten, handelaars, een prediker, twee gevangenen die met een militair escorte naar Pergamum onderweg waren, een smid die zijn hele hebben en houden meezeulde – een complete ijzerwinkel, inclusief hamers en aambeeld, een reeks metalen amuletten en armbanden, baren brons en ijzer, zelfs een serie gewichten die in een cederhouten kistje pasten.

En, niet te vergeten, twee dwergen die met leergierige ogen rond-keken, maar voorlopig geen stap van elkaars zijde weken. Ze waren in het gezelschap van een vertaler-speurder uit Rome die, als je goed keek, af en toe zorgelijk zijn voorhoofd fronste alsof sombere gedachten hem overvielen, maar die meestal met hen zat te kletsen en te lachen, of 's avonds, als de westelijke hemel door de ondergaande zon in gloed werd gezet, aandachtig zat te luisteren naar –

Maar nu loop ik op mijn verhaal vooruit. We zijn nog niet eens uit Alexandrië vertrokken.

We vonden een goede plek op het achterdek en installeerden ons tegen de houten wand van een kajuit. Die paar vierkante meter zouden tijdens de overtocht onze leefruimte vormen. Intussen droegen slaven nog altijd goederen aan boord. Omdat het ruim nokvol zat, werden die op het dek gestapeld en met zeildoek afgedekt. Kisten met kostbaar linnen. Glazen flesjes met in Alexandrië gemaakte parfums. Een voorraad zout afkomstig van de Dode Zee. Enige tonnetjes met gedroogde nijlvis – misschien gingen die wel naar Sagalassos; ik wist dat de rijke families nijlvis als een lekkernij beschouwden.

Dat het handvol passagiers zijn al krappe bewegingsruimte op het dek daarmee nog meer ingeperkt zag, viel niet in goede aarde. Sommigen morden, anderen waren woedend. Bij monde van de joden protesteerden de passagiers scherp bij de schipper, een zwijgzame Egyptenaar met een door zon en zeelucht getaande huid. Hij wuifde de protesten koeltjes weg.

'Zo? Niet akkoord? Daar is de loopplank,' wees hij. 'Wie vertrekt, krijgt tachtig procent van de reissom terugbetaald.'

Na nog wat gemopper en een scheldpartij bleef iedereen aan boord.

De schipper goot, bij wijze van offer aan de goden van de zee, een kruik wijn in het water leeg. Net op dat ogenblik kwam de zon achter de vuurtoren te voorschijn. Ze begon de koelte van de nacht te verdrijven. De schipper schreeuwde naar de bootsjongens dat ze de loopplank binnenboord moesten halen. Patoera was zo opgewonden dat hij een handstand maakte.

Precies op het moment dat de bootsjongens de plank vastgrepen, begon een man op de kade te molenwieken en iets onverstaanbaars naar het schip te schreeuwen. Hij was vanachter een metershoge stapel zakken met linzen vandaan gekomen. Nu spurtte hij met reusachtige passen naar de Dioskuren. De bootsjongens keken vragend naar de schipper.

'Even wachten,' zei die. 'Nog een klant.'

De man perste er, ondanks zijn zware gestalte, een formidabele spurt uit. Hij stormde over de loopplank, sprong over de opgestapelde koopwaar het dek op en kwam met een brede grijns naar ons toe.

'Rome,' hijgde hij triomfantelijk. 'Rome!'

*

De reis naar Cyprus duurde net geen twee weken. Ze verliep probleemloos – of toch bijna. De dwergen kregen gelijktijdig een aanval van diarree. Ze hingen twee dagen met hun achterwerk over de reling.

De schipper kende zijn stiel. We voeren een koers oostelijk van Cyprus. Dankzij de scheepvaartlessen die ik ooit van Diores gekregen had, wist ik waarom hij die route nam. Ze was weliswaar een stuk langer, maar omdat we geregeld vrij sterke westenwinden tegen hadden en omdat de stroming in dat deel van de zee naar het zuidoosten loopt, bood de noordelijke route ten oosten van het eiland Cyprus het voordeel dat het schip niet voortdurend moest kruisen. Met een groot razeil hoog aan de mast kon dat kruisen weleens voor problemen zorgen. We maakten wel niet veel snelheid, maar het schip dreef niet af op de wind en het bleek in deze omstandigheden perfect bestuurbaar.

Omdat dit niet mijn eerste overtocht was, wist ik ongeveer wat me te wachten stond. Ik bereidde me innerlijk voor op de onaangename kanten van een lange zeereis: een rimpelloze zee, dagenlang windstilte, zodat het zeil slap tegen de mast hangt, een zon die genadeloos brandt aan een wolkeloze hemel, de verveling die de passagiers prikkelbaar maakt, zeeziekte, dorst.

Al bij al viel het deze keer best mee. De wind spande het zeil. Geregeld zorgden wolken voor verkoeling. De verveling bleef uit, zodat er geen vechtpartijen uitbraken. Dat laatste was, denk ik, voor een groot deel te danken aan de dwergen. Ze ontpopten zich tot onverbeterlijke grappenmakers. Ze wonnen snel de sympathie van passagiers en bemanning. Geregeld voerden ze een van hun oude spiegelnummers op, zij het dat Zebidas weigerde mee te spelen. Ze maakten ook van de gelegenheid gebruik om nieuwe nummers uit te testen.

Bij de passagiers was er een koopman die de vier windstreken uitvoerig bereisd had en daar boeiend over kon vertellen. Ik moest vaak terugdenken aan de spannende en grappige verhalen van Diores die, lang geleden, onze reis van Rome naar Perge opgefleurd hadden.

Diores!

Hoe zou de huidenkoopman het stellen? Jammer dat we in de villa van Tatias geen tijd voor een gesprek hadden gehad. Diores was er toen in allerijl vandoor gegaan. Ik had hem graag bij een wijntje horen vertellen over het kustdorp waar hij na de schipbreuk enige tijd verbleven had om op krachten te komen. In mijn herinnering leek het of die schipbreuk een eeuwigheid geleden plaats had gevonden.

We naderden Cyprus. Mijn gedachten zwierven almaar vaker naar Sagalassos en, ook al trachtte ik dat te vermijden, naar Maria Corinna. Ik probeerde te wennen aan de gedachte dat ik zonder mijn kleine jodin naar Rome zou moeten terugkeren. Dat was nu eenmaal het risico dat je liep, zei de stoïcijn in me, als je een knappe, jonge, hoogst aantrekkelijke echtgenote had, met een lijf en ogen en een mond die elke man op geile gedachten brachten. Ergens zou Seneca daar wel iets over geschreven hebben. Dat je een kat het best niet bij de melk zet, of iets dergelijks. Waar had die schampere stoïcijn zijn mening niet over neergeschreven? Ik kon me geen troostende gedachte van Seneca herinneren, al was ik eraan toe.

Maar – en nu kom ik ter zake – hoezeer ik de verhalen van Diores ook miste, en hoe interessant de vertellingen van de bereisde koopman ook waren, tussen Alexandrië en Cyprus luisterde ik, bijna avond na avond, naar een ander verhaal. Het werd me verteld terwijl we met een gezapige snelheid van naar schatting twee en een halve knoop per uur naar het noorden zeilden, op het achterdek van de Dioskuren.

De man die het me vertelde, beschikte niet over de verbale gaven van Diores, verre van. Het was dan ook geen gestroomlijnd verhaal dat geleidelijk naar een verrassende pointe toe groeide. Integendeel. Ik kreeg het opgelepeld in soms verwarde brokstukken die nauwelijks aan elkaar hingen. Ik moest de fragmenten achteraf zelf tot een logisch geheel aan elkaar lijmen. De chronologie rammelde als een ezelskar op een rotspad. Nogal wat ontbrekende passages moest ik er zelf bij fantaseren. Wat het verhaal nog warriger maakte, was de hebbelijkheid van de verteller om een begonnen zin halverwege af te breken en een nieuwe volzin te beginnen, die hij ook onvoltooid liet. Hij praatte langzaam, aarzelend, de woorden aftastend alsof hij ze niet helemaal vertrouwde. Soms brak hij zijn verhaal af, alsof hij zelf niet meer wist hoe het verder ging. Dan zweeg hij en keek hij gefascineerd naar het avondrood. Pas de volgende avond, als de zon laag stond en er een rode gloed boven de horizon hing, ging hij verder, precies op de plek waar hij de vorige avond gestopt was.

Het waren vooral de zonsondergangen die hem spraakzaam maakten. Toch gebeurde het ook dat er een hele avond lang geen woord over zijn lippen kwam. Dan zat hij afwezig voor zich uit te staren, een dromerige blik in zijn blauwe ogen. Noch het honingkleurige avondlicht, noch een spectaculair wolkenspel konden zijn tong dan in beweging brengen.

Toen we Cyprus bereikten en de Dioskuren de haven binnenvoer, had ik de belangrijkste brokstukken van zijn verhaal gehoord.

Ik kon me een vrij accuraat beeld vormen van het leven dat Zebidas geleid had.

*

Aan zijn eerste levensjaren had hij geen enkele herinnering bewaard. Wat hij ervan wist, had hij van horen zeggen. Hij was een stille jongen geweest. Het liefst zat hij in een hoek van de kamer met stukjes hout of touw te spelen. Hij was zo onopvallend dat de volwassenen meestal vergaten dat hij zich in de kamer bevond.

Hij had er een specialiteit van gemaakt om gesprekken af te luisteren. Zo had hij gehoord dat Florentina kort na de geboorte van Aurelia gestorven was en dat Tatias het meisje als pleegdochter in haar huis opgenomen had. Ze woonden toen in Antiochië.

De echtgenoot van Florentina was een ploegbaas in de marmergroeven van Sagalassos geweest. Enkele weken na de geboorte van Aurelia was hij onder een kantelende kar met bouwelementen terechtgekomen.

In het gezin van Atilius Lamprias werd alleen fluisterend en in bedekte termen over Florentina gepraat. Na verloop van tijd werd haar naam zelfs niet meer genoemd. Het was alsof ze nooit bestaan had.

Toen Zebidas zes jaar was, verhuisde het gezin van Antiochië naar Sagalassos. Zebidas werd almaar eenzelviger, koppiger, zwijgzamer ook. Met de Griekse huisleraar schoot hij niet op. Zijn moeder maakte zich zorgen over zijn gesloten karakter. Ze vroeg zich af waarom hij altijd alleen was, geen vriendjes of speelkameraden had. Hij was uitzonderlijk groot voor zijn leeftijd en raakte voortdurend in vechtpartijen betrokken. Tatias beschermde hem zoveel mogelijk. Niet alleen tegen de kinderen die hem pestten, ook tegen zijn vader. Atilius begon zich almaar vaker te ergeren aan de ontoegankelijkheid van Zebidas, en aan zijn slechte leerresultaten. Met de jaren groeide de kloof tussen vader en zoon. Niet dat ze kletterende ruzies hadden, integendeel, ze leefden naast elkaar in ijzige onverschilligheid. Enige voorzichtige toenaderingspogingen van Atilius, hem door Tatias ingefluisterd, zo niet opgedrongen, werkten averechts. Atilius botste eerst op een muur van stilzwijgen, later van hautaine onverschilligheid. Bedreigingen hielpen niet, straffen evenmin. Met zwijgzame trots die nauwelijks van koppigheid te onderscheiden was, onderging Zebidas de preken van zijn moeder en de straffen van zijn vader. Op de duur legde Atilius er zich bij neer dat hij nooit de vlotte, graag geziene, verstandige zoon zou hebben van wie hij gedroomd had. De zoon die zijn politieke carrière verder zou zetten. De troonopvolger die zou verwerven wat hem niet gegund was: het Romeinse burgerrecht.

Op zijn twaalfde had Zebidas het lichaam van een vijftienjarige. Leeftijdgenoten lachten hem uit om zijn enorme handen en voeten. Ze begonnen hem Olifantje te noemen. Het was de druppel die de emmer deed overlopen. Zebidas ging drie plaagstokken tegelijk te lijf en sloeg ze alledrie bont en blauw. Ingrijpen van passerende volwassenen voorkwam erger. De drie pestkoppen behandelden hem voortaan met eerbiedige achterdocht. De volgende die hem Olifantje noemde, liep naar huis met een bloedneus en twee blauwe ogen. De plagerijen hielden op. Andere jongeren meden hem. Hij hoorde nergens meer bij.

De enige groep waar hij zich goed bij voelde, was een bende jongemannen die alleen in zijn fantasie bestond. Ze volgden in Rome een opleiding tot gladiator. In zijn dagdromen was hij de beste tijdens de oefenkampen, stak hij met kop en schouders boven de anderen uit. Toen Rome een groot spektakel organiseerde, koos de keizer hem uit om het laatste, beslissende gevecht te leveren. Hij won, kreeg een lauwerkrans en een handvol gouden muntstukken met de beeltenis van de keizer erop. Het duizendkoppige publiek juichte hem toe.

Van Aurelia herinnerde Zebidas zich vooral dat ze dikwijls ziek was. Tatias strooide het bericht rond dat haar dochter door een giftige vleermuis gebeten was en daarom door kwade dromen geplaagd werd. Om te genezen, moest het meisje lange wandelingen in de bergen maken. Aurelia was een knokig, schuw kind, dat als een stille schaduw door het huis gleed en zelden met Zebidas praatte. Het liefst maakte ze lange zwerftochten over de hellingen van het Taurusgebergte.

Op een dag vernam Tatias dat haar zoon voor de zoveelste keer de lessen bij de grammaticus gemist had. Ze gaf hem een uitbrander. Was het misschien zijn bedoeling, vroeg ze boos, om zijn vader en de hele familie tot schande te zijn? Toen sprak Zebidas voor het eerst vrijuit over zijn grote droom. Hij wilde geen geleerde, maar gladiator worden. Tatias luisterde zonder hem te onderbreken. Toen Zebidas zweeg, zag ze zo wit als een stuk gebleekt linnen. Ze begon onbedaarlijk te huilen en vluchtte in paniek de kamer uit.

's Avonds kwam Atilius naar zijn kamer. Zonder iets te zeggen, ging hij pal voor Zebidas staan. Ze stonden een hele tijd zwijgend tegenover elkaar, zo dicht dat ze elkaars adem voelden. Het leek wel een eeuwigheid te duren. Toen plantte Atilius langzaam zijn wijsvinger op het borstbeen van Zebidas. Zijn stem werd door woede en pijn verstikt.

'Gladiator? Nooit. Dan vermoord ik je nog liever.'

Hij draaide zich met een ruk om en beende de kamer uit. Van die dag af was het woord 'gladiator' taboe in de chique villa met de besnorde Galliër in de voortuin. Tussen vader en zoon heerste voortaan een nog ijziger stilte.

Zebidas werd vijftien.

Op een dag stond Sagalassos in rep en roer. Een bonte groep acrobaten, dansers en potsenmakers was in twee huifkarren gearriveerd. Het was de groep van de Egyptenaar Sanoesert. Ze zouden 's avonds bij fakkellicht een voorstelling geven.

Zebidas was niet naar de voorstelling gaan kijken. Niet uit gebrek aan interesse, zeker niet. Toevallig had hij een gesprek opgevangen waarin de naam Doulos gevallen was. Zebidas had zich snel in een donkere nis teruggetrokken. Hij vond er nog altijd plezier in om conversaties af te luisteren. Doulos was zijn neef. Sinds Atilius aanvaard had dat zijn zoon niet in zijn voetsporen zou treden, beschouwde hij Doulos als zijn politieke opvolger. Jaarlijks reisde een afgezant van Sagalassos naar Rome met een decreet van huldebetoon aan de keizer. In feite was het een snoepreisje op kosten van de stad. Meer nog, de afgezant ontving tienduizend sestertiën uit de stadskas. Dit jaar had Atilius ervoor gezorgd dat de stadsraad Doulos daarvoor aanwees. Zelf was hij al enkele keren met het huldedecreet naar Rome gereisd in de hoop dat de keizerlijke administratie hem, als bekroning van zijn politieke carrière, het Romeinse burgerrecht zou verlenen. De entourage van de keizer had echter geen aandacht aan hem geschonken. In zijn verbittering had hij een politieke bocht genomen. Zijn liefde voor Rome, keizer en keizerlijk bestuursapparaat was in haat omgeslagen.

Zebidas vernam uit het afgeluisterde gesprek dat Doulos tijdens het optreden van de Egyptische groep met een smoesje naar het theater gelokt zou worden.

'En daar pakken we 'm.'

Hij stond in tweestrijd. Zou hij Atilius ervan op de hoogte brengen dat Doulos gevaar liep? Met de kans dat zijn vader hem niet geloofde? Waarom zou hij dit varkentje niet zelf wassen? Dit was een unieke kans om bij zijn vader in een goed blaadje te komen. Zo kon hij bewijzen dat hij tot meer in staat was dan dromen over een carrière als gladiator. Stel dat hij op zijn eentje een aanslag op Doulos verhinderde. Zou zijn vader dan niet bijdraaien en hem een gladiatorenopleiding laten volgen?

Die avond koos Zebidas een schuilplaats in de stenen onderbouw van het theater. Hij kon het laatste stuk van de weg zien die van de bovenste agora naar het theater omhoogklom. Het was halvemaan; ze stond groot en laag boven de horizon. De omgeving baadde in een blauwig licht. De melkweg legde een zilveren band tussen de sterren. Af en toe golfde applaus en geroep van de bovenste agora tot bij het theater.

De eerste die naar boven kwam, was Doulos. Hij ging met zijn rug tegen een zuilvoet zitten waar een beeld van Dionysos op stond. Hij neuriede zacht voor zich uit, zich duidelijk van geen gevaar bewust. Zebidas wachtte af. Even later naderden twee mannen over de zandweg. Zebidas drukte zich tegen de muur. Hij spande zijn spieren. Bang was hij niet. Hij wist dat hij beresterk was. Twee tegen twee, dat moest kunnen.

En toen gebeurde alles overrompelend snel.

De twee mannen liepen op Doulos toe. Had die gezien dat ze zwarte maskers voor hun gezicht droegen? Hij sprong in ieder geval overeind en wilde vluchten. De gemaskerden stortten zich op hem. Er volgde een kort gevecht. Zebidas duwde zich af en sprong uit zijn schuilplaats te voorschijn. Hij sloeg zijn arm rond de keel van de gemaskerde die het dichtst bij hem stond. Enige korte rukken. Een zacht gekraak. Ineens hing de gemaskerde slap in zijn armen. Zebidas liet het lichaam vallen en stormde op de tweede aanvaller af. Die bedreigde Doulos met een mes. Doulos had de pols van de andere kunnen grijpen en slaagde er zo in het mes van zich af te houden. Zebidas bukte zich om een rotsklomp van de grond op te pakken. Op dat ogenblik lukte het de aanvaller om zijn pols uit Doulos' greep los te wringen. Twee, drie keer stootte hij snel toe. Doulos kromp in elkaar, zakte op de grond. De gemaskerde vluchtte het zacht hellende pad af, in de richting van de woonwijken ten oosten van het theater.

Zebidas wist niet wat hem overkwam. Hij boog zich over Doulos heen. Er vloeide een straaltje bloed uit de mondhoek van zijn neef. Zijn ogen stonden glazig. Hij was overleden. Zebidas liep naar het lichaam van de gemaskerde. Ook die was dood. Met een hart dat luid in zijn borst bonkte, rende hij naar huis. Hij wachtte op zijn kamer tot zijn vader thuiskwam van de voorstelling en vertelde hem precies wat er bij het theater gebeurd was. Atilius liet de huisslaven een aantal familieleden alarmeren. Bij het licht van fakkels trok een kleine optocht op zoek naar de twee doden.

Bij de Dionysoszuil lag het lijk van een gemaskerde man. Zijn nek was gebroken. Het lichaam van Doulos was verdwenen. Zebidas kon zijn ogen niet geloven. Zijn hoofd zat vol geluiden, alsof er honderd cimbalen in rinkelden. Hij kon niet meer denken. Een lijk kon toch niet weglopen? Had hij alles dan gedroomd? Had hij de moord op Doulos verzonnen? Op de verbaasde en daarna lichtelijk geïrriteerde vragen van zijn vader antwoordde hij niet. Hij haalde alleen moedeloos zijn schouders op. Hij zag het ongeloof op het gezicht van Atilius toenemen. Ook de achterdocht. Hij besefte dat zijn vader hem niet geloofde. Dat sneed als een mes in zijn hart.

'Ga nu maar slapen,' zei Atilius, en zijn stem klonk als metaal op metaal. 'Morgen praten we verder.'

Die nacht deed Zebidas geen oog dicht. In het prille morgenlicht dat van over de bergen de stad instroomde, zag hij een man over het rotspad naar hun huis klimmen.

De stadsprefect!

Paniek deed zijn hart samenkrimpen. Dat kon alleen betekenen dat zijn vader hem van de moord verdacht en de stadsprefect op de hoogte had gebracht. Die zou hem aanhouden, hem een moordenaar noemen, hem in de gevangenis gooien. Hij kende de gevangenis: een vochtige grot aan de rand van de stad. Het krioelde er van de ratten en van allerlei ander ongedierte. Als zijn vader hem niet geloofde, dan zou de stadsprefect dat zeker niet doen.

Zebidas besloot te vluchten. Hij glipte weg langs de tuin en liep naar de begraafplaatsen in de bergflank ten noorden van de stad. Daar klom hij hoger het gebergte in. Hij kende daar enige grotten. In een ervan hield hij zich overdag schuil. 's Nachts keerde hij naar de stad terug en drong de ouderlijke villa binnen. Hij verzamelde al het geld dat hij kon vinden en scharrelde in de keuken wat voedsel bij elkaar. Zou hij afscheid nemen van Tatias en Aurelia? Hij besloot het niet te doen. Het hoofdstuk Sagalassos was voor hem definitief afgesloten.

De volgende morgen zakte hij naar de kust af. In Perge werkte hij eerst enige tijd in de haven. Daar maakte hij voor het eerst in zijn leven een optreden van een groep gladiatoren mee. Hij genoot van de eerste tot de laatste minuut. Hij beeldde zich in dat hij een gevecht leverde in de arena. Na een geweldige strijd moest zijn uitgeputte tegenstrever in het zand bijten. Buigend nam Zebidas het gejuich van toeschouwers en keizer in ontvangst.

Hij probeerde enkele keren als verstekeling naar Griekenland of Rome te varen. Vier keer werd hij betrapt nog voor het schip de zeilen had gehesen. De vijfde keer waren ze net de havenmond uit toen hij ontdekt werd. Na een ferme rammeling liet de schipper hem met de sleepboot weer aan land zetten.

Toen de herfst naderde, wachtte de groep van Sanoesert in Perge op een schip. Hun zomertrip langs de kusten van Klein-Azië zat erop. Ze keerden naar hun standplaats in Alexandrië terug. Zebidas sprak Sanoesert aan. Hij zei dat hij wees was en gladiator wilde worden. De Egyptenaar herinnerde zich de dromen die hij als jongen ooit zelf gekoesterd had. Hij nam Zebidas als manusje-van-alles in dienst.

Die winter kreeg Zebidas in Alexandrië een opleiding als worstelaar. Het volgende voorjaar trad hij mee op. Hij veroverde snel een vaste plaats in de groep. Zijn gladiatorendroom borg hij op. Niet de droom, wel de hoop om ooit een beroemd zwaardvechter te worden. Samen met de dwergen bouwde hij een hut in het moerasgehucht Harytouchis. Aan een doodlopend wegeltje knutselde hij met klei, wrakhout, riet, papyrusstengels en touwen een amfitheater in elkaar. Met alles erop en eraan: rijen zitbanken voor het publiek, een ereloge voor de keizer, een met zand bestrooide arena, dokterstenten waar de gewonden verzorgd konden worden. Uit klei boetseerde hij een leger van gladiatoren. Aanvankelijk waren het nog stuntelig gevormde poppetjes, maar geleidelijk verwierf hij behendigheid in het boetseren. Hij slaagde erin om herkenbare zwaardvechters, toeschouwers en wilde dieren te maken. Hij beschilderde ze met kleuren die hij zelf samenstelde uit fijngestampte mineralen, plantensappen en houtskool. Op geregelde tijdstippen organiseerde hij een *munus*. Dan mochten de kinderen van Harytouchis komen kijken. Lemen gladiatoren vochten op leven en dood. De keizer, gehuld in een purperen toga van papyrus, besliste van op de eretribune na elke kamp wie er gewonnen had. Gladiatoren die een slap gevecht geleverd hadden, gooide Zebidas in het water, onder het gejuich van de kinderen.

En toen stond daar ineens een vreemdeling uit Rome bij zijn geheime amfitheater, met de mededeling dat Florentina zijn echte moeder was en dat zijn echte vader een oude, zieke man was, die voor hem een som geld klaar had liggen bij een bankier in Perge. Met het nieuws ook dat Aurelia niet zijn pleegzus, maar zijn bloedeigen zuster was. Ze verschilden geen jaar in leeftijd, zoals Tatias altijd beweerd had, maar ze waren op dezelfde dag geboren, uit dezelfde moeder.

Het was een verscheurende keuze. Alexandrië of Rome? De erfenis van zijn vader of de aalmoezen die Sanoesert hem toestopte? Het vertrouwde leventje als worstelaar of het avontuur van de wijde wereld?

Zijn jeugddroom had op het laatste ogenblik de doorslag gegeven. Hij zou zijn deel van het geld bij de bankier in Perge opnemen, naar

Rome reizen en zich daar inschrijven in een private gladiatoren-school.

En nu was hij hier, op weg naar Rome.

*

Dankzij onverhoopt gunstige landwinden legden we al na zeven dagen in Myra aan, meer bepaald daar waar de rivier Andrakos zich in de zee stort. De haven van Myra heet Andriakè.

Zebidas en ik namen afscheid van onze twee grappige vrienden. Hun verwachtingen waren zo hooggespannen, dat ze nauwelijks konden wachten om naar de westkust te vertrekken. Een schip vinden was geen probleem. Nogal wat schippers die graan van Egypte naar Ostia transporteerden, vooral dan die met kleinere schepen die niet alleen graan vervoerden, maar ook amforen met wijn en olie, baren brons, gedroogde vis en allerhande luxeproducten die de karavanen uit het oosten naar de kust brachten, kozen niet voor de directe route langs de zuidkust van Sicilië. Ze voeren langs Cyprus en de zuidkust van Klein-Azië, vervolgens via Rhodos en de Griekse eilanden naar de Straat van Messina en zo verder naar Ostia.

Zebidas en ik zouden met een buikige kustvaarder naar Perge reizen. Hij lag vertrekkensklaar, maar wachtte nog op een lading ceder-hout en gezouten vis. We hadden nog ruim de tijd om het stadje Myra te bezoeken, dat een klein uur van de kust af ligt. Volgens de kroeg-baas was daar echter niets het bekijken waard, zelfs de vrouwen niet. Dus bleven we met zijn allen in zijn kroeg napraten over de reis. Ik trakteerde mijn vrienden op een laatste beker wijn. De kroeg bevond zich onder de arcaden die het rechthoekige marktplein omzoomden.

De dwergen en reus Zebidas trokken veel aandacht van het haven-volkje. Ik zag Patoera en Petisis op hun stoel draaien. En ja, ze sprongen overeind en gaven een nummertje op de handen lopen ten beste. Meteen vormde zich een kring toeschouwers. Daarop brachten ze een nieuwe versie van hun spiegelact. Halverwege hun optreden stonden er zeker al vijftig mensen te kijken. Ik porde Zebidas even aan. Na een korte aarzeling kwam hij overeind. Met z'n drieën voerden ze, voor de laatste keer, hun Alexandrijnse succesnummer op. Toen de dwergen als wild spartelende kinderen op schouderhoogte aan de armen van Zebidas bengelden, steeg er een daverend applaus uit de lachende menigte op. Pientere Patoera had de tegenwoordigheid van geest om met de muts van een toeschouwer rond te gaan.

Eén kort optreden had vierendertig as en vijf denarii opgebracht. Zowat de helft van een minimumdagloon in Rome. Dat stelde me gerust: waar de vrolijke tweeling ook verzeilde, ze zouden geen honger lijden.

Toen was het echt tijd om afscheid te nemen. We wensten hun goede reis en veel succes. Een stevige handdruk. Zowel Patoera als Petisis trokken me met hun lange, sterke armen naar omlaag en omhelsden me hartelijk. Ik kreeg er een brok van in de keel, zo was ik aan hen gehecht geraakt. Ze wreven allebei een beetje ongemakkelijk een traan uit hun ogen.

Ja, ze zouden het wel redden. Meer nog, ze zouden het in Milete of Ephese of waar ze ook neerstreken een stuk beter naar hun zin hebben dan in de ongezonde moerassen van de Nijldelta, verpest door malaria, muggen en krokodillen.

De cederstammen en de gedroogde vis werden aan boord gebracht. In de late namiddag namen de roeiers hun plaatsen op de roeibanken in. Ze manoeuvreerden de kleine vrachtvoerder behendig de haven van Myra uit. Zodra we in open zee kwamen en de wind de zeilen bol zette, schoten we goed op. Tenminste, tot de avond viel. Met het invallen van de duisternis viel ook de wind weg. De volgende morgen zat hij zelfs pal tegen. Hij blies strak uit het noorden.

Door het vele laveren bereikten we de haven van Perge pas laat op de dag. Omdat er net een van die monsterlijke graanschepen de haven binnen wilde, moesten we een hele tijd buitengaats blijven liggen. Daarna zou het nog een poos duren eer de roeiers het vrachtschip tegen de kade gemanoeuvreerd hadden. Twee matrozen roeiden de passagiers met de bijboot, die aangelijnd achter het schip dobberde, naar de haven.

We zochten onderdak voor de nacht. Het kamertje dat de waard ons toewees, was vier handpalmen groot en zo gehorig dat je de gesprekken in de gelagzaal woordelijk kon volgen. De muren stonden vol gekrabbeld met schunnige teksten. Het rook er naar alles waar een slecht verlucht, zelden schoongemaakt en vaak gebruikt kamertje in een goedkope herberg naar kan stinken. Gelukkig was de prijs laag. Ik trakteerde Zebidas op een afscheidsdrankje in een wat beter ogende herberg in de haven. Ik had hem de naam en het adres van Marullus' bankier bezorgd. Zebidas zei dat hij het geld zo snel mogelijk zou ophalen en dan naar het westen zou varen. Rome bleef zijn grote droom.

'Waarom ga je niet mee naar Sagalassos?' vroeg ik. 'Je zult de stad niet meer herkennen. Er wordt overal gebouwd.'

Hij aarzelde niet, schudde kordaat zijn hoofd.

'Niet de minste behoefte om Atilius te ontmoeten.'

Zijn blik kreeg iets dromerigs. Zijn wimpers trilden. Dan zei hij, alsof het hem moeite kostte of hij er zich voor schaamde: 'Ik had graag dat je de groeten deed aan Tatias. Zeg haar dat ik het goed maak. Ze is altijd aardig voor me geweest. En groet vooral Aurelia. Zeg haar dat ik hoop dat ze gelukkig wordt.'

'En Atilius?'

Zijn gezicht verstrakte, zoals meestal wanneer die naam viel. Ik zag dat hij zijn kaken op elkaar klemde. Langzaam maar beslist schudde hij neen.

De avond daalde over de stad neer. De haven begon tot rust te komen. Er stond een zachte zeebries die de hitte van de dag milderde. Aan het tafeltje naast het onze kwamen twee mannen zitten, onmiskenbaar vader en zoon. Het duurde niet lang of we raakten in gesprek. Het waren kooplui die op een schip voor Cyprus wachtten. Van daar zouden ze verder reizen naar Fenicië, waar ze woonden. Ze keerden terug van een prospectiereis in Klein-Azië. Omdat ze een maangodsdienst uit het oosten aanhingen, hadden ze een bezoek gebracht aan het beroemde maanheiligdom in Antiochië. Ik vroeg of ze langs Sagalassos gepasseerd waren. De vader knikte, een beetje somber. Hij was een graatmager mannetje met sluwe oogjes en een spits tongetje dat voortdurend aan zijn dunne lippen likte.

'Sagalassos? Ja, daar zijn we geweest. Ik had een lading timmerhout gekocht en die hoopte ik er te ruilen tegen beschilderd vaatwerk.'

'Ze maken inderdaad prachtig aardewerk in Sagalassos,' zei ik, met het air van de Grote Kenner. 'En de prijzen zijn zeer concurrentieel.'

Na mijn gesprekken met Marullus en Antaios wist ik toch iéts van het onderwerp af.

'Ik spreek je niet tegen,' zei de vader. 'Tenminste, wat de prijzen betreft. Maar de stad zelf, ho maar. Een hel. Een godswonder dat we heelhuids ontsnapt zijn.'

Ik viel bijna van mijn krukje.

'We hebben het toch over Sagalassos? Noemt u die schitterende stad een hel?'

'Man, hoe noem je anders een stad waar iedereen stapelgek is? Meer dan gek. Zoon, wat is erger dan gek?'

De zoon had de sluwe oogjes van zijn vader. Maar anders dan de ouweheer beschikte hij over gevoel voor relativering.

'Er is enige spanning in de stad,' zei hij. 'Vader is een beetje nerveus omdat we vier keer door soldaten tegengehouden zijn.'

'Zeg maar lastig gevallen,' verbeterde het schrale mannetje. 'Bepoteld. Bedreigd. Drie keer hebben we ons moeten vrijkopen. Zeg dat ik niet overdrijf, zoon.'

'Misschien gebeuren er vreemde dingen in die stad,' gaf de zoon voorzichtig toe. 'Die soldaten van Nero zijn meer struikrovers dan...'

Ik onderbrak hem.

'Zei u Nero? Zitten de soldaten van Nero in Sagalassos?'

'De stad krioelt ervan,' zei de vader. 'Er lopen meer soldaten rond dan gewone stervelingen. Soldaten? Laat me lachen. Crapuul is het! Afpersers! Man, een goede raad: blijf mijlen uit de buurt van Sagalassos! Waar gaat je reis naartoe, als ik vragen mag?'

Mijn reis ging naar Sagalassos. Ik had de moed niet om de waarheid te zeggen. Ik zocht naar de naam van een stad in het binnenland, maar kon er niet meteen opkomen.

De avondhemel schoot me te hulp. Zebidas, die alleen spraakwater in zijn mond had als de zon onderging, grinnikte bijna onhoorbaar.

'Naar Sagalassos,' zei hij.

Het had me een reis van Egypte naar Perge gekost om te ontdekken dat hij zin voor humor had.

*

Ik was bijna een dozijn weken onderweg geweest. Dat de sfeer in een stad op honderd dagen tijd zo kon veranderen dat je ze haast niet meer herkende, verbaasde me. Meer nog, het gaf me een schok. Met elk uur in Sagalassos nam mijn wrevel over de toestand nog toe. De oude Feniciër had niet overdreven. Het was nog erger dan hij het afgeschilderd had. Er hing een mist van onbehagen over de stad. De dagelijkse activiteit in de straten, de vrolijke drukte op de agora's, de stemmen van winkeliers en ambachtslui, het geroep van straatventers die tapijtjes en tweedehandskleren verkochten, de mannen met hun gedresseerde aapjes, hun manden vol slangen of hun dansende beren – het was allemaal verdwenen. Een kille begrafenisstemming was ervoor in de plaats gekomen.

Het lijkt me het beste dat ik de gebeurtenissen chronologisch op een rij zet.

Het begon al toen ik de zuidelijke stadspoort bereikte. Controle! Een ruige kerel met een stoppelbaard en een gezicht als de bast van een oude olijfboom hield me tegen. Voor zijn stoppelbaard kon ik alle begrip opbrengen, ik had er zelf één van een week. Dat hij een dolk aan zijn ceintuur droeg, veel te duidelijk zichtbaar, verontrustte me. Het was zo'n halflang steekwapen dat gladiatoren gebruiken om elkaar de strot door te snijden. Ik meende me te herinneren dat het dragen van wapens in de stad verboden was. Blijkbaar gold dat verbod niet voor deze onbehouwen knoest van een soldaat.

'Wat zoek je hier, makker?' vroeg hij. 'Verloren gelopen?'

Zijn stem klonk als het blaffen van een hond. Hij bedoelde: *draai je om en verdwijn uit mijn ogen.*

Nu had ik niet verwacht dat Maria Corinna me bij de poort zou staan opwachten, haar armen wijd open, op haar knappe snoetje een glimlach die straalde als de Egyptische zon. Toch was deze brutale begroeting een afknapper. Ik herinnerde me maar al te levendig een ander Sagalassos.

De knoest tikte ritmisch met zijn wijsvinger tegen het lemmet van de dolk. De zon flitste op hetzelfde ritme in mijn ogen. Heel irritant. Ik had zin om hem toe te blaffen dat hij verdomme geen zaken had met mijn zaken. Gelukkig zinderden de woorden van de oude Feniciër in mijn oren na. Ik besloot om mijn verbale moed in te tomen. Tegen mijn zin slikte ik een scherpe uitspraak in.

'Wat ik zoek? Vrienden in deze stad,' zei ik. 'Toch geen bezwaar dat ik op vriendenbezoek kom? Ken jij iets mooiers in het leven dan vriendschap – tenzij liefde?'

Die zat. Ik trok mijn mondhoeken zo ver mogelijk naar achteren, zodat mijn breedst beschikbare glimlach te voorschijn kwam. De knoest gromde iets terug. Het was niet duidelijk of hij met mijn uitspraak instemde of ze verwierp. Wist zo'n onbehouwen kinkel wel wat een woord als vriendschap, laat staan liefde, betekende?

'Ik kom net terug uit Egypte,' legde ik uit, in de hoop daarmee indruk te maken. 'Ik ben een eeuwigheid onderweg geweest. Mijn vrienden verwachten me. Eigenlijk staan ze te popelen om me te verwelkomen. Ik heb honger en dorst. Ik heb slaap nodig. Ik bedoel, ik wil mijn vrienden begroeten.'

'Wie zijn dat, die vrienden?'

Begon die steenezel nog vragen te stellen ook. Ik wist niet meteen wat ik moest antwoorden. Antaios? Was hij nog mijn vriend? Mocht ik iemand die tijdens mijn afwezigheid mijn meisje ingepikt had nog 'vriend' noemen? Het was niet eens zeker dat Antaios mijn vriendschap nog op prijs stelde. Of mijn gezelschap. Trouwens, ik had helemaal niet de bedoeling om me met flukse tred naar de witte doktersvilla te begeven. Het was, dacht ik, tactisch beter – veiliger ook – om voorlopig een confrontatie met Antaios uit de weg te gaan. Ik wilde eerst weten hoe Maria Corinna tegen de situatie aankeek. Ik verlangde ernaar om de kleine jodin te zien. Om haar in mijn armen te nemen, om haar zachte, volle, beweeglijke lippen op de mijne te voelen, om –

Wakker worden, Homeros! Je staat te dagdromen. Hou je verstand liever bij de zaak. Je bent afhankelijk van deze norse knoest. Geen flauwe grappen, geen stekelige opmerkingen. Stel dat dit klootzakje op het idee komt om te controleren of je de waarheid spreekt en een groep ruw gebekte soldaten naar de witte villa stuurt.

'Woestijnzand in je oren? Ik vroeg je iets,' blafte de soldaat.

Ik schraapte uitvoerig mijn keel om tijd te winnen.

'Ik huur een kamer in de kroeg van Xenodoros,' zei ik. 'Huurde, eigenlijk. Voor ik naar Egypte vertrok. Ik ben naar Xenodoros onderweg.'

De kroegbaas noemen bleek de beste inval van de dag. Op de uit olijfbast gesneden soldatensmoel verscheen iets wat je met veel fantasie een glimlach van verstandhouding kon noemen.

'Ha, Xenodoros, ja, ja,' knikte hij enthousiast. 'De kroegbaas. Schappelijke vent.'

'Reuzeschappelijke vent,' beaamde ik nog enthousiaster. 'We zijn vrienden, Xenodoros en ik, dikke vrienden.'

'Doorlopen,' blafte de olijfknoest.

'Zoals je wilt,' zei ik. 'Jij bent hier de baas.'

Ik kon nog net een kameraadschappelijk schouderklopje ontwijken en maakte me snel uit de voeten. Maar ook niet té snel, ik mocht geen argwaan wekken. Je wist maar nooit dat de knoest zich bedacht en nog meer vervelende vragen voor me had. Om zo snel mogelijk uit zijn blikveld te verdwijnen, sloeg ik de eerste de beste zijstraat in.

Wat nu? Een kamer bij Xenodoros? Geen slecht idee. Dus richtte ik mijn schreden naar de kroeg bij de watervalletjes. Wie beter dan Xenodoros of Sessia kon me uitleggen waarom de stad tijdens mijn afwezigheid zo'n gedaanteverandering had ondergaan? Ik nam me voor om eerst een nachtje uit te slapen. Morgen zou ik na een bezoek aan de barbier met een heldere kop op zoek gaan naar een kleine jodin met fascinerende karbonkelogen en een lichaam dat model kon staan voor Apelles.

Het was niet druk in de herberg. Xenodoros zat in de deuropening tussen stapels dunne twijgen. Hij zocht exemplaren van gelijke lengte en bond ze met een touw samen tot een handborstel. Te lange twijgen sneed hij met een mes op lengte. Hij begroette me afstandelijk, bijna koel, alsof ons weerzien hem niet veel plezier deed. Of had hij misschien ruzie met Sessia?

'Hier zijn we weer, ouwe jongen,' begroette ik hem op de joviale toon die me niet goed afging. 'Hoe maak je het? Alles kits met Sessia?'

Hij keek nauwelijks van zijn werk op en antwoordde niet. Een handborstel was natuurlijk veel belangrijker dan een oude vriend die honderd dagen weg was geweest. Ik hield mijn joviale toon aan.

'Na zoveel dagen op een hard scheepsdek ben ik aan een bed en een strozak toe,' zei ik. 'Een kamer en een wijntje, graag.'

De Xenodoros die ik kende, zou nu gretig op dat scheepsdek inpikken, maar hij deed alsof hij het woord niet gehoord had. Er was iets met de herbergier aan de hand – de ziekte die Sagalassos lam had gelegd, had ook hem te pakken.

'Er is hier nogal wat veranderd,' probeerde ik een gesprek op gang te trekken. 'Niet ten goede, zo te zien.'

'Geen kamer meer vrij,' zei hij, net niet onvriendelijk, en hij gooide een borstel op de stapel naast hem. 'Een wijntje kun je krijgen. Sessia is er niet. De stad in.'

'Een wijntje dan maar. Drukke dag vandaag?'

'Nogal.'

'Ik hoor vertellen dat er veel soldaten in de stad rondhangen.'

'Klopt.'

'Soldaten van Nero?'

'Van wie anders?'

Was deze botte oen de gezellige kroegbaas met wie ik diepzinnige gesprekken gevoerd had over belangrijke thema's – de verschillen tussen Romeinse en Griekse meisjes, het effect van potentieverhogende kruidenpillen uit Indië, het bestaan van een hiernamaals? Was dit dezelfde kletskous met wie ik was blijven doorbabbelen tot de kaars sissend doofde en diepzinnigheid in dronkenmanspraat was overgegaan?

Hij bracht me de wijn, zette de kroes hardhandig voor me op de ruwhouten tafel, zodat er wijn over de rand spatte, wat niet zijn gewoonte was, en maakte aanstalten om meteen naar zijn borstels terug te keren. Ik pakte hem bij zijn mouw. Hij rukte zich los en keek nijdig.

'Ik wil weten wat er met Sagalassos gebeurd is,' zei ik op de man af. 'Ik kom net uit Egypte. Wat doen al die soldaten hier?'

Hij haalde zijn schouders op. Zijn gebaar betekende dat Egypte en mijn reis hem geen bal interesseerden. Hij keek de kroeg rond. Aan de andere kant zaten enkele vreemdelingen te dobbelen. Ze waren dronken en maakten zoveel kabaal dat ze ons gesprek niet konden volgen. Ik zag dat ze een dolk aan hun gordel droegen. De gladiatoren-dolk. Soldaten van Nero. Een rilling van ongemak kroop langs mijn ruggengraat omhoog. Toen zag ik dat het gezicht van Xenodoros enigszins ontdooide.

'Wat betekenen al die soldaten?' vroeg ik.

'Hebben ze je niet verteld dat Nero de macht heeft gegrepen? Jij staat aan de kant van je vriendje Antaios. Dat verandert de zaak. Een mens moet kiezen.'

'Ik sta aan geen enkele kant,' zei ik. 'En wat bedoel je daar ver-domme mee: de kant van Antaios?'

'Niks, maat,' antwoordde hij snel, bijna sussend. 'En zet niet zo'n keel op. Je hebt me zelf verteld dat Antaios je vriend is. Dat is brute pech voor je.'

'Waarom zou dat brute pech zijn?'

'Atilius Lamprias heeft het nu voor het zeggen. Hij is de keizer van Sagalassos, Nero is zijn onderkeizer. Of omgekeerd. Twee handen op één buik, die twee.'

Hij grinnikte vreugdeloos.

'Wat heb ik daarmee te maken?' vroeg ik.

'Simpel, maat. Er breken donkere tijden aan voor de clan van Neon, dus ook voor Antaios en zijn vrienden. Misschien nuttig om te weten. Dan kun je je voorzorgen nemen. Als je begrijpt wat ik bedoel.'

'Ik begrijp er geen bal van,' zuchtte ik. 'Waar heb je het over?'

Hij stak zijn armen in de lucht en spreidde zijn vingers.

'Ik heb niks gezegd en jij hebt niks gehoord. Ik heb echt geen kamer voor je vrij. 't Spijt me.'

Hij boog zich naar me toe en dempte samenzweerderig zijn stem. 'Ook al had ik een kamer vrij, dan nog wil ik je liever niet als gast. Niet dat ik iets tegen je heb, maat. Ik heb niks tegen je, helemaal niks. Ik vind je een toffe knul. Dit wijntje neem ik voor mijn rekening. Maar een mens moet kiezen, goed of slecht. En dat heb ik gedaan. Sessia zegt dat ik gek ben. Ik ben niet gek. Ik heb een kroeg en een kroeg heeft klanten nodig. Toen keizer Augustus een legioen in deze streek stationeerde, kreeg de economie ineens vleugels. Snap je wat ik bedoel? Zo werkt dat, economie. En dat Sessia een oude vete met de familie Lamprias uitvecht, wel, dat is iets persoonlijks. Ik kies eieren voor mijn geld. Ik heb zwakke longen; in de marmergroeven werken is dus niks voor mij. Met wat Sessia op de markt met die stomme borstels verdient, kunnen wij hooguit een tweedehandstapijt kopen. Ik heb echt geen kamer vrij. Er zijn hoertjes uit Perge naar hier afgezakt. Ik verhuur mijn kamers nu per uur.'

De dobbelaars begonnen om wijn te schreeuwen. Xenodoros draaide zich om en beende weg, veel sneller dan ik hem ooit had zien bewegen. In een sombere stemming dronk ik mijn wijn op, wuifde vaag naar Xenodoros en verliet de kroeg.

Ik zat zonder logies. Dat ik de nacht tegen een zuil van een tempel of in een nis van het theater zou moeten doorbrengen, was geen plezierig vooruitzicht. Het verstandigste, hoewel niet het meest tactische wat ik kon doen, was naar de villa van Antaios gaan. Daar was altijd wel een slaapplek beschikbaar, desnoods ergens in een bijgebouw bij de huisslaven. En de confrontatie moest er vroeg of laat toch komen. Ik ben van het principe dat de korte pijn altijd beter is dan een aanslepende ziekte. Nu ik zo dicht bij Maria Corinna was, wilde ik haar trouwens zo snel mogelijk ontmoeten. Ik wilde weten hoe zij de voorbije maanden doorgebracht had, vragen of ze me een beetje gemist had. Of ze soms aan mij had gedacht. Naar mij had verlangd. Ik smachtte ernaar om de blik in haar grote, donkere ogen te lezen.

De glimlach – of de trek van ontgoocheling – op haar lippen te zien als ze me herkende.

Ineens schoof het beeld van Aurelia voor mijn geest. De kans was reëel dat ook zij in de witte villa aanwezig was. Die kruidendokter was me de bofkont wel. Twee verblindend mooie vrouwen binnen handbereik. Die gedachte monterde me niet op.

Ik was zo in gepeins verzonken, dat ik bijna tegen twee kerels opbotste. Ze hielden me tegen en eisten geld. Boerenpummels die een afschuwelijk Grieks dialect brabbelden dat ik nauwelijks verstond. Maar ze droegen een prachtige ceintuur en daaraan bengelde goed zichtbaar het korte gladiatorenzwaard. Aan uniformen waren Nero's soldaten nog niet toe. Blijkbaar hadden ze alleen een dolk gekregen.

Omdat ik me prikkelbaar voelde en met mijn gedachten al bij Maria Corinna vertoefde, gedroeg ik me ongewoon arrogant. Ook ongewoon moedig. Ik priemde een dreigende wijsvinger naar de grootste van de pummels, die het woord had gevoerd, en verhief mijn stem.

'Hoorde ik je tien as vragen?' snauwde ik. 'Bij Zeus en zijn kijfzieke Hera, wie denken jullie wel dat je bent? Mestkevers zijn jullie. Luizen in een hondenpels. Wie denken jullie dat ik ben? Waar halen jullie het vervloekte lef vandaan om aan een vriend van Atilius Lamprias geld te vragen? Als jullie niet meteen als de bliksem...'

Daarbij strekte ik mijn wijsvinger gebiedend naar het straateinde. Ze begrepen het. Ze deden wat ik nog niet met zoveel woorden gevraagd had.

Ik haalde opgelucht adem, toch wel een beetje geschrokken van mijn overmoed. Tegelijk besefte ik dat ik zo meteen nog veel meer adem nodig zou hebben voor de confrontatie met Antaios en Maria Corinna. Meer dan alleen adem. Vooral moed, en misschien incasseringsvermogen. Ik hoopte dat de goden, in wie ik niet meer geloofde, me tegen het ergste zouden beschermen.

*

Het was niet Antaios die me verwelkomde. Ook Maria Corinna niet. Wel een mooie, lieve, jonge vrouw met een klompvoet. Haar glimlach zweefde ongrijpbaar als een zoete geur om haar lippen. En haar ogen, bij Zeus, die ogen. Ze waren ontwapenend diepblauw en van een verwarrende onschuld. Ik zag dat er turkooizen stippels in zaten. Ik voelde me opnieuw de jongeman die voor de eerste keer geconfronteerd wordt met het mysterie van vrouwenogen, die een afspiegeling zijn van het mysterie dat de vrouw is.

'Homeros! Wat een leuke verrassing!' zei ze.

Zong ze, eigenlijk.

Dat ze mijn naam nog kende! Dat ze mijn naam uitsprak als het eerste woord van een gedicht! Het ontroerde me. Ik slikte van geluk. Ik knikte, veel uitbundiger dan nodig was. Ineens realiseerde ik me dat ik verliefd naar haar stond te staren. Ik krabde met mijn wijsvinger nadenkend door mijn baard. Krrss, krrss. Ik moest dringend naar de barbier. Waarschijnlijk stonk ik naar de zee, naar vis, naar een morsig scheepsdek. Ik was hoogdringend aan een bad toe. Mijn kleren moesten in de was. Mijn oksels waren vochtig van het zweet. Ik zag dat mijn sandalen nog net niet aan flarden hingen.

'Ik heu...' stamelde ik. 'Ik kom uit Alexandrië. Ik bedoel, nu ben ik hier.'

'Dat laatste zie ik,' zei ze met een nauwelijks ingehouden lachje dat haar mondhoek nog iets meer naar boven deed krullen. 'Daarom is je haar in de war en zit je tuniek onder het stof en zijn je sandalen kapot. En je kijkt alsof je een verre reis achter de rug hebt.'

'Kijk ik alsof ik...?'

Ik knipperde met mijn ogen, probeerde anders te kijken en wist niets zinnigs te bedenken.

'Je zult wel honger hebben,' veronderstelde ze.

Ik was gladweg vergeten in de kroeg van Xenodoros iets te eten. Nu het woord 'honger' gevallen was, voelde ik ineens hoe leeg mijn maag was. In feite zag ik scheel van de honger.

'Honger? Bah, niet echt,' loog ik en ik vervloekte mijn onnozele grootdoenerij. 'Heu... Waar is...?'

Haar naam stokte in mijn keel. Ik had gesproken zonder na te denken. Het was niet verstandig om holderdebolder mijn door elkaar gerommelde gevoelsleven aan dit meisje bloot te leggen.

'Bedoel je het joodse meisje dat bij je was?'

'Maria Corinna,' bevestigde ik, helemaal overbodig.

Dat bij je was. Wás. Er was iets gebeurd met Maria Corinna.

'Ze is hier niet,' zei Aurelia. 'Niet meer.'

Ze glimlachte alsof ze me het beste nieuws van de dag vertelde. Ik slikte. Dat ging moeizaam wegens een veel te droge keel. Was Maria Corinna naar Rome vertrokken? Zonder mij?

'Is ze naar...? Weet je waar ze is?'

Aurelia haalde haar smalle schouders op. Ze schudde met een elegant gebaar haar haren naar achteren. Ik meende een geur van bergbloemen waar te nemen. Waarschijnlijk nam ik mijn wens voor werkelijkheid, want ik wist niet meer hoe bergbloemen geurden, ik had een maand op schepen en in havens doorgebracht, ik had maandenlang geen enkele bergbloem meer geroken. Zoals ik een maand lang geen bloedmooi meisje meer gezien had. Toch niet van zo dichtbij dat ik haar aan kon raken.

'Ze is twee dagen geleden met dokter Antaios op reis vertrokken.'

'Op reis?'

Doorgaans kan ik mijn gevoelens behoorlijk verbergen. Deze keer niet. De woorden waren als roofdieren uit mijn mond gesprongen. Ik begreep er niets van. Ze zag de ontreddering op mijn gezicht en was zo attent om meteen uitleg te geven.

'Volgens Antaios gingen ze eerst bij Flavius Neon langs. Met zijn drieën zouden ze dan een aantal steden in het binnenland bezoeken. Eerst Antiochië, welke andere weet ik niet. De dokter en je vriendin zijn totaal onverwacht vertrokken, van de ene op de andere dag. Maar...'

Ze aarzelde, alsof ze niet wist of ze verder mocht praten.

'Maar wat?'

'Onverwacht, maar niet ongezien.'

'Niet ongezien?' herhaalde ik schaapachtig.

Wat bedoelde ze daarmee? Mijn ogen waren vraagtekens geworden.

'Wil je het weten?'

'Eigenlijk interesseert het me niet erg,' loog ik. 'Voorbij is voorbij. Vertel het toch maar.'

'Ze zijn te paard vertrokken,' zei Aurelia. 'Het was marktdag. Iedereen kon zien dat ze samen de stad uitreden. Ze deden het niet stiekem of zo. Alsof ze er plezier in hadden dat de halve stad ervan op de hoogte was.'

'Waarvan?'

Ze wierp me een snelle, taxerende blik toe.

'Misschien vertel ik het beter niet,' fluisterde ze zacht. 'Ik wil je geen pijn doen.'

'Wanneer komen ze terug?' vroeg ik.

'Dat heeft de dokter niet gezegd.'

Ik liet me op een rieten stoel neerzakken en sloot een tijdlang mijn ogen. Ik probeerde de consequenties te accepteren. Dat lukte me voorlopig niet. De ontgoocheling moet op mijn gezicht te lezen geweest zijn, want Aurelia knielde naast me neer en legde een koele, slanke hand op de mijne. Haar gebaar vertederde me. Het bedaarde, toch enigszins, de kolkende gevoelens in mijn binnenste.

'Je zult wel honger hebben,' zei ze nog een keer. 'En dorst. Ik vraag de keukenslaaf dat hij iets voor je klaarmaakt. Wil je een bad nemen?'

Ik knikte, al was haar vraag nauwelijks tot me doorgedrongen. Andere vragen raasden als wervelwinden door mijn hoofd.

'Wat is er allemaal met deze stad gebeurd?' vroeg ik.

'Nero heeft zijn troepen hier ingekwartierd. Sindsdien komt de stadsraad niet meer samen.'

'En de volksvergadering?'

'Die had de laatste jaren toch al geen politieke macht meer. De stadsraad en de magistraten bestuurden de stad. Nu heeft Nero de magistraten hun macht ontnomen. Hij is nu de baas. Hij en de man die hij als enige archont heeft aangesteld.'

'En dat is?'

Ze aarzelde en toen wist ik het.

'Je vader?'

Ze knikte kort.

'Nero heeft zijn hoofdkwartier in onze villa gevestigd. Alleen de *agoranomos* is nog in functie. Hij moet voor de aanvoer van het voedsel zorgen. Maar hij ligt in conflict met Nero.'

'Waarover?'

'Hij wil drie soldaten die een meisje verkracht hebben voor de rechtbank brengen. Nero verbiedt dat.'

'Wordt er verkracht?'

'Verkracht. Gestolen. Geplunderd. Ik durf 's avonds de villa niet meer uit. Na het vallen van de duisternis waagt niemand zich nog op straat.'

'Je woont dus in deze villa?'

'Tijdelijk. Bij ons thuis is het onleefbaar. Het is meer een militaire vesting dan een huis. Antaios heeft me gevraagd om tijdens zijn afwezigheid toezicht op de villa en de slaven te houden.'

Ze aarzelde.

'Zeg het maar,' drong ik dapper aan.

'Het gaat over je vriendin.'

'O, ik kan ertegen.'

'In de stad vertellen ze dat Antaios je horens zet.'

Ik hield me groot. Groot en sterk en koel. Ik hield me zo groot dat ik onverschillig kon schokschouderen.

Mijn vriendin? Je bedoelt Maria Corinna? Ach, dat is verleden tijd. Ze kan de pot op. Wat heb ik nog met haar te maken? Laat ze maar vrolijk met de dokter op reis gaan en flirten en wat al niet meer. Da's niet langer mijn zorg.

'Maria Corinna?' zei ik. 'O, ze doet maar. Het raakt me allemaal niet meer. Ik bedoel, niet diep meer. Geloof jij in de eeuwige liefde? Ik niet, niet meer. Eeuwige liefde is iets voor dichters en herdersverhalen.'

Ik wist dat ik aan het razen was, maar kon niet stoppen.

'Maria Corinna is een vrije vrouw, ja toch? Ze is mijn slavin niet. Ze kan doen en laten wat ze wil. Dus. Ze is mijn eigendom niet. Ik bedoel...'

Wat bedoelde ik? Ik maakte een fladderend gebaar met beide handen, al wist ik zelf niet wat ik daarmee duidelijk wilde maken. Ik besefte dat ik me aanstelde. Aurelia redde de situatie door van onderwerp te veranderen.

'Ik laat het bad vol gieten,' zei ze. 'Je kunt niet meer naar de thermen. Die heeft Nero voor het publiek gesloten. Alleen de soldaten mogen ze nog gebruiken. Zodra je het reisstof van je lijf hebt geschrobd, krijg je iets lekkers te eten. En daarna vertel je me alles wat je in Alexandrië hebt meegemaakt. Heb je de vuurtoren gezien?'

'Ik vertel je straks alles over de Pharos,' beloofde ik. 'En over Patoera en Petisis.'

En ik heb een nog geweldiger verhaal voor je, dacht ik – *het verhaal van Zebidas.*

In feite had Zebidas niet veel verteld over zijn relatie met Aurelia. Ik had geen kijk op de band die er tussen die twee geweest was. Ze hadden tot hun vijftiende in hetzelfde huis gewoond. Redelijkerwijs mocht je verwachten dat er een min of meer hechte vriendschap ontstaan was tussen broer en zus. De verhalen die ik opgevangen had, schetsten echter niet het beeld van een broer en zus die stevige emotionele banden hadden. Het waren twee eigenzinnige, naar eenzaamheid neigende kinderen in een kil huis geweest. Ik kon me niet inbeelden dat er veel vreugde en warmte te rapen viel in het gezin Lamprias. Het was een karikatuur van een gezin geweest. Een autoritaire vader die van zijn zoon verwachtte dat hij in de politiek zou schitteren, maar hem als gladiator zag doodbloeden op het zand van een arena. Een vader die in pijnlijk conflict met zijn opgroeiende pleegdochter leefde. En de relatie tussen Tatias en Atilius? Ik had die twee nooit samen gezien. Daarom kon ik hun huwelijk niet beoordelen. Ik vreesde het ergste. Het fraaiste wat de chique villa te bieden had, was een besnorde Galliër in de voortuin, en die hief dan nog dreigend zijn dolk.

'Zal ik oliën en kruiden in het badwater doen?' vroeg Aurelia.

*

Het bad was een zinnenstrelend genot. Het geurde heerlijk naar bergbloemen. Tenminste, naar wat ik dacht dat bergbloemen waren. Ik genoot er met een walgelijke gretigheid van. Ik bleef erin liggen tot Aurelia op de deur klopte en vroeg of ik verdronken was. Toen ik me afgedroogd had, tintelde mijn huid. Ik voelde me als herboren.

Ik genoot al evenzeer van de exquise maaltijd die de keukenslaven klaargemaakt hadden en die ik met veel smaak nuttigde onder de notenboom. Aurelia stond erop om me zelf te bedienen. Daar had ik helemaal geen bezwaar tegen.

Ik herinner me nog tot in de kleinste details wat er op tafel kwam. Ik kreeg eerst ansjovisjes met in as geroosterde eieren en hompen volkorenbrood. Daarna serveerde Aurelia een gerecht dat ze met zichtbare trots een specialiteit van het huis noemde: aan het spit gebraden berenvlees in een krans van heel licht gebakken, zure appelen. Terwijl ik over Egypte en de dwergen vertelde –mijn verhaal over Zebidas hield ik voor later op de avond – snoepten we samen nog van stukjes lever en pens en van gemarineerde olijven.

Pas toen ik na de maaltijd met een overladen maag in de rieten zetel zat en naar het schitterende berglandschap keek, ontsnapten mijn gedachten aan de controle van mijn wil. De vragen die ik, tot nog toe met succes, verdrongen had, worstelden zich nu met brutale kracht naar boven.

Waar waren Antaios en Maria Corinna naartoe? Eerst naar Antiochië, had Aurelia gezegd. Langs de goed aangelegde Via Sebaste, die enige tientallen kilometers over het grondgebied van de stad liep, deed je daar hooguit enkele dagen over. Waarom verliet Antaios een stad die volop in de problemen zat? Een stad waarvan hij een van de bestuurders was? Als geacht lid van de stadsraad en als woordvoerder van de anti-Neroclan zou hij het verzet toch moeten leiden? Maar nee, meneer de dokter trok liever met zijn liefje van stad naar stad, om plezier te maken en tegen de sterren op te neuken. En intussen ging Sagalassos door een hel.

Aurelia kuchte om aandacht. Ik schrok op uit mijn gepieker. Ze glimlachte naar me.

'Je zit al een hele tijd te dromen,' fluisterde ze. 'Je bent heel ver met je gedachten.'

Ineens besefte ik dat ik nog altijd geen onderdak voor de nacht had. 'Ik moet dringend de stad in,' zei ik. 'Paar boodschappen doen. Een barbier opzoeken. Xenodoros, de kroegbaas, goeiendag zeggen.'

En voor logies zorgen, dacht ik, maar dat zei ik niet hardop.

'Je moet wel voor het donker weer thuis zijn,' waarschuwde Aurelia bezorgd. ''s Nachts patrouilleren er soldaten.'

'Thuis zijn?'

Ik had het eruit geflapt zonder erbij na te denken.

'Je overnacht toch in de villa?' vroeg ze verbaasd.

'Misschien vindt Antaios het niet zo'n goed idee dat ik...'

Ze onderbrak me door kordaat haar hoofd te schudden.

'Het is de wens van Antaios dat je hier overnacht.'

'Hoe weet je dat?'

Aurelia lachte met een ingehouden, klokkend keelgeluid.

'Omdat hij dat tegen me gezegd heeft. Ik blijf hier ook slapen. Maak je geen zorgen, we hebben aparte kamers.'

*

In een winkel van tweedehandskleren op de bovenmarkt kocht ik een tuniek die er zo goed als nieuw uitzag. Hij was in elk geval grondig gewassen. Ook een paar nieuwe sandalen. Ik liet bij een barbier mijn baard scheren en mijn haar verzorgen. Dan liep ik naar de kroeg van Xenodoros. Ik trotseerde een controle van twee wat oudere soldaten. Ze waren verrassend beleefd en praatten een Latijn dat Cicero niet had kunnen verbeteren. Ze vroegen waar ik naartoe ging en waar ik de nacht dacht door te brengen. Blijkbaar bestond Nero's leger niet uitsluitend uit boerenpummels. Ik knoopte een gesprekje met ze aan. Het waren Romeinen die ergens diep in Azië de grenzen bewaakt hadden en die op weg naar huis door Nero geronseld waren, met de belofte dat ze in zijn leger snel carrière zouden maken en op korte tijd veel geld konden verdienen.

Xenodoros had een koele groet voor me over. Verder ontweek hij me. Sessia was in de keuken bezig. Toch slaagde ik erin om de kroegbaas op een rustig moment even apart te nemen. Ik wilde een bevestiging van Aurelia's verhaal. Die bevestiging kon niemand beter dan Xenodoros me geven. In zijn kroeg kwamen alle roddels en geruchten immers samen.

'Is het waar dat Antaios een paar dagen geleden uit de stad weggereden is?'

De slimmerik had natuurlijk door dat mijn vraag meer Maria Corinna dan Antaios betrof. Hij hield zich op de vlakte. Hij humde. Niet volmondig, eerder voorzichtig, het kon zowel ja als neen betekenen. Hoewel hij een gezellige flapuit was, kon hij zijn mond houden zodra een onderwerp netelig werd. Er zat niets anders op dan mijn ziel op tafel te leggen.

'Samen met die vriendin van me,' ging ik verder. 'Mijn ex-vriendin, eigenlijk. Die twee zijn nogal, ik bedoel, ze zeggen dat die twee goed met elkaar opschieten. Ik wil weten waar ik aan toe ben. Klopt dat?'

'Klopt wat?'

'Dat die twee... Verdomd, kerel, je weet best waarover ik het heb. Als de kleine jodin me horens zet, wil ik dat weten. Is dat logisch of niet?'

'Da's logisch,' zei hij. 'En het klopt. Het spijt me voor je, maat. Ik vind dat meisje een juweel. Ze reden samen weg. Zelfs een blinde kon zien dat ze verliefd waren. Ze koerden als tortels in het voorjaar. Het is de eerste keer sinds de dokter weduwnaar is, dat hij iets met een vrouw heeft. Zo'n nieuwtje gaat razendsnel de stad rond.'

'Is Antaios weduwnaar?'

'Zijn vrouw werd bij de laatste aardschok door een vallende balk geraakt. Op slag dood. Al tien jaar is de dokter een begeerde partij. Nogal wat moeders sturen huwbare meisjes naar hem om pillen te kopen tegen ingebeelde ziekten.'

'Ach, het zat al veel langer scheef tussen ons,' loog ik. 'Het moest er vroeg of laat toch van komen.'

Hij had met me te doen, ik zag het aan zijn gezicht.

'Wat ben je nu van plan?' vroeg hij, ineens veel vriendelijker.

'Zo snel mogelijk naar Rome terugkeren.'

'Trakteer ik je op een wijntje?'

'Nee, dank je.'

Ik wist wat ik weten wilde. Het bericht van Aurelia was bevestigd. Ik liep naar de villa terug. Ik voelde me mistroostig. Er zat een leegte in me, alsof alle fut uit mijn lijf was weggevloeid. Er was ook een vaag begin van zinloosheid. Vreemd genoeg werden mijn gevoelens niet overheerst door wanhoop en zelfbeklag. Er was ook een zekere berusting die naar tevredenheid smaakte. Ik wist nu ten minste waar ik aan toe was. Soms is negatieve zekerheid te verkiezen boven angstig hopen en afwachten tegen beter weten in.

Ik probeerde de dingen op een rijtje te zetten. De bron van al mijn miserie was mijn verliefdheid op Maria Corinna. Ik was er altijd van uitgegaan – met een vanzelfsprekendheid die nu, achteraf, van enige naïviteit getuigde – dat we in gelijke mate van elkaar hielden en dat er in onze relatie gewoon geen plaats voor een derde was. Intussen hadden de dobbelstenen een andere configuratie op het bord gelegd. Er was onzekerheid in het spel geslopen. Was de kleine jodin nog verliefd op me? Daar durfde ik mijn hand niet voor in het vuur te steken. Niet meer. Met mijn verstand kon ik er inkomen dat ze weinig belang hechtte aan lichamelijke trouw. Enkele jaren geleden bevredigde ze nog meerdere mannen per dag; seks was haar broodwinning geweest. Seks was een artikel dat je op straat of in een havenkroeg te koop aanbood: ik geef je mijn lichaam, jij betaalt ervoor in geld of in natura. Een eerlijke overeenkomst. Was het dan geen logisch gevolg van haar sympathie voor de dokter dat ze ook met hem rollebolde? In haar visie was dat niet meer dan een vluchtig lichamelijk pretje. Een vlammetje dat van een verdorde distel opschoot en dat even snel opgebrand was als vergeten. Dat hoefde toch geen afbreuk te doen aan haar liefde voor mij?

Morgen, overmorgen, zodra mijn taak hier afgehandeld is, schudden we het stof uit onze reismantels en keren we samen naar Rome terug. Samen.

Dan is de charmante dokter voltooid verleden tijd. Een leuke herinnering aan Sagalassos.

Maar al mijn abstracte denkwerk had niet meer effect dan een pleister op een houten been. Een mens, een man als ik, werd niet alleen door nuchter denkwerk geleid. Moeilijk te sturen gevoelens speelden hun duistere rol: jaloezie, trots, onzekerheid, ijdelheid, menselijk opzicht. Die bleken vaak krachtiger dan het gezonde, rechtlijnige, geruststellende denkwerk. Wispelturiger ook, en niet te controleren.

*

Antaios had me verteld dat Sagalassos sinds keizer Augustus, zeg maar sinds de stad opgenomen was in de schoot van de Pax Romana, een reusachtige bouwwerf geworden was. Drie maanden geleden, toen ik naar Alexandrië afreisde, had het er inderdaad gegonsd van de bouwactiviteiten. Rijke families concurreerden met elkaar om hun stad te verfraaien. Verwaarloosde overheidsgebouwen kregen friezen met theatermaskers en gebeeldhouwde fruitguirlandes. De verzakte plaveien van de bovenste agora werden vervangen. Nieuwe overheidsgebouwen werden niet meer opgetrokken in de sobere Dorische stijl; de architecten gaven nu de voorkeur aan de pronkerige Corinthische bouworde. Er kwam een nieuwe, sierlijke stadspoort. Louter decoratief, want de oude stadsmuren en -poorten hadden allang geen beschermende functie meer en werden her en der zelfs afgebroken. Hun stenen dienden als materiaal voor nieuwe gebouwen. Ongeveer de helft van de woonhuizen en villa's bevond zich intussen buiten de oude stadsmuren. En er werd nog altijd frenetiek bijgebouwd. Volgens Antaios maakte Sagalassos zelfs kans om de nieuwe provinciehoofdstad te worden.

De bouwwoede had niet alleen te maken met de economische bloei. Tien jaar geleden was Hieropolis door een aardbeving getroffen. De schok was tot in Sagalassos te voelen geweest en had ook daar schade aangericht. Zo was het dak van de tempel van Apollo Klarios beschadigd. Tiberius Claudius Piso, een telg uit een van de machtigste families, was verantwoordelijk voor de Apollotempel. Hij had in de *boulé* al enige keren gepleit om er het centrum van een keizercultus van te maken. Toen ik naar Alexandrië vertrok, werd er volop gewerkt aan het verzakte platform en het lekkende dak van de tempel, alles op kosten van de familie Piso. De werkzaamheden waren intussen stilgevallen, zoals nagenoeg alle lopende bouwprogramma's. Een welvarende stad in de bergen was een mistroostige kazerne geworden. Alle energie was eruit verdwenen. Alleen op de marktdagen was er in Sagalassos nog een beetje kleur en levendigheid te bekennen.

Ik naderde de Apollotempel. Naast een stapel timmerhout die voorlopig nog niet door de soldaten geconfisqueerd was, stonden twee mannen druk te praten. Een van hen zag me in de richting van de tempel lopen. Hij onderbrak het gesprek en gebaarde dat ik moest wachten. Ik herkende hem pas toen hij even later met grote stappen op mij toe kwam. Het was de *agoranomos*. De man zag er vermoeid uit, om niet te zeggen afgepeigerd, alsof hij twee nachten niet geslapen had. Zijn stem klonk navenant.

'Ik kreeg het bericht dat je terug was,' begon hij. 'Ik vermoedde dat je in de villa van de dokter logeerde. Aurelia zei dat je de stad in was gegaan.'

'Waarom hebt u mij nodig?'

'Ik moet je melden dat je voorlopig de stad niet uit mag. Niemand mag de stad verlaten.'

'Waarom niet?'

'Bevel van Nero. Hij heeft jouw naam specifiek genoemd.'

'Mijn naam? Ik ken die vent niet eens!'

Ik deed geen moeite om de woede in mijn stem te milderen.

'U gelooft toch niet dat hij de echte Nero is? Ik dacht dat in Sagalassos de macht door de stadsraad werd uitgeoefend.'

Hij haalde zijn schouders op. Zijn gebaar drukte zowel machteloosheid als verontschuldiging uit.

'Als ik het goed begrijp,' zei ik schamper, 'maakt de *boulé* van deze trotse stad een knieval voor een gewetenloze charlatan.'

Ik wist dat ik daarmee een gevoelige snaar raakte. In het recente verleden waren de Pisidiërs berucht om hun vrijheidsliefde en hun zin voor onafhankelijkheid, maar ook om hun krijgszucht. Sagalassos was al door muren omringd geweest toen Alexander de Grote de stad vierhonderd jaar geleden belegerde en innam. Een van de mooiste politieke gebouwen, bijna tweehonderd jaar oud, was de raadszaal, het *bouleuterion*, waar plaats was voor meer dan tweehonderd verkozenen.

'Nero heeft de stadsraad ontbonden,' sprak de man somber. 'Daar heeft Atilius Lamprias van geprofiteerd om de macht te grijpen. Hij regeert als een tiran. Hij gebruikt Nero de ene keer als spreekbuis, de andere keer als schild.'

'Wat zijn de bedoelingen van Lamprias?'

'Macht. Als hij het voor het zeggen heeft, kan hij zijn grondbezit in de vruchtbare valleien uitbreiden. Zijn vader bezat uitgestrekte graanvelden en olijfgaarden. Lamprias wil zijn domein vergroten en de familie Neon eronder krijgen.'

'Moet hij daarom Nero opvrijen? Zijn flirt met die paljas zal hem én uw stad nog zuur opbreken. Ik laat me de wet niet spellen door een halve gare. Vannacht ga ik ervandoor. Ik moet een schip halen in Perge.'

De *agoranomos* greep mijn arm.

'Dat is spelen met je leven,' waarschuwde hij. 'Nero laat 's nachts soldaten langs de stadsmuren patrouilleren. Als ze je betrappen, breken ze alle botten in je lijf en gooien je vervolgens in de stadsgevangenis. Daar kom je voor volgende zomer niet meer uit. Ik kan je in vertrouwen vertellen dat Atilius Lamprias je haat.'

'Gelukkig staat zijn charmante echtgenote helemaal aan mijn kant.'

De *agoranomos* was te moe om mijn grapje te waarderen.

*

Aurelia keek verwonderd toen ik de villa binnenkwam. Ze probeerde haar lach te onderdrukken terwijl ze luidruchtig de lucht opsnoof.

'Homeros, je ruikt als een goedkope hoer.'

Het was de eerste keer dat ze me zag zonder ruige stoppelbaard, zonder bestofte tuniek, zonder kapotte sandalen. Mijn huid geurde inderdaad naar oosterse zalf. Op mijn uitdrukkelijke vraag was de barbier er niet zuinig mee geweest. En ik had aan een kraampje op de markt een brede kalfsleren riem met een grote gesp gekocht die mijn nieuwe, of nieuw gewassen, tuniek deed opbloezen.

We brachten een gezellige avond door onder de notenboom. Ik vertelde over de papyrusvelden in de Nijldelta, over de twee grappige dwergen, over de vuurtoren op Pharos. Ik deed het verhaal van de wulpse Zoila en haar ingegraven wijnkruik. We keken naar een schitterende zonsondergang die de westelijke hemel in vlammend rood kleedde.

Ik vond de avond en de sfeer zo broos, en ik genoot zo met volle teugen van de rust en van Aurelia's zoete aanwezigheid, dat ik het niet opportuun vond om nog over Zebidas te beginnen. Dat zou ik morgen doen.

Ook de volgende dag kreeg ik het niet over mijn hart. Zo gingen er enige verwarde dagen voorbij. Sagalassos raakte almaar steviger in de greep van de chaos. De gewapende soldaten in het straatbeeld, het politieke machtsvacuüm, de akelig stille straten, het schiep allemaal een sfeer die beangstigend, zelfs een beetje irreëel aanvoelde. Sagalassos was zwaar ziek.

Niet dat wij in het comfortabele huis van de dokter veel hinder van de gespannen stemming ondervonden. De witte villa lag tamelijk afgelegen. We voelden er ons veilig. Toch vonden we het raadzaam ons niet in de stad zelf te wagen, tenzij vergezeld van een potige slaaf.

Aurelia, die tijdelijk de functie van meesteres waarnam, deed dat met een rust en een gezag die je niet zou verwachten van een frêle jonge vrouw die een deel van haar jeugd eenzaam zwervend in de bergen had doorgebracht. Ze stuurde twee keer per dag een slaaf de stad in om boodschappen te doen. Zo bleven we, zij het via een tussenpersoon en met enige vertraging, op de hoogte van de ontwikkelingen.

Het binnensijpelende nieuws gaf niet veel redenen tot vrolijkheid. Nero had zijn soldaten, beter gezegd het zootje ongeregeld dat hij 'leger' noemde, in tenten ondergebracht. Die tenten had Atilius Lamprias betaald. Ze stonden opgesteld op een zachte helling even buiten de stadsmuren.

We hoorden dat de soldaten vol ijver begonnen waren aan een houten omheining die hun kamp moest beveiligen. Dat had precies één dag geduurd en verder dan ongeveer een vijfde van de kampomtrek waren ze niet geraakt. Nu lagen de werkzaamheden stil, zogezegd omdat de aanvoer van boomstammen gestopt was. De eigenlijke reden was dat niemand nog naar het werk omkeek. 's Avonds gloeiden rode ogen in de duisternis. De volgende morgen werd duidelijk wat die ogen waren geweest. De soldaten hadden palen van de omheining uitgetrokken en die als brandhout voor hun kampvuren gebruikt.

In een poging om van het bonte schorremorrie een gestructureerd leger te maken, had Nero een aantal officieren aangesteld. Lamprias had zijn vrienden aangepord om een officier in huis te nemen. De meeste problemen ontstonden omdat noch Nero, noch zijn officieren hun gezag konden doen gelden. Hun leger was een samenraapsel van jongere en oudere mannen met weinig of geen ervaring in de krijgskunde. Omdat de soldij maar met mondjesmaat werd uitbetaald, was de discipline moeilijk te handhaven. Volgens de berichten die de boodschappende slaven meebrachten, zaten de officieren godganse dagen in de kroeg van Xenodoros goedkope wijn te zuipen en te dobbelen. Naast het tentenkamp hadden de troepen een oefenterrein aangelegd. Niemand had daar ooit één soldaat bezig gezien. De manschappen gedroegen zich als overwinnaars na een hard bevochten oorlog. Ze zwalpten dronken door de straten. Ze vielen voorbijgangers lastig. Die kwamen alleen goed weg als ze wat muntstukken in de begerige soldatenhanden stopten. Er waren al drie gevallen van verkrachting gemeld. Geen dag ging voorbij zonder vechtpartijen tussen groepen min of meer dronken soldaten.

De keukenslaaf die Aurelia de derde dag naar de groentemarkt stuurde, bracht alarmerend nieuws mee. De vorige avond was er een vechtpartij geweest tussen soldaten en een groep jongelui. Alles was begonnen toen een soldaat een meisje lastig viel. Vijf jonge kerels hadden daarop een wraakactie ondernomen. Er waren harde klappen gevallen, aan beide kanten.

Het bericht bereikte ook Nero's hoofdkwartier. Hij sprong bijna uit zijn vel van woede en eiste harde represailles. Het gerucht ging dat sommige mensen hun huizen gebarricadeerd hadden uit vrees voor nog meer onlusten. Anderen hadden geprobeerd om onder dekking van het nachtelijke duister de stad uit te vluchten.

De vierde dag bleef het rustig. Er patrouilleerden meer soldaten. Aurelia stuurde de tuinslaaf, een stevige jongen met een hazenlip, de stad in om wijn te kopen. Het verslag dat hij uitbracht, was tegelijk geruststellend en alarmerend. Geruststellend op korte termijn: de straten waren rustig, op de markten ging alles zijn gewone gang en om de gemoederen te bedaren, had Nero de soldaten die de vorige avond gevochten hadden een dag kamparrest gegeven. Op langere termijn zag de situatie er minder fraai uit. In het verleden had de stadsraad voor stabiliteit en continuïteit van het openbare leven gezorgd. Nu de raad niet meer vergaderde, lag alle beslissingsmacht bij Nero, althans volgens de officiële versie. Het werd echter almaar duidelijker dat Nero een stroman was en dat Atilius Lamprias de touwtjes in handen had. Er werd gefluisterd dat Lamprias afgezanten naar de steden in het binnenland gestuurd had. Officieel om militaire en financiële steun voor Nero te vragen. In werkelijkheid om zijn machtspositie te consolideren.

*

Aurelia en ik zaten op onze gewone plek in de rieten zetels naast de vijver, in de schaduw van de notenboom. Een slaaf zette een kom met versnaperingen en een kruik gekoelde wijn op het ronde tafeltje.

Het was late namiddag. In het westen hing een onweer tussen de bergen. Langzaam schoof het onze richting uit. Er stond een zwoele, nukkige wind die met tussenpozen aan de takken van de notenboom schudde, het water van de vijver deed rimpelen en zand in grappige spiralen deed opdwarrelen. De vliegen waren hinderlijk. Aurelia amuseerde zich door ze met een Afrikaanse vliegenmepper op een afstand te houden.

'Ik vraag me af wanneer Antaios naar huis komt.'

Ik had het eruit geflapt zonder na te denken, in feite om ons stilgevallen gesprek weer vlot te krijgen. Aurelia krulde haar lippen in een plagerige glimlach. Ze schudde haar hoofd.

'Is de vraag eigenlijk niet wanneer je knappe jodin weer naar huis komt, Homeros?' vroeg ze.

Ik had het gênante gevoel dat ze in mijn ziel keek en sommige dingen duidelijker zag dan ikzelf.

'Ze is niet *mijn* jodin,' zei ik, iets sneller dan goed was voor het gesprek.

'Ben je nog altijd jaloers?'

'Wie zegt dat ik jaloers was? Waarom zou ik?'

Alweer te snel gereageerd. Het was een domme wedervraag. Ik moest in het vervolg twee keer nadenken eer ik antwoordde.

'Dokter Antaios is een knappe man,' zei ze. 'Alle huwbare meisjes van de stad zijn verliefd op hem.'

'Dat kun jij weten,' lachte ik. 'Jij bent een huwbaar meisje van de stad.'

Ik zei het deels om haar te plagen, maar ook deels om haar uit te dagen. Ik had ervaren dat ze in een gesprek een antwoord diplomatisch kon ontwijken, maar dat ze ook ad rem kon antwoorden, vooral wanneer ze uitgedaagd werd. Ze doorzag mijn tactiek. De vis zag de haak en hapte niet naar het aas. Ze nam de glazen beker en hield hem op ooghoogte. Door het glas keek ze naar het onweer in de verte.

Ik moest ineens aan Tatias denken. Ze had trekken van haar pleegmoeder: dezelfde blauwe ogen, dezelfde rechte neus, hetzelfde mooie, gewelfde voorhoofd. De rode heks was tenslotte haar tante. Toch verschilden ze als water en vuur. Tatias deed me spontaan aan een heks denken, Aurelia had de bijna onaardse schoonheid van een engel, zij het een engel met een gebrekkige voet.

Op dat moment nam ik het besluit om haar mijn verhaal niet langer te onthouden. Ik zou Aurelia alles over haar biologische vader vertellen, over het schuldgevoel van Pontius Marullus, over het geld waarmee hij zijn oprispende geweten wilde sussen voor hij naar het hiernamaals vertrok, en dus ook over Zebidas, die op de slijkoever van de Nijl met gladiatorpoppen had gespeeld en die nu op weg was naar Rome om zijn jongensdroom te realiseren.

'Je had een broer,' zei ik. 'Zebidas. Ik heb hem in Alexandrië opgezocht. Ik heb met hem gesproken.'

Ze reageerde niet, al zag ik dat haar wimpers trilden. Ze richtte haar blik op de bergen in de verte, op het onweer. Ik denk niet dat ze de aanzwellende wolken zag. Ze vertoefde met haar gedachten in het verleden.

Het bleef een hele tijd stil. Ik wachtte af, gaf haar de kans om na te denken. Als ze in Zebidas geïnteresseerd was, zou ze wel vragen stellen. De bladeren van de notenboom ruisten in de windvlagen. Soms gromde de donder, een wollig gerommel dat nauwelijks hoorbaar was. In de verte flitste een bliksem. De wolken werden almaar donkerder.

'Hoe maakt hij het? Hoe komt hij aan de kost?'

'Hij stelt het goed,' zei ik. 'Hij had zich als worstelaar bij een groep straatartiesten aangesloten. Ze hadden veel succes in Alexandrië. Hij genoot er met volle teugen van.'

'Hadden? Genoot? Waar is hij nu?'

'Niet meer in Alexandrië. We zijn met hetzelfde schip naar Perge gekomen. Zo zijn we vrienden geworden.'

'Waarom?'

'Waarom we vrienden geworden zijn?'

'Waarom is hij naar Klein-Azië teruggekeerd?'

Er was een frons tussen haar wenkbrauwen gekomen. Haar stem klonk gespannen, verraadde onrust. Sinds ik de naam Zebidas had laten vallen, was haar houding veranderd, al kon ik niet precies zeggen hoe. Er zat een spanning in haar lichaam die er eerder niet was geweest. Alsof ze niet blij was met zijn terugkeer. Lagen die twee in conflict?

Ik tastte snel mijn geheugen af, op zoek naar wat Zebidas en Aurelia over hun gezamenlijke verleden verteld hadden. Dat was niet echt veel. Ze hadden geen innige band met elkaar gehad, al had ik nooit iets opgevangen over ruzie of vijandschap. Ik kon me inbeelden dat ze in de gevoelsarme, om niet te zeggen liefdeloze sfeer van het gezin Lamprias als bijna-vreemden naast elkaar leefden, elk opgesloten in hun eigen kleine wereld. Een wereld die vooral bestond uit eenzaamheid en elkaar ontvluchten.

In Rome en Athene hadden meisjes en jongens van dertien, veertien jaar nauwelijks contact met elkaar. Ze groeiden op in gescheiden werelden. Waarom zou dat in een bergstad van Klein-Azië anders zijn?

'Heeft Zebidas je verteld waarom hij thuis weggelopen is?' vroeg ze bedachtzaam.

Ik vermoedde een verborgen bedoeling achter haar onschuldig klinkende vraag.

'Hij heeft veel over vroeger verteld,' zei ik. 'Vooral 's avonds, als de zon onderging. Zebidas is geen vlotte babbelaar. Heeft hij de waarheid verteld? Ik weet het niet. Hij had het over de kille sfeer in jullie gezin, over de problemen met zijn vader. Ook over de moord bij het theater, de avond voor hij wegliep.'

'De dubbele moord.'

'Volgens Zebidas waren er twee lijken. Lamprias geloofde zijn versie niet omdat er maar één lijk gevonden werd en schakelde de stadsprefect in. Zebidas vreesde dat hij in de gevangenis zou belanden. Daarom is hij de dag na de moord gevlucht, eerst naar Perge en later naar Alexandrië.'

'Is het waar dat hij een van de moorden gepleegd heeft?'

'Een geval van wettige zelfverdediging,' verzekerde ik haar. 'Hij wist dat Doulos in een hinderlaag zou lopen. Toen hij zag dat zijn neef door twee mannen aangevallen werd, heeft hij een van de overvallers uitgeschakeld. Hij heeft de nek van die man gebroken. Hij beweert dat het niet zijn bedoeling was.'

'Dan moet je hem geloven, Homeros. Ik weet dat Zebidas niet kan liegen. Waar is hij nu? Is hij meegekomen naar Sagalassos?'

'Nee, hij wilde geen contact meer met Atilius.'

Ze knikte, gerustgesteld. Waarom vreesde ze dat Zebidas contact met Atilius zou nemen? Hadden die twee nog een uitstaande rekening?

'Is hij nu in Perge?' vroeg ze. 'Kan ik hem daar ontmoeten?'

'Hij is onderweg naar Rome. Hij wil gladiator worden.'

Ik aarzelde. Aurelia was zo broos, zo kwetsbaar. Ik wilde haar in geen geval pijn doen. Toch moest ik haar de waarheid zeggen: dat Lamprias niet de biologische vader van Zebidas was. Dat zij en Zebidas geen jaar in leeftijd verschilden, zoals Tatias iedereen deed geloven, maar dat ze tweelingen waren.

En dus vertelde ik haar alles, mijn woorden zorgvuldig kiezend. Ik deed mijn verhaal, langzaam, met lange pauzes tussen de zinnen. Ze luisterde, schijnbaar onbewogen, haar blik onafgebroken op het onweer gericht.

Toen mijn verhaal rond was, voelde ik me opgelucht. Anders dan ik gevreesd had, aanvaardde Aurelia wat ik verteld had zonder vragen. Alleen toen de rol van haar pleegvader ter sprake kwam, kreeg haar zachte gezicht een iets hardere trek. Zat onder dat zachte, innemende uiterlijk dan toch een harde kern verborgen? Had ze dan toch ergens in een donkere hoek van haar ziel een kiem van bitterheid en haat bewaard?

'Toen je zei dat Zebidas naar Klein-Azië gekomen was, maakte ik me ongerust,' zei ze. 'Ik vreesde dat hij naar Sagalassos zou komen om wraak te nemen. Ik ben blij dat hij zijn jongensdroom kan realiseren.'

'Hij zal het wel redden in Rome. Hij is beresterk en hij kan tegen de eenzaamheid.'

'Maar wij redden het hier niet,' merkte ze op terwijl ze naar de wolken wees.

Het onweer was naderbij geschoven. Het hing bijna boven ons. Een dreigend monster dat de hemel verduisterde en het licht brons kleurde. Ineens pletsten dikke regendruppels neer. Een bliksemschicht kliefde door de lucht. Een knetterende donderslag vluchtte over de berghellingen weg.

We spurtten halsoverkop naar binnen.

*

De vijfde dag stuurde Aurelia een keukenslaaf de stad in. Hij keerde terug met de melding dat er nog altijd een uitreisverbod gold, maar dat de straten er vredig bij lagen. Geen soldaten in het straatbeeld. Ze waren vandaag binnen het tentenkamp gebleven. De markt verliep alsof er niets aan de hand was. Roddels en nieuwtjes gingen als gewoonlijk gretig van mond tot mond. Zo had hij opgevangen dat Nero de stad uit was. Hij was naar Antiochië gereisd om over militaire samenwerking te praten. Als de onderhandelingen slaagden en de grote steden in het binnenland zich achter hem schaarden, zou hij zijn troepen van Sagalassos naar Antiochië verplaatsen.

Ik besloot van de windstilte gebruik te maken om naar de kroeg van Xenodoros te wandelen. Ik installeerde me op mijn gewone plaats, de bank tegen de muur. Nu de soldaten in de kazerne gebleven waren, hadden ook de hoertjes een dag vrij genomen. Xenodoros kwam naar me toe en bleef voor mijn tafeltje staan. Hij zweeg. Nog altijd groen hout. Ik bestelde een kroes landwijn en een bord worsten met bonen. Even later zette hij de wijn voor me neer, zonder één woord te zeggen. Hij draaide me zijn rug toe en maakte aanstalten om weer weg te lopen. Sinds hij expliciet het Nero/Lamprias-kamp gekozen had, knarste er zand in het mechanisme van onze wederzijdse sympathie.

'Ziet er een rustige dag uit,' sprak ik tegen zijn rug.

Hij draaide zich met een ruk om en keek me aan met een blik waarin ik een zeker schuldgevoel meende waar te nemen. Lag ons laatste gesprek hem nog op de maag?

'Luister, maat. Het is een keuze,' zei hij ineens, zonder dat ik iets gevraagd had, en er klonk irritatie in zijn stem. 'Deze kroeg is mijn kostwinning. Geen klanten, geen inkomen. Als de klanten wegblijven, moet ik de boel sluiten. Sluiten betekent dat ik in de marmergroeven moet gaan werken, tussen de slaven. Soldaten zijn ook klanten. Ja toch? Een man moet keuzes maken. Daarom, snap je?'

Ik humde, maar antwoordde niet. Ik vroeg me af waar hij naartoe wilde. Hij spuwde boos een vlok speeksel op de aarden vloer.

'Natuurlijk zijn het varkens,' snoof hij. 'Denk je dat ik dat niet weet? Maar ze betalen. Ze betalen elke druppel wijn die ze drinken. Ken je het verhaaltje dat ze over keizer Vespasianus vertellen? Over geld dat niet stinkt? Nee? Laat maar zitten. Ik ben niet dom, maat, ik besef dat het liedje van die zogenaamde Nero niet blijft duren. Ik hoor in mijn kroeg het commentaar uit de vier windhoeken. En wat hoor ik?'

Hij keek naar de deur om te zien of er niemand binnenkwam.

'Ik hoor dat het verzet tegen Nero ondergronds georganiseerd wordt. Op dit ogenblik sta ik met mijn rug tegen de muur. Ik heb geen andere keus. Ik bedoel, een mens moet toch overleven.'

Sessia kwam met een houten bord uit de keuken geschommeld. Ze veegde de tafel schoon met een doek en zette het bord met de worsten en de bonen neer. Een normale portie bestond uit drie worsten; er lagen er vier op. Ik had er ook nog een schep gaar gekookte kardoenstengels bij gekregen. Haar pientere oogjes glinsterden. Ze knipoogde vertrouwelijk naar me.

'Wat zie ik? Nog altijd zonder dat knappe ding met de reeënogen?' vroeg ze. 'Jongen, ik heb zelden iemand zo verliefd zien kijken als jij naar dat meisje. Ik werd er op slag jaloers van. Het is tien jaar geleden dat Xenodoros nog zo naar me gekeken heeft.'

'Plautus wist het al,' zei ik met een scheve grijns, en ik citeerde: 'De liefde is rijk aan honing en aan gal, zelfs al is ze zoet, ze is bitter bovenal.'

Sessia grinnikte. Ze plantte haar handen op het tafeltje en leunde voorover zodat ik onmogelijk naast haar wiebelgrage boezem kon kijken. Niet alleen wiebelgraag, ook adembenemend groot.

'Is ze er echt met de dokter vandoor?'

Xenodoros begon afkeurend met zijn tong te klakken.

'Hadden we geen duidelijke afspraak, vrouw? Jij praat tegen de schotels, ik tegen de klanten.'

'Homeros is geen klant,' pruttelde ze tegen. 'Hij is mijn vriend.'

Xenodoros pakte haar bij haar beide schouders en duwde haar met zachte dwang richting keukendeur. Mopperend liet ze begaan.

Hij gaf haar een goedmoedig klapje op haar volumineuze achterwerk en keerde naar me terug. De nukkigheid was uit zijn houding verdwenen.

'Je bent naar Egypte geweest,' zei hij. 'Vreemd. Ik dacht dat je een bedrijfje in Rome had.'

Hij haalde een kroes wijn voor zichzelf en kwam naast me zitten. Het ene woord lokte het andere uit. Het ene verhaal haakte in het andere vast. Als de wijn op was, vulde Xenodoros de kroezen bij. Ik vertelde, Xenodoros luisterde. Toen vertelde hij hoe en waar hij zijn vrouw had leren kennen en luisterde ik. Daarna was het weer mijn beurt. Het was weer een beetje zoals tijdens onze vorige gesprekken – in de tijd voor Nero.

Er zitten vreemde krachten in wijn verborgen. Wijn maakt tongen losser en geeft gedachten vleugels. Ik praatte honderduit over Rome, over mijn reis naar Alexandrië, over Maria Corinna, die de beste straatdanseres van Rome was geweest toen ik haar leerde kennen.

De zomer was over zijn hoogtepunt, zuchtte ik, het werd tijd dat ik mijn opdracht afrondde. Ik moest voor de herfst in Perge zijn om nog een schip naar Rome te vinden, anders moest ik hier overwinteren. Tenzij ik bereid was om van haventje naar haventje te wippen en daar telkens opnieuw een kustvaartuig te zoeken, met een redelijke kans dat ik in najaarsstormen terecht zou komen. Nee, dank u, na één storm had ik er mijn buik van vol. Een andere mogelijkheid – maar dat leek me als toekomstbeeld nog afschrikwekkender – was de eindeloze en gevaarlijke tocht over land te maken. Ik kon op een week na niet zeggen hoeveel tijd zo'n reis zou vergen. Nee, voor de najaarsstormen moest ik in Rome zijn, zeker weten. Probleem was dat ik niet wist hoe lang Maria Corinna en haar dokter hun reis nog zouden rekken. Er waren zoveel prachtige steden in Klein-Azië die ze konden bezoeken. Misschien bleven ze wel tot in het late najaar weg. Bij Zeus, ik kon toch niet met mijn vingers zitten draaien in het bijzijn van Aurelia, die soms zo dicht bij me was dat ik haar lichaamsgeur kon ruiken. Aurelia die, dat moest ik toegeven, afstand bewaarde en mij geen enkele reden en nog minder aanleiding gaf om wat dan ook te verlangen of te hopen. Kon ik het helpen dat ik in mijn diepste binnenste almaar vuriger hoopte en verlangde? Kon ik het helpen dat mijn verliefdheid zich gedroeg als een jong veulen dat moeilijk in te tomen was?

Tegelijkertijd besefte ik dat het bij verlangen zou blijven. Een platonische verliefdheid die mijn dagen in de witte villa opfleurde en die, helaas, om duizend redenen het best platonisch bleef.

Ineens realiseerde ik me dat de zon bijna de golflijn van de bergen raakte. Ik moest naar de villa terug. Ik rekende af en liep in de richting van het marktplein.

Ik voelde me op een vreemde manier niet ontevreden. Het eten had me gesmaakt en vooral het gesprek met Xenodoros had me deugd gedaan. Er zat een bijna vrolijke lichtheid in mijn hoofd die niet alleen het gevolg was van de kroezen wijn. Het was alsof ik door over Maria Corinna te vertellen al voor een deel afscheid van haar genomen had. Afscheid. Afstand. Woorden hebben magische krachten. Ze kunnen een bijna vergeten verleden weer tot leven wekken zodat het, scherp en glanzend, opnieuw in je geheugen opduikt. Ze kunnen ook datzelfde verleden vervagen, het zo onder woorden en zinnen bedelven dat het bijna onzichtbaar wordt en daardoor een beetje minder gevaarlijk en pijnlijk.

*

In de vallende schemering liep ik naar de doktersvilla. Naarmate ik dichter bij mijn doel kwam, raakte ik meer en meer uit mijn humeur. Alsof de euforie van de wijn met elke stap afnam. Toen ik mijn bestemming bereikt had, was alle vrolijke lichtheid in mijn hoofd verdampt. Er was geleidelijk een gevoel van donkere apathie voor in de plaats gekomen. Ik vroeg me af wat ik nog in deze stad uitspookte. Wachten op de terugkomst van Maria Corinna? De kleine Galilese was een afgesloten hoofdstuk in mijn leven. Ik moest zo snel mogelijk naar Perge afreizen. Dat betekende onder dekking van het nachtelijke duister de stad verlaten.

Dat hield risico's in. Ik had geen zin om een winter lang in de stads-gevangenis te zitten. De *agoranomos* had waarschijnlijk niet overdreven. Op een vluchtpoging betrapt worden, betekende in het ergste geval dat de honden de volgende morgen ergens op een begraafplaats aan mijn lijk zouden staan snuffelen, als het al geen wolven of beren waren. De andere mogelijkheid, in de stad blijven rondhangen, was evenmin aanlokkelijk. Als ik bleef, zou ik alvast heel zorgvuldig op mijn tellen moeten passen. Atilius Lamprias loerde op een gelegenheid om me uit te schakelen. Als hij daar niet in slaagde, zou zijn o zo charmante echtgenote wel een kans zien. Ze wisten dat ik met Aurelia in de witte villa verbleef. Olie op het vuur van hun haat. Dachten ze dat ik de godganse dag met hun pleegdochter stoeide? Aanlokkelijk idee, dat wel, maar om te stoeien moest je met twee zijn. Eigenlijk een wonder dat Lamprias nog geen troep soldaten naar de villa gestuurd had om Aurelia manu militari uit mijn geile klauwen los te rukken.

Om maar te zeggen dat ik één klomp somberte was toen ik langs de vijver naar de voordeur liep. Daar wachtte Aurelia me op. Ze had zich doodongerust gemaakt omdat ik zo lang wegbleef, zei ze.

Ze was nog liever, nog mooier, nog begeerlijker dan de vorige dagen. Ze was in bad geweest; ik rook het heerlijke bloemenparfum waarvan ze rijkelijk gebruik had gemaakt. Ze droeg een korte tuniek in een lichte, soepel vallende stof, die haar volmaakte lichaam alle eer aandeed. Aan polsen en enkels had ze zilveren ringen gedaan die bij elke beweging heldere tinkelgeluidjes voortbrachten. Haar ogen waren nog dieper en mysterieuzer dan bij onze eerste ontmoeting op de berghelling.

Op meerdere plaatsen in het huis brandde wierook. De zwoele avondwind waaide door de openstaande deuren en deed de gordijnen zachtjes bewegen. Het avondlicht had de kleur die de huid van Maria Corinna soms ook had. Nee, ik wilde vanavond in geen geval aan de kleine jodin denken. Het was zo'n avond vol onuitgesproken maar zeer aanwezige begeerten. Een avond die een man kwetsbaar maakt, en week, en sentimenteel. En verliefd, voor zover ik dat nog niet was.

Ik voelde me bijna gewichtloos van geluk. Tegelijkertijd was ik verward door mijn tegenstrijdige gevoelens: ik verlangde ernaar om Aurelia tegen me aan te drukken, om haar borsten te strelen, om mijn neus in haar hals te begraven en haar lichaamsgeuren op te snuiven, maar tegelijk besefte ik dat ik nog altijd van Maria Corinna hield, al deed ik moeite om mezelf van het tegendeel te overtuigen. Ook de snel wisselende stemmingen waaraan ik onderhevig was, brachten me in verwarring, ik wist niet goed hoe ik ermee moest omspringen.

Toen kusten we elkaar en –

Maar ik hoef je niet alles tot in de details te vertellen. Er gebeurden dingen zoals er dingen gebeuren tussen twee verliefde mensen. Ze gebeurden met die rustige vanzelfsprekendheid waarmee de zon 's avonds de westelijke hemel amber kleurt. In mijn lijf tintelde de verliefdheid en ook Aurelia was verliefd en dus gebeurde wat al dagen eerder had kunnen en misschien had moeten gebeuren.

Toen ik de tuniek van haar schouders liet glijden, van haar zachte, roomwitte schouders die me aan de teksten van Homeros deden denken, en toen ik haar borsten kuste en mijn tong in het kratertje van haar navel liet glijden, was de rest van de wereld heel ver weg: dokter Antaios, Sagalassos, Nero, de charlatan, de machtsgeile pleegvader van deze verrukkelijke vrouw, Maria Corinna – ja, ook zij – ze werden allemaal onbelangrijk. Er was enkel nog Aurelia, die in mijn oor fluisterde dat ik haar eerste minnaar was en vroeg dat ik het voorzichtig en traag zou doen.

'Want ik heb geen ervaring,' fluisterde ze. Ze bloosde en ik moest slikken van ontroering. 'Je moet me zeggen wat ik moet doen, Homeros. Zeg me wat je van me verlangt.'

We vrijden. We vrijden voorzichtig en traag zoals ze gevraagd had. We vrijden met veel aandacht zoals dat hoort. Ik hoefde haar niet te zeggen wat ze moest doen. Daarna lagen we naast elkaar en zwegen omdat we de voorbije dagen al zoveel met elkaar gepraat hadden en omdat onze lichamen alles gezegd hadden wat er te zeggen viel. Toen vrijden we opnieuw, nog langzamer en nog aandachtiger. Daarna ging ik in de keuken wijn halen en dronken en lachten we. We waren zo licht als lucht en zo gelukkig als spelende kinderen.

Plotseling richtte ze zich op, steunend op een elleboog. Haar ogen verdonkerden. Ze keek ernstiger dan ik haar ooit had zien kijken.

'Homeros, ik heb tegen je gelogen,' zei ze. 'Ik was geen maagd meer. Ik heb wel ervaring. Maar die was zo onaangenaam dat ik er niet over wil praten. Ik wil er nooit meer aan terugdenken.'

Ik legde mijn vinger op haar lippen. Aurelia viel in mijn armen in slaap. Ik lag nog lange tijd na te denken. Ergens in mijn achterhoofd piepte een stemmetje dat mijn euforie probeerde te ondergraven. Als het gezond verstand een stem heeft, dan was het die stem die ik hoorde.

Dit geluk is overweldigend, Homeros Grafikos. Maar zie je in dat het in hoge mate tijdelijk is? Een frivole vlinder die de zomer niet zal overleven?

Ik wilde niet naar het stemmetje luisteren, maar het zweeg niet. Het klonk luider en agressiever.

Speel je dit spel wel fair, Homeros Grafikos? Wek je bij dit meisje, deze heerlijke bloem uit het Taurusgebergte die thuishoort in een wereld van ruwe rotsen en klaterende watervallen, geen illusies waarvan je weet dat ze weldra in pijn zullen eindigen? Je bent oud en wijs genoeg om te weten dat je dit juweel niet mee naar Rome kunt nemen. Je weet dat je zelf niet bereid bent om hier te blijven wonen. Wat met haar tirannieke pleegvader, die je rauw lust? Wat met die heks van een pleegmoeder, die ooit een slaaf met een bijl achter je aan stuurde?

Ik weet niet meer wanneer ik in slaap ben gevallen. Ik herinner me messcherp hoe ik de volgende morgen wakker werd.

Ik keek in grote, vragende reeënogen. De ogen van Maria Corinna.

*

We voerden die dag moeilijke gesprekken. Moeizame gesprekken ook. We struikelden over elkaar. Ik wantrouwde haar, zij wantrouwde mij. We bestreden elkaar omdat we allebei dachten dat we de waarheid in pacht hadden. Toch probeerden we elkaar zo weinig mogelijk pijn te doen. We vreesden de woorden die we elkaar toestuurden. Bijwijlen haatten we woorden, soms om wat ze probeerden te zeggen, soms om wat ze verborgen en verzwegen. We speurden naar listig gecamou-fleerde bedoelingen. We waren op onze hoede voor leugens en halve waarheden die zich als waarheid vermomd hadden. Woorden en zin-nen van Maria Corinna haakten zich in mijn geheugen vast.

'*Natuurlijk hebben we geneukt. En dan? Jij lag toch ook met Aurelia in bed? Daarmee vergaat de wereld toch niet?'*

'*Verliefd, verliefd... Jij beweert dat ik verliefd ben op Antaios. Ik heb dat nooit gezegd. Ik vind hem een leuke man. Hij is een heel knappe man, een lieve man ook. Hij vrijt lekker. Waarom mag ik dan niet met hem neuken? Maar ik heb nooit gezegd dat ik verliefd op hem ben, niet tegen jou en niet tegen hem. Omdat ik dat niet ben.'*

'*Waarom we zo opvallend uit Sagalassos wegreden? Omdat Antaios wilde dat iedereen zag hoe verliefd we waren. Het was niet meer dan een spelletje. Oogverblinding. Waarom? Om te vermijden dat zijn vertrek politiek uitgelegd werd. Hoe meer mensen ons als koppel zagen vertrekken, hoe beter. We hebben er ons rot mee geamuseerd.'*

'*Natuurlijk hou ik nog van je, Homeros. Stel toch niet van die domme vra-gen. Je weet dat ik de kriebels krijg van jaloerse mannen.'*

Nu, achteraf, schaam ik me over mijn achterdocht, ook al dacht ik dat ik de waarheid diende. Ik had beter de wijze woorden van Terentius, de Afrikaner, in overweging genomen: *de waarheid brengt haat voort, toegevendheid vrienden.* In feite was ons meningsverschil het gevolg van een verschillende kijk op lichamelijke trouw.

'Begrijp je dan niet dat ik onmogelijk kan verdragen dat je het bed deelt met andere mannen?'

'Ik krijg de kriebels van bezitterige mannen.'

'Ik ben niet bezitterig. De kwestie is dat ik van je hou.'

'Als je van me houdt, eis me dan niet op, Homeros. Als je een vrouw wilt bezitten, ga dan naar een hoer en betaal ze voor een uur.'

De discussie putte ons uit. We cirkelden als kemphanen om elkaar heen, maar kwamen er niet uit. Uiteindelijk dreven we almaar verder van elkaar weg. Met een koppigheid die me weleens vaker parten speelt, weigerde ik te geloven wat ze als haar verdediging aanvoerde. En Maria Corinna liep zich te pletter tegen mijn ongeloof.

We zwierven die dag als vreemden door de villa. Voor Antaios probeerden we de schijn op te houden, al vreesde ik dat de dokter beter wist. Ik moet toegeven dat Maria Corinna sinds onze discussie ontroerend haar best deed om afstand te nemen van Antaios. Ze fladderde door de villa, neuriede opgewekt, was vriendelijk en goedgemutst. Alleen hield ze zowel Antaios als mezelf op een afstand.

En Aurelia? Ik vroeg me af of er bitse woorden tussen beide vrouwen gevallen waren. Ik durfde de vraag niet aan Maria Corinna te stellen.

Antaios kreeg bezoek van een man uit Antiochië. Ze praatten langdurig. De binnenmuren van de villa waren niet echt dik. In de hitte van de discussie gingen hun stemmen de hoogte in. Uit een flard die ik van het gesprek opving, kon ik opmaken dat ze het niet over medische aangelegenheden hadden. Ik hoorde de namen van Atilius Lamprias en Flavius Neon noemen. Toen de bezoeker vertrokken was, deelde de dokter ons kortaf mee dat hij dringend weg moest. Hij zag er gespannen uit.

'Een belangrijke afspraak met Flavius Neon,' legde hij uit. 'Geen idee wanneer ik terug zal zijn. Misschien vandaag, anders morgen.'

Antaios vertrok. Dat betekende dat ik alleen met Maria Corinna in de villa was. Ik besloot haar van mijn plannen op de hoogte te brengen.

'Niemand mag momenteel de stad verlaten,' zei ik. 'Zodra het uitreisverbod ingetrokken wordt, vertrek ik. Ik heb een kamer gehuurd in de herberg. Dan ga ik nu maar.'

Ze kon onmogelijk weten dat de hoertjes alle kamers van Xenodoros in gebruik hadden.

'Als je wilt, kun je hier blijven slapen,' zei ze. 'Antaios zal dat best plezierig vinden.'

'Maar jij niet.'

Ik had erop gerekend dat ze zou ontkennen, dat ze er zelfs op zou aandringen dat ik bleef. IJdele hoop. Ze reageerde niet eens. Het was me al langer bekend dat in dat frêle, sierlijke lichaam een ijzeren wil huisde. Wilskracht is soms niet van koppigheid te onderscheiden.

Ik trok de stad in, op zoek naar een kamer voor de nacht. Mijn humeur was diep onder het vriespunt gezakt.

*

Xenodoros stelde geen vragen. Hij maakte een kamer voor me vrij. Omdat de militaire spanning toenam, kregen de soldaten geen toelating om de stad in te trekken, en dus hadden de hoertjes geen klanten.

Sessia wilde wel weten hoe het zat. Ik legde haar uit dat ik de verliefde torteltjes niet in de weg wilde lopen. Even vreesde ik dat ze me als troost tegen haar moederlijke boezem zou drukken. Gelukkig bleef het bij een warm schouderklopje.

Ik bracht de avond op mijn kamer door. Ik dacht met vertedering terug aan mijn heerlijke vrijpartij met Aurelia. Zat de mogelijkheid erin dat ik haar voor mijn afreis naar Rome nog ontmoette? Ik zweefde tussen hoop en vrees. De kans dat ik nog een voet in de villa van Lamprias zou zetten, was zo goed als onbestaande. En de kans dat Aurelia naar de villa van Antaios zou komen, was nauwelijks groter. De rode heks zou haar klauw wel op haar pleegdochter leggen zodat ze het huis niet meer uit kon.

De volgende morgen zette Sessia me een paar hompen brood, enkele repen gedroogde vis en een kroes water voor. Ze vertelde dat langs de zuidkust de pest uitgebroken was. De ziekte verspreidde zich razendsnel en zou over hooguit enige dagen Sagalassos bereiken. Ik vloekte van ontgoocheling. Dat bracht mijn vertrek nog meer in gevaar.

Omdat ik niets om handen had, besloot ik de stad in te gaan. Ik volgde de oude weg door het centrum naar de bovenste agora. Daar klom ik de trap op naar een terras dat als sacrale zone diende. Vlak bij de oude Dorische tempel vertraagde ik mijn stappen om naar het *heroon* te kijken, een Corinthisch dodenmonument voor een vergoddelijkte held.

Ik had nog geen zin om naar de kroeg terug te keren en besloot om Agroppinos, de oude blinde man, een bezoek te brengen.

Hij had me tenslotte op het spoor naar Zebidas gezet. Als iemand recht had op een verslag van mijn Alexandrijnse zoektocht, dan was hij het wel.

Ik daalde af naar de agora en sloeg een van de zijstraten in. Omdat ik een rustig wandeltempo aanhield, stak me halverwege de straat een groep van zes soldaten voorbij. Ze liepen als escorte voor een draagstoel uit. Net toen ik me afvroeg wie zo machtig was dat hij zijn draagstoel door soldaten kon laten begeleiden, klonk een woest geschreeuw achter me. Ik draaide me bliksemsnel om.

*

Mijn eerste gedachte was: *ga ervandoor, Homeros Grafikos, maak je als de weerlicht uit de voeten, dit is een roofoverval.*

De weinige mensen die zich op straat bevonden, dachten er net zo over. Nog voor goed en wel duidelijk werd wat het geschreeuw betekende, was iedereen er vierklauwens vandoor gegaan. De straat lag er leeg bij – op één treuzelaar na.

Ik bleef tien hartkloppingen lang staan kijken. Het was die vervloekte nieuwsgierigheid van me die verhinderde dat mijn beenspieren in actie kwamen. Pas toen mijn curiositeit bevredigd was, draaide ik me om.

Ik wilde, zoals de anderen, in een zijstraat verdwijnen, maar toen was het al te laat. Voor ik het besefte, zat ik er middenin.

Een groep van naar schatting een dozijn mannen had zich op de vier dragers van de koets gestort. In feite waren het twee groepen van zes, die uit twee richtingen aanvielen. Ze droegen donkere mutsen over hun hoofd en ze hadden zwarte doeken voor hun mond gebonden. De zwarte duivels waren gewapend met messen. Dat ik meteen aan een roofoverval dacht, had meer te maken met het voertuig dat ze aanvielen dan met hun uiterlijk. Het was geen simpele draagstoel zoals je die bij de stadspoorten of bij de tempel van Apollo Klarios voor een paar muntstukken kon huren. Het was een pronkerig, ruim bemeten exemplaar met sierlijsten in gesculpteerd hout rond de ramen en zijden gordijnen die beletten dat je naar binnen kon kijken. Dit was een privékoets, een van de chicste van de stad. Zo'n koets waarin mevrouw Rode Heks zich graag zou laten ronddragen.

De gemaskerden waren numeriek ruim in de meerderheid, zeker toen de vier dragers er spoorslags vandoor gingen. Het zou een kort en ongelijk gevecht worden.

Dacht ik. Het liep anders.

Wat de aanvallers niet hadden ingecalculeerd, was dat het wapengekletter en het geschreeuw van de vechtenden een tweede groep soldaten gealarmeerd had. Die liepen een eind achter de koets aan. Ze waren met een stuk of tien. Het was me niet duidelijk of ze de achterhoede van het escorte vormden, dan wel toevallig in de buurt patrouilleerden. Ze stormden op de koets af. Dat mocht ik letterlijk aan den lijve ondervinden. Net toen ik me omdraaide om in een zijstraat weg te duiken, werd ik brutaal ondersteboven gelopen omdat een van de aanstormende soldaten niet de moeite deed om me te ontwijken. Ik kreeg een stomp laag in mijn rug, waarschijnlijk van een knie. Een vlammende pijn. Ik ging onderuit, smakte tegen de straatstenen.

Ik krasselde vloekend overeind, een beetje onhandig omdat ik overal pijn voelde. Blijkbaar was ik met mijn hoofd ergens tegenaan gestoten. Ik stond even te duizelen en tastte naar mijn achterhoofd. Vocht. Bloed. Ik vloekte opnieuw, nog harder. Als mijn splinternieuwe tuniek de tuimeling maar zonder scheuren overleefd had! Ik kreeg niet de tijd om dat te controleren. Mijn aandacht werd getrokken door het gevecht. De komst van de tweede groep had de kansen doen keren. Nu waren de soldaten in de meerderheid.

Voor ze ervandoor gingen, hadden de dragers de koets allesbehalve zachtzinnig op de grond gezet. Een hand duwde een kijkspleet in de zijden gordijnen en trok ze dan gauw weer dicht. De man in de koets wilde blijkbaar niets met het gevecht te maken hebben. Had hij gezien dat de soldaten aan de winnende hand waren? Hij was duidelijk gerust op de goede afloop.

De spleet in het gordijn was niet breed geweest. Toch had ik in een flits het gezicht van de man herkend.

De keizer van Sagalassos – Atilius Lamprias.

Ik bevond me in een hoogst onaangename situatie. Had Lamprias me gezien? De kans was klein. Het werd de allerhoogste tijd om mijn biezen te pakken. Hoe het straatgevecht ook afliep, ik wilde er niets mee te maken hebben. Ik had niets gezien, niets gehoord. Ik was zelfs niet in deze straat geweest. Xenodoros zou, omwille van onze vriendschap, wel bereid zijn om te getuigen dat ik zijn kroeg niet uit was geweest. Als hij weigerde, kreeg ik Sessia wel zover.

Ik wierp nog snel een laatste blik op het slagveld om te zien hoe het gevecht evolueerde; mijn nieuwsgierige ik kon het weer niet laten. Het strijdtoneel had zich over de volle straatbreedte uitgebreid. Overal waren lijf-aan-lijfgevechten bezig. Drie soldaten en twee gemaskerden lagen in plassen bloed op de grond, uitgeteld. Er klonk gehuil en geroep. IJzer bonkte op ijzer. Kreten van pijn ketsten tegen de gevels af.

Mijn laatste blik was er één te veel. Hij kruiste een andere blik. Onze blikken troffen elkaar en haperden. We herkenden elkaar gelijktijdig.

Ik besefte dat ik met vuur had gespeeld.

Ik had mijn vingers lelijk verbrand.

*

Latijnse en Griekse auteurs van avonturenverhalen schrijven weleens over 'moordende blikken'. De blik die de man me toewierp, was er zo één. Als hij van metaal was geweest, had hij mijn hart ongetwijfeld doorboord.

In plaats van te rennen voor mijn leven, bleef ik staan. Niet uit nieuwsgierigheid deze keer. De blik van de man hield me aan de grond genageld. Hij wees met gestrekte arm naar me en snauwde enkele bevelen. Twee soldaten kwamen mijn richting uit. Twee beren van mannen. En nog snel ook. Als ik fit was geweest, had ik een kans gehad. Ik had tenslotte een voorsprong van ruim twintig meter. Maar ik was niet fit meer. Ik had bij het vallen mijn knie bezeerd, zodat ik kreupel stond. De pijn in mijn onderrug straalde naar boven uit en sneed me de adem af.

Toch zette ik het op een lopen. Ik liep zo hard ik kon.

Nu ja, lopen; het was meer hinken. Ze haalden me snel in. Nummer één verkocht me langs achteren een gemene trap tegen mijn enkel. Ik struikelde over mijn eigen voeten en smakte tegen de grond. Ik schoof nog anderhalve meter verder over de grote natuursteenen tegels waarmee de straat bedekt was. Nummer twee gooide zich met zijn vijfentachtig gespierde kilo's op mij. Hij was zo attent om zijn knie precies op de zere plek in mijn rug te planten. Hij snauwde me iets toe in een taal die ik niet begreep. Hardhandig pakte hij me bij mijn haren en duwde mijn hoofd tegen de grond. Ik wilde het nog opzij draaien. Te laat. Mijn neus kwam op de rand van een straatsteen terecht. Dat werd een bloedneus, op zijn minst. Vanuit dit ongewone perspectief zag ik twee schoenen van soepel kalfsleer naderbij komen. Peperdure schoenen. Ze hielden vlak voor mijn neus halt.

'Wel, wel! Homeros! Snuffel je nog altijd in andermans zaken? Ts, ts, ts. Moet je dringend afleren.'

Een schampere stem. Een stem waar ik zoveel uren met plezier naar geluisterd had. De stem van Diores. De verteller van de duizend verhalen. De man die ik vluchtig in de villa van Tatias gezien had. Hij had beweerd dat hij huidenkoopman was en dringend naar Perge moest om een schip te halen. Ik had hem geloofd.

Ik kon alleen kreunen uit machteloze woede. Diores werkte natuurlijk in opdracht van Lamprias. Of van Tatias, wat op hetzelfde neerkwam. Ze hadden me bij m'n lurven. Als Diores verklaarde dat ik bij de mannen hoorde die de koets hadden overvallen, en dat zou hij natuurlijk doen, zag het er somber voor me uit. In een flits besefte ik dat ik pas uit de kerkers vrij zou komen nadat het lied van Nero uitgezongen was. Er zat één goede kant aan de zaak: ik hoefde me geen zorgen meer te maken over de overtocht naar Rome. Het grapje luchtte me niet op.

'Stevig vastbinden,' gebood Diores. 'Breng hem naar de villa van Atilius. Goed gewerkt. Er hangt een dikke bonus voor jullie aan vast.'

Ik had graag zijn gezicht gezien, maar mijn uitzicht was beperkt tot zijn dure schoenen en zijn harige benen. Tot mijn afgrijzen zag ik dat hij zich klaarmaakte om me een trap in mijn gezicht te geven. Ik sloot mijn ogen, hield mijn tanden stevig op elkaar en bracht snel mijn ene arm voor mijn gezicht. Hij zou niet heel hard schoppen om zijn schoeisel niet te beschadigen en zijn voet niet te bezeren. Verderop in de straat trok een schermutseling ineens zijn aandacht. Iemand riep zijn naam. Hij hield zich net op tijd in. Het gevecht had een nieuwe wending genomen en eiste zijn aandacht op. Hij snelde ernaartoe. Ik herademde, zij het met voorzichtige schokjes omdat inademen een pijnlijke aangelegenheid was.

'Breng hem naar de villa van Atilius,' herhaalde Diores.

Dat was een rijkemensenvilla. Ze beschikte natuurlijk over vloerverwarming, misschien was er een warme kelder. Waar gaf ik de voorkeur aan: de stadsgevangenis die ik niet kende of de villa van een echtpaar dat me met huid en haar kon verslinden? Ik vreesde dat ze me geen keuze zouden laten.

De soldaat die me tegen de grond gedrukt hield, loste zijn greep. Hij snauwde een bevel. Ik vermoedde dat het 'kom overeind' betekende. Hij porde me ongedurig met zijn voet. Ik slaagde erin om recht te komen. Dat ging belachelijk moeizaam en niet zonder pijnscheuten overal in mijn lijf. Er drupte bloed uit mijn neus. Morgen zou mijn huid een landkaart van blauwe plekken zijn. En er zou geen Aurelia zijn om...

Morgen is morgen, niet aan denken. De kans om Aurelia terug te zien, is nu wel ontzettend klein geworden. Niet aan Aurelia denken.

De soldaten bonden mijn polsen op mijn rug, veel steviger dan nodig was; het touw sneed in mijn vlees. Een bevel dat ik niet begreep. Ik haalde mijn schouders op en trok er een grimas bij. Zelfs die kleine beweging deed pijn. Nummer één wees met zijn hoofd naar een smalle zijsteeg. Ik wist dat die naar een publieke fontein leidde. Nummer twee keerde in looppas naar het gevecht terug.

Ik sloeg de aangeduide zijsteeg in. Om tijd te winnen, vertraagde ik mijn schreden. Dat had alleen een onvriendelijke por in mijn rug tot gevolg. Ik had nog één wapen ter beschikking.

'Luister, man,' zei ik, 'ik heb met dat stomme straatgevecht niks te maken. Ik ben een toevallige voorbijganger. Ik heb het Romeinse burgerrecht. Ik vrees dat je een jammerlijke vergissing begaat.'

Dat herhaalde ik in de vijf talen die ik spreek. Als antwoord gaf hij me een nieuwe duw in mijn rug. Ik probeerde het opnieuw, eerst in een langzaam Grieks.

'Ik ben een vriend van Atilius Lamprias, de man in de koets,' legde ik uit. 'De man die u verdedigt. Ook zijn vrouw Tatias is een goede vriendin van me. Ik liep heel toevallig…'

Ik kan me niet herinneren wat ik precies achter me hoorde. In elk geval klonk het als een doffe slag. Daarop hoorde ik het geluid van een lichaam dat op de grond viel. Ik keek achterom, al betaalde ik dat met een pijnscheut in mijn nek.

De soldaat lag uitgeteld op de straatstenen, op zijn buik, zijn armen in een onnatuurlijke houding geplooid. Naast mij stond een reus van een kerel. Hij was een kop groter dan ik en had reusachtige handen. Voor zijn gezicht had hij een sjaal geknoopt, zodat alleen zijn ogen zichtbaar waren. Hij droeg een reistuniek in een ruw geweven stof met een kap die hij tot aan zijn wenkbrauwen getrokken had. In zijn ene hand hield hij een knuppel vast, in zijn andere een mes. Met twee halen van dat mes sneed hij de touwen rond mijn polsen door.

'Vlucht!' riep hij.

'Wat heeft dit…' begon ik – ik ben altijd een man van het woord geweest en voor ik ervandoor ging, wilde ik uitleg krijgen.

Ik praatte tegen mezelf. De reus was al met reusachtige stappen de zacht hellende straat afgestormd, in de richting van het gevecht. Ik kon deze keer mijn nieuwsgierigheid vrij makkelijk bedwingen en ging niet naar de afloop ervan kijken. Toch kon ik het niet laten om het lichaam van de soldaat met mijn voet om te draaien, zodat ik zijn gezicht kon zien. Een dom, hoekig, door de zon verbrand boerenpummelgezicht. Ik had zin om hem een schop in zijn rug te geven, precies op de plek waar ik bij mezelf een kloppende pijn voelde. Ik hield me in. Soms is mijn goede opvoeding sterker dan mijn wraaklust. En ik wist dat zo'n deugddoende wraakschop mijn lichaam meer pijn dan plezier zou doen.

Een mens moet keuzes maken. Xenodoros had gelijk.

De terugtocht naar de herberg legde ik in een vertraagd tempo af en zelfs dat was een marteling. Mijn ene wang was geschramd. Uit mijn neus bleef bloed druppelen. Bij elke stap schoot er een scherpe pijn door mijn knie. Ik hinkte zwaar en sleepte me meer voort dan dat ik stapte. Ten minste een dozijn botten zat niet meer op zijn juiste plaats in mijn lijf. Halverwege moest ik steun zoeken tegen een muur. Alles werd me zwart voor de ogen. De duizeligheid ging na korte tijd over. Mijn zintuiglijke functies keerden terug. Ik zette mijn martelgang voort. Bij de fontein waste ik mijn gezicht. Het koele water deed onnoemelijk veel deugd.

Het was druk in de herberg. Ik verdween zo snel mogelijk door de keukendeur om vervelende vragen te vermijden. Sessia ontving me als een verloren zoon die na een zondig leven naar huis terugkeert. Ze ontfermde zich als een bezorgde moeder over me. Tot mijn verbazing stelde ze geen vragen. *Die bewaart ze tot morgen,* dacht ik. Het gaf me alvast de tijd om een plausibele uitleg te verzinnen. Toen ze me een kroes met een met honing gezoete drank had laten drinken, het laatste bloed van mijn gezicht gewassen had, me een oude tuniek van Xenodoros had doen aantrekken omdat de mijne vol bloed en stof zat en gevraagd had waar het allemaal pijn deed, plantte ze haar armen in haar zij.

'Je ziet er weer min of meer als een mens uit,' zei ze. 'Nu breng ik je naar de kruidendokter.'

'Nee!'

Ik had het uitgeroepen alsof ze voorstelde om me levend te villen. Ze stak haar kin naar voren en klakte vermanend met haar tong.

'Moeder niet tegenspreken,' grolde ze. 'Komaan, voortmaken.'

'Is er geen andere dokter in de stad?'

In deze verfomfaaide toestand kwam ik noch Maria Corinna noch Antaios graag onder de ogen.

'Drie. Alledrie kwakzalvers. Ze geven je brouwsels te drinken van spinnendraden, kikkerdril en gemalen vingerkootjes van overledenen. Denk je dat gemalen vingerkootjes goed zijn tegen een zere rug? O ja, er is ook nog een priester uit het Oosten. Hij geneest door handoplegging en door over de zieke lichaamsdelen te blazen. Bij mijn weten heeft hij nog niet één zieke genezen, alleen gezonden. Als je aandringt, breng ik je bij hem.'

'In geen geval,' piepte ik.

'Verstandige jongen,' zei ze. 'Dus gaan we naar dokter Antaios. Hij is de beste. Als je wilt, mag je op me steunen.'

'Ik red het wel,' wees ik haar aanbod af.

Want ondanks alles restte me nog een beetje trots.

*

Maria Corinna schrok nauwelijks toen Sessia haar kreupele vracht in de witte villa afleverde. Toen de kleine jodin zich even verwijderde om een ontsmettende zalf te halen waarmee ze mijn schaafwonden wilde verzorgen, gaf Sessia me een vertrouwelijk kneepje.

'Ik blijf dat liefje van je een verdomd fel wijfje vinden.'

Ik legde mijn vinger tegen mijn lippen en dempte mijn stem. Maria Corinna hoefde ons gesprek niet te horen.

'Ex-liefje,' fluisterde ik. 'Ze weet alles af van ziekten en wonden verzorgen. Ik ben in goede handen.'

'Jongen, een goeie raad,' zei Sessia. 'Laat haar niet vallen. Je kunt je niet verbeteren. Pak haar 's stevig vast.'

Ze bekeek me aandachtig en glimlachte.

'Zodra je dat kunt.'

Sessia nam afscheid. Het verdomd felle wijfje verzorgde me inderdaad correct, maar ze bleef zo koel als een Venus van marmer. Ze behandelde me zoals ze een vreemdeling in nood zou behandelen.

Ik vroeg waar Antaios was.

'Voor de zoveelste keer dringend weggeroepen. De zoveelste geheime vergadering. Heb je pijn?'

'Nogal. Best uit te houden.'

'Ik kan een zalf maken die je rugpijn verzacht.'

Ik knikte. Haar moeder was de beste kruidenvrouw van Galilea geweest. Maria Corinna had me ooit verteld dat haar moeder Flavius Josephus verzorgd had, de aanvoerder van de rebellen die in Palestina tegen de Romeinen vochten. Dezelfde Flavius Josephus die door de Romeinen gevangen werd genomen, maar die sluw de kant van de winnaars had gekozen. Hij was erin geslaagd om de persoonlijke vriend van keizer Vespasianus en diens oudste zoon Titus te worden. Maria Corinna had van haar moeder veel over geneeskrachtige kruiden geleerd.

Terwijl ze in het nevenvertrek druk bezig was met glazen flesjes en potjes, strekte ik me uit op een ligbed, zo voorzichtig als was ik een kostbare rol papyrus die bij het openrollen niet gekreukt mocht worden. Omdat ik me moe en nog altijd een beetje duizelig voelde, sloot ik de ogen.

De hoogste tijd om enige orde in mijn gedachten te brengen. Dat was makkelijker gezegd dan gedaan, ze dwarrelden immers als bladeren in een stormwind ongrijpbaar door elkaar. Door me sterk te concentreren, kon ik toch een aantal vragen op een rij zetten.

Er was op klaarlichte dag een aanslag gepleegd op de draagkoets van Atilius Lamprias. Mocht ik daaruit afleiden dat het verzet zich aan het organiseren was? Meer nog, dat de tegenstanders van Nero sterk genoeg waren om in de tegenaanval te gaan? Hoe was het gevecht bij de Apollotempel afgelopen? Had Lamprias de aanslag overleefd? Voor zover ik dat had kunnen zien, waren de aanvallers goed gewapend geweest. Welke rol speelde Diores? Hij was in geen geval de huidenkoopman die hij voorwendde te zijn. Werkte hij in opdracht van Nero? Of van Atilius Lamprias? En wie had zich de moeite getroost om mij uit de handen van die soldaat te redden? Wie was bereid om zoveel risico voor me te lopen? Ineens een gedachte – Antaios. Het was best mogelijk dat de dokter daar de hand in had. Hoe zou Nero reageren als hij vernam dat Lamprias aangevallen was? Er zouden represailles volgen, alleszins. De soldaten zouden zich nog arroganter, nog brutaler gedragen. Zouden Nero en Lamprias als reactie een schrikbewind instellen?

Maria Corinna bracht me een aardewerken beker. Ze hielp me overeind, zodat ik hem zonder morsen leeg kon drinken. Het spul smaakte bitter. Ik trok een grimas. Er gleed een tevreden glimlach over haar gezicht. Sessia had gelijk, ze was inderdaad een verdomd fel wijfje. *Pak haar 's stevig vast.* Ik had er op dat ogenblik noch de kracht, noch de moed voor.

'Een pijnstillende kruidendrank,' legde ze uit. 'Een recept van mijn moeder. Waarschijnlijk val je ervan in slaap. De drank helpt echter niet tegen je verwondingen.'

'Verwondingen?'

'Misschien is je neus gebroken. En je rug heeft tijd nodig om te herstellen. De schaafwonden ook. Antaios komt straks naar huis, hij zal je onderzoeken. Kan ik nog iets voor je doen?'

'Dank je,' zei ik. 'Lief van je dat je me helpt.'

Ze glimlachte en was ontzettend mooi. Ik voelde me zwak en week worden. Als ik niet op mijn tellen paste en me niet vermande, gleed ik weg in zielig zelfbeklag. Ik had verschrikkelijk veel zin om de raad van Sessia op te volgen, om haar hand beet te pakken en haar naar me toe te trekken, heel dicht tegen me aan. Om mijn neus in haar haren te begraven en de zo vertrouwde geur van haar lichaam op te snuiven. Ik had zin om haar te zeggen dat ik nog altijd van haar hield en dat ik er zeker van was dat die liefde wederzijds was.

Een nuchter stemmetje in mijn achterhoofd riep me tot de orde.

Stel dat Maria Corinna wel degelijk op Antaios verliefd is en voorgoed in Sagalassos wil blijven. Antaios heeft haar niet weinig te bieden. Een schitterende villa vol Egyptisch antiek aan de rand van een zich snel uitbreidende stad met een bijna volmaakt klimaat en een weids uitzicht over beboste bergen en vruchtbare valleien. Wat kan vertaler-speurder Homeros Grafikos aan de andere kant van de weegschaal leggen? Een groot, grauw huis op de helling van de Aventijn. Een roetig keukentje waar je hooguit drie stappen kunt zetten, als je tenminste korte benen hebt en niet struikelt over het ijzeren komfoor en de waterkruik. Een bibliotheek zonder muurkasten, waar een houten scheepskoffer staat die volgepropt zit met Griekse tekstrollen en waar de vloer altijd bezaaid ligt met teksten. Teksten die Maria Corinna niet kan lezen

omdat ze dat nooit heeft geleerd. Een ruime tuin zonder uitzicht, waarvan de
helft een wildernis is en waar alleen tegen de avond wat zon in schijnt – een
tuin zonder vijver, zonder fonteintjes, zelfs zonder notenboom.

Ik kreeg een lumineus idee. Als Maria Corinna bereid was om samen met mij naar Rome terug te keren, zou ik meteen een jonge notenboom in de tuin planten, een vijver graven, er goudvissen in zetten.

Een idee dat ik meteen verwierp. Niet het idee was slecht, wel het moment. Ik wachtte beter tot de kruidendrank uitgewerkt en de ijlte in mijn hoofd opgeklaard was. Dan kon ik de risico's beter inschatten en mijn meest doeltreffende wapen – mijn tong – optimaal laten renderen.

Net toen de kruidendrank begon te werken en de slaap zo vriendelijk was om zich over me ontfermen, klonken er nerveuze stemmen aan de voordeur.

*

Een sierlijke draagkoets hield halt voor de witte villa van dokter Antaios. Ze rustte op de schouders van vier jongemannen die de hele afstand, van de Apollotempel tot hier, in ijltempo hadden afgelegd. Ze droegen de zwaargewonde Atilius Lamprias naar binnen. Even later werden nog vijf gewonden afgeleverd, drie soldaten en twee zwarte duivels.

Maria Corinna wist niet waar Antaios naartoe was. Als hij naar een geheime vergadering ging, vertelde hij niet waar die plaatsvond. Ze stuurde twee slaven de stad in en een derde naar de villa van Neon, met de opdracht de dokter zo snel mogelijk op te sporen.

Ik voelde intussen de weldoende invloed van de kruidendrank. De pijn was verdoofd tot een zacht knagen. In een halve droomtoestand zag en hoorde ik alles gebeuren. Ik vocht nog een tijdlang met weinig overtuiging tegen de slaap, verloor de strijd en verdween van de wereld.

*

Toen ik wakker werd, stond Antaios over me gebogen.

'Welkom terug op de wereld, Homeros. Hoe voel je je?'

'Schitterend,' zei ik met een poging tot grijns die mislukte omdat mijn gezichtsspieren tegenwerkten. 'In elkaar geslagen, mijn neus gebroken, mijn kniegewricht naar de bliksem, barstende hoofdpijn, een kapotte rug. Of de rest nog werkt, weet ik niet.'

'Je tong functioneert in elk geval nog perfect,' grinnikte de dokter.

Hij onderzocht me langdurig. Hij bekeek me van onder tot boven, betastte mijn rug, klopte op mijn knie, luisterde naar mijn ademhaling, bestudeerde mijn tong. Ik moest mijn mond opensperren en luid "aaa" zeggen. Ik voelde me nog altijd zo loom dat ik willoos deed wat hij vroeg. Na het onderzoek stond zijn gezicht ernstig.

'Slecht nieuws?'

'In elk geval nieuws,' zei hij. 'Je neus is gebroken. Die geneest wel vanzelf. Of je neusbreuk gevolgen heeft, kan ik op dit moment niet zeggen, dat zal de tijd uitwijzen. Je knie is serieus geraakt. Je zou het best een tijdlang met een stok lopen om het gewricht te sparen. De rest zijn kneuzingen. Beetje pijnlijk, beetje vervelend, maar daar sterf je niet meteen van.'

'Hoe is het gevecht afgelopen? Ik heb alleen het begin gezien.'

'Zeven doden. De gewonden redden het wel, waarschijnlijk op één na.'

'En Lamprias?'

'Hij vecht voor zijn leven. Ik vrees dat hij het niet haalt.'

Antaios legde een stevig linnen verband rond mijn knie. Terwijl hij daarmee bezig was, bracht ik gedetailleerd verslag uit van wat ik gezien had. Daarna vertelde de dokter hoe het gevecht afgelopen was. De soldaten waren ruim in de meerderheid, maar ze toonden amper vechtlust. De meesten hadden weinig of geen gevechtservaring, ze hadden hooguit aan dronken kroeggevechten deelgenomen. De overvallers waren jong en sterk, vochten met betere wapens en wisten daar goed mee om te gaan.

De krijgskans was spectaculair gekeerd toen de gemaskerden onverwacht versterking kregen van een jonge kerel, dezelfde reus van bijna twee meter die mij uit de handen van de soldaat gered had. Hij was ineens uit een zijstraat te voorschijn gekomen en had zich met een rauwe kreet in het gevecht gestort. Niemand wist wie hij was. Hij vocht als een leeuw. Binnen de kortste keren schakelde hij drie soldaten uit. Toen begrepen de manschappen dat ze kansloos waren. Ze renden de benen vanonder hun lijf, zonder nog naar de koets en Atilius Lamprias om te kijken.

Toen liep een van de gemaskerde mannen naar de koets en rukte de deur open. Atilius Lamprias zat er alleen in. Hij had de laatste tien jaar niet meer in de *palaestra* geoefend, maar hij besloot zijn huid duur te verkopen.

Hij trok de korte dolk die hij aan zijn gordel droeg en stapte uit de koets. Er ontstond een verwarde worsteling. Het gevecht duurde niet langer dan tien ademstoten. Lamprias viel bloedend op de grond. De gemaskerde knielde bij hem neer om hem de keel door te snijden. Een rauwe kreet hield hem tegen. Het was de reus die met grote stappen naderbij kwam. Hij boog zich over Lamprias en voelde zijn pols.

'Breng hem naar dokter Antaios,' beval hij. 'Nu meteen!'

Er ging zoveel autoriteit van zijn stem en van zijn lichaamskracht uit, en hij had in het gevecht zoveel indruk gemaakt, dat niemand hem durfde tegenspreken. Zonder groet draaide de reus zich om en verwijderde zich met grote schreden. Pas aan het einde van de straat deed hij de sjaal weg die hij voor zijn gezicht droeg.

Ineens herinnerde ik me dat Sessia over een pestepidemie gesproken had. Ik vroeg Antaios hoe ver die al gevorderd was. Hij begon geamuseerd te lachen.

'Maak je daar geen zorgen over. De pest slaat Sagalassos over.'

'Wat bedoel je?'

'Er is helemaal geen pestepidemie. Ik heb het bericht zelf rondgestrooid met de bedoeling het moreel van de soldaten te ondermijnen.'

Daar was ik weer ingelopen.

'Weet Aurelia van de aanval op haar pleegvader?'

'Ik heb een slaaf naar de villa gestuurd om Tatias op de hoogte te brengen. Aurelia is meteen gekomen. Ze waakt bij hem. Je ziet er nog moe uit, Homeros. Ik laat een lichte maaltijd brengen. Daarna doe je het best een tukje.'

'Ik heb meer slaap dan honger.'

'Probeer toch iets naar binnen te werken.'

De keukenslaaf bracht een lichte bouillon. Ik lepelde hem met tegenzin op. Met elke schep kreeg ik er meer smaak in. Ik slobberde de kom helemaal leeg. Daarna sloot ik mijn ogen.

Nog voor ze helemaal dicht waren, sliep ik al.

*

De volgende morgen voelde ik me een heel stuk beter. De hoofdpijn was afgenomen tot een zacht geknaag. Mijn knie deed alleen pijn als ik erop steunde en mijn neus alleen als ik tastte of hij nog recht naar voren wees. Dat bleek het geval te zijn.

Wat me vooral opviel, was een nerveuze drukte. Er was zoveel volk in de villa, er klonken zoveel stemmen en er liepen zoveel mensen heen en weer, dat ik me afvroeg of een van de markten zich naar de doktersvilla verplaatst had.

Maria Corinna bracht me een kom groentesoep en een homp brood. Ik had een gezonde eetlust. Ze vertelde dat er de voorbije nacht opnieuw schermutselingen waren geweest tussen soldaten en groepjes gemaskerden. Drie militairen waren gedood en vier gemaskerden gewond. Alle gewonden waren naar de villa van Antaios gebracht, wat verklaarde waarom die in een ziekenhuis herschapen was. Met z'n drieën – Antaios, Aurelia en Maria Corinna – waren ze de hele nacht in de weer geweest om de gewonden te verzorgen. Om de beurt hadden ze een paar uurtjes kunnen slapen.

Ik vroeg hoe het met Lamprias gesteld was. Hij was nog altijd niet tot bewustzijn gekomen, zei Maria Corinna. Soms ijlde hij. Aurelia bracht elk vrij ogenblik bij hem door.

Uit binnensijpelende berichten bleek dat Sagalassos een stad in volle oorlog was. De straten lagen er zo goed als verlaten bij. Soms braken korte, heftige gevechten uit. Het gerucht ging dat Nero op beloofde versterking uit Antiochië wachtte, een gerucht dat door de opstandelingen meteen tegengesproken werd. Zij beweerden dat Nero met lege handen uit Antiochië teruggekeerd was. Zijn onderhandelingen hadden geen steun opgeleverd. Integendeel, Antiochië en nog andere steden in het binnenland zouden de opstandelingen hun militaire steun hebben toegezegd.

Ik bleef tot tegen het middaguur in de villa. Omdat ik geen verzorging meer nodig had en voortdurend iedereen voor de voeten liep, besloot ik naar de herberg te verkassen. Ik vroeg de tuinslaaf om op zoek te gaan naar een wandelstok. Hij vond er een, een knoestig maar stevig geval. Het voorstel van Maria Corinna om me naar de herberg te vergezellen, sloeg ik af, zij het met enig hartzeer – een man heeft zijn trots. Mijn gevoel voor eerlijkheid zei me dat de kleine jodin onmisbaar was bij de verzorging van de gewonden. Je hoefde geen profeet te zijn om te weten dat er nog meer gevechten zouden volgen, met nog meer slachtoffers.

De straten lagen er inderdaad akelig leeg en stil bij. Alsof de pest voorbij was gekomen. Ik ontmoette een colonne soldaten. Ze waren blijkbaar naar de villa van Lamprias onderweg. Mijn tenen kromden van de spanning en ik vroeg me af in welke plooi ik mijn gezicht het best trok om er oud en ongevaarlijk uit te zien. De soldaten keurden de kreupele man die zich dicht tegen de gevels en met een slepende linkerpoot moeizaam op een stok voortduwde niet één blik waardig.

De kroeg was leeg. Zelfs de hoertjes waren ervandoor gegaan. Xenodoros hield zich op het achterplan. Hij beperkte zich tot een verre groet en verdween zo snel als hij kon in de kelder. Daar hoorde ik hem wijnkruiken verplaatsen. Besefte hij dat de wind gedraaid was? Dat de stad zich tegen de soldaten keerde? Was het tot hem doorgedrongen dat zijn keuze voor Nero voortvarend was geweest en hem zuur kon opbreken?

Sessia verwelkomde me hartelijk, zoals altijd. Het scheelde niet veel of ze had me stevig tegen haar boezem gedrukt. Ze plantte me op de bank tegen de muur, mijn vertrouwde plek, en zette een stevig gekruide bouillon met stukjes schapenvlees en veel brood voor me op de ruwhouten tafel. Ik speelde alles met smaak naar binnen. Ze zat met een tevreden glimlach aan de andere kant van de tafel naar me te kijken. Ik vermoedde welke prijs ze voor haar soep zou vragen: een gedetailleerd verslag van wat er in de villa van de dokter gebeurd was. Mijn vermoeden klopte. Ik betaalde de prijs graag. Zelden had iemand zo gretig naar me geluisterd!

De rest van de dag bracht ik op mijn kamer door. Had iemand een slaapmiddel in mijn eten gedaan? Ik sliep uren aan een stuk, werd tussendoor een halfuurtje wakker, maar doezelde meteen weer in.

Pas tegen de avond kon ik me uit de armen van de slaap loswor-stelen. Ik voelde me als herboren. De hoofdpijn was verdwenen. Ik kon zelfs zonder pijn op mijn knie steunen en dus verwijderde ik het verband. Ik stommelde zonder stok het houten trapje af. Nog altijd geen volk in de kroeg. Volgens Sessia mochten de soldaten het leger-kamp niet meer uit en de inwoners van Sagalassos bleven binnen omdat iedereen aanvoelde dat er belangrijke gebeurtenissen in de lucht hingen.

'Belangrijke gebeurtenissen? Waar denk je aan, Sessia?'

Ze rolde geheimzinnig met haar ogen, maar antwoordde niet. Ik vroeg of ze iets lekkers voor me klaar wilde maken. Even later bracht ze me een enorme portie kleine gehaktballen waarin ze in wijn ge-doopt brood en allerlei kruiden verwerkt had; ze had er peperkorrels en pijnpitten in geduwd en alles lekker goudbruin laten braden in olijfolie.

Ik was ongeveer halverwege de berg gehaktballen gekomen toen ik gealarmeerd mijn oren spitste. Zware, ritmische voetstappen. Dat konden alleen soldaten zijn. Een geschreeuwd bevel. De stappen hiel-den halt voor de kroeg. Dit waren geen verveelde soldaten die een kroes wijn kwamen drinken. Er hing inderdaad iets prikkelends in de lucht. Spanning. Onzekerheid. Dreiging.

Sessia kwam in de keukendeur staan. Ze fronste haar wenkbrau-wen. Van Xenodoros was geen spoor te bekennen. Toch moest ook hij de marcherende soldaten gehoord hebben. De geslepen vos drukte zich.

De deur zwiepte open. Ik herkende de man die in de deuropening stond meteen. Natuurlijk herkende ik hem.

Hij grijnsde naar me. Niet met de ontspannen grijns van onze bootreis, de grijns waarmee hij ter wereld was gekomen. Uit deze grijns sprak hoofdzakelijk haat. Er zat ook iets triomfantelijks in. Het was zo'n gemene grijns van 'deze-keer-heb-ik-je-voorgoed-te-pakken'. Met een korte knik wenkte hij de soldaten naar binnen. Vijf. Hij wees me met zijn wijsvinger aan.

'Die is het. Laat 'm deze keer verdomme niet ontsnappen.'

Sessia, de schat, deed vier stappen naar voren. Ze posteerde zich tussen mij en de soldaten, kruiste haar indrukwekkende armen voor haar indrukwekkende boezem en liet haar indrukwekkende stem galmen.

'Wel, wat stelt dit voor, heren? Die meneer is mijn klant. Jullie kunnen hem niet zomaar uit mijn kroeg plukken en meenemen. Niet halverwege in een maaltijd. Tenzij jullie onbeschoft crapuul zijn. Soldaten van Nero doen zoiets niet, ongemanierde barbaren wel.'

Het klonk indrukwekkend, maar het raakte Diores niet. Met een paar snelle passen stond hij bij Sessia. Hij legde zijn hand met gespreide vingers op haar mond en duwde haar langzaam achteruit, tot in de keukendeur.

'Blijf van haar af, Diores,' gromde ik. 'Sessia heeft hier niks mee te maken. Dit is tussen ons.'

'Jouw mening interesseert me niet, Romein,' zei Diores. 'Als dat wijf nog één woord zegt, arresteren we haar ook. Misschien vinden we een cel die groot genoeg is om haar in te duwen.'

De soldaten lachten vettig. Ik kauwde de laatste bal gehakt en slikte hem door. Deze keer hoefde ik niet te rekenen op de tussenkomst van de gemaskerde reus. Vluchten was uitgesloten. Als iéts me nog kon helpen, dan was het praten.

'Vergeet niet dat ik een vrij man ben, Diores,' begon ik. 'Ik bezit het Romeins burgerrecht. Je hebt niet het recht om een Romeins burger...'

Vrij of niet, burgerrecht of niet, de soldaten lieten me niet uitspreken. Een van hen pakte me hardhandig beet. In een geroutineer-de beweging draaide hij mijn armen vakkundig op mijn rug, zo bru-taal dat mijn schouder net niet uit de kom schoot. Ik kon het niet laten om te kreunen van de pijn. Even werd het me zwart voor de ogen. Ik beet op mijn tanden. Voor de tweede keer op twee dagen tijd werden mijn handen achter mijn rug vastgebonden. Ook ditmaal veel steviger dan nodig. Veel wapens hadden de soldaten van Nero niet, maar ze konden goed met touwen overweg.

'Ik wil de provinciegouverneur spreken,' zei ik.

Diores kwam vlak voor me staan. Zijn zurige adem walmde in mijn gezicht. Hij had te veel gedronken.

'Je tong staat te los, Grafikos,' lachte hij gemelijk, zijn bekende grijns nog breder dan anders. 'Dat geklets zul je gauw afleren. En wat de provinciegouverneur betreft, hij is een schijtlaars. Hij is naar Rome gevlucht. Hoe zeggen jullie dat in Rome? Andere heersers, andere wetten.'

'Ik dacht dat je huidenkoopman was,' schimpte ik.

Dat vond hij grappig. Hij barstte in een schaterlach uit.

'Inspiratie van het ogenblik, Romein. Toen je ineens in de villa van Atilius voor me stond, kon ik mijn ogen niet geloven. Ik kon niks beters bedenken. Weet je, toen in die kroeg, in Ostia, toen dat knappe wijfje van je zei dat jullie naar haar stervende moeder onderweg waren, geloofde ik haar. En jij geloofde dat ik huidenkoopman was. We zijn quitte. Vooruit, waar wachten jullie op?'

Ik had snel door welke weg we volgden door een levenloos Sagalassos. We waren onderweg naar een villa met een besnorde Galliër in de voortuin en, wie weet, een warme kelder. Mijn toekomst zag er behoorlijk zorgwekkend uit. Elke stap bracht me dichter bij een lastige confrontatie. Misschien twee confrontaties.

Ik wist bij Zeus niet aan welke van de twee ik de grootste hekel had.

*

'Aha! De spion die Vespasianus achter me aan heeft gestuurd. Je ziet er helemaal niet als een spion uit. Ook niet als een soldaat.'

Nero, althans de bedrieger die zich voor Nero uitgaf, had een kort, geblokt postuur en een stevige, vierkante kop op een stierennek. Hij was kalend. In zijn blik streden arrogantie en machtswellust om de bovenhand. Hij was zo'n kerel met wie je beter kersen at dan op de vuist ging. Hoe aandachtiger ik hem bekeek, des te beter kon hij voor een ietwat verouderde Nero doorgaan. Van Nero, de echte, werd gezegd dat hij een behoorlijke zangstem had. Ik herinnerde me dat zijn leermeester Seneca in een van zijn brieven schreef dat Nero over een meer dan gemiddeld muzikaal talent beschikte. Van dit gedrongen heerschap kon zelfs niet gezegd worden dat hij een aangename stem had. Ze klonk vermoeid en rasperig. Als hij zich opwond, schoot ze onaangenaam de hoogte in. Maar toegegeven, er ging een gebiedende kracht van die stem uit. Dat kwam ervan als je dagelijkse omging met ruw soldatenvolk dat weinig oor had voor subtiele nuances in taalgebruik en intonatie.

'Leuk idee om je in de kroeg te verstoppen. Maar wie Diores wil verschalken, moet vroeger opstaan. Heeft de ouwe stronk nog meer spionnen gestuurd?'

Ik nam aan dat het veiliger was om me van den domme te houden en fronste niet-begrijpend mijn voorhoofd.

'Welke ouwe stronk?'

'Je weet vervloekt goed wie ik bedoel. Dit is niet het ogenblik om flauwe grappen te verkopen.'

Zijn stem werd schriller. Al bij al vond ik het ineens veiliger om hem niet meer uit te dagen.

'Ik ben niet door Vespasianus gestuurd,' zei ik. 'Ik ben hier met een persoonlijke opdracht.'

'Wat betekent dat, een persoonlijke opdracht? Probeer me niks wijs te maken.'

Ik vertelde hem bondig waar het om ging: dat ik op zoek was naar Florentina of haar intussen volwassen kind aan wie de Romeinse vader een belangrijke som geld wilde nalaten.

'Je was drie maanden lang niet in de stad. Ben je Vespasianus gaan vertellen wat hij wilde weten? Schijt de schrale soldaat in zijn broek van schrik?'

'Ik ben naar Egypte gereisd, op zoek naar het kind van Florentina.'

'Mooie schijnbeweging. Goed gevonden, Egypte. Vertel verder. Ik ben aan een spannend verhaaltje toe.'

'Ik ben in Alexandrië naar de zoon van Florentina gaan zoeken en heb hem gevonden. Mijn opdracht zit erop. Ik had nu graag de toelating om deze stad te verlaten.'

Mijn verhaal boeide hem blijkbaar. Hij bekeek me wat aandachtiger, alsof hij zich afvroeg wat hij van me kon geloven.

Ineens, met een felle ruk, werd een gordijn opzijgeschoven. Uit een nevenvertrek kwam Tatias naar binnen gestapt. Ik kromde mijn tenen. Mijn twee confrontaties smolten samen.

De rode heks was in nachtkledij en blootsvoets. Ze droeg een wijd vallend roodachtig hemd in een licht geweven, doorschijnende stof. Nachtkledij of niet, ze was perfect opgemaakt. Aan haar enkels en polsen droeg ze gouden armbanden. Hield ze die 's nachts aan? Op haar rode haren, die ze strak in een knot samengebonden had, prijkte een kleine, gouden diadeem. Ik had zo'n gloeiende hekel aan die vrouw dat ze me lichamelijk afstootte. Toch kon ik erin komen dat ze een zekere verleidelijkheid uitstraalde voor bepaalde mannen, althans in nachtkledij. Zo kreeg ze iets hoerigs en tegelijk iets kwetsbaars.

Ik vroeg me af of ze iets met Nero had. Dat zou verklaren waarom hij in deze villa ingetrokken was: om zo dicht mogelijk bij zijn liefje te zijn. Het zou ook verklaren waarom ze opgesmukt en halfnaakt door het huis paradeerde. Was ze ervan op de hoogte dat haar echtgenoot op dit eigenste ogenblik voor zijn leven vocht? Allicht wel, want Antaios had haar een boodschapper gestuurd. Ze wist dat Atilius bij de aanslag zwaargewond was geraakt. Zo te zien maakte ze zich geen grote zorgen over het lot van haar echtgenoot.

Toen ze me zag, verstrakte haar gezicht. Haar felle ogen schoten vuur. Ik stelde met grimmige voldoening vast dat de weerzin die ik voelde wederzijds was.

'Geloof geen snars van dat Egypteverhaal, generaal,' zei ze scherp. 'Dat zuigt hij ter plekke uit zijn duim. Die man spreekt met de dubbele tong van een slang.'

Ik legde de onschuld van een kind in mijn blik.

'Laat hem folteren, generaal,' siste ze. 'Dan komt de waarheid wel naar boven.'

Nero fronste zijn voorhoofd zorgelijk. Hij schudde neen.

'Later, lieve schat,' zei hij vermoeid. 'Voor één keer moeten jouw persoonlijke besognes wijken voor het staatsbelang.'

Ze stampvoette en rimpelde haar lippen.

'Als hij inderdaad naar Egypte geweest is, wil ik weten wat hij daar uitgespookt heeft. Ik moet het weten. Het moet. Het moet!'

Nero maakte een wappergebaar met beide handen, alsof hij een hinderlijke geur wilde verdrijven. Hij glimlachte toegeeflijk, zoals een verveelde vader glimlacht naar een zeurend kind.

'Lieve schat, alle begrip voor je persoonlijke wensen,' zalfde hij, 'maar alles op zijn tijd. Denk aan het gesprek dat we de voorbije avond gevoerd hebben. Eerst de macht veroveren en veilig stellen. Dat betekent: een sterk leger op de been brengen, de steden van Pisidië aan onze kant krijgen, dan de steden van Afrika en Sicilië. Daarna wil ik best op zoek gaan naar het kind van je zus. Of de kinderen. Was het geen tweeling? Maar niet nu. Op dit moment hebben we andere katten te geselen.'

Dat antwoord beviel Tatias niet. Haar gezicht kreeg een hardere trek. Ze was een verwende vrouw die zelden of nooit werd tegengesproken. Iedereen sprong voor haar als ze met haar vingers knipte. Haar wimpers trilden. Ze spande haar lippen tot het bloed eruit wegtrok. Het was waarschijnlijk nog niet tot Nero doorgedrongen wat voor een furie hij aan de haak had geslagen.

'Ik vraag u een gunst, generaal,' drong ze aan. 'Na al wat mijn echtgenoot voor u gedaan heeft, kunt u mij die gunst niet weigeren.'

Nero maakte een kregelig wegwerpgebaar. Tatias verveelde hem zichtbaar. Ik begon bijna sympathie voor die man te krijgen.

'Begin niet opnieuw,' zei hij met een overdreven zucht. 'Atilius is nuttig voor me geweest, liefje, natuurlijk. Ik waardeer zijn bijdrage. Ik zal je daar op het gepaste moment voor belonen. Maar na de aanslag is alles fundamenteel veranderd. Zet Atilius uit dat lieve hoofdje van je. Hij komt niet meer in het stuk voor. Je hebt me gisteren nog verteld dat jullie een saai verstandshuwelijk hadden. Dan moet je nu niet ineens de sentimentele toer opgaan. Het is in ieders belang dat we hem zo snel mogelijk vergeten. Dood is dood.'

'Is Atilius Lamprias dood?' vroeg ik.

'We kregen zonet bericht dat hij overleden is,' knikte Nero. 'Ik heb intussen in zijn opvolging voorzien. Van vandaag af bestuurt deze charmante dame de stad, voorlopig in mijn naam. Over welke gunst had je het, lieve schat?'

'Ik wil een gesprek met Grafikos. Onder vier ogen. Over iets persoonlijks. Na het gesprek mag u met hem doen wat u goeddunkt.'

'Wat me goeddunkt? Bij Jupiter! Wat doe je met spionnen? De gevangenis in, natuurlijk.'

'Is het toegestaan, generaal?' vroeg Tatias.

'Wat dan?'

'Een gesprek onder vier ogen.'

Nero deed nu geen moeite meer om zijn verveling te verbergen. Hij knikte kort, kwam overeind en liep naar de deur. In het voorbijgaan liet hij zijn hand op het achterwerk van Tatias rusten. Ze kirde even en tuitte verleidelijk haar lippen.

Tatias bewoog niet tot Nero het gordijn achter zich dicht had getrokken. Toen keerde ze zich naar mij.

Ik hield mijn adem in. Tot mijn verbazing gleed er een glimlach over haar gezicht die niet helemaal zonder verleiding was. Die vrouw was een volleerde komediante. Ze wees dat ik op een vouwstoel kon gaan zitten. Zelf nam ze plaats in de zetel waarin Nero gezeten had. Haar decolleté was zo laag dat ik de helft van haar borsten kon zien. Of beter: had kunnen zien áls ze borsten had gehad.

'Nu onder ons, Grafikos,' zei ze. 'Bijna als oude vrienden die elkaar na lange tijd terugzien. Ik wil weten of je naar Alexandrië of naar Rome gereisd bent.'

'Alexandrië.'

'Ik neem aan dat je daar iets bent gaan zoeken. Gevonden wat je zocht?'

Omdat ik geen zin had in woordspelletjes, besloot ik meteen tot de kern te komen.

'Ik heb hem gevonden – Zebidas. Hij kwam er aan de kost als straatworstelaar.'

'Kwám? Is hij...?'

'We zijn samen naar Perge gereisd. Daar zijn we uit elkaar gegaan. Hij weigerde naar Sagalassos te komen. Hij haat Atilius. Ik moest u zijn groeten overbrengen. Over u praat hij met een zekere eerbied.'

'Ik heb hem opgevoed. Hij was mijn zoon.'

'Uw pleegzoon.'

'Ik weet dat je goed met Aurelia opschiet. Heeft ze het verteld?'

'Wat verteld?'

'Alles. Alles wat er in deze villa gebeurd is.'

'Alleen de grote lijnen,' zei ik. 'Eerlijk gezegd, deze villa interesseert me niet meer. Ik wil weten wat er met Florentina gebeurd is na haar vlucht.'

Ze zakte wat dieper in de zetel weg. Mijn vraag bracht een stuk lang vergeten verleden in haar naar boven. Haar blik werd dromerig. Een tijdlang zat ze voor zich uit te staren, zonder me te zien, zonder te beseffen dat ik er was. Ik had alle tijd en wachtte af. Ineens knipperde ze met haar ogen. Ze werd zich opnieuw bewust van mijn aanwezigheid.

'Mijn arme zus. Wil je haar verhaal kennen? Je zult in de gevangenis tijd genoeg hebben om erover na te denken. Heb je intussen al uitgevogeld waarom Florentina uit Sagalassos weggevlucht is?'

'Marullus heeft me verteld over een zomer vol passie.'

'Dan weet je ook dat hij mijn zus zwanger heeft gemaakt. Ik woonde toen nog met Atilius in Antiochië. We hadden niet zo vaak contact met Florentina. Niet dat we gebrouilleerd waren. Ik hield zielsveel van mijn zus. Haar echtgenoot strooide het bericht rond dat ze onvruchtbaar was. Dat vond ik vreselijk sneu voor haar. We waren

250

allebei gek op kinderen. Zelf had ik al twee miskramen gehad. Ik raadpleegde de beste dokters van Antiochië. Ze beweerden dat ik kinderloos zou blijven. Toen ik vernam dat mijn zus zwanger was, boorde zich een zwaard van afgunst in mijn hart. Ik vond haar zwangerschap ontzettend onrechtvaardig. Ik werd redeloos, bijna razend jaloers. Het was sterker dan mezelf. Florentina vluchtte uit Sagalassos weg omdat haar echtgenoot dreigde het kind van Marullus te zullen doden. Ik vermoedde dat ze naar Perge gereisd was. Daar was ze eerder al enige keren geweest. Ik liet haar door een slaaf opsporen en wachtte tot ze in haar zevende maand was. Toen reisde ik naar Perge. Een dramatische ontmoeting. Achteraf was ik er kapot van. Ik herkende Florentina nauwelijks. Mijn trotse, mooie, eigenzinnige zus was een wrak. Ze woonde in een krot bij de haven, een hol van planken en zakkengoed. Ze slaagde erin om net niet te verhongeren. Ze voorzag in haar levensonderhoud door klusjes op te knappen, te bedelen, af en toe zeelui ter wille te zijn. Ze had een zware longziekte, was graatmager, hoestte bloed op. Ik kon Atilius ervan overtuigen om Florentina bij ons in huis te nemen. Mijn echtgenoot had het in die tijd ontzettend druk. Hij zat in de graanhandel en leverde aan het leger. Hij verbleef veel buiten de stad.

Florentina beviel voortijdig in mijn huis. Een tweeling, een jongen en een meisje. Als bij wonder overleefden de kinderen. Ik zorgde voor een min en speelde zelf het zorgzame moedertje. Ik voelde me gelukkiger dan ik ooit geweest was. Florentina doofde uit als een olielamp zonder brandstof. Ze leefde nog twee weken na de bevalling.

Vijf jaar later erfde Atilius van zijn vader uitgestrekte landerijen in Sagalassos. Ook een vallei acht kilometer ten zuiden van de stad. Daar wordt uitstekende pottenbakkersklei gedolven. We verhuisden naar Sagalassos en lieten deze villa bouwen. Onze verhuizing was een onderdeel van een vernuftig plan dat Atilius en ik uitgeknobbeld hadden. Maanden tevoren liet ik vrienden in Sagalassos het gerucht verspreiden dat ik een zoon van vijf had, Zebidas, en dat ik de dochter van mijn zus geadopteerd had. Toen we hier kwamen wonen, had ik twee kinderen: een zoon van vijf en een pleegdochter van vier.'

'En Atilius? Hoe reageerde hij op die situatie?' vroeg ik.

'Atilius had altijd al een zoon gewild, een troonopvolger. Nu hij zijn zoon had, groeide een tweede droom in hem: het Romeinse burgerrecht verwerven. Hij rekende erop dat zijn zoon later bevelhebber van de hulptroepen zou worden, de gebruikelijke weg om op te klimmen tot de klasse van de ridders.'

'Het liep mis tussen je echtgenoot en Zebidas. Waarom?'

'De eerste jaren was er geen enkel probleem. We vormden een harmonieus gezin. Als jonge moeder was ik volmaakt gelukkig. Als echtgenote kwam ik minder aan mijn trekken. We hadden een verstandshuwelijk. Atilius engageerde zich in de politieke machtsstrijd. Dat slorpte al zijn tijd op. Zolang de kinderen klein waren, zaten ze onder mijn vleugels. De moeilijkheden begonnen toen ze opgroeiden. Zelfstandiger werden. Zelfbewuster. Ik herkende almaar duidelijker het eigenzinnige karakter van Florentina, zowel in Zebidas als in Aurelia.'

Ze aarzelde. Haar ogen vernauwden tot spleetjes.

'Heeft Zebidas verteld waarom er een kloof kwam tussen Atilius en onze dochter?' vroeg ze.

Al had ik mijn vermoedens, ik schudde ontkennend mijn hoofd. Ik wilde het uit haar mond vernemen.

'Aurelia groeide op tot een beeldschoon meisje, een jongere versie van Florentina. Dat bracht Atilius in de war. Begrijp me niet verkeerd. Ik had van Atilius nooit enig signaal van ontrouw opgevangen. Vrouwen lieten hem onverschillig. Hij was alleen in macht geïnteresseerd. Zijn politieke spelletjes eisten al zijn tijd, al zijn aandacht, al zijn energie op. Maar het bloed klopte. De aanwezigheid van een jong, aantrekkelijk meisje dat zijn dochter niet was, bracht zijn hoofd op hol. Aurelia moet dat beseft hebben, of vermoed. Ze begon Atilius te mijden. Alsof ze wist dat er iets kon gebeuren. Tot het inderdaad gebeurde, met de onvermijdelijkheid van een Griekse tragedie. Misschien heeft ze achteraf haar hart bij Zebidas uitgestort, ik weet het niet. Misschien heeft Zebidas iets vermoed of ontdekt; die jongen zag en hoorde alles. Aan mij heeft ze nooit iets willen zeggen. Waarschijnlijk vreesde ze dat ik de kant van mijn echtgenoot zou kiezen.

Ze moest het trauma alleen verwerken. Ze koos voor de vlucht in de bergen. In de eenzaamheid van rotsen en bossen kwam ze tot rust. Ze voelde er zich vrij en gelukkig. Daar hoefde ze niet voortdurend op de vlucht voor een hitsige pleegvader.

Ze kreeg aanzoeken van trouwlustige jongens, van rijke weduwnaars. Twee keer probeerde Atilius haar aan een vriend van hem te koppelen. Ze weigerde. Ze verkoos de bergen. De eenzaamheid.'

'Atilius had ook problemen met Zebidas,' zei ik.

'Een vreemde jongen, Zebidas. Atilius droomde van een stralende politieke carrière voor hem. Toen Zebidas vertelde dat hij gladiator wilde worden, brak er iets in Atilius. Een droom viel aan scherven. Van die dag af zat het scheef tussen vader en zoon. Het leven in dit huis werd een hel. De kinderen ontweken ons alsof we schurftig waren. Atilius en ik groeiden nog verder uit elkaar. Toen kwam de vlucht van Zebidas. Een kaakslag die Atilius moeilijk kon verwerken. Hij ervoer het als een publieke vernedering. Van die dag af was Zebidas taboe in dit huis. Atilius weigerde zijn naam nog uit te spreken. De jongen had nooit bestaan voor hem. Zoals ook Florentina doodgezwegen werd. Waar je niet over praat, dat bestaat niet.'

'Tot vorige zomer een Romein naar Florentina informeerde,' zei ik.

Onder het vertellen was Tatias dieper in de zetel weggezakt. Ze liet de lucht met schokjes door haar neus ontsnappen. Ze zag er een beetje verfrommeld uit, ondanks de dikke laag schmink, die minieme barstjes begon te vertonen. De dame was dringend aan enig restauratiewerk toe.

'Ja, toen kwam die Romein. Hij bood zich eerst bij de *agoranomos* aan. Die stuurde hem naar Atilius. Ik herinner me het gesprek nog. Als Atilius een voordeel ruikt, kan hij een ontzettend charmante gesprekspartner zijn. Na enige kroezen wijn kreeg hij de man zover dat hij honderduit over zijn opdracht babbelde. Zo vernamen we dat de biologische vader van onze kinderen nog leefde. Meer nog, dat hij een stinkend rijke Romein was. Hij zou dus een enorme erfenis achterlaten. Mijn echtgenoot lokte de Romein naar een afgelegen grot en liet hem door een van onze vrienden vermoorden. We kleedden de moord in als een roofoverval. De bezittingen van de Romein hebben we in onze verwarmingsinstallatie verbrand.'

'Was die vriend Diores?'

Ze keek me verbaasd aan, naar het me toescheen met een zekere bewondering.

'Goed geraden, jongeman. Atilius schakelt meestal Diores in om dit soort klusjes op te knappen. Toen kregen we een schitterend idee.'

Het gordijn zwiepte weg.

Een man stapte zelfbewust de kamer binnen.

*

Hij was mager, eigenlijk eerder pezig dan mager. Er prijkte een tevreden grijns op zijn bronskleurige rimpelgezicht. Hij gunde me een snelle, ongeïnteresseerde blik en liep dan naar Tatias, ging op de armleuning zitten en legde zijn arm om haar naakte schouders. Ze keek naar hem op, tuitte haar lippen, bedelde om een kus. Ze zoenden elkaar. Dat duurde vervelend lang. Ik zat er gegeneerd naar te kijken. Omdat ze niet meteen ophielden, verlegde ik mijn blik naar de vloer.

Ik had de situatie verkeerd ingeschat. Tatias had geen verhouding met Nero, tenzij een louter politieke. Haar minnaar heette Diores.

Toen ze eindelijk uitgezoend waren, verwaardigde Diores zich om enige aandacht aan mijn aanwezigheid te schenken. Hij wierp me een blik vol minachting toe. Spottend krulde hij zijn lippen.

'Sta me een kleine correctie toe, engeltje van me,' zei hij. 'Niet "we" kregen een schitterend idee. Dat schitterende idee heb ik gelanceerd. Atilius was er enthousiast over.'

'Maar het draaide niet uit zoals gepland,' zuchtte Tatias.

Diores haalde zijn schouders op. Ik wist dat hij een geboren verhalenverteller was en probeerde hem uit zijn tent te lokken.

'Over welk schitterend idee hebben we het?' vroeg ik. 'Laat me raden. Je bent naar Rome gereisd om Marullus te ontmoeten.'

'Je bent snuggerder dan ik dacht, Grafikos. Atilius stuurde me inderdaad naar Rome. Op de eerste plaats om contacten te leggen met de kanselarij van keizer Vespasianus. Ik moest een nieuwe poging ondernemen.'

'Het burgerrecht?'

'Precies, maar ik viste achter het net. De hofhouding van Vespasianus was geïnfiltreerd door vijanden van Atilius. De ambtenaren van de Palatijn lieten me koudweg verstaan dat een aantal families van Sagalassos in aanmerking kwam voor het burgerrecht maar dat die van Atilius Lamprias daar niet bij was. Het eerste deel van mijn opdracht was daarmee mislukt.'

'En daarna heb je Marullus opgezocht,' zei ik. 'Waarom?'

'Omdat we wisten dat hij op een berg geld zat. Zoals we ook wisten dat hij niet lang meer zou leven en dat zijn amoureuze zomer in Sagalassos hem gewetensproblemen bezorgde.'

'Heb je hem gesproken?'

'Met een smoes raakte ik bij hem binnen. Ik probeerde hem te chanteren. Mijn plan zat goed in elkaar, alleen maakte ik een denkfout. De man was stervende. Ik had me niet gerealiseerd dat een man die de dood in de ogen kijkt, ongevoelig is voor chantage en bedreiging. Dus lachte Marullus me vierkant uit. Daar stond ik, een gladiator die zich realiseerde dat hij geen wapens meer had om het gevecht voort te zetten. Ik weet nog wat de oude man zei, bijna vriendelijk: "Ik heb hooguit nog een handvol dagen te leven. Maak als de bliksem dat je dit huis uit bent. Anders laat ik mijn bloedhonden op je los." Ik wist niet of hij bloedhonden had, maar ik nam het zekere voor het onzekere en maakte me zo snel mogelijk uit de voeten!'

Hij schaterde het uit, zijn mond wijd open. Doordat zijn voortanden ontbraken, kreeg ik vrije inzage in zijn mond. Zijn gebit zag eruit als een rij verbrande sintels. Ineens werd hij weer ernstig. Hij klapte zijn mond dicht en vervolgde zijn verhaal.

'Ik keerde dus met lege handen naar Klein-Azië terug. In een havenkroeg in Ostia ontmoette ik een man die ook naar Klein-Azië reisde. Hij was in het gezelschap van een bloedmooie vrouw die mijn aandacht trok, een levendig jong ding met prachtige ogen. Ik regelde het zo dat we met hetzelfde schip vertrokken.'

'Dat verhaal ken ik,' zei ik somber. 'Waarom heb je tijdens de zee-reis niks verteld over je opdracht? Je mond stond niet stil, maar over jezelf liet je niks los.'

'Aangeleerde voorzichtigheid. Atilius betaalde me rijkelijk voor de klusjes die ik voor hem opknapte. Over mijn opdrachten zwijg ik als het graf.'

'Diores is een sluwe vos,' kwam Tatias waarderend tussen. 'Hij liet zich dubbel betalen. Door Atilius in goudstukken, door mij in natura.'

Ze streelde liefkozend over zijn kalende schedel. Ik had zelden zo'n bizar koppel gezien. Ineens bedacht ik dat deze vrouw hooguit enkele uren geleden weduwe was geworden.

'Jullie zijn een gewetenloos stel,' zei ik, en het kwam diep uit mijn hart. 'Respecteren jullie dan geen enkele morele regel?'

'Vroeg de filosoof streng,' grinnikte Diores. 'Wie het wil maken in de politiek, moet morele regels tijdig kunnen vergeten.'

'En dat kunnen wij,' verzekerde Tatias. 'Nero verovert Klein-Azië en wij veroveren Sagalassos. En we laten een erepoort bouwen in wit marmer uit Aphrodisias, op de toegangsweg naar de bovenste agora. Daar komen onze beide namen op, gebeiteld in grote letters.'

Ze begonnen elkaar uitvoerig te kussen.

Bij wijze van protest keek ik demonstratief de andere kant op. Mijn protest haalde weinig uit.

*

Geen warme kelder in een mooie villa. Wel de stadsgevangenis. Diores bracht me naar een vochtig rotshol, onder escorte van tien soldaten. Zelfs het feit dat het er zoveel waren, kon mijn ijdelheid niet strelen.

De gevangenis lag tegen de stadsmuur aan en bestond uit twee enigszins lager gelegen grotten die in de rotswand waren uitgehouwen. Vijf ruw uitgekapte treden leidden ernaartoe.

Diores, in een babbelzieke bui, vertrouwde me onderweg toe dat Nero, zodra de opstand in Sagalassos bedwongen was, naar Antiochië wilde oprukken om de stad met geweld in te nemen. Een kwestie van

ikele dagen. Daarna zou ik naar de gevangenis van Antiochië over-
gebracht worden.

'Daar zijn de ratten hongeriger,' grijnsde hij boosaardig.

Ik gunde hem zijn gruwelijke pleziertje niet, dus klemde ik mijn
kaken op elkaar en deed alsof ik niets gehoord had. Hoe vredelievend
mijn karakter ook is, ik had zijn grijnzende smoel graag enige keren
door een van de doornstruiken langs de weg gehaald.

Ik bracht een afschuwelijke nacht door in de grot. Omdat ik een
groot deel van de voorbije dag geslapen had, lag ik urenlang te woelen op een dunne, stinkende zak met klam stro. De rotsbodem was
vochtig. Er hing een stank van zweet, urine, slijk, uitwerpselen. Ik
moest niet lang raden welke uitwerpselen dat waren, de ratten kropen over mijn voeten. Ik bewoog geregeld mijn tenen uit vrees dat ze
eraan zouden knabbelen. Er zaten niet alleen ratten, voortdurend ritselde er nog ander, onzichtbaar ongedierte. Af en toe pletste een druppel van de zoldering. Van wat er in de stad gebeurde, had ik geen
flauw benul. Er drong geen enkel geluid van buiten naar binnen door.
Eén pluspunt: eindelijk had ik een heldere kijk op de situatie. Min-
punt: mijn situatie zag er belabberd uit. Tatias was op alle fronten de
grote triomfator. Ze had de volle steun van Nero. Na een rouwperio-
de, die ze allicht tot een strikt minimum zou beperken, kon ze in de
villa goede sier maken met haar minnaar. Bleef de vraag hoe groot de
kans was dat Nero de steden van Pisidië achter zich kreeg. Slaagde hij
daarin, dan zat Tatias politiek op rozen. Mislukte Nero, dan kregen
zij en Diores het moeilijk om in Sagalassos aan de macht te blijven.
In het voordeel van Nero pleitte dat zijn voorganger, de echte Nero,
nog altijd geliefd was in Klein-Azië. Hij kon de Rome-haat van de
bevolking in zijn voordeel laten spelen. Was dat voldoende om de steden warm te maken voor zijn opstand? Kreeg hij voldoende geld bij
elkaar om een leger te onderhouden? Ik wist het niet.

Ik sukkelde in slaap, ondanks de hongerige ratten, de penetrante
stank, de klamme matras, de kille vloer, het geritsel van ongedierte,
het enerverende gedrup. En ondanks het besef dat deze gruwelijke
grot een winter lang mijn onderkomen zou zijn.

*

Het geluid van de houten deur die met een dreun tegen de rotswand bonkte. Het rossige licht van flakkerende fakkels. Drie gemaskerde mannen in de deuropening. Buiten klonken verwarde geluiden die ik met een kop vol slaap niet meteen kon duiden. Wel hoorde ik metaal op metaal ketsen. Iemand kermde van de pijn. Gevloek. Rennende voetstappen. Er werd gevochten!

Een man kwam de grot binnen. Hij trok me overeind, zo hardhandig dat ik kreunde van de pijn.

'Pak vast!'

Hij duwde me een wapen in de handen en leidde me bij mijn schouders de deur uit. Ik stommelde voor hem uit, de vijf rotstreden op, naar buiten. In het grauwe, onrustige licht van de fakkels had ik hem niet herkend. Dat gebeurde pas toen we buiten stonden, in het blauwige licht van de nieuwe dag.

'Zebidas! Hoe kom jij hier?'

'Geen tijd voor uitleg,' bromde hij.

'Was jij de reus die mij...?'

Hij knikte kort. Ik zoog de frisse morgenlucht diep in mijn longen en duizelde ervan. Ineens zag ik dat Zebidas' kleren helemaal onder het bloed zaten. Een snijwonde trok een streep van zijn oog naar zijn mond. De wonde was recent, er sijpelde bloed langs zijn hals in zijn gescheurde tuniek. Met een stoppelbaard van vele dagen bood hij een ronduit afschrikwekkende aanblik, zeker als het fakkellicht bewegende schaduwen op zijn gezicht tekende.

'Je bent gewond,' zei ik.

'Niet erg. Alles goed?'

'Nu wel. Wat gebeurt er?'

'De coalitie is vannacht aangekomen.'

'Coalitie?'

'De steden van Pisidië en Galatië. Vannacht verdrijven we de soldaten van Nero uit Sagalassos.'

'Waar is Maria Corinna?'

'Volg me.'

'Waar breng je me naartoe?'

Hij antwoordde niet. Ik liep achter hem aan. Twee gemaskerden vergezelden ons. We kwamen langs de kroeg van Xenodoros, sloegen rechtsaf en daalden af langs de plek waar men aan de bouw van een marmeren odeon begonnen was, al lagen de werkzaamheden ook hier stil. We liepen langs de zuilenrijen die de onderste agora omzoomden. Ik voelde me zo stijf als een plank. Met moeite kon ik de lange passen van Zebidas bijbenen. Toen de tempel van Apollo Klarios zich tegen de opaal oplichtende hemel aftekende, gingen we weer naar rechts. Even verder hielden we halt bij een hele reeks zuilen die ooit een zuilengang hadden gevormd.

'De oude stadsmuur,' legde Zebidas uit. 'Hier zijn we veilig. Bedankt voor alles, Grafikos.'

'Je draait de rollen om,' zei ik. 'Ik moet jou bedanken.'

Hij drukte me de hand. Zijn andere hand zat helemaal onder het bloed. Zijn onderarm vertoonde een gapende steekwonde. Ik wees ernaar. Hij haalde zijn massieve schouders op, alsof dat zorgen voor later waren.

'Waar moet ik naartoe?' vroeg ik.

'Naar de zuidelijke stadspoort. Daar wacht iemand je op. Volg de stadsmuur, zo kom je vanzelf bij de poort. Ik moet nu terug. Zodra de zon opkomt, vallen we het soldatenkamp aan.'

'Ben je al bij de bankier in Perge geweest?'

'De man is een maand geleden gestorven. Een bankier in Sagalassos heeft zijn documenten overgenomen. Aurelia heeft me een grot gewezen, een eind boven het theater. Daar heb ik me schuilgehouden.'

Ineens omhelsden we elkaar. Ik zag tranen in zijn ogen blinken. Hij maakte zich uit onze omarming los en verdween met de twee gemaskerden langs de stadsmuur in noordelijke richting. Ik ging de andere richting uit. Zo snel als mijn protesterende gewrichten dat toestonden, volgde ik een hobbelig rotspaadje. Ik had het gevoel dat ik afscheid genomen had van een trouwe vriend. Ik zou de beresterke straatworstelaar die zijn dagen had doorgebracht met beschilderde gladiatortjes in een amfitheater van bamboestokken en leem nooit meer terugzien. Er zat een brok in mijn keel. Ik slikte en slikte. Vergeefs.

*

De rest van het verhaal?

Dat ken jij net zo goed als ik.

Je stond bij de stadspoort tegen de muur geleund, een wollen deken om je schouders geslagen. Ik zag je pas toen ik je stem hoorde. Er stroomde een overweldigende vloedgolf van geluk door me heen.

'Ik wilde graag afscheid van je nemen, Homeros.'

'Aurelia.'

Opnieuw schoot er een brok in mijn keel. De ontroering deed alle kracht uit mijn spieren wegvloeien. Ik kon alleen je naam uitbrengen, met een verstikte stem.

Veel woorden hadden we niet nodig, jij niet en ik niet. We wisten dat het ontzettend mooi was geweest. Mooi en kortstondig als de bloei van zomerbloemen hoog in de bergen.

Een vers van Martialis schoot door mijn hoofd: *hij die van het verleden kan genieten, leeft twee keer.*

We omhelsden elkaar. Ik drukte je prachtige, zo begeerlijke lichaam heel dicht tegen me aan en ik voelde hoe ook jij je tegen me aan vleide. Alsof we nog één keer in elkaar wilden vervloeien. Nog één keer lichamelijk zo dicht bij elkaar wilden zijn als mogelijk was. Ik weet niet meer hoe lang we daar hebben gestaan, verloren in de tijd, denkend aan die ene, onvergetelijke nacht die we samen hadden doorgebracht. Een nacht die helemaal van ons was geweest, en van ons alleen. De herinnering eraan konden we koesteren en in ons leven meedragen zolang we dat wilden.

Ik moest ineens aan Maria Corinna denken. Dat ik geen afscheid van de kleine Galilese had kunnen nemen, deed me pijn. Tenslotte hadden we van elkaar gehouden – en ik wist dat ik nog altijd van haar hield.

Had je mijn gedachten gelezen? Je maakte je in ieder geval uit mijn omhelzing los.

'Ik moet je iets zeggen, Homeros,' begon je. 'Maria Corinna houdt van je. Ik weet dat ze evenveel van jou houdt als jij van haar. We hebben vannacht heel lang en heel indringend met elkaar gepraat. Ik was ervan overtuigd dat ze op Antaios verliefd was en dat ze jou afgeschreven had. Hoe kon ik weten dat ze nog van je hield? Ik dacht dat je vrij was. Anders had ik nooit...'

Je aarzelde. Ik legde mijn vinger op je lippen. Je sloeg je ogen naar me op. In het honingkleurige licht dat van over de oostelijke bergen de stad in spoelde en dat zo tastbaar was dat het vol goudstof leek te hangen, glansden je ogen nog mooier, nog dieper, nog mysterieuzer dan ik me herinnerde.

'Ik besef dat jouw plaats hier is, in de bergen,' zei ik. 'En dat mijn plaats in Rome is, op de Aventijn.'

'Naast Maria Corinna.'

Ik wist dat je gelijk had. Maar ik zou Maria Corinna's keuze respecteren, hoezeer dat ook tegen mijn zin was. Ik probeerde te begrijpen waarom ze geen tijd gemaakt had om afscheid van me te nemen. In de stad werd verwoed gevochten. Er zou in de loop van de dag nog veel bloed vloeien. Met haar ervaring als dochter van een kruidenvrouw was ze nu in de witte villa nodig.

'Wil je iets voor me doen?' vroeg ik.

Mijn keel zat klem. Ik moest de woorden eruit persen.

'Als je Maria Corinna ziet, straks, wil je haar dan zeggen – misschien bedenkt ze zich, misschien houdt ze nog van me – wil je haar zeggen dat ik op haar wacht op de hellingen van de Aventijn? Wil je haar zeggen dat ik nog altijd van haar hou? Als ze naar Rome komt, zal ik een notenboom in de tuin planten, en een vijver graven, en...'

Nu legde Aurelia haar vingers op mijn lippen en toen ze voelde dat er tranen over mijn gezicht liepen, veegde ze die voorzichtig weg.

'Je bent een lieve man, Homeros,' zei ze. 'Ik hoop dat je gelukkig wordt.'

Toen vonden onze lippen elkaar. Ze bleven veel langer en intenser op elkaar dan nodig en wenselijk was. Ik ben er bijna zeker van dat je mijn groeiende erectie voelde door de dichte deken die je nog altijd om je lichaam gedrapeerd had. Je hield je ogen gesloten. Ik voelde hoe je je onderlichaam tegen me aan drukte. Ik zag dat je van onze omhelzing genoot. Ik was op een vreemde, lichtvoetige manier gelukkig, en tegelijk intens bedroefd. Omdat onze omhelzing iets ontzaglijk moois afsloot.

Ineens hapte je schokkend naar adem. Je maakte je van me los, met zoveel kracht dat ik het vermoeden kreeg dat ook jouw lichaam reageerde en dat je jezelf ertegen beschermde.

Net op dat ogenblik hinnikte vlakbij een paard.

'Ik ben niet de enige op wie je indruk hebt gemaakt,' zei je, en je had je plagerige toon teruggevonden. 'Er is nog een vrouw in deze stad verliefd op je geworden.'

'Toch niet Sessia?'

'Goed geraden! Zij heeft voor deze paarden gezorgd. Soldatenpaarden. Sessia en haar man zijn ze vannacht in de kazerne gaan stelen.'

'Xenodoros? Die had toch de kant van je pleegvader gekozen?'

'Xenodoros is een windvaan. Vannacht heeft hij zich bij de opstandelingen aangesloten. Sessia heeft altijd aan onze kant gestaan. Er kwamen veel soldaten in hun kroeg. Ze luisterde gesprekken af en verzamelde informatie voor Antaios.'

'Waarom Antaios?'

'Het is de dokter die het hele verzet tegen de Nero-kliek georganiseerd heeft. Daarom liet hij iedereen geloven dat zijn reis naar Antiochië een liefdesreisje met jouw knappe jodinnetje was. Die twee hebben het spel heel overtuigend gespeeld. Ik zat er bijna met mijn neus op en toch ben ik erin getuind. Jij trouwens ook. Maria Corinna heeft me vannacht alles verteld. Tijdens hun reis voerde Antaios in het geheim politieke gesprekken. Hij probeerde de steden van Cilicië en Pisidië tegen Nero op te zetten. Dat de coalitie vandaag Sagalassos aanvalt, is helemaal zijn verdienste.'

Ik wist niet wat ik hoorde. Daar stond de Grote Speurder uit Rome, e zelfverklaarde Onfeilbare Mensenkenner, met zijn grote mond vol nden.

'We mogen geen tijd meer verspelen, Homeros. Ik breng je nu bij :mand die je naar Perge zal vergezellen.'

Er stonden drie paarden te wachten. Je bracht me een heel eind de bergen in, via smalle rotspaden die jij waarschijnlijk blindelings kon volgen. Het licht in het oosten groeide snel. De hemel kreeg de kleur van amber. De bergen tekenden er zich donker en messcherp tegen af.

Ineens zag ik een ring aan je vinger. Ik herkende hem meteen. Het was de ring die Marullus zo lang gedragen had dat hij dun en broos was geworden. De ring met de blauwe steen die de kleur van Florentina's ogen had. De kleur ook van jouw ogen. Marullus had me die ring mee-gegeven. Maria Corinna had hem de hele tijd gedragen. Het was goed dat hij voortaan aan jouw vinger zou zitten.

Na een klein uur bereikten we een open plek in het bos waar een houthakkershut stond. Je floot drie keer op je vingers.

Uit de duisternis van het bos kwam een kleine gestalte naar ons toe. Ze droeg grote zilveren oorringen waarin de eerste zonnestralen flitsend weerkaatsten.

Maria Corinna!

Ik slikte mijn verrassing weg. Wat betekende dit allemaal? Wat deed de kleine jodin hier? Dat ze toch afscheid van me wilde nemen, joeg een golf van warmte door mijn lijf. Uit zelfbescherming besloot ik het koel te spelen en af te wachten.

Ik zag hoe jullie elkaar als oude vriendinnen omhelsden. Maria Corinna keek me aan. Het rozenvingerige morgenlicht glansde in haar grote, donkerbruine ogen. Er stond een denkrimpel tussen haar wenkbrauwen. Toen trokken haar mondhoeken naar boven. Een sig-naal dat ik maar al te goed kende.

De vreugde die als een vlam door mijn geschonden lijf schoot, was zo hevig dat ze pijn deed. Zoveel pijn dat ik heel hard op mijn tanden moest bijten om niet te huilen. Ik kon niet verhinderen dat er tranen opwelden.

Niet huilen, ouwe rakker. Verdomme, je gaat nu toch niet staan huilen! Een

Grote Speurder uit Rome huilt niet in het bijzijn van twee prachtige vrouwen.

Het onheil beperkte zich tot vochtige ogen en wat verwoed geslik.

'Ik ben klaar,' zei Maria Corinna. 'Als je wilt, mag je met me mee, Homeros Grafikos. Eerst naar Perge, dan naar Rome.'

En dan, dan pas, vielen we in elkaars armen. Toen we ons van elkaar losmaakten, was je al in het zadel gesprongen. Ik zag je een boogscheut verder over het rotspad wegrijden. Uit mijn blikveld, uit mijn leven. Maar niet uit mijn herinnering.

Ik was er zeker van dat je gelukkig was.

*

Mijn verhaal kreeg nog een staartje.

Zodra we in Rome waren, begaf ik me naar de villa van Marullus. Als opdrachtgever had hij recht op een uitgebreid verslag. Ook moest ik mijn honorarium innen en mijn onkostennota indienen.

Marullus was twee weken nadat hij me de opdracht gegeven had rustig in zijn slaap overleden. Zijn bankier Aulus Dorion betaalde me keurig uit.

'Er is nog een tweede zaak die ik met u moet afhandelen, heer Grafikos,' zei de bankier terwijl zijn vogelkopje ijverig op en neer ging. 'U moet een uitstekende indruk op de heer Marullus gemaakt hebben. Hij heeft u in zijn testament opgenomen. Of de verrassing groot of klein is, daar moet u zelf over oordelen.'

De verrassing was groot. In het testament van Pontius Marullus stond dat ik, naast het afgesproken honorarium en alle reiskosten, ook de mooie som van vierduizend sestertiën moest ontvangen, als dank voor bewezen diensten.

Vierduizend sestertiën!

Ik produceerde een zenuwachtig lachje van ongeloof.

'Heer Dorion,' stamelde ik, 'ik heb mijn honorarium correct ontvangen. Daarmee is deze zaak voor mij afgesloten. Ik heb die vierduizend sestertiën niet verdiend.'

Aulus Dorion trok ogen zo groot als denarii. Hij produceerde een glimlach, die nauwelijks aan de duizenden rimpels van zijn gezicht ontsnapte.

'Testament is testament,' zei hij nuchter. 'U kent toch de beroemde woorden die keizer Vespasianus tegen zijn zoon sprak toen die zijn neus ophaalde voor de belasting op openbare toiletten? *Pecunia non olet*. Ook het geld van de heer Marullus stinkt niet. Het is eerlijk verdiend. Neem het aan en doe er iets goeds mee.'

Hij dacht even na.

'Ik hoef u natuurlijk geen raad te geven,' zei hij, 'maar had de heer Marullus zich niet tot een nieuw geloof bekeerd? Als ik zijn woorden goed begrepen heb, predikt dat geloof naastenliefde. Misschien kunt u de erfenis besteden aan iets wat hij "naastenliefde" zou noemen. Je hoort in Rome de gekste leerstellingen verkondigen. *Naastenliefde!* Ik laat u de sestertiën door mijn secretaris uitbetalen.'

*

Ik stopte de vierduizend sestertiën in een gebarsten kruik en zocht er een veilige bergplaats voor. Die was in mijn huis niet eenvoudig te vinden. Ik koos uiteindelijk een plekje waarvan ik aannam dat dieven er niet zouden gaan snuffelen: het houthok in de tuin. Houthok is een prestigieuze naam voor een krakkemikkig afdakje waaronder ik brandhout opstapel om het te beschermen tegen de regen. Ik had geen flauw idee wat ik met zoveel geld aan moest. Naastenliefde – een goede suggestie van Aulus Dorion. Alleen wist ik niet zo direct hoe je geld aan naastenliefde spendeerde.

Maria Corinna vond een oplossing.

'Hoeveel heb je betaald voor Semenka?' vroeg ze.

Ze kwam weleens vaker met onverwachte vragen over mijn verleden uit de hoek.

'Drieduizend vijfhonderd sestertiën. Veel geld voor een slaaf. Mijn laatste spaargeld ging eraan op. Waarom vraag je dat, vogeltje? Plannen om onze kroeskop van me over te kopen?'

Er kwam iets triomfantelijks over haar knappe gezichtje. Iets als:

als jij er niet aan denkt, doe ik het wel. Daarna toonde ze me haar hart-verwarmende glimlach, die me nog altijd onderuit kan halen. Ze spreidde haar vingers alsof ze iets bewezen had.

Toen wist ik ineens wat ze bedoelde. Ik vroeg me af waarom ik niet zelf op het idee gekomen was. Waarschijnlijk omdat naastenlief-de een begrip is dat noch mijn grote leermeester Plato, noch de door mij bewonderde auteur Seneca vaak uit hun pen lieten vloeien.

Semenka reageerde zwaar onderkoeld. Niet dat ik iets anders had verwacht. Alleen wie scherp toekeek, en dat deed ik, kon aan zijn opwippende adamsappel zien dat hij slikte. En dat was het, een adamsappel die één keer opwipte. Zelfs geen knikje van blijdschap kon eraf. Hij boog zich over het koopcontract dat hij van het Koptisch naar het Latijn aan het vertalen was en werkte ijverig verder.

*

Twee dagen later liep ik langs het theater van Marcellus naar de Tiber. Ik had een afspraak op de Janiculusheuvel, op de andere oever. Naden-kend wandelde ik naar de Pons Fabricius, die naar het eilandje leidt. Een stem haalde me uit mijn gedachten.

'Homeros! Momentje!'

Semenka's vrouw Pompilia stak rennend de straat over. Rededet, haar jongste, droeg ze in een grote sjaal op haar buik. Haar oudste voerde ze bij de hand mee. Onder haar arm droeg ze een stapel kle-ren – ze doet verstelwerk voor rijke dames uit de Palatijnse paleizen. Ze had dit keer een pruik op die me vaag aan Egypte deed denken en ze was niet opgemaakt. Dat Pompilia me aansprak, betekende dat ze in de problemen zat.

Eigenlijk zijn we nooit dikke vrienden geweest, Pompilia en ik. De stilzwijgende afspraak luidt dat we elkaar zoveel mogelijk ontlopen. Ik zag de bezorgde trek op haar popperige gezichtje.

'Er is iets met Semenka,' hijgde ze. 'Eergisteren, toen hij thuis-kwam, begon hij te huilen. Homeros, begrijp jij dat? Ik heb hem van zijn hele leven nog nooit zien huilen. Hij wilde niet zeggen waarom.'

Ik grinnikte. Typischer Semenka bestond niet.

'Hij is beter met daden dan met woorden, schatje,' zei ik. 'Waarom twee woorden gebruiken als het met één kan.'

'Dat is nog niet alles. Sindsdien práát hij. Hij praat in zinnen van meer dan tien woorden. Gisteren hoorde ik hem drie zinnen zeggen. Drie zinnen na elkaar! Kun je je dat indenken?'

Daar had ik het inderdaad lastig mee.

'Is er iets met hem gebeurd?' vroeg ze.

'Binnenkort gebeurt er iets,' lachte ik. 'Over tien dagen gaan we samen naar de *praetor* voor zijn officiële vrijlating. Als dat met de nodige getuigen gebeurt, kan hij zich later laten inschrijven in het bevolkingsregister van de vrijgelaten slaven. Dan is hij een vrij man. Het zou leuk zijn als je erbij kon zijn. Trek je mooiste kleren aan en verzorg je opmaak.'

Ik boog me naar de kleine Rededet en wreef over haar neusje. Het meisje zette een keel op. Haar gehuil ging door merg en been. Haar zusje zette veiligheidshalve een stap achteruit. Ze keek me met haar grote, blauwe ogen verwijtend aan.

Met een gestameld excuus ging ik er snel vandoor.

*

Een van de laatste schepen uit Klein-Azië die voor de najaarsstormen Ostia binnenvoeren, bracht een brief mee. Hij was geschreven in het fraaie, fier rechtopstaande handschrift van dokter Antaios, en met zijn zegel gewaarmerkt. Ik las hem Maria Corinna hardop voor.

Lieve Romeinse vrienden,

Gegroet. Mogen de ongrijpbare machten die over ons lot beslissen jullie goedgunstig zijn.

Omdat we vermoeden dat jullie af en toe weleens aan Sagalassos terugdenken, willen we een overzicht geven van wat er na jullie vertrek gebeurd is.

Ik schrijf in het meervoud. Over mijn schouder kijkt Aurelia mee.

Elk woord van deze brief is ook het hare. Drie weken na jullie vertrek zijn we gaan samenwonen. We voelen ons de gelukkigste mensen van de wereld!

Ik was tijdens de moeilijke dagen van jullie aanwezigheid vaak niet thuis, ik was niet altijd de meest attente gastheer. Laat me kort uitleggen waarom.

Ik vreesde dat de valse Nero een gevaarlijke opstand tegen Rome op gang kon brengen. Een opstand die zinloos en nutteloos was en die onnoemelijk veel leed en bloedvergieten zou meebrengen. Haat zou de geesten een generatie lang vergiftigen. Daarom besloot ik de steden van Cilicië en Pisidië te alarmeren. Ik ging er militaire steun bepleiten en probeerde een coalitie te vormen. De meeste steden waren bereid om mijn visie te volgen. Zo maakten de omstandigheden mij tot leider van de anti-Nerobeweging.

Tijdens de nacht van jullie vertrek is de coalitie Sagalassos binnengevallen. Twee dagen duurden de gevechten. Jullie weten dat de soldaten van Nero vaak dronken en ongedisciplineerd waren. Toch weerden ze zich als leeuwen. Ze kregen de steun van een aantal inwoners van Sagalassos. Die waren door Tatias en haar minnaar Diores tot verzet opgeroepen.

De aanhangers van Nero zijn de bergen in gevlucht. Die Nero, zo bleek achteraf, was een toneelspeler uit Syrië. Hij had zich erin geoefend om te spreken, te lopen – zelfs te denken, vrees ik – als de echte Nero. Hij is spoorloos. Ook Tatias is gevlucht. We hebben haar in de steden langs de kust laten opsporen. Voorlopig zonder resultaat. We weten niet eens of ze nog leeft. Het lijk van Diores hebben we nabij de gevangenis gevonden.

Ik heb besloten om het heiligdom van Apollo Klarios, het centrum van de keizercultus, te laten herbouwen. Ik deel de kosten met de familie van Flavius Collega, een goede vriend die zopas van Vespasianus het Romeinse burgerrecht gekregen heeft. Er gaan geruchten dat ik de volgende ben aan wie de keizer het burgerrecht zal verlenen. Een tegengebaar van Rome voor het uitschakelen van de valse Nero en voor het herstellen van de keizerlijke tempel. Ik zal niet ontgoocheld zijn als het bij geruchten blijft. In mijn verzameling spreuken van de Syrische vrijgelatene Publius Syrus lees ik: *repelli se homo, facilius fert, quam decepti* – een weigering is makkelijker te aanvaarden dan een ontgoocheling.

Jullie vragen je natuurlijk af wat er met Zebidas gebeurd is. Nee, hij is geen gladiatorenopleiding gaan volgen. Die droom heeft hij, na lange gesprekken met Aurelia, opgeborgen. Hij woont nu in de villa van zijn pleegouders. Hij leidt een aantal jongens op tot worstelaar. Hij heeft plannen om bij het stadion in het westelijke deel van de stad een sportschool te beginnen. Hij werkt zich elke dag in het zweet. Hij wil deelnemen aan de worstelwedstrijd van de Klareia, dat zijn de Spelen ter ere van Apollo Klarios. De winnaar mag deelnemen aan de vierjaarlijkse spelen in het Griekse Olympia. Zebidas vraagt of ik jullie zijn hartelijkste groeten wil overmaken.

Jullie hebben ook de beste groeten van twee lachgrage dwergen, Patoera en Petisis. Ze hebben een groep straatartiesten rond zich verzameld en trekken met drie huifkarren langs steden en dorpen. Tien dagen geleden waren ze in onze stad. Hun succesnummer? Een olifantenhuid waarin vier mannen zitten. Dan gaat ineens een groot doek open en komt er een Afrikaanse olifant te voorschijn – een échte, afgerichte olifant! Geweldig, die twee grappige kleine kereltjes op de rug van een olifant! Jullie moeten ze beslist eens aan het werk zien!

De *boulé* is opnieuw in functie. Ik ben unaniem verkozen tot voorzitter van de stadsraad. Jullie kunnen je wel indenken met hoeveel trots ik deze woorden neerschrijf!

Rome en Sagalassos liggen verder dan een paar steenworpen uit elkaar. Maar vriendschap overbrugt zeeën en bergen. We rekenen erop dat jullie vroeg of laat opnieuw onze gasten zullen zijn, en liever vroeg dan laat. Houd de wijze woorden van Publius Syrus in gedachten: *si novos parabis amicos, veterum ne oblivisceris* – ook al maak je nieuwe vrienden, je mag de oude niet vergeten!

Ik hoop dat jullie in vrede en voorspoed gelukkig zijn.

Hercules Claudius Antaios.

Nawoord

Achter iedere schrijver van historische romans staat een stamboom van histo-rici die hem de weg hebben gewezen, hem hebben beïnvloed en aan wie hij schatplichtig is, om Jeroen Brouwers te parafraseren.

Het is niet mijn gewoonte om te vermelden uit welke ruiven ik gegeten heb. Een gerecht wordt niet lekkerder door in de keuken te gluren. Ik wil voor dit boek drie uitzonderingen maken.

Diores' verhaal over wulpse Zoila komt uit De gouden ezel van Apuleius.

Hoogleraar Fik Meijer van de Universiteit van Amsterdam maakte een boeiende reconstructie van de zeereizen van Paulus onder de titel Paulus' zee-reis naar Rome. Een informatieve schatkamer.

Professor Marc Waelkens van de K.U.Leuven, de opgraver van Sagalassos, was zo vriendelijk om een aantal detailvragen uitgebreid te beantwoorden. Uit die antwoorden heb ik gretig kunnen putten om mijn verhaal te stofferen. Mijn oprechte dank daarvoor.

Het Sagalassos in dit boek is fictief. Het is het voorrecht van een schrijver om vrolijk en vrijpostig te kunnen jongleren met het materiaal dat geschied-kundigen, meestal na moeizame arbeid, hebben verzameld. Ik hoop dat pro-fessor Waelkens zijn 'archeologisch kind', dat Sagalassos toch is, enigszins in mijn tekst herkent.

Wie het echte (gedeeltelijk opgegraven) Sagalassos wil zien, moet in Turkije zijn, zo'n honderd kilometer ten noorden van de toeristenstad Antalya. Van de vele Grieks-Romeinse opgravingen die ik al bezocht heb, is Sagalassos een van de meest intrigerende, mede dankzij de schitterende ligging hoog op de zuid-flank van het Aglasungebergte in de westelijke Taurus.

Dat de Vlaamse vlag trots boven een van de best gedocumenteerde archeo-logische sites van Turkije – en wellicht van het hele Romeinse Rijk – wappert, doet me iets, en dat is een understatement!